한·중 걸작 단편선

한·중
걸작
단편선

韓中傑作短篇選

자음과모음

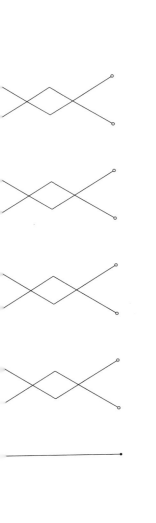

차례

최윤崔允

1953년생. 1978년 『문학사상』에 평론 「소설의 의미 구조 분석」을 발표하여 문단에 등단한 그는 1988년 계간 『문학과사회』 여름호에 중편소설 「저기 소리 없이 한 점 꽃잎이 지고」를 발표하여 소설가로서도 활동을 시작했다. 1992년 「회색 눈사람」으로 동인문학상, 1994년 「하나코는 없다」로 이상문학상을 수상했고, 치밀하고 정교한 사유와 문체 미학으로 한국문학에 하나의 획을 그은 작가로 평가받고 있다. 장편소설 『너는 더 이상 너가 아니다』, 『겨울 아틀란티스』, 『숲 속의 빈터』, 『마네킹』, 소설집 『저기 소리없이 한 점 꽃잎이 지고』, 『열세 가지 이름의 꽃향기』, 『속삭임, 속삭임』, 『첫 만남』, 수필집 『수줍은 아웃사이더의 고백』 등이 있다. 이문열의 「금시조」, 「우리들의 일그러진 영웅」, 이청준의 「이어도」를 번역하여 프랑스 현지에 소개했고 2003년부터 2년간 문학계간지 『파라21』의 편집주간을 지내는 등 문학연구자, 문학비평가, 소설가, 수필가, 번역가 등으로 전방위적인 활동을 펼쳐왔다. 현재 서강대학교 프랑스문화과 교수로 재직 중이다.

동행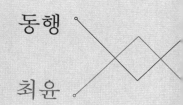

최윤

내가 팔짱을 끼면 그는 늘 하듯이 늘어뜨렸던 팔을 가만히 들어 내 팔이 무색하지 않게 해준다. 결혼 예식을 마치고 걸어 나올 때 그렇게 하는 것으로 배운 이후 그가 버리지 않고 있는 습관이다. 다정하고 행복해 보이기는 하겠지만 이렇게 팔짱을 낀 채로는 멀리 걸을 수 없다. 도저히 앞으로 나가지지 않는다. 사실 앞으로 갈 길이 딱히 있는 것은 아니라고 해도. 어떻건 한 걸음 옮기면 그만큼 앞으로 나아간다. 그런 단순한 확인을 하려는 사람처럼 나는 한 걸음 한 걸음 앞으로 디딘다. 안 되겠다. 그의 팔뚝은 내 몸의 무게를 견디느라 딱딱해진다. 나는 그와 팔짱을 끼려고 왼손에 옮겨 쥐었던 지팡이를 다시 오른손에 들고, 늘 그렇듯이 몇 걸음 뒤처져 그의 뒤를 따른다.

공원의 숲길, 나뭇잎 사이로 내려오는 햇살이 그의 정수리를 비추고 있다. 벌써 머리칼이 성기고, 뒤통수에만 덥수룩하게 모여 있는 머리털도 이미 반백이다. 유전이라고 우기지만 어느새 그런 나이가 된 것을 부인하지 못하리라. 사실 시간의 공격은 만만찮다. 온몸으로, 전방위적으로 나 또한 적잖은 공격을 받았건만 그 옆에서 나는 늘 미안한 마음을 갖는다. 내 옆에서 그는 나이 차이가 많이 나는 큰오빠나 어린 조카를 둔 삼촌의 면모를 하고 있기 때문이다. 내가 지팡이만 뒤로 감추면 말이다. 그래, 그가 이토록 나이 들어 보이는 것은 그 집안의 유전이라 치자. 내 생각은 다르다. 어느 날 그는 단 하루 만에 폭삭 늙어버렸다. 단 하룻밤 사이에 그의 머리가 세어버린 것이다. 그런 일이 가능한가. 가능했다. 그까짓 머리털! 그저 그렇다는 얘기다. 딱히 할 얘기가 없어 다시 반복하는 산책길의 빈곤한 대화에 불과하다.

그래도 오늘은 다른 날처럼 마냥 시간을 무시하고 걸을 수 없다. 이런 날은 나와 그의 단조로운 일상에 아주 드물게 찾아온다. 내가 꼭 봐야 하는 텔레비전 프로그램의 방영 시간이 다가오고 있기 때문이다. 물론 시간을 놓치면 인터넷으로 다시 찾아 볼 수도 있을 것이다. 그러나 그렇게 하는 것은 일의 성격에 맞지 않는 일이다. 그와 내가 우연히 알게 된 그 프로그램을 내가 봐야 하는 것은 정열의 영역이 아니라 확인의 영역에 속한 일이기에 단번에, 망설임 없이 해치우는 것이 바람직하다.

이날따라 나의 발걸음은 더욱 느려진다. 근래에 잦아들었던 통증이 허벅지 부근에 무지근하게 되살아오는 것 같기도 하다. 기억이 되살리는 감각이라고나 할까. 그러나 나는 무감각보다는 통증을 선호한다. 그것이 의학적으로 더 양호한 상태의 표시이기 때문이다. 한 걸음 뗄 때마다 오른쪽 발밑에 희한한 역삼각형을 경련적으로 그리면서 느리게 움직이는 나를 바라보는 그의 몸 어딘가에서 은밀한 조바심이 느껴진다. 그가 보지 않는 것이 낫다. 나는 그에게 손짓한다. 먼저 가요.

나는 그보다 삼사 분 정도 늦게 아파트로 돌아온다. 어차피 빈 아파트일 바에야 아주 황량하게 비어 있는 것이 좋다. 이것은 그와 나의 공동의 취향이 되었다. 실내는 작은 주방 쪽을 빼고는 완전히 비어 있다. 이 안에서는 모든 것이 '겨우'다. 주방도 겨우 주방의 면모를 갖추었고 침실도 겨우 침실을 닮았을 뿐. 응접실이라 부르기에는 너무 작은 그 공간에 소형 텔레비전 한 대가 '겨우' 놓여 있다. 이것이 그와 나의 평화의 방식이다.

텔레비전 앞으로 주방의 간이 식탁 앞에 놓인 두 개의 의자를 끌어다 놓고 젊었을 때 같이 관람한 적이 있는 어느 부조리극의 배우들처럼, 이제 겨우 오십의 해변에 다다랐을 뿐인데, 그와 나는 운명이 우리에게 맡긴 금슬 좋은 노부부 역을 조숙하게 연기

한다.

그가 텔레비전을 켠다. 나는 케이블티브이의 채널을 찾아 리모컨 버튼을 누른다. 젊은이들을 위한 연예 프로그램으로 채워지는 이 채널을 그나 나나 볼 기회는 거의 없다. 이런 예외적인 경우가 아니라면. 한 프로그램이 막 끝나고 진행을 맡은 인기 연예인의 입에서 J의 이름이 발설되면서 프로그램의 성격에 걸맞게 눈자위에 짙은 화장을 한 젊은 여자의 영상이 소용돌이치며 화면에서 춤을 춘다.

네, 화요일입니다. OOO의 화요초대석, 이번 주에 초대한 손님은 많은 시청자들께서 만나고 싶은 사람으로 뽑아주신 여성 마술사 J씨입니다. 한국 마술사들 중에서도 독보적인 존재로 꼽히는 J씨는 또 수준급의 무술 솜씨로도 유명하죠. 오늘은 특별히 그중, 전국에서 아니 전 세계에서 J씨만 보여줄 수 있는 몇 가지를, 정말 예외적으로 시청자들에게 선보여주실 텐데요…….

이제는 성년이 된 한 여자의 얼굴에 나는 빨려 들어갈 듯 온 정신을 집중한다. 아, 참 다르다. 저렇게 변한 모습을 보고 싶지 않았나. 다행이다. 그러나 같다. 의심할 여지없이 그 애다. 십 년 가까운 시간이 지났지만 나는 J를 단번에 알아보았다. 눈꼬리를 검게 올린 무서운 인상을 연출한 분장 너머로, 몸의 움직임에 따라 지어내는 변화무쌍한 표정 너머로, 나는 매정한 표정을 낯에 깔고 빛의 그늘에 웅크리고 앉아 있는 열두 살의 한 소녀를 본다. 소녀가 뇌리에 떠오르자마자 그 이미지는 거의 기계적으로 성인이 된 한 청년의 모습으로 바뀐다. 오랜 상상과, 수정과 가필로 여전히 진행 중인 한 그림. 옆 의자에 앉아 있던 그가 내 쪽으로 몸을 기울여, 내 손을 잡고 아플 정도로 으스러지게 쥐는 것을 느끼는 듯 마는 듯. 움켜잡은 그의 손에서 내 손을 빼내면서 나는 그의 손등을 살짝 두드린다. 괜찮아, 나는 정말 아무렇지도 않다니까…… 라는 뜻으로.

진행자의 목소리와 뒤섞이면서 무대 전면으로 나온 J의 모습이 화면에 가득 찬다. 발을 약간 벌리고 서 있는 몸의 균형은 거의 완벽하다. 몸을 쓰는 것이라면 무엇을 해도 잘할 만한 발달된 몸매다. 나는 새 무용단원을 뽑느라 심사 위원석에 앉아 있는 사람처럼 화면 속의 J의 몸과 동작을 살핀다. 저런 몸매라면 십수 층에서 뛰어내려도 사뿐 날듯 착지할 탄력이 있으리라. 저 애의 근육, 뼈, 심줄 어딘가에 매일 저녁 신들린듯 해 먹인 닭볶음, 핫도그, 잡채, 피자, 갈비찜, 돈가스, 샤브샤브……가 녹아들어 있을 것이다. 내 가슴에 뿌듯한 열기가 고인다. 내가 할 줄 아는 음식은 모두 먹였다. 아이들이 그다지 좋아하지 않을 법한 음식도 J는 잘 먹었다. 집에서 만들어 먹으려면 하나같이 손이 가는 음식들.

애된 듯한, 몇몇 발음을 목구멍 깊은 곳에서 긁어내는 듯한 요즘 애들식의 허스키한 목소리로 J가 인사를 한다. 목소리의 질도 감도 짙어졌다. 아무렴. 시간이 지났다. 프로그램 진행자가 던지는 질문에 답변하는 J의 목소리를 나는 잠시 눈을 감고 온 감각을 집중해 들어본다. 내용이 아니라 그 음색을. 그 갈피에서 나는 기억 저 속에서 여전히 울리는, 그 짧은 시간, 가성으로 일관하던 한 목소리를 구별해내고자 애쓴다. 뭐해 인마! 찔러, 그냥 찔러! 모두, 십 초, 십이 초 정도 계속된 가성. 왜? 무슨 목적으로? 그저 관성이다. 오래전에 들은 목소리의 음색을 기억하기에는 너무 많은 시간이 지났다. 성인의 목소리에서 성장기 아이의 목소리를 구별해내는 것은 특수 기계나 할 수 있는 일이다. J는 말을 하기 위해 초대된 게 아니다. 진행자의 길고 화려한 물음에 J는 간단하고 투박하게 답한다. 진행자는 한옆으로 물러서고 J는 미리 연출된 율동을 그리면서 준비된 테이블에서 카드 마술을 시작한다. J의 동작과 표정, 손놀림, 모두 아름답다. J가 저렇게 아름다운 것은 그 애가 살아남았기 때문이다.

매일 대답 없는 적막 속에 밤이 지나가고 있었다. 나는 그날,

그 자리에 없었다. 그, 그는 있었다. 운이 없었던 거다. 아니다. 그는 억세게 운이 좋았다고 말해야 한다. 지훈을 마지막으로 볼 수 있었던 것은 내가 아니라 그다. 그러니 그는 운이 좋았다. 늘 늦게 귀가하던 그가 그날은 집에 있었다. 그저 '퍽' 소리가 났던 것 같고, 사람들이 내지르는 소리가 심상치 않아 베란다로 다가갔다고 했다. 나의 질문에 백이면 백 그는 "소리가 났다"라고 하지 않고, "소리가 났던 것 같다"고 말했다. 그 자리에 있지 않았기에 나는 그날, 그 시간의 모든 세부가 필요했다.

나는 그의 '것 같다'는 표현을 오랫동안 증오했다. 그에게는 일을 할 때 귀에 이어폰을 끼고 일하는 습관이 있으니 사실적으로 말하면 그가 그 소리를 듣지 못했을 수도 있다. 나는 그런 사실적인 것을 말하고자 한 것이 아니다. 어떻게 부모로서 그 같은 사건에 대해 '것 같다'라고 말할 수 있는가? 그것이 내게는 뻔뻔하고 몰염치하게 느껴졌다. 반면, 나는 분명히 들을 수 있었다. 그날, 그 시간 집에서 두 대륙이나 멀리 떨어진 곳에서 공연 중이었지만 나는 다 들을 수 있었다. 두 번째 작품 〈조각들의 행진〉과 세 번째 작품 〈무언〉을 추고 있는 사이에 간헐적으로 왼쪽 발끝에 작은 경련이 있었다. 공연을 중단할 정도는 아니었다. 그러나 나는 바로 그 경련의 시간, 지훈이 우리를 떠나기로 결정했고, 우리와 아무런 의논도 하지 않고 홀로 결단을 내렸으며, 우리를 버리고 떠났다는 것을 안다. 발의 경련 때문이 아니라, 바로 내가 내용은 아직 모르지만 이미 일어난 일에 대한 직감 때문에 경련이 온몸으로 퍼져, 나는 이 알 수 없는, 그러나 일어난 것이 확실한 어떤 일 때문에 나머지 작품들을 공연할 수가 없었다. 다행이라면 공연 마지막 날이었다. 단원 대표가 공연 주최 측과 현실적인 문제를 두고 실랑이를 벌이고 있는 사이, 의사가 도착했다. 예술을 아는 의사는 오점을 남길 수도 있는 불완전한 공연보다는 중단을 독려하는 진단을 내렸다. 이유는 알 수 없지만 더 심한 경련으로 이어질 징조가 있다고 했다. 독무는 군무로 대체되었고 빈 분장실에 앉아 나는 온몸으로 퍼진 경련으로 떨며 전화가 오기를 기다렸다. 서울의 시간을 계산했다. 새벽 1시 47분. 내가 알고 있는 그 일은 무엇일까? 나는 우리에게 닥칠 수 있는 여러 가지 파국적인 일을 상상했다. 그렇지만 지훈은 그 안에 들어 있지 않았다. 서울 시간으로 두시가 거의 다 되어 나는 전화선을 통해서도 확연히 사색이 된 그의 얼굴을 그릴 수 있었다. 그는 지훈의 몸체가 바닥에 부딪치면서 나는 '픽' 소리를 들은 '것 같다'고 말했다.

나와 그의 눈에는 이토록 명료한 사실인데, 경찰은 좀처럼 자살로 결론짓지 않았다. 우리는 지훈의 부재라는 엄연한 사실 외에는 다른 생각을 할 수 없었는데, 그들은 그 밖의 다른 것들에

치중했다. 다용도실로 쓰고 있는 베란다의 난간 이쪽에 가지런히 놓인 파란색 플라스틱 의자와 슬리퍼 한 켤레가 실족사의 가능성을 애초에 차단했음에도 그들의 생각은 달랐다. 아파트 입구의 CCTV를 판독했으며 나와 그를 따돌린 채, 아파트 경비원부터 우리 이웃들의 증언을 수집하기 시작했다. 그와 나는 같이, 또 따로 수차례에 걸쳐 경찰서에서 조사를 받았다. 사건 당일 한국에 없었던 것이 여권으로 증명되었어도 그들은 의심을 거두지 않았다. 우리도 모르게 친정엄마가 지훈의 이름으로 붓고 있었던 적금과, 우리도 잘 모르는 교육보험의 액수가 드러났다. 그와 나의 병력을 조사하기 위해 의료보험 내역이 우리 앞에서 공개되었다. 나와 그의 공모 가능성으로 수사의 방향이 잡힌 적도 있었다는 것을 알아차리지 못할 정도로 고통의 충격은 우리를 우둔하게 만들었다. 우리가 바로 피의자의 자격으로 조사를 받고 있다는 것을 겨우 알아차렸을 때 우리에게는 발악을 할 힘도 남아 있지 않았다. 그 와중에서도, 인간의 악에 대한 수사관의 상상력의 깊이와 넓이에 그도 나도 혀를 내둘렀다.

우리는 적극적으로 협조하지 않았다. 그들의 의심이 사실이 되기를 은근히 바랐다. 지훈이 다니던 학교가 어린 학생을 죽음으로 모는 부도덕한 학교이기를, 아들을 은밀히 괴롭히던 교사나 친구나 깡패라도 모습을 드러내기를, 그, 혹은 나, 또는 우리

둘 다 친자 살해범으로 감옥에 갇혀 영원히 빠져나오지 못하기를, 이 모든 것을 동시에 열렬히 갈망했다. 서로 짠 것도 아닌데, 그는 그대로, 나는 나대로 각자 수사관 앞에서 "내가 아이를 죽였다. 빨리 수사를 접고 나를 가두라!"며 울부짖었다. 나와는 달리, 그에게는 알리바이가 없었다. 그러나 수사관들이 그것을 찾아냈다. 그가 아마도 가상으로 들었을지도 모르는, 그래서 '것 같다'라고밖에 말할 수 없는 '픽' 소리를 이어폰 너머로 듣고 일어섰을 때 그는 작업 중이었던 파일을 저장했다. 아들의 죽음을 감지하지 못할 정도로 둔하기에 발휘된 아버지의 침착함이 그의 알리바이가 되었다. 나의 노트북과 그의 컴퓨터를 수거해 조사한 결과 수사관들은 그의 작업 파일이 마지막으로 저장된 시간이 국립 과학수사 연구소에서 추정한 아들의 사망 시간과 거의 일치한다는 것을 알려주었다. 그는 용의선상에서 벗어났다. 그도 나도 마음이 더 편해지지 않았다. 우리의 무죄가, 아들의 자살 확인이 우리를 더 깊은 허무로 내던졌다.

이 긴 우회는 아들이 아무것도 남기지 않았기 때문에 불가피했다. 내 말은 일반적으로 사람들이 찾는, 분명한 이유를 말해주는 증거물을 남기지 않았다는 얘기다. 그와 나에 대한 수사와는 달리 아들의 학교나 그 주변에 연관된 수사는 일찍 종결되었다. 아마도 그들의 전문가적인 후각이 학교 쪽에서는 찾아보아야 나올 것이 없다고 판단을 내려버린 모양이었다. 그들은 곧 우리 쪽의 수사도 종결지었다. 아이의 이름은 학교의 학적부에서, 우리의 주민등록등본에서 사라졌다. 호적에는 '사망'으로 기록되었다. 그들의 '어떻게?'에 집중한 수사가 종결된 바로 그 자리에서 그와 나의 수사가 시작되었다. '왜?'의 수사. 지훈이가 도대체 왜?

우리 삶의 모든 것이, 부모인 그와 나의 삶의 모든 세부가, 그 아이의 방과 아이와 연관된 모든 물건 하나하나가, 집에서의 일상과 학교로 요약되는 아이의 공식적이며 현상적인 삶의 모든 것이 다 음험한 징조가 되었다. 오 분 거리에 있는 집과 학교 사이의 길이, 학교를 나와 바이올린 학원과 영어 학원을 거쳐 집으로 돌아오는 좀더 길어진 귀갓길의 모든 것이 지뢰이며 함정이고 심연이었다.

대체 초등학교 6학년의 남자아이에게 무슨 일이 일어났던 것일까? 무엇이 그 미성숙한 몸 안에 죽음의 에너지를 만들어 한밤중에 깨어 일어나게 했으며, 베란다로 이끌었고, 그 깊은 허공 속에 그 몸을 내팽개쳤을까. 나는 그 아이를 움직인 악한 에너지를 향해 허공에 삿대질을 하고 온몸으로 덤볐으며 욕설로 모욕했고 보이지 않아 더욱 흉물스러운 그 실체를 상상 가능한 모든 흉기와 저주로 난도질했다. 밤새도록 악을 쓰고 싸운 후 그래도 힘이 남아, 나는 그가 자고 있는 아들 방으로 달려 들어가 지쳐서 곯아 떨어진 그를 흔들어 깨웠다. 잠을 자지 않고도 내게는 전쟁을 벌일 수 있는 힘이 넘쳐흘렀다.

　그는 멍한 몰골을 하고, 불평 없이 일어나, 지은 죄를 달게 받는 사람의 온순한 태도로 나의 취조에 응했다. 그는 사무실 겸 작업실로 쓰는 오피스텔에서 여섯시경에 집에 돌아왔다. 그는 요청이 있으면 시도 때도 없이 뛰어나가야 하는 잘나가는 동시통역가였다. 끝내야 하는 일감의 자료를 가져가려고 집에 왔다. 그날따라 엄마 없이 저녁을 혼자 먹을 아이에 생각이 미쳐 눌러앉았다. 할머니가 오는 날이었고 밥은 차려져 있었다. 여덟시쯤 아이가 귀가해 단둘이 식사를 했다. 이때부터 그는 잠에서 완전히 깨어 흐느꼈다. 아이와 오랜만에 마주 앉으니 할 얘기가 없었다. 아버지가 할 수 있는 엄숙한 얘기는 하기 싫어 스포츠 얘기를 했다. 아이에게 이상한 조짐은, 전혀! 없었다. 저녁 먹고 아파트 단지의 놀이터 옆에 있는 농구대에 가서 한 삼십 분 같이 뛰었다. 아들은 즐거워 보였다. 아들은 숙제할 것이 있다고 자기 방으로 들어갔고 그는 하던 일을 계속했다. 글쎄 몇 시쯤이었나? 이어폰 속으로 아들의 "아빠 먼저 잘게요" 소리가 끼어들어왔을 때, 그는 뒤를 돌아다보았다. 아이는 웃으면서 벌써 네 번째 불렀다고 말했다. 그는 말을 멈추고 두 손으로 머리를 감싸 쥐고 오열했다.

잠시 후 그가 일어서서 아들 방으로 갔을 때 아이는 침대에 누워 잘 준비를 하고 있었다. 문을 열고 오른손을 들어 "잘 자라, 아들!" 하고 말했다. 아들도 귀엽게 웃으면서 손을 들어 응답했다. 열두 살 소년의 웃는 모습은 그날 저녁 농구장의 공기처럼 늘 상큼했다. 그는 문을 닫고 돌아와 다시 귀에 이어폰을 끼고 일에 몰두했다. 이상한 낌새? 없었다. 그날 저녁 아들은 수학 숙제와 여행에 관한 작문 숙제를 했다. 그는 아이가 방문을 열고 나와 거실을 가로질러 베란다로 다가가는 소리를 듣지 못했다. 귓속은 다른 음악으로 채워져 있었다. 무슨 음악? 말할 수 없다. 그건 아이와 아무 상관이 없는 일이다. 그는 말하지 않았다. 잘못했다. 일부러 고른 곡은 아니지만 그러나 용서해달라. 도저히 말할 수 없다. 아이가 죽음으로 뛰어드는 순간에 아버지가 듣는 곡이 어떤 걸작이건 그건 음란하고 음험하다. 말하라! 단언컨대 그건 지훈과 아무런 관계도 없다. 용서해달라. 이에 대해 대답하지 않을 최소한의 자유를 달라.

그렇게 스무 번도 더, 동일한 대답을 반복하게 한 나의 취조는 끝났다. 취조가 끝났을 때 그는 그 자리에 있었다는 단 하나의 사실만으로 범인이 되었고, 나는 그 자리에 있지 않았다는 한 가지 사실로 죄인이 되었다. 범인과 죄인 사이에 견고한 불행의 연대가 형성되었다. 우리는 전문적인 탐정이 되어 '왜?'에 대한 답을 찾아 돌진했다. 불행의 당사자들에게 보여주는 관대함을 이용해 우리는 거의 학교에 출근하다시피 했다. 6학년 2반의 모든 아이들이 우리의 수사 대상이 되었다. 아이의 교우 관계의 가장 미미한 망까지 추적해가다 보니 우리의 탐색을 학교 전체의 아이들로 확대해야 할 필요를 느끼게 됐고, 각별히 친절하게 협조하는 6학년 담당 교사를 의심의 눈초리를 늦추지 않고 관찰했으며, 교사 한 사람 한 사람에 대해 그들 신상에 숨겨진 그늘을 찾아 놀라운 집요함으로 인터넷 서핑을 계속했다. 아들에 대해 우리가 알고 있는 것 이상의 비밀스런 사실은 드러나지도 않았고, 긴 탐사와 수사를 통해 아들의 생활에 대해 우리가 알고 있었던 것 이상으로 더 잘 알게 되지도 않았다.

아들에 관한 한 세상 사람들은 너무 매끄러웠다. 학교의 어느 누구도 우리가 매달릴 만한 어떤 깨진 모서리, 디딜 만한 돌출부 하나 제공하지 않았다. 우리 아이는 눈에 띄는 수재는 아니었고 또 교사들의 관심을 끌 만큼 적극적이거나 활동적이진 않았지만 웃음은 인색하지 않았다. 폭이 넓다고 볼 수는 없었지만 몇 명과 원활한 교우 관계를 유지하던 평범한 소년이었다. 우리가 알고 있는 지훈, 그 이상도 그 이하도 말해주지 않았다. 눈에 거슬리는 것이 있다면 언제부터인가 방문을 안에서 잠근다거나, 자신의 컴퓨터에 비밀번호를 걸어놓는 정도. 혹은 근육에 신경을 쓰면서 아침저녁 아령 운동에 정열을 쏟는 사춘기 초입의 다른 아이들과 다를 것이 없었다. 아이가 다니는 두 개의 학원에서는 정말 털려야 털 먼지가 없었다. 아무런 단서도 찾지 못한 채 '왜?'에 대한 대답은 더 멀리 물러났다.

시댁과 친정 양가 어른들의 슬픔도 광기의 수사에 박차를 가했다. 아이의 머릿속을 들여다볼 수 없어 우리는 수사관들이 했던 것보다 좀더 정밀하게 아이의 컴퓨터를 분해했다. 전문가를 불러 구석구석 숨어 있는 모든 가능한 메모리 기록들에 접안렌즈를 들이댔다. 초등학교 6학년 남자아이에게 지극히 정상적인 몇 개의 게임이나 만화 사이트, 스포츠 용품 사이트…… 샅샅이 뒤져봐야 어디서도 징조가 드러나지 않았다. 아이가 듣기에는 난해해 보이는 음악 여러 곡이 컴퓨터와 여러 소지품에 여기저기 내장되어 있었지만 나이에 비해 음악 취향이 다소간 조숙할 뿐 대부분 이상한 음악의 범주에 넣을 수 없는 곡들이었다. 이틀 저녁을 우리는 아들의 컴퓨터에 저장된 곡을 듣는 데 온전히 할애했다. 그에게, 혹은 내게 어떤 미심쩍은 기류를 전달하는 곡이 있으면 그 의심이 풀릴 때까지 두 번, 세 번을 반복해서 들었다. 어떤 곡도, 어떤 물건도, 어떤 자료도 열두 살의 남자아이로 하여금, 잠자려고 조용히 누운 침대에서 일어서게 하며, 당장 어두운 저 밑의 시멘트 심연에 몸을 던지라고 사주할 성격의 것들이 아니었다. 그러나 누가 알겠는가. 어떤 과학이, 어떤 면밀한 분석이 우리가 놓치고 지나간 답을 찾아줄는지. 미래의 언젠가를 위해 우리는 지훈이 남긴 모든 것을 사진 찍어 폴더에 담아두었다. 어쩌다 남겨둔 아기 때 쓰던 털모자나 양말에서부터, 가장 최근의 것으로, 여러 번 접어 작은 글씨로 하루의 일정을 적은 종이까지. 그 종이의 여백에는 거의 열다섯 자리가 넘는 숫자가 연이어 세 개나 적혀 있었다. 이것이 무슨 암호인지, 무슨 비밀 단체의 지시 사항인지…… 우리는 결코 알 수 없게 되었다. 폴더명은 J. 그것을 끝내는 데 수개월이 걸렸다.

그즈음에서야 우리는 '왜?'의 부재, 그것이 바로 '왜?'의 답이라는 것을 감지했던 것 같다. 수사에 대한 우리의 정열은 싸늘해졌다. 일 년 넘게 지속된 불행의 강렬한 연대는 끝났다. 둘이 할일이 없어 우리는 그와 나로 분리되었다. 서로 바라다보는 것은 물론, 상대편이 살아서 숨 쉬고 있는 것을 참을 수 없었다. 지훈이 대신 그가 살아남아 있는 것이 나는 부당했고 그것은 그에게도 마찬가지였다. 한 번, 그는 내 쪽을 향해 지훈아, 하고 불렀다. 아들이 아기 때, 이따금 그가 아이 이름으로 나를 불렀던 그 어조와는 달랐다. 몽롱한 착각 속에서 그는 내가 고개를 돌리자 얼어붙은 듯 서 있었다.

그는 낯선 사람을 바라보듯 생소하고도 먼 시선으로 한참 동안 나를 바라보았다.

그러고는 먼 곳에서 다시 이곳으로 돌아오려는 듯 고개를 몇 번 흔들더니 주머니에 양손을 넣고 실성한 사람처럼 실내를 여러 바퀴 돌았다. 그의 발걸음이 문 앞에 멈추었고, 그렇게 문을 열고 나갔다.

온통 흰머리로 뒤덮인 그의 뒤통수가 처음으로 내 눈에 들어왔다. 내가 돌아오기를 기다리며 머릿속에서 수도 없이 '픽' 소리를 듣던 그날, 하룻밤 사이에 반백이 되어버린 그 머리칼.

그가 나간 문이 스르르 닫혔다. 그는 다음 날도, 그다음 날도 돌아오지 않았다.

일 년 넘게 지속된 그와 나의 불행의 강렬한 연대는 끝났다.

능숙하게 마술을 공연하는 J의 손이 화면에 클로즈업되어 있다. 가늘고 긴, J의 손가락이 공중에 현란한 곡선을 그릴 때마다 빈 손바닥에서 꽃, 새, 나비, 공 들이 끊임없이 튀어나온다. 진행자의 감탄사에 방청석의 박수 소리가 거의 속삭임처럼 작아져 화면에서 새어 나왔다. 나는 그가 어느새 텔레비전의 볼륨을 줄여놓은 것도 알아채지 못하고 있었다. 나는 그의 옆얼굴을 바라본다. 무대를 이 끝에서 저 끝으로 날아다니듯 이동하며, 활달한 무술 동작으로 시청자의 시선을 사로잡는 화면 속의 J를 그는 가만히 두 손을 무릎에 모으고 앉아 바라보고 있다. 그의 볼이 노인처럼 옴폭하게 파였다. 우물처럼 파인 볼에 슬픈 평화가 서려 있다. 그래도 슬픔보다는 평화 쪽으로 몇 도 더 기울어 있달까. 그 몇 도의 평화를 위해 그의 이른 노년이 바쳐진 거다.

　손바닥 마술을 끝내고 J는 한 소매에 넣은 물건을 다른 소매에서 빼내는 마술로 넘어갈 모양이다. 진행자가 설명을 하기도 전에 J가 무대 뒤로 들어가는 것을 보고 나는 알아차린다. 한 번도 마술을 진지하게 본 적이 없는데 나는 왜 이런 것을 이미 알고 있는 것일까. 방청석에서 울려오는, 박자를 맞춘 박수 소리에 J는 의상을 바꾸어 입고 다시 나타난다. 그 애가 좋아하는 붉은색 중국풍 상의, 칠부 소매다. 어릴 적 아이가 즐겨 입던 비슷한 모양의 칠부 상의. 아이가 유난히 좋아하던 그 옷을 사주던 날을 나는 이상하게도 선명히 기억한다. 웬만큼 커다란 덩어리가 아니면 기억의 언저리까지 채 기어올라오지도 못하고 깊은 수렁 속에서 녹아 없어지던 때의 일임에도 말이다. 작은 손수건 하나를 집어넣었을 뿐인데 다른 소매에서는 끝도 없이 연결된 길고 긴 오색의 천이 이어져 나온다. 울긋불긋한 무늬에 동물 모양이 인쇄된 것 같기도 하다. 소매에서 끌려나오는 천이 길고도 길어 J는 무술의 동작을 흉내 내며 팔을 번쩍 쳐든다. 나팔꽃 모양의 칠부 소매가 흘러내리며 J의 위팔이 희게 드러난다. 나는 카메라가 클로즈업할 순간을 기다린다. 나도 모르게 아! 감탄사가 터져 나온다. 위팔 중간쯤에 선명하게 드러나는 기하학 문양의 문신. 카메라맨은 내 마음을 읽기라도 한 듯 문신이 선명하게 보이도록 J의 팔을 클로즈업한다. 야, 야, 뭐해, 찔러! 빨리! 찌르라니까! J가 원을 그리듯 두 팔을 머리 위로 크게 흔든다. 이제 끝이다. 소매 끝에서 풀려 나오던 긴 천은 마침내 끝이 났다. J는 인사를 마치고 공중으로 뛰어오르며 허리 뒤춤에서 긴 칼을 빼내는 동작에 이어, 보이지 않는 가상의 적을 난도질하는 묘기를 보여주면서 무대 뒤쪽으로 퇴장한다.

화사한 차림의 한 여자가 아파트 문을 들어섰다. 전화로 얘기를 나눈 동창이었다. 수면을 위해 복용했던 신경안정제의 약효에서 채 깨어나지도 않아 비몽사몽 간에 전화를 받았었다. 겨우 이름이 기억날 뿐인 동창은 미국에서 잠시 귀국했는데 꼭 얼굴 한번 보고 싶다고 했었다. 누군가에게서 그 동창이 미국 가 산다는 얘기를 오래전 한 번 들은 것도 같다. 그런 통화가 겨우 기억날 뿐인데 동창은 집으로 들이닥친 것이다. 늦어서 미안해, 라고 말하면서. 졸업 후엔 본 적이 없으니 그녀도 나도 변한 서로의 얼굴을 고개를 갸우뚱하고 바라보았다. 식구 이외의 사람에게서 전화가 온 것도 오래간만이었고, 감히 집에 오겠다고 말한 사람도 이 동창이 처음이었다. 집으로 오라고 했을 리가. 주소까지 알려주었을 리가! 그러나 동창은 내 앞에 나타났고 나는 아무 기억이 없었다. 당황했다기보다는 자포자기한 기분으로 나는 문을 활짝 열었다. 그녀 혼자 방문하는 줄 알았는데, 동창 뒤를 따라 한 남자, 또 그 뒤로 한 여자아이가 문밖에 엉거주춤 서 있었다. 각자 커다란 여행 가방을 하나씩 끌고.

남편이야. 그리고 얘가 내가 전화로 말한 딸애야. 무용에 소질이 있어 보여서…… 네 생각을 했던 거야. 남자를 향해 당황스런 표정을 지었을 나에게 친구는 시원한 어조로 덧붙였다. 이렇게 많은 사람을 한꺼번에 만나는 것은 거의 이 년 만의 일이었다. 집의 모든 호흡을 아들이 몰고 가버렸다. 동화 속의 마술 걸린 집처럼. 내가 살아 있는 것을 확인하려는 것처럼 드문드문 들르는 친정엄마가 아니었다면 나는 누운 자리에서 그대로 미라가 되었을지도 몰랐다.

너 이 사람 생각 안 나? 이 사람도 우리 동창이야. 물론 나는 동창의 남편이라는 동창에 대해 아무런 기억이 없었다. 그 기억에도 없는 남자는 내 이름에 씨 자를 붙여 친근하게 알은척을 하며 성큼 집 안으로 들어섰고 그의 뒤에 숨어 막 시작된 사춘기의 불균형한 몸매를 지닌 한 소녀가 그림자처럼 미끄러져 들어왔다. 자기 앞에 이르러 문이 닫혀버릴까 봐 두려워하듯 재빨리. 모르는 사람 앞에서 몸을 조그맣게 하는 것이 자기의 임무인 듯 아이는 두 손을 앞으로 모으고 남자 뒤에 숨어서 고개를 숙이고 바닥만 바라본다. J야, 인사드려야지 뭐하니. 조심스런 태도와는 달리 아이가 강렬한 눈빛을 내 쪽으로 쏘았다. 고개를 숙이거나 입술을 움직여 인사말을 하지도 않았다. 호기심과 방어와 공격적인 기운이 혼합된 시선으로 아이는 나를 올려다보았다. 아이의 눈과 내 눈이 마주치는 순간 나는 그 시선이 나를 확 잡아채는 것을 느꼈다. 내가 머물고 있던 모호하고 몽롱하며 무채색이었던 반수면 상태에서 마치 따귀를 맞듯이 순간적으로 빠져나온 듯한 느낌. 아들과 같은 또래다! 게다가 아들의 이름과 첫 자가 같다!

아이의 시선을 받는 시간이 조금 길어지자, 동창이 나와 아이 사이에 끼어들었다. 잠시 침묵이 흐르더니, 상투적인 위로가 입에서 튀어나오기 시작했다. 아, 참, 내 정신 좀 봐. 한국에 도착한 후에야 네 소식을 들었다. 얼마나 힘들었을까. 미안하다. 힘들면 내일 다른 곳으로 갈 수도 있다……. 내가 여러 날을 약속했던가. 이 먼지 덮인 폐허에 누구를 들이는 것도 놀라운 일인데 며칠의 약속? 수면제의 조화다. 다른 이유를 찾을 수가 없었다. 동창의 말을 귓가로 흘려듣는 동안 기이하게도 내 몸 안 어디에선가 에너지가 모여들기 시작했다. 마치 아이의 쏘는 눈빛에 내가 걸렸던 마법에서 풀려나듯이. 나도 모르게 내 두 손이 들리고, 먼저 아이의 가방을 밀어 깨끗하게 치워진 아들의 방으로 들여놓았다. 그리고 그가 집을 나간 후 닫아놓고 내 스스로 열어본 지도 오래된 침실 문을 활짝 열었고 동창 부부를 그곳으로 안내했다.

커튼을 젖히자 오월의 따사한 햇살이 파도처럼 거실로 밀려들어왔다. 마치 춤이라도 추듯이 나는 이 방 저 방을 돌아다니며 환기를 핑계로 창문들을 열어젖혔다. 오랜만에 동네 상점에 전화를 걸어 반찬거리를 주문했다. 그사이 주인이 바뀌었는지 내가 아파트 동수를 얘기해도 아무런 반응이 없다. 약국, 쌀가게, 빵집…… 단지 내 상가의 어느 가게 하나 내가 지나갈 때 그대로 내버려두지 않았다. 때로는 작게 혀를 차며, 때로는 하던 말을 멈추어 그들은 불행을 당한 자에 대한 무언의 호기심을 표현했다. 그들 중에서 가깝게 교류하던 몇 사람은 손님을 버려두고 가게 밖으로 뛰어나와 내 손을 잡고 눈물을 흘리기도 했다. 그러나 호기심도 동정도 위로도 받아낼 힘이 내게는 없었다.

무엇이 갑자기 이 광증에 가까운, 이례적인 에너지를 만드는가. 그건 분명 J라는 애와 연관이 있다. 그것은 어렴풋이 알겠는데, 그 이상은 알 수도 알고 싶지도 않았다. 띠리리리리, 띠리띠리……. 익숙한 소음에 나는 내 방으로 쓰고 있던 문간방에서 우중충한 조깅복을 평상복으로 갈아입다 말고 뛰어나왔다. 아이는 몸을 동그랗게 말고 소파 한구석에 깊이 파묻혀, 주변은 아랑곳

하지 않고 손에 든 게임기에 온몸으로 집중하고 있었다. 저건, 아들 방 책상 왼쪽 서랍 속에 있던 건데, 저 애가 저것을 어떻게 찾았지? 심장이 뛰며 아이에게 뛰어가려는 순간 게임기의 검은색이 눈에 띄었다. 아들 것은…… 흰색이었다. 세상의 모든 게임기에서는 여전히 그리운 비슷비슷한 소음이 나지만 세상의 모든 게임기가 아들의 것이 아니라는 사실, 그 사실에 익숙해질 수 없어 나는 멈춰 서서 나 자신을 향해 중얼거렸다. 멀었어, 너는!

나의 사지는 의지와 무관하게 가뿐하게 움직이기 시작했다. 배달된 물건들로 비어 있던 냉장고를 채우자, 오래된 관성에 숙련된 내 몸이 먼지를 털고 반응하기 시작했다. 파를 다듬고 마늘을 다지고 두부를 썰고, 맛을 봐가며 고기 양념을 했다. 몇 년 전의 여느 날처럼. 동창은 부지런히 손을 움직이는 내 주위를 돌며 끊임없이 말을 이었다. 미국에 갔더니 저 사람이 옆 동네에 살고 있는 거야. 알고 보니 동창이더라구. 그렇게 된 거야. 응, 사업해. 새 일 시작해보려고 나왔어. 딸애가 무용에 소질이 있는 것 같아서 겸사겸사 네게 전화하게 된 거지. 동창회 수첩에 연락처 다 써 있잖아. 그거 봤지 뭐. 얘 나중에 좀 봐줘라. 정말 소질이 있는 건지, 쟤가 그저 하는 소린지……. 동창의 수다는 나의 미미한 반응에도 지치지 않고 계속됐다. 그녀는 우리 사이에 침묵이 자리 잡지 못하도록 다른 동창의 소식까지 전하면서 애를 썼다. J야, 이리 와서 아줌마한테 너 무용 솜씨 좀 보여드려. 내가 얘기했지. 이 아줌마가 무용가라구……. 아이에게서는 아무런 반응이 없다. 집에 들어온 이래 아이가 한마디도 하지 않았다는 것을 그때서야 깨닫고 아이의 목소리가 갑자기 궁금해졌다. J! J! 연거푸 부르는 엄마의 부름에도 아이는 시선 한 번 들지 않는다. 다행히 동창은 목소리를 높인다거나, 아이를 끌어와 억지로 무용 동작을 시킨다거나 하지 않았다.

나의 몸은 이런 기회를 기다렸음에 틀림없다. 손에 입력되어 있는 대로, 초고속으로 준비한 음식을 식탁에 올려놓고 동창 식구와 함께 둘러앉자 나는 정말 눈물이 나올 정도로 그들의 방문이 고마웠다. 식사를 하면서 나는 동창에게 말로도 표현했다. 정말 고맙다고. 동창과 그 남편은 고마운 건 자기들이다, 이렇게 환대해주니 몸 둘 바를 모르겠다……. 이런 말의 내용과는 달리 그들의 표정에는 뭔가 불편한 기색이 역력했다. 뭐가 고마운데요? 처음으로 듣는 아이의 목소리였다. 당돌하고도 버릇없는, 위악적인 표정을 지으며 아이가 내게 물었다. 목에서 빠져나오기 싫은 듯, 굵고 거친 목소리는 그 나이 또래의 여린 몸, 예쁘장한 아이의 얼굴선과 부조화를 이루었다. 나는 아이의 질문에 대답할 말을 잊었다. 글쎄 무엇이 고마웠을까. 아마도 너 때문이라고, 네가 내 아들 또래의 아이여서라고 솔직히 말할 수가 없었다. 그 순간은 큰 무리 없이 지나갔다. 나는 감정이 복받쳐 울지도 않았으며, 아이도 그걸로 그만이었다. 동창의 찡그린 눈짓에 재빨리 식사를 끝내고는 다시 소파의 게임기를 집어 들었다.

그들이 이틀만 더 머물렀어도, 동창은 분명 나를 위로한답시고 아들에 대해, 아들의 죽음의 정황에 대해, 애 아빠에 대해, 내가 살아남은 방법……이나 그보다 더 적나라한 신상의 내밀한 부분에 대해 질문을 던졌을 것이다. 거리가 조금 좁혀지자마자 두 인간이 자주 저지르는 경계의 침범. 동창의 식구들은 저녁을 마치자마자 시차를 핑계로 일찌감치 각자 배정받은 대로, 동창 부부는 침실로, 아이는 아들의 방으로 들어갔다. 널브러져 있던 물건들이 제자리를 찾아 들어가듯. 나는 망설이다 약을 복용하지 않고 자리에 누웠다. 오랜만이었다. 어렴풋이 잠이 들었을 때 침실 쪽에서 남녀가 목소리를 낮추어 다투는 소리를 들은 것 같기도 했다. 흠, 부부 싸움이라. 먼 행성의 기이한 관습을 기억해내듯, 절제되어 더 격렬한 그들의 전투적 속삭임에 잠시 귀를 기울였다. 이것을 배경음악으로 나는 잠 속으로 까무룩 깊이, 깊이 빠져들어갔다.

한낮이었다. 세상에! 하루의 반 이상이 두터운 수면 속에서 녹아내렸다. 창문과 커튼은 전날 열어둔 채여서 쏟아지는 빛의 역광 속에서 소파에 반쯤 누워 있는 아이를 처음에는 보지 못했다.

아이에게 다가갔으나 나를 한 번 올려다볼 뿐, 반응이 없었다. 귀에 이어폰을 꽂고 시선을 다시 게임기로 옮기는 아이를 방해할 생각은 없었다. 침실 방문은 활짝 열려 있었고, 동창 부부는 없었다. 방은 깨끗하게 정리되어 있었고 그들의 여행 가방도 눈에 띄지 않았다. 침실과 연결된 욕실 안에도, 붙박이 옷장 안에도 그들의 흔적은 없었다. 며칠간의 기거를 제안했는지는 알 수 없지만, 어제 분명 옷장 안에서 옷을 꺼내 빈자리를 만들어 그들의 옷을 꺼내 걸었었는데. 오랜만에 귀국했으니 지방의 친척들 방문이라도 갔겠지. 뜬금없이 동창의 고향이 지방이었다는 사실이 기억이 났다. 하기는 집에 손님을 들여놓고 한나절을 자는 사람을, 게다가 수면 장애가 있는 친구를 깨우는 것도 어려웠겠다. 아이는 네다섯 시간도 꼼짝 않고 제자리에 앉아 있는 재주가 있었다. 여자애들이란 저렇게 다른가. 딸을 키워본 경험이 없는 나는 아이의 침묵과 부동이 기이할 뿐이었다.

평소 내가 백색의 공백을 머리에 이고 하염없이 낮이 가기를 기다리던 그 자리에 아이는 둥지를 틀고 하루 종일 아무 말 없이 가끔 게임기에 칩을 바꾸어 끼거나 이어폰을 조몰락거리며 상체를 일으키는 것 외에 이렇다 할 활동 없이도 하루를 잘 보냈다. 다행히 아이는 식사를 거부하지는 않았지만 귀에는 이어폰을 꽂은 채 밥을 먹었다. 너희 엄마 언제 돌아오신다고 했니? 엄마, 아빠 가신 데 어딘지 연락처는 있어? 내가 아이를 향해 입을 열면 아이는 한쪽 이어폰을 뺐다가는 모른다는 뜻으로 어깨를 으쓱하고는 다시 이어폰을 끼었다. 음식을 먹으면서 음악을 들으면 그게 들리나. 미국에서 살다 보니 우리말이 서투를 수도 있겠다. 우리도 국경만 넘으면 벙어리가 되지 않나. 나는 말 거는 것을 포기했다.

다행히 아들이 잘 먹는 음식을 아이도 잘 먹었다. 식사를 끝내면 얼굴은 만족한 기색인데도 맛있었다거나 고맙다거나 하는 말이 꾹 다문 입에서 새어 나오지 않았다. 아이는 어떤 위험 앞에 묵비권을 행사하는 것처럼 내가 말을 걸라치면 눈에 띄게 방어적이 되었다. 사흘, 닷새가 지나도록 동창은 나타나지도 않았고 전화 연락도 없었다. 나는 이름을 겨우 기억할 뿐인 동창의 딸을 기약 없이 사육하는 사람이 되어 있었다. 왜냐하면 아이와 내가 마주 앉는 것은 식사 시간 때뿐이었기 때문이다.

아이를 처음 보았을 때 내 몸을 채우던 에너지는 이제 제법 몸 안의 발전기를 돌려 서서히 내 것이 되어가고 있었다. 내가 속해 있던 무용단의 한두 친구에게 전화를 거는 용기도 생겼다. 어느 누구도 너도 엄마 자격이 있냐고 비판하지 않았고, 어쩌자고 '그 후'에도 살아 있느냐고 묻지 않았다. 나를 잘 아는 친구들은 섣불리 나를 위로하려 하지도 않았고, 그저 어제 만난 것처럼 스스럼

없이 말을 이었다. 그들끼리 나를 대할 가장 바람직한 방법을 연구했음에 틀림없다. 한번은 편지함에 쌓인 초대장 중의 하나를 집어 친한 친구의 발표회에 아이를 데리고 갔다. 나들이를 위해 나는 아이에게 어울릴 만한 칠부 소매가 나팔꽃 잎처럼 벌어지는 붉은 자주색의 상의를 사서 입혀주었다. 동네의 옷가게에서 옷을 골라 입히고 거울 앞에 세웠다. 그때 처음으로 아이 얼굴에서 미소를 보았다.

남아 있는 모든 힘을 모아 공연장에 간 것은 잘한 일이었다. 아이가 아니었으면 나는 엄두도 내지 못했을 것이다. 아이는 하품을 했고 얼마 지나지 않아 내 팔에 머리를 기대고 잠이 들어버렸다. 빈틈없이 준비한 수준급의 공연이었다. 친구의 동작은 하나하나 아름다웠다. 그러나 나도 모르는 사이에 나는 어느새 홀로 훌쩍 강을 건너 이쪽, 다른 세상에 서 있었다. 강 저편에서 일어나는 남의 일을 바라보듯, 무심하고도 평안하게, 거의 반생을 같이 활동한 동료이자 친구의 완벽에 가까운 공연을 무심하고 생소한 시선으로 바라보고 있었다. 건너온 그 강을 다시 건너는 일은 불가능하고 무의미해 보였다. 그건 너무도 분명한 일이 되었다.

낮 시간에 아들 또래의 아이를 데리고 시내를 돌아다니자니 가벼운 흥분이 아침 안개처럼 지펴졌다. 이런 일이 다시 내게 일어나리라고는 상상도 하지 않았다. 아이의 발이 가는 대로 시장의 좌판에서 군것질도 하고 거리에 있는 돌에 걸터앉아 아이스크림도 사 먹었다. 정말 오랜만의 외출이었다. 자투리 시간이 날 때마다, 일 년에도 몇 번씩 나는 아들의 학교로 달려가서 애를 불러내 놀이동산으로 공원으로 놀러 다니는 것을 상상했다. 그러나 한 번도 그렇게 해보지 못했다. 매번 더 급해 보이는 일이 생겼고, 그보다는 자식의 학업에 누가 될까 겁을 내는 겁쟁이 엄마에 불과했던 탓이다. 나는 그렇게 너무 빨리 지훈을 학교에 뺏겨버렸다. 나도 모르게 나는 아이의 손을 잡았다. 아이는 슬그머니 손을 뺐다. 왜 이러세요, 하는 옆얼굴 표정을 내보이며. 하긴 6학년이 된 아들도 그랬다. 보는 사람이 없는지 주변을 둘러보다가는 슬그머니 손을 빼지 않았던가. 이 애의 부모는 아이를 학교도 보내지 않고 어디서 떠도는 거지? 애를 학교에 안 보내는 건 불법 아닌가?

어느 날 아침 놀라운 일이 일어났다. 아이의 말문이 마침내 터졌다. 한 열흘이 지난 즈음이었다. 아이가 입을 열자, 열두 살짜리 아이의 입에서 나오리라고는 도저히 상상할 수 없는 욕설이 솟구쳐 나왔다. 아, 씨O, 정말 말 못 해 미치는 줄 알았네. 아이의 쉰 목소리는 아이가 내뱉는 욕설에 그렇게 잘 어울릴 수가 없었다. 욕이 목소리의 음색을 변화시킨 것처럼. 낮고 거친 허스

키 보이스가 아이의 욕설을 더욱 적나라하게, 더욱 구성지게 만들었다. 속사포처럼 쏟아지는 아이의 욕설을 내 식으로 번역하면 이쯤 되지 않을까.

아니 아줌마는 바보야? 병신이야, 엉? 그 사람들 사기꾼인 거 안 보여요, 안 보여?

아이는 두 손가락을 뻗어 내 눈을 찌를 듯이 흔들어댔다.

아이가 입을 열었다는 사실도 사실이지만 아이의 욕설과 그에 걸맞은 몸짓들은 처음의 충격이 가시자마자 이상하게도 나를 편안하게 해주었다. 아이의 말 습관에 맞춰주고 싶었지만 나는 아무래도 전문가 앞에 선 풋내기에 불과했다. 나와 J 사이의 쩔뚝거리는 이상한 대화가 시작됐다.

그 사람들 내 엄마도 아빠도 아니란 말예요.

그렇지만 너는 네 엄마를 빼다 박았는데.

반항으로 가득 찬 막돼먹은 사춘기 아이와의 대화는 그다지 어렵지 않았다.

멍청이. 내가 그 사람들 도망칠 동안 입 다물고 있으라고 해서 참았지. 안 그러면 나까지 당한다고 뻥쳐서!

그래, 내가 좀 멍청이야.

자연스레 반말이 끼어들기 시작했다.

아줌마는 그렇게 눈치가 없냐. 미국? 좋아하시네. 옛날 옛적 얘기지. 뭐 사업? 웃겨. 그 사람들 헤어진 지 얼마나 됐는지 아냐? 내가 거추장스러워서 아줌마한테 내팽개친 것도 몰라?

너의 부모가 상대를 잘 고른 것 같다, 얘.

그런 식이야, 그 사람들! 다 똑같아, 다.

모든 단어 사이에 욕설이 끼어들었다. 아니 욕설 사이에 토씨처럼 단어가 끼어들었다. 다행이라면 다행이었다. 아이의 엄마인 동창에 대해 수소문해볼 필요가 없어졌다. 아이의 거취에 관해 걱정할 것도 없었다. 아이는 엄마가 이런 식으로 자길 내버려두고 사라진 것이 처음이 아니라고 했다. 아주 버리면 좋겠는데 그것도 아니라 똥 씹는 맛이란다. 상황이 호전되면 엄마가 이메일로 알리기로 했으니, 가끔 한 번씩 이메일을 확인해보면 된다고, 오히려 나를 안심시키려는 어투로 말했다.

전주곡이며 후렴인 아이의 욕은 듣는 사람 속이 다 시원해지는 지독한 쌍욕이었다. 주로 아이가 자기 엄마 얘기를 할 때 욕은 아이의 온몸을 뒤흔들며 폭죽처럼 터져 나왔다. 그토록 집중된 엄마에 대한 분노! 그토록 농밀한 부모에 대한 증오의 욕설을 듣자니 아이에게서 그런 관심을 받는 동창에게 부러움이 일 정도였다. 그래도 아이는 역시 아이였다. 매일 밤, 아이는 내 허락도 받지 않고 침실의 책상 위에 놓여 있는 컴퓨터를 켰고 그날 도착할지도 모르는 엄마의 이메일을 기다리느라 졸며 늦게까지 앉아 있곤 했다. 어떤 날은 하루에도 여러 번씩. 거의 착란으로 치닫던 광기의 한밤중, 나 또한 아들에게 수없이 수취인 없는 이메일을 보냈었다. 지훈아. 어디 있니? 겨울에는, 지훈아 거기 춥지 않아?

막힌 입이 한번 터지자 아이의 생활이 180도 변했다. 한번 나가면 밤늦게 들어왔으며, 용돈을 달라고 말하는 대신 내 가방을 뒤졌다. 사소한 도둑질은 그저 그 애의 자연스런 삶의 방식 같았다. 나는 아이의 눈에 띄는 곳에 지폐 몇 장을 흘린 듯 놓아두기도 했다. 아이가 내 집에 맡겨져 있는 동안 행여나 문제가 생길까 노심초사했다. 그러나 내 기우였다. 아이는 씩씩했고 거침이 없었으며 어디에 갖다 놓아도 살아남을 만큼 겁이 없었다. 내가 외출에서 돌아오면, 어디서 만났는지 알 수 없는 또래 애들을 데려와 집이 난장판이 되기 일쑤였지만 나는 그것을 좋아했다. 그런 날들 가운데 하루는 아이가 팔 안쪽 여린 살에 무슨 기하학적인 무늬의 문신을 새기고 들어왔다. 아이가 밤늦게까지 집에 돌아오지 않을 때, 나는 잠을 이루지 못했다. 그러나 그뿐, 이상하게도 나는 불안하지 않았다. 아이가 동창이 보낸 메일을 받기 전까지는 어김없이 이 집으로 돌아올 것을 알고 있었기 때문이다. 무엇보다도 나는 아이의 욕설의 힘을 믿었다. 그 욕설이 그 아이의 입에서 줄줄이 이어져 나오는 한, 그 위악적인 분노가 안에서 살아 있는 한, 아이가 내가 잠든 사이 집 베란다 창문을 열고 뛰어

내리는 일은 없을 것임을 나는 확신했다.

J와 나는 이런 식으로 오 개월을 같이 살았다. 어느 날 조금씩 시작한 산책에서 돌아왔을 때, 현관문이 활짝 열려 있었다. 도둑이 든 것처럼 온 실내가 뒤죽박죽이 되어 있었다. 아이가 자던 아들 방은 몇 달 전처럼 비어 있었다. J는 떠났다. 없어진 것은 아무것도 없었다. 집 안을 정리하다가 나는 뒤늦게 책상 서랍 상자 속에 넣어둔, J라고 이름 붙인 아들에 대한 자료 파일이 사라진 것을 알아차렸다. 비밀번호가 설정되어 있어 도저히 열 수 없는 그 파일을 J가 자신과 연관 있는 것이라 오해하고 가져갔는지 아닌지 그것은 나도 잘 모르겠다.

어떻건 J가 떠난 후에야 나는 아들이 우리를 영원히 떠났다는 것을, 그것은 돌이킬 수 없는 사실이라는 것을 받아들였다.

오후 네시가 가까워온다. 이제 화요초대석의 프로그램도 거의 끝나가고 있다. 카메라는 J의 얼굴을 클로즈업해 오래 머문다. J의 눈매는 예전과 같지 않다. 눈꼬리에는 여전히 매서운 기운이 남아 있지만 어릴 때의 겁 없이 날뛰던 반항기는 사라진 듯하다. 어떻건 그 방면에서 어느 정도 성공한 젊은 여자의 관대한 웃음이 입가에 맴돌기까지 한다. 웃음기를 머금은 채 J는 마술 프로의 마지막 순서를 준비한다. 진행자가 이끄는 대로 방청석에서는 박수가 터져 나온다. 관 모양의 긴 상자가 무대 전면에 놓이고, 프로그램 사이사이 J를 돕던 작은 키의 여자가 나와 인사를 한다. 눈꼬리를 내린 광대 화장의 작은 여자는 파란색 타이즈를 입고 잔걸음으로 인형처럼 움직이며 J의 주변을 돌아다닌다. 그 다음 순서는 안 보아도 될 듯하지만 이 또한 관객이 거쳐야 하는 수순이다.

네시가 되면 그와 나는 차를 마신다. 나이가 들어가면서 새로운 습관이 하나 그에게 생겼다. 달콤한 주전부리를 자주 찾는다는 것이다. 아마도 하던 일을 그만두고 동화 작가가 된 다음부터 생긴 버릇인지도 모르겠다. 그는 일어서서 차 준비를 한다. 오늘 우리가 마실 차는 터키 여행을 다녀온 그의 후배가 가져온 로즈힙 차다. 티백 하나를 넣으면 커다란 유리 주전자 가득 짙고 투명하고 새빨간 찻물이 지루할 정도로 우러난다. 약간 신맛을 내며 목구멍으로 넘어가는 이 차는 그가 막 꺼내놓은 작은 크기의 달콤한 다과와 궁합이 맞는다.

한겨울, 한밤중. 갑자기 방문이 열리고 사람들이 들이닥쳤다. 먼저 남자아이들이 들어왔다. 열린 문 사이로 거실에서 부산하게 움직이는 또 다른 무리가 보였다. 눈만 겨우 드러낸 털모자를 쓰고 있어서 얼굴은 알아볼 수 없어도 여자아이 두 명과 남자아이 네 명을 구분할 수 있었다. 방으로 들어온 그 아이들은 말없이, 일사불란하게 나를 묶었다. 영화에서 자주 보듯이 내 입을 테이프로 봉하고 두 팔을 등 뒤로 돌려 결박했다. 발은 여러 겹의 굵은 밧줄로 짚단을 조이듯이 촘촘히 묶었다. 한 여자아이의 지시에 따라 거실에서는 세 아이가 각 방에서 물건들을 꺼내 그들이 가져온 커다란 가방 안에 집어넣었다. 각자 손에 전등을 들고 필요한 곳만 선별적으로 비추면서 그들은 어둠 속에서 소리 없이 민첩하게 움직였다. J는 노랑과 황색의 물결무늬가 그려진 화려한 관의 내부를 방청석 쪽으로 기울여 보인다. 관은 비어 있고 어디에도 도망갈 구멍이 없다. 방청객의 환호성과 박수 소리에 박자를 맞추어 J의 날렵한 손짓에 따라, 좀 전의 여자가 관 안으로 미끄러지듯 들어간다. J는 관 뚜껑을 닫고 그 주변을 돌며 무술 묘기를 부린다. 방청객의 박수 소리가 점점 더 격렬해진다. 그것이 내가 본 모두였다. 잠시 후 그들은 내 눈 주위를 천으로 한 겹, 두 겹…… 다섯 겹을 감고 뒤통수에 매듭을 지어 고정시켰다. 나는 저항하지 않았다. 저항할 힘도 의지도 없었기에 그들은 나를 묶지 않았어도 됐는데……. 그 말을 할 틈도 그들은 주지 않았다. 나는 마침내 옆으로 뉘어져, 굵은 가죽의 느낌을 주는 어떤 것으로 침대에 묶였다. 그들은 나를 그렇게 처리하고 방 밖으로 나갔다.

　시간이 많이 흐르지 않았다. 소란스런 움직임이 차차 멈추고 가방이 입구 쪽으로 끌리는 소리가 날 즈음 가성으로 목소리를 높인 아직 앳된 여자애의 목소리가 터져 나왔다. 뭐해, 인마! 그냥 나오면 어떡해. 찔러. 새꺄! 찌르라니까! 야, 너 죽고 싶어! J? 너니? 재갈 물리고 테이프로 봉해진 입에서 발음이 되어 나오지 않았다. 누군가 방 안으로 들어와 내 허벅지를 조준한 듯 침대 위에 무언가 날카로운 것이 서너 번 내리꽂혔다. 그러나 이미 내 다리는 아무 감각이 없었다. 몰려왔을 때처럼 갑자기 그들은 사라졌다. 조심스럽게 문이 닫히는 소리를 끝으로 집 안은 다시 고요하고 평안해졌다. 박수 소리가 멎고 J는 등을 크게 구부려 유연한 S자 율동을 그려내며 길고 끝이 날카로운 칼로 목에 두르고 있는 천을 허공에 던진 뒤 세 동강을 낸다. 다시 환호성. 몸의 율동을 흩뜨리지 않으면서 J는 관 앞으로 다가간다. 북을 두드려대는 속도와 소리가 배가된다. J의 얼굴이 클로즈업된다. 무표정에 가까운 이상한 고요가 그녀의 얼굴에 넘쳐흐른다. 그녀가 게임에 완전히 몰입해 있을 때, 그녀가 희열을 느낄 때 저런 표정이 되던 것을 나는 기억해낸다. 아하, 저렇게 관객이 매료되는 거구나. J는 칼 든 두 팔로 크고 둥근 원을 그려낸 후, 날카로운 동작으로 단 세 번 관에 칼을 내리꽂는다. 고조되는 북소리와 고함 소리는 J의 동작으로 멎는다. J는 과장하지 않는다. 길게 끌지 않는다. 관 속에서 칼을 맞고 피를 흘리고 있었어야 할 키 작은 여인은 어느

새 노란색 날개를 달고 관 옆의 커튼을 젖히고 나온다. J와 여인은 손을 흔들며 뒷걸음으로 퇴장한다. 화요초대석이 끝났다.

그가 준비한 차 맛은 늘 특별하다. 차에 따라 맛을 내는 데 필요한 물의 적정 온도를 그는 알고 있다. 이 집에 '겨우'가 아닌 것은 차뿐이다. 아마도 백여 종의 차가 그가 부리는 단 하나의 사치일 것이다. 우리에게 남아 있던 알량한 재산의 반이나 삼켜버린 나의 허벅지 마비를 그는 차로 치료할 수 있다고 생각할 정도다. 차를 마시면서 그와 나 사이에 막혀 있던 것들이 풀려가니 어쩌면 허벅지의 마비도 언젠가 풀릴지 모른다. 결박된 상태로 나는 거의 사흘을 꼬박 혼자 누워 있었다. 어떤 방식으로도 빠져나올 수 없는 고립의 상태에서 나는 한 번도 겪어보지 못한 놀라운 평화를 경험했다. 공복이 나를 깊은 잠으로 이끌었다. 이렇게 자다가 죽어간다? 그럴 수 있을 것 같았다. 그러나 죽는 것은 그렇게 수월하지 않았다. 내 몸은 어느새 고통으로 파르르 깨어났다. 공복과 허벅지에서 이는 경련이 내가 생생하게 살아 있으며 앞으로도 살아야 할 날이 많음을 일깨웠다. 경련은 몸에 세밀하게 깔린 신경 줄에 불을 붙이듯 허리를 타고 척추를 지나쳐 뇌신경을 눌러 충격을 가한 후 다른 노선을 타고 내려와 온몸을 일깨우며 왕복 운동을 했다. 고통과 슬픔이 하나가 된 신음의 와중에 내가 그의 이름을 불렀는지는 기억에 없다. 어떻건 그는 내가 부르는 소리를 들었다고 했다.

그와 나는 이 사건을 아무에게도 알리지 않았다. 가끔 J의 현란한 욕설이 귓가에서 울릴 때, 나는 그 애를 만나 이런 말을 해주고 싶은 욕망이 일기도 했다. J, 나는 아무렇지도 않아. J, 네 덕분에 내 인생에 불필요한 것들이 다 쓸려가버렸으니 오히려 너한테 고맙다고 해야 하지 않을까. 뭐가 고마운데요? 당돌하게 묻는 어린 소녀의 목소리 앞에 나는 자주 멈추어 선다. 물론 나와 그의 삶은 매일 오후에 거를 수 없는 산책처럼, 산책 후에 마주 앉는 차 마시는 시간처럼 달콤하지만은 않다. 그러나 황량하고 견고한 시멘트 바닥에 육체가 부딪히며 내는 둔중한 소리와 동행하는 사람들에게 웬만한 쓴맛은 차 한 잔에 넘겨버릴 수 있을 정도로 가벼운 것이 된다.

박형서 朴馨瑞

1972년생. 2000년 『현대문학』에 단편소설 「토끼를 기르기 전에 알아두어야 할 것들」을 발표하며 등단했다. 단편집 『토끼를 기르기 전에 알아두어야 할 것들』, 『자정의 픽션』, 『핸드메이드 픽션』 등을 통해 기괴하고 극단적이며 멜랑콜리하면서 유쾌한 유머가 깔려 있는 작가 특유의 작품 세계를 펼쳐 보임으로써 한국 문단을 대표하는 젊은 작가로 인정받게 되었다. 2010년 발표한 장편소설 『새벽의 나나』는 "자유로운 세계에 대한 거침없는 모색과 체험적 현장성"이라는 평을 받으며 제18회 대산문학상을 수상했다. 제44회 오늘의 젊은 예술가상을 수상했고, 현재 고려대학교 문예창작학과 교수로 재직 중이다.

어떤 고요

박형서

젊은 여교사가 수업을 마치고 퇴근하는 길이었다. 마을 어귀에 들어서면서부터 이상한 소리가 들려왔다. 무슨 소리인지, 어디서 나는 소리인지 알 수는 없었지만 강원도의 낮은 마을에서 그처럼 커다랗게 울려 퍼지는 소음이란 분명 예외적인 일이었다. 불안한 마음에 걸음이 점점 빨라졌다. 그렇게 마지막 골목을 돌아설 때, 여교사의 얼굴은 딱딱하게 굳어졌다. 이웃 주민들이 하필 그녀의 집 앞에 모여 웅성거리고 있었던 것이다. 무슨 일이냐고 묻기도 전에 이웃 하나가 대답했다.

"우리도 모르겠어요. 막 두들겨봐도 대답이 없네요."

여교사는 황급히 열쇠를 꺼내 현관문을 열고 안으로 들어갔다. 소리는 굳게 닫힌 안방에서 터져 나오고 있었다. 문을 활짝 열어젖혔다.

　그 순간 마주친 광경을 젊은 여교사는 평생 잊지 못한다. 낡은 흑백텔레비전 앞에 막 여섯 살이 된 그녀의 둘째 아이가 앉아 있었다. 눈을 휘둥그렇게 뜬 채로, 볼륨을 끝까지 올린 스피커에 귀를 바짝 붙이고서, 자신에게 도대체 무슨 일이 벌어진 건지 이해하려 끙끙대고 있었다.

　아이는 그날 귀가 멀었던 것이다.

　하지만 나는 기억을 못한다. 귀가 먼 직후부터 조금씩 청력을 되찾게 되기까지, 소리를 듣는 일에 다시 적응을 하기까지 대략 두 해 동안의 기억이 깨끗하게 지워졌기 때문이다. 그러니 그것은 나의 시련이 아니라 부모의 시련이었다.

　당시 원주에서 영험하다고 소문이 난 문창모이비인후과가 나를 초진했다. 의사는 겁에 질려 있는 작은 귀머거리를 이리저리 관찰하더니 묵묵히 약을 지어주었다. 그 하얀 봉투에 든 약이 무엇이었는지 나는 아직도 궁금하다. 아마 젤리빈이나 콩사탕이 아니었을까 짐작한다. 배만 부르고 전혀 차도가 없었으니 말이다. 그런 상태로 사십여 일이 지났다. 갑작스런 적막 속에 갇힌 나는 다친 짐승이 그러하듯 급격히 난폭해졌다. 신경질적으로 텔레비전 볼륨을 올려대고, 수틀리면 손에 잡히는 아무 물건이

나 집어 던졌다.

여섯 살짜리 아이가 집안의 갑(甲) 행세를 시작하자 부모의 걱정은 이만저만이 아니었다. 그 나이에 귀가 멀어버리면 공부를 하는 것도 어렵고, 꿈을 갖기도 힘들다. 벌써 빠르게 그간의 언어를 잃어가는 중이었다. 아니, 귀가 먼 며칠 사이에 아이의 언어는 순식간에 붕괴되어버렸다. 꺽꺽 되는대로 소리를 지르고 울부짖을 뿐이었다. 훗날 어느 술자리에서 외삼촌이 당시 그 모습을 흉내 낸 적이 있는데, 아주 가관이었다.

절망에 빠진 부모는 온갖 궁리를 다 하였다. 저 헬렌 켈러를 장차 어떻게 할 것인가? 하루는 답답한 마음에 의사에게 물어보았다.

"어찌, 치료될 가능성이 좀 있습니까?"

그랬더니 의사가 버럭 소리를 질렀다.

"고작 사십 일 병원에 다녀놓고 벌써 낫기를 바라는 거요?"

귀가 먼 건 아들인데 왜 나한테 소리를 질러 이 자식아. 그가 노리는 게 기적 혹은 자연 치유임을 깨달은 아버지는 즉각 나를 이끌고 상경하였다.

서울 세브란스병원의 의사들은 감격스러울 정도로 친절했다. 토요일 오후였음에도 먼 곳에서 왔다며 여러 가지 정교한 테스트를 실시했다. 커다란 유리 돔 안에 나를 집어넣고 밖에서 이것저것 묻기도 했다. 나는 물론 제대로 답을 못하였다.

검사를 마친 의사들은 논의 끝에 두 가지 서로 다른 처방을 내렸다. 하나는 편도선염에 의한 청력의 상실이고, 또 하나는 청각기관의 물리적 손상이었다. 의사들은 우선 편도선염에 대한 처방으로 약을 조제해주었다.

"먼 데서 오셨으니 한꺼번에 십오 일 치를 지었습니다. 그 후에도 마찬가지면 다시 오세요. 그때는 보청기 처방을 해보아야 할 것 같습니다."

그렇게 약을 한 보따리 챙겨 병원 문을 나섰다. 그런데 일가족이 모두 함께 왔던 터라, 기왕 서울에 온 김에 창경원이나 구경하자며 놀러 갔다. 막내아들이 귀가 먼 와중에도 강원도에서 상경한 우리 가족은 마냥 코끼리가 보고 싶었던 것이다.

그곳에는 코끼리뿐 아니라 호랑이도 있었을 것이다. 기린도, 얼룩말도 있었을 것이다. 어머니와 아버지와 한 살 위인 형은 그 이국의 동물들을 보며 몹시 즐거워했을 것이다. 십중팔구 나도 그랬을 것이다. 좋아서 꺽꺽 짐승처럼 날뛰었을 것이다. 하지만 기억이 나지 않는다. 유년의 기억이 형성되기 위해서는 오감의 범우주적 공조가 필요하다. 그 감각 중 하나에 구멍이 나버렸기 때문에, 나는 그 시절의 단 한 장면도 기억을 못한다.

세브란스병원의 의사들은 원주의 소리 지르는 무당보다 친절

할 뿐 아니라 실력도 뛰어났다. 받아온 약을 일주일쯤 복용했을 때부터 조금씩 청력이 돌아오기 시작했다. 그리하여 십오 일분의 약을 다 먹고나자 경적 소리에 차를 피할 수준으로 회복되었고, 다시 한 달쯤 지나면서는 나를 매우 칭찬하는 이야기 정도는 재깍 알아들을 수 있게 되었다. 의사들의 첫 번째 처방이 적중했던 것이다. 그들에 대한 감사와 존경의 표시로 가난한 사람들을 치료해주는 봉사의 삶을 사는 건 어떨까 진지하게 고려해보았지만 의대에 못 갔다.

청력이 회복되어가던 터라 특별한 보호가 필요했던 나는 춘천의 외갓집에 맡겨졌다. 싹싹하고 영리한 데다 귀까지 되게 밝은 형은 원주의 부모 곁에 그대로 남았다. 일종의 분리수거였던 것이다. 부모의 맞벌이 사정 때문이었지만, 다행히 그 결정은 모든 점에서 최고의 선택이었다. '모든 점'이라 했으니 미괄식으로 장점 몇 가지를 나열한 뒤 제일 뒤에 핵심 장점을 넣어야 글의 흐름에 맞겠으나, 따져보면 모든 장점은 네 음절짜리 한 단어로 간결하게 수렴된다.

외할머니는 나에게 백 퍼센트의 존재였다. 체온이 필요하면 업어줬고 놀이 상대가 필요하면 놀아줬다. 배가 고프면 석유곤로를 이용해 중국식 계란볶음밥을 만들어주었고, 잡다한 병에 걸리면 소아과를 찾아 밤하늘 은하수를 훨훨 날아다녔다. 그분의 외손자라는 사실만으로도 나는 말갈족을 수하로 거느린 것처럼 안심이 되었다. 그건 비단 어린 시절뿐만이 아니라 성인이 되고 나서도 마찬가지여서, 깡패 짓을 하고 다닐 때나 외국의 도시에서 넉살 좋게 굴러먹을 때나 마음의 절반은 항상 그분 옆구리에 기대어 있었다. 호의와 적의를 구분하지 못하여 부모 형제를 포함한 세상 모두에게 원수를 만난 양 덤벼들던 내 유년기의 공격성이 오직 그분만을 비껴갔다는 건 놀라운 일이다. 아마 외할머니는 교감의 천재였던 모양이다. 후에 외할아버지가 뇌졸중으로 언어중추를 다쳐 발음이 어눌하게 되었는데, 그걸 드러내기에는 자존심이 너무 셌던 탓에 외할머니하고만 작은 목소리로 대화를 나누곤 했다. 그때 외할머니의 얼굴에 담긴 백 퍼센트의 눈빛과 표정을 보며, 내가 바로 그 맞은편에 조그맣게 앉아 있던 시절이 떠올라 온몸이 저릿저릿해진 적이 있다.

나는 일 년 조금 넘게 외할머니의 품에서 자랐고, 갈아엎었던 대부분의 말을 그때 새로이 배웠다. 그분과의 대화 속에서 그분의 말을 배웠다. 그러니 내 언어 속에는 내가 살아온 시공간보다 외할머니가 살아온 시공간이 훨씬 많이 담겨 있는 셈이다. 내 언어에는 한국동란의 고단함이 담겨 있다. 내 고향 춘천뿐 아니라 외할머니의 고향인 '영변의 약산'도 담겨 있다. 내 언어는 외할머니의 품에서 생겨났다.

　외할머니는 여러 종교를 옮겨 다니다 말년에 기독교의 한 분파에 정착했는데, 어딘가 지나친 감이 있었다. 그걸 못마땅해하는 나에게 하루는 이렇게 말했다.

　"이건 진짜야. 이게 진짜가 아니면, 이게 진짜가 아니라면 할머니는 너무 슬퍼. 너무 억울해."

　나는 그 문장에서 삶을 백 퍼센트로 살아온 이만이 맞닥뜨릴 수 있는 어떤 공허를 보았고, 그래서 다신 외할머니의 신앙생활에 토를 달지 않았다. 2007년 겨울 그분이 떠났을 때, 나는 딱한 번 내 이성과 신념을 정면으로 거스르면서, 천국이라는 높고 아름다운 곳이 세상 어딘가에 정말로 존재해주기를 진심으로 빌었다.

　여덟 살이 되어 춘천에서의 행복했던 시간은 끝났다. 나는 원주로 돌아가 초등학교에 입학했다. 소리가 들리긴 들렸지만 여전히 심한 난청이었다. 특히 낮게 점잔 빼는 유형의 목소리에 애를 먹었는데, 후에 알아보니 그처럼 특정한 음파에는 내 귀가 전혀 반응을 하지 않는 것이었다. 그것은 이미 치료나 회복이 불가능할 정도로 상실된 영역이었다. 선생의 목소리가 들렸다 말았다 하니 수업에 집중할 수가 없는 건 당연한 노릇이었다. 게다가 나는 말을 완전히 새로 배워야 했던 탓에 남들보다 시작도 많이 늦은 상태였다. 한 살 위인 형이 초등학교에 들어가기 전부터 한 글을 완전히 터득하고 있었던 데 반해 나는 초등학교에 들어간 뒤에도 1학년 때는 전혀, 2학년 때는 거의 글을 읽거나 쓰지 못 하는 지진아였다. 말은 외할머니로부터 배웠지만 문자까지 배우 진 못했던 것이다. 스스로 창피한 건 둘째 치고 부모가 모두 선생 인지라 상당한 집안 망신이었다. 자연스레 남의 눈을 피해 구석 으로 숨어들곤 했다. 그때는 내가 보이지 않는 척 무시하는 게 날 도와주는 길이었다.

하루는 옆 반의 여자아이가 제 어머니를 앞세워 집으로 찾아 왔다. 내가 자기 가방에 발을 집어넣어 망가뜨렸다는 것이다. 나 는 절대로 그러지 않았다. 더 심한 짓을 했을지는 몰라도, 지질하 게 그 애의 가방에 발을 집어넣어 망가뜨리진 않았다. 여자아이 는 제 어머니 뒤에 숨어 고개를 끄덕이거나 가로젓기만 했다. 당 시 내 부모는 모두 그 초등학교의 선생이어서 학부모가 항의하 면 일단 들어주어야 할 입장이었다. 몹쓸 모녀가 가방값을 받아 의기양양하게 돌아가고 난 뒤 나는 아버지에게 흠씬 두들겨 맞 았다. 입에서 터져 나오는 대로 부인했지만 소용없었다. 사실이 분명히 여기 있음에도 그걸 어찌 이해시킬 수 없다는 절망감, 내 논리와 언변의 부족, 특히 내 편의 부재가 너무나 아팠기 때문에 이 사건은 오랜 시간이 지난 지금까지도 선명하게 기억에 남아 있다.

한번은 이기호 작가와 대화를 나누다 그가 같은 학교에 다녔다는 사실을 알게 되었다. 우리는 동갑내기여서 그 코딱지만 한 교사(校舍)를 오가며 마주친 적도 몇 번 있었을 것이다. 필경 이기호 작가는 그때부터 책도 잘 읽고 글도 잘 쓰고 나불나불 농담도 잘하고 괜히 까불다 두들겨 맞기도 잘했을 것이다. 나는 그때 어둠 속에 있었다. 이것은 비유가 아니다. 그때 나를 둘러싸고 있던 건 정말로 새까만 어둠이었다. 만약 이기호 작가가 당시 원주 태장초등학교의 복도에서 이리저리 꿈틀거리는 새까만 공기 덩어리를 보았다면, 그게 바로 나였다.

부모가 두 분 다 공립학교 선생이라 전학을 여러 번 다녔다. 그러는 과정에서 한 살 위인 형이 사교성 많은 아이가 되었다면 나는 이별에 익숙한 아이가 되었다. 그렇다고 무뚝뚝한 건 아니었다. 오히려 친구를 만들기 위해 필사적이었다. 그 나이대의 아이들에게 친구란 생존의 문제에 육박하기 때문이었다. 하지만 불러도 제대로 듣지 못하는 아이를 누가 친구로 삼아주겠는가. 그래서 공짜가 아니라는 사실을 크게 홍보했다. 조금이라도 호의를 보이는 아이에게는 샤프도 주고 지우개도 주고 필통도 주었다. 간도 쓸개도 내주었다. 대신 청소를 해달라고 하면 대신 청소를 해주었다. 대신 당번을 서달라고 하면 대신 당번도 서주었다. 내게 부탁을 한 뒤 좋은 곳에 놀러 가면 잘 놀다 오라고 손까지 흔들어주었다. 그래서 당시의 친구들은 죄다 수에 밝은 얌체들뿐이었다. 점잖고 사리분별이 올바른 아이들은 내 근처에 오지도 않았다.

그러다 초등학교 3학년 때 강원도를 떠나 서울로 전학을 왔다. 서울 아이들의 텃세는 그간 경험한 것과 차원이 달랐다. 얌체 짓으로 전쟁을 한다면 그 학교 학생들만으로도 강원도 16,874제곱킬로미터를 통째 점령했을 것이다. 어떻게든 어울려보려 굽실거렸지만 일주일이 흐르고 한 달이 흘러도 나아지는 게 전혀 없었다. 그러던 어느 하루, 호구 노릇에 신물이 난 나머지 양철 쓰레받기로 급우를 마구 때렸다. 물론 대가는 톡톡히 치렀으나 그 사건 이후 나를 둘러싼 분위기가 확연히 달라진 걸 느낄 수 있었다.

며칠의 관찰 끝에 전략을 세웠다. 꽤 세 보이는 녀석을 골라 내 쪽에서 먼저 시비를 걸었다. 당연히 전생이 보일 정도로 두들겨 맞았지만, 적어도 나는 그 녀석과 맞장을 떠본 거물이 된 것이다. 며칠 지나 멍이 가라앉자 한 덩치 하는 다른 녀석에게 다가가 또다시 싸움을 걸었다. 단방에 맥없이 코피를 뿜으며 나가떨어지기에 어찌된 일인가 봤더니 그게 나였다. 나중에 안 사실인데 그 아이는 3학년 최강 싸움꾼이었고, 나보다 심한 청각 장애가 있었으며, 게다가 여자애라나 뭐라나.

아무튼 그런 식으로 여러 아이와 싸움질을 했다. 이처럼 미친 짓을 계속하다 보면 완전히 따돌림을 받을 것 같지만, 적어도 초등학생들의 세계에서는 그렇지가 않다. 순위권 밖에서 출발한 내 페킹오더(Pecking order)는 요래조래 올라갔다. 신분이 너무 빠르게 상승하는 바람에 흡사 과거에 급제한 기분이었다. 나는 어둠에 갇혀 눈물이나 짜는 외톨이가 아니라 매사 조심스럽게 대해야 하는 꼴통이 되었다. 그게 바로 내가 원하던 것이었다. 인생 최초의 베팅이었고, 성공이었다.

그해가 나에게 중요한 의미를 갖는 이유는 한 가지 더 있다. 전국 규모의 어느 신문사에서 개최한 어린이 글짓기 대회에 참여해 큰 상을 탔다. 그건 기적이었다. 1학년 때에는 '태극기'조차 제대로 쓰고 읽지 못했다. 2학년 때도 별반 다르지 않은 저능아였다. 그런데 3학년 때 뜬금없이 글짓기 대회에 나가 우승한 것이다. 전체 조례 시간에 단상에 올라 상장과 메달을 받았다. 집에 돌아오니 부모가 수상 소감을 물었다.

"잠지가 덜덜 떨렸어요."

아버지가 회상하는 당시의 내 대답이다.

이후로 며칠 동안 곰곰이 생각했다. 잠지가 진동할 만큼 상찬을 받은 건 처음이었다. 전에는 한 번도 그래본 적이 없었다. 내가 술래가 되었다 하면 밤까지 놀이가 끝나지 않았다. 증거를 훼손하는 억지를 부리지 않고서는 딱지치기조차 제대로 이겨본 적이 없었다. 그게 뭘 의미하는가? 놀이터 그네 위에서 일생일대의 선택을 했다.

좋아, 그렇다면 나는 글을 써야지.

그렇게 내 인생은 초등학교 3학년 때 받은 상 하나로 결정되었다. 이처럼 순수하고 담백한 인생이 또 어디에 있을까 싶다.

그런데 문제는 문학적 재능을 갈고닦아도 모자랄 판에 마음 아프게 싸움 실력만 일취월장한다는 점이었다. 그러한 경향은 중학교에 진학하면서 더 심해져, 급우들과 치고받는 게 일과표의 가장 중요한 항목이 되었다. 당연히 공부는 뒷전이었다. 학급 전체 67명 중에 42등이 나였다. 이 글을 쓰기 전 아버지에게 메일을 보내 집에 보관된 중학교 성적표를 확인해달라고 부탁했더니 이러한 답장이 왔다.

"수학 양, 과학 미, 체육 미, 음악 양, 미술 미, 한문 미, 나머지 도덕 국사 사회 영어 기술은 우."

골고루 잘했네 뭐. 아버지는 나를 음해하기 위해 쓸데없이 한 줄을 덧붙였다.

"수는 아무리 찾아봐도 없구나. 개근은 하였고."

어디 그게 제 노력만으로 되었겠습니까. 가정환경 역시 그런 자포자기의 일탈에 적합했다. 대학원에 진학할 형편이 못 됨을 비관한 아버지는 매일 술로 시간을 보냈고, 집안은 자연스럽게 개판이 되었다. 그런데 아버지의 불만이 내게 끼친 영향 중엔 긍정적인 부분도 있었다. 학력 콤플렉스에 빠진 벼락부자가 거실에 세계명작전집을 전시하듯, 양아치처럼 살아가는 와중에도 친구는 동류가 아니라 항상 공부 잘하는 우등생들만 사귀었던 것이다. 그 애들에게 있어 나는 이를테면 정치깡패 같은 존재였다. 사소한 시비로부터 보호해줬고, 뜯긴 돈을 대신 돌려받아줬으며, 입바른 소리 하는 애들을 구타해 당분간 학급 회의에 빠지도록 했다.

그런데 하루는 시험공부에 열중하는 친구에게 놀러 가자고 졸랐다가 무안하게 거절을 당했다. 일단 그 녀석을 연필도 들 수 없을 만큼 팬 뒤, 아주 똥 같은 기분이 되어 귀가했다. 그에게 화가 나서가 아니었다. 우등생 주위를 맴도는 내 꼬락서니가 하도 구질구질해서였다.

그 밤 나는 홧김에 문무를 겸비하기로 결심했다. 책상에 앉아 교과서를 펴들었다. 기본이 없으니 무슨 말인지 하나도 알아먹을 수가 없었다. 심지어는 들여다보고 있는 과목이 뭔지조차 알쏭달쏭했다. 그래서 무작정 외웠다. 목차부터 외우고 문제를 외우고 답을 외웠다. 꼴값을 하느라 코피까지 흘렸다. 평소엔 맞아서 흘리던 피였다. 나올 상황이 아닌데 나온 피 입장에서도 당황한 기색이 역력했다. 그렇게 일주일 공부하여 중간고사를 치렀다. 스물다섯 명을 뛰어넘어 반에서 17등을 했다. 앞의 열여섯 명떼거리가 눈에 걸리긴 하지만, 아무튼 이번 베팅도 대성공이었다. 그날 이후로는 적어도 성적 때문에 지진아 소리를 듣진 않게되었다.

고등학교에 입학해서는 잠시 학업에 힘쓰느라 무예를 소홀히했더니 도처에서 주먹이 날아왔다. 이놈이고 저놈이고 죄다 고수였다. 고분고분하게 굴지 않았기 때문에 맞아도 남들보다 몇배나 심하게 맞곤 했다. 한번은 3학년을 삼 년이나 다닌 구척장신의 일진에게 밉보여 경을 치게 되었다. 방과 후 학교 뒷산으로쥐어터지러 오라 하기에 수업이 끝나자마자 집에 달려가 식칼두 자루를 챙겼다. 관운장처럼 생긴 그 일진은 뒤늦게 고문 현장에 나타난 나를 보고 되게 반가워했다. 도망갔을까 봐 조마조마했다는 것이다. 그럴 리가요 형님, 하고 대답했다. 가방에서 식칼을 꺼내어 양손에 하나씩 들고는 아뢰었다.

"너저분하게 뒤엉키지 말고 이걸로 해결하죠."

경험해본 사람은 알겠지만, 적대적인 상황에서 예리한 금속이 등장하면 보는 것만으로도 온몸의 힘이 쭉 빠진다. 어정쩡하게 상황이 종료되고 난 뒤, 참관인 자격으로 그 자리에 있던 친구 한 명이 다가와 거품을 물었다.

"너 죽고 싶어? 저 새끼 팔 길이가 네 키만 한 거 알아?"

물론 나는 죽고 싶지 않았다. 그렇다고 싹싹 빌거나 똥개처럼 얻어터지고 싶지도 않았다. 내 계획은, 그 자식이 칼 하나를 받기 위해 손을 내미는 순간 다른 쪽 칼로 반대편 옆구리를 푹 찔러버리는 것이었다. 어쩌면 구척장신의 일진이 그리 쉽게 물러난 건 내 의도를 간파했기 때문이리라. 하긴, 둘 중에 하나를 고르라고 상냥하게 나불대면서도 칼 두 자루 모두 손잡이를 꽉 잡고 있었으니까.

말하는 고릴라를 지략으로 물리친 셈이라 이번의 베팅도 수학적 성공인 것 같지만, 그게, 사실, 그렇지가 않았다. 위기에서 간신히 빠져나왔을 때 어떤 이들은 의기양양해하는 반면 어떤 이들은 깊이 낙담한다. 나는 후자였다. 운동화 끈이 다 풀린 줄도 모르고 집까지 걸어왔다. 그리고 침대에 누워 멍하니 천장만 바라보았다. 씻을 힘도, 먹을 힘도 남아 있지 않았다. 전에도 후에도 그날만큼 밑바닥까지 지쳤다고 느낀 적은 없었다. 그 밤, 나는 천장의 어지러운 갈고리 문양 속에서 수년 전의 작은 계기와 사소한 선택 하나가 나를 어떤 궁지에 몰아넣었는지 보았다. 호구가 되느니 싸우겠다고 결심한 건 피치 못한 일이었을지 모른다. 반면 누군가의 옆구리를 찔러버리겠다고 결심한 건 분명히 선을 넘은 짓이었다. 그런데 그 둘은 하나의 벡터에 담긴 상호 연결된 값이어서, 나로선 손에 칼을 쥐고 있는 장면만을 쏙 떼어내 부정할 수가 없었다. 요컨대 나는 갑자기 낯선 좌표에 던져진 게 아니라 긴 시간 꾸준히 그 함수의 궤적을 따라 걸어왔던 것이다.

이후로 완전히 맥이 풀리고 모든 게 부질없이 여겨져 고등학생 시절 내내 무기력하게 겉돌았다. 한편으로는 공부를 하고 한편으로는 대학로에 나가 막걸리를 마시고 한편으로는 여고생들을 쫓아다니고 한편으로는 싸움질을 하고 한편으로는 시를 썼지만 어느 하나 제대로 하지 못했다. 제대로 할 마음도 없었다. 당시 내 탈선의 주된 무대는 교회였다. 주말이면 교회 친구들과 어울려 다니며 성경에 기록된 악행들을 하나하나 실습했다. 전날 밤에 함께 술을 마시고 패싸움을 벌이던 아이들이 일요일 예배 시간에 우아한 표정으로 나타나 사랑의 찬송가를 부르는 모습은 흥미로운 광경이었다. 대입을 준비하면서 자의 반 타의 반으로 그 생활을 접게 되었지만, 아직도 월계동 순복음교회 앞을 지날 때면 적잖이 부끄러워지는 한편으로 도무지 실마리가 보이지 않던 그 밤 그 천장의 갈고리 문양이 떠올라 가슴이 서늘해진다.

글짓기 상을 받았던 초등학교 3학년 때 나는 장래의 큰 방향을 일찌감치 결정해버렸다. 물론 대부분의 아이들이 그렇듯 나역시 자라면서 군인이나 가수, 야구 선수, 대통령, 백설공주 따위를 한두 번씩은 꿈꿔보았다. 하지만 언제나 마음 한구석에는 결국 글 쪽으로 돌아가게 되리라는 믿음 같은 게 있었다. 그러니 저지옥 같던 고등학교 시절을 마치고 국어국문학과에 진학한 건나로선 어쩌면 당연한 선택이었을 것이다. 요새는 글쓰기를 전문적으로 가르치는 문예창작학과가 많지만 당시엔 주로 전문대나 예체능계 소속이어서 그러한 학과가 존재한다는 사실조차 몰랐다. 돈이 되는 학과에 들어가야 한다는 압박감 역시 없었다. 아버지가 드디어 문학박사 학위를 받고 국립대학에 부임해 교수, 처장, 총장으로 승승장구하던 시절이었다. 어머니 역시 이즈음에는 꽤 화려한 경력을 갖춘 중견 교사였다. 적어도 경제적으로는 예전의 절박함에서 조금씩 벗어나고 있었다.

대학에 입학해서는 문학 동아리에 가입했다. 선배들과 낮술을 마신 뒤 도저히 시빗거리가 될 수 없는 일을 부풀려 주먹질하는 임무를 맡아 활동했다. 그래도 문학도답게 이따금 시간이 나면 시도 썼다. 딱히 시가 좋아서라기보다는 아버지가 꽤 오랫동안 시를 써온 시인이기 때문이었다. 게다가 문학을 한답시고 폼잡기에는 예나 지금이나 시가 최고인 법이다. 눈 뜨고 볼 수 없는 당시의 습작 수천 편 중 서너 편을 나는 아직도 보관하고 있는데, 잘 써서가 아니라 내가 어디서 왔는지를 잊지 않기 위해서다.

당시 나는 아파트 옥상, 그것도 비상구 위쪽의 한 평쯤 되는 공간에 올라가 피뢰침 옆에 자리를 깔고 누워 사색에 잠기는 거룩한 취미가 있었다. 그러다 괜찮은 문장이 떠오르면 달아나지 않도록 곁에 준비해둔 종이에 재빨리 휘갈겼다. 이따금 젊거나 늙은 남녀가 옥상에 올라와 서로의 침을 나눠 먹곤 했는데, 겸손하게 고개만 살짝 내밀어 그 모습을 훔쳐볼 때면 나 자신이 타락한 소돔의 탑에 갇힌 고결한 시인이 된 기분이었다. 요새는 그런 아이를 변태 관음증 환자라 부른다고 들었다.

하루는 깜빡 잠이 들었다가 떨어지는 빗방울에 깼다. 내려가려고 보니, 잠들기 전에 써놓았던 시가 어디론가 사라지고 없었다. 이리저리 찾다가 결국 쫄딱 젖은 채 빈손으로 내려왔다.

이후로 며칠 동안 그 시의 황홀한 잔상이 머리에서 떠나질 않았다. 하지만 기억을 더듬어 복기해보면 언어로 건설된 궁극의 비경은 어디로 가고 순 재앙 같은 헛소리만 남는 것이었다. 결국 바람이 훔쳐간 원문을 되찾는 외에는 다른 방법이 없다는 결론에 이르렀지만, 옥상과 심지어는 아파트 인근까지 샅샅이 뒤져도 흔적조차 보이지 않았다. 난감해진 나는 계속해서 소돔의 탑에 올라 상실과 집착이 뒤섞인 시를 썼다.

그렇게 보름쯤 지난 어느 저녁이었다. 그야말로 우연히 소돔의 탑 바로 아래편 배수 구멍에서 누리끼리한 무언가를 발견했다. 다가가 살펴보니 쪼글쪼글하게 구겨진 그것은 한 장의 종이였다. 빽, 탄성을 질렀다. 등잔 밑이 어둡다더니, 그토록 찾아 헤매던 불후의 명작이 바로 그 아래 처박혀 있었던 것이다. 비와 먼지에 된통 찌든 종이를 모시고 방으로 달려왔다. 책상에 앉아 최대한 조심스럽게 편 뒤 읽어보았다. 대여섯 번 반복해서 읽었다.

눈을 감았다. 뜨거워진 얼굴로 새벽까지 꼼짝 않고 생각했다. 통제할 수 있는 것과 통제할 수 없는 것에 대해 생각했다. 보편적으로 설명할 수 있는 현상과 찰나의 기억으로 명멸하는 인상에 대해 생각했다. 어린아이도 이해할 수 있는 호소와 수많은 의미를 품은 눈빛에 대해 생각했다. 암시하는 사건과 암시하는 문장에 대해 생각했다. 그리고 나는 과연 어느 쪽에 어울리는 인간인지 생각해보았다. 창밖이 조금씩 밝아올 무렵, 지구의 허파인 아마존 원시림을 위해서라도 시는 그만 써야겠다고 결심했다.

그렇다고 곧바로 소설로 방향을 틀었던 건 아니다. 어쭙잖게 수필이나 쓰며 이태가량을 허비했다. 그 수필들은 그저 시보다 조금 긴 쓰레기에 불과했다. 그러던 어느 하루, 여름방학을 맞아 대학 동기 한 명과 부산행 기차에 올랐다. 우리에게는 막노동으로 돈을 벌어 세계 유람을 떠난다는 소박한 목표가 있었다. 막상 부산에 도착해 어떤 꼴을 당했는지는 회상하기조차 싫다. 나름 귀한 집 아들들이었던 우리는 굶었고, 노숙했으며, 이리저리 쫓겨 다니다 나흘 만에 터덜터덜 서울로 돌아왔다. 동기는 내 꼬임에 빠져 그 고생을 했다고 믿어 화가 잔뜩 나 있었는데, 아닌 게 아니라 매우 정확한 사실이어서 뭐라 대꾸할 여지가 없었다. 민망한 마음으로 객실에 비치된 철도청 잡지를 집어 들고 이리저리 뒤적였다. 마침 그 안에는 당시 유명세를 떨치던 어느 소설가의 콩트 한 편이 실려 있었다. 다 읽은 나는 여전히 씩씩거리고 있던 동기에게 그 콩트에 대한 불만을 늘어놓았다. 이건 뭐 주제도 없고 반전도 없고 교훈도 없고 재미도…….

동기가 화를 버럭 냈다.

"병신아, 그럼 네가 써봐."

집에 돌아온 병신은 제대로 씻지도 않은 채 쓰러져 잠이 들었다. 그리고 새벽에 일어나 글을 쓰기 시작했다.「윤철의 사랑」이라는 제목을 건 첫 번째 소설은 그날 저녁 무렵에 원고지 80매가량의 분량으로 완성되었다. 나는 그 소설을 읽고 또 읽었다. 여러모로 형편없었다. 하지만 적어도 기차에서 읽었던 그 유명 작가의 콩트보다는 나은 글이었다. 이만하면 성공이다, 하고 생각했다. 상을 받은 초등학교 3학년 이후 글에서 성공했다고 느낀 건 그때가 처음이었다.

나는 실패에서는 거의 배우지 못하는 사람이다. 나는 성공에서만 배운다. 그날의 경험을 통해 나는 소설가가 되기로 결정했다. 더불어, 설명하기는 힘들지만 소설가 지망생이라면 어쩐지 그래야 할 것 같아 학기 내내 산소용접이나 주유소 주유원, 불법 전단지 배포 등의 아르바이트를 해 돈을 모아서는 방학마다 외국으로 떠돌아다녔다. 이후 병역과 장기 여행 등의 사정으로 세 번의 휴학을 거친 끝에 99년도에 간신히 대학을 졸업했다. 그동안 매번 새 소설의 초고를 끝마칠 때마다 일련번호를 붙여 컴퓨터에 저장했는데, 「윤철의 사랑」이 1번이고 졸업하던 해에 쓴 단편이 65번이다. 두 소설 사이에는 약 오 년이라는 시간이 담겨 있다.

신춘문예에는 98년에 처음 응모했다. 물론 떨어졌다. 이듬해에 다시 응모했다. 역시 떨어졌다. 그다음 해에도 응모했지만 젠장, 또 떨어졌다. 그나마 위안이 되었던 건 어딘가 봐줄 만한 구석이 있었던 모양인지 두 번이나 본심에 올랐다는 사실이다. 그중 99년도 신춘문예 본심의 심사평에는 이미 발 뻗고 전사한 내 응모작에 대한 화끈한 저주가 실려 있는데, "시종 억지와 무리한 작위적 스토리 전개로 지루한 난해 소설을……" 운운하는 대목은 아직도 선명하게 기억하고 있어 술자리에서 자랑삼아 떠벌리곤 한다.

2000년 신춘문예는 여러모로 가슴 아픈 실패였다. 응모작에 들인 고생도 고생이고 이미 졸업을 해 무직자 신세라는 불안감도 불안감이지만 함께 소설을 공부하던 친구가 먼저 등단을 한 게 치명적이었다. 내가 더 잘 쓴다고 믿고 있던 터라 이만저만 낙담한 게 아니었다. 간신히 입에 발린 축하를 해주고 나서 짐을 꾸렸다. 그리고 세 달가량 미국과 남미를 떠돌았다. 그 여행은 즐겁지 않았다. 당시 미국 남서부의 골든록(Golden Rock)에서 찍은 사진 한 장을 가지고 있는데, 자세히 보면 얼굴이 인생 다 산 사람처럼 울상이다.

그렇게 몸과 마음이 상거지가 되어 귀국했다. 그리고 뚝섬의 자취방에 들어앉아 소설 한 편을 쓰기 시작했다. 그것은 내 인생의 마지막 소설이 될 예정이었다. 당연히 아무에게도 보여줄 생각이 없었다. 그 소설은 오직 나만을 위해 써질 것이고, 그래서 독자에 대한 배려는 전혀 없이 복잡하고 난해한 구성을 지니게 될 것이며, 그간 연마한 모든 기법이 죄다 동원될 것이고, 형식적으로는 줄 바꿈 없이 단 한 문단으로만 서술될 것이었다. 나는 내 잘못된 선택을 마무리하며 그처럼 별스러운 호사를 누리고 싶었다.

그 소설, 「사막에서」는 사흘 뒤 초고가 끝났다. 이후로 약 열흘에 걸쳐 컴퓨터 화면을 보며 교정했다. 그 작업이 끝난 뒤에는 프린터로 출력을 한 뒤 소리 내어 읽으면서 퇴고했다. 어색한 부분이 있으면 출력된 종이에 수정을 했고, 그렇게 수정된 내용을 컴퓨터에 입력한 뒤 다시 프린터로 출력했다. 그런 식으로 출력을 백 번 넘게 했다. 한 달가량 지나자 소설의 처음부터 끝까지의 모든 문장을 외우게 되어, 종이에 출력을 할 필요조차 없이 술자리에서라도 보다 적절한 표현이 생각나면 기억해두었다가 나중에 집에 돌아와 수정하곤 했다. 작업은 5월 초에 끝났다. 73번이라는 번호를 붙여 저장한 뒤 밖으로 나가 정신을 잃을 정도로 폭음했다. 그리고 일주일쯤 지나 생면부지의 지방으로 거처를 옮겼다. 그 지방의 대학에서 행정 조교를 하며 대학원에 다닐 계획이었다. 소설 따위는 다신 거들떠도 안 볼 생각이었다.

내 인생의 가장 놀라운 반전은 서울을 떠나 지방으로 이사를 간 바로 그날 일어났다. 산적이라도 살았는지 더럽기 짝이 없는 원룸에 들어가 짐을 모두 가운데 쌓아놓고는 구석부터 걸레질을 하던 중이었다. 어디선가 전화가 왔다. 받아보니 『현대문학』이라는 것이었다. 대뜸 나이를 물어보았다.

후에 전해 들은 전화기 너머의 사정은 이랬다. 『현대문학』에서 소설 부문 신인 추천 심사를 하던 중 나를 뽑을 것인가 말 것인가로 이견이 생겼다. 이미 한 명을 뽑은 뒤라 굳이 더 뽑을 필요가 없는 상황이었는데, 심사를 맡은 두 심사 위원 중 한 분은 내 소설이 참신하니 꼭 뽑아야 한다고 주장했고 나머지 한 분은 고리타분하니 절대 뽑지 말아야 한다고 주장했다. 보다 못한『현대문학』주간이 나서서 솔로몬의 지혜를 제시했다. 이 작가의 나이가 서른이 안 되었으면 참신한 것이니 뽑고, 서른이 넘었으면 고리타분한 것이니 뽑지 말자. 그 타협안에 두 심사 위원이 동의해 내게 전화를 건 것이었다. 그러한 사정을 알 리가 없는 나는 청순한 목소리로 대답했다.

　스물아홉이요.

　딩동댕, 나는 작가가 되었다. 그런데 운은 그뿐이 아니었다. 사실 나는 축하 전화를 받으면서도 굉장히 어리둥절했다. '현대문학'에 응모한 기억이 없었기 때문이다. 당시에는 그 사실을 밝혔다간 괜히 당선 취소라도 당할까 봐 입을 굳게 다물고 있었는데, 후에 어찌 된 일인지 알게 되었다. 일 년에 상반기와 하반기로 나눠 총 2회 실시하던『현대문학』의 신인 추천 제도는 99년도부터 상반기 1회로 줄어들었다. 그런데 내가 소설을 보내기 위해 참고한 응모 요강 페이지는 도서관에 비치된 98년 이전의『현대문학』에서 몰래 찢어낸 것이었고, 그래서 나는 더 이상 존재하지도 않는 99년 하반기 신인 추천 마감일에 맞춰 9월 말에 응모했던 것이다. 성공하지 못한 시도에 대해선 깨끗이 잊어버리는 나로서는 7개월도 넘어 도착한 당선 소식에 어리둥절해할 수밖에 없었다. 그 정신 나간 지원자의 소설을 버리지 않고 간수해두었다가 이듬해 심사 테이블에 슬그머니 올려놓은 『현대문학』의 이름 모를 귀인께서는 다음 생에 중국의 왕으로 태어나시리라 믿는다.

그렇게 등단은 했지만 마음이 마냥 편하진 않았다. 다 때려치우고 대학원이나 가겠다는데 이 무슨 때늦은 유혹인가 싶기도 했고, 조금만 일찍 등단했더라면 가능했을 모든 기회들이 폐기된 현실에 부아도 났다. 아무래도 운명이 나를 너무 마구잡이로 대하는 것 같았다. 홧김에 베팅을 해보기로 했다. 두세 달쯤 지나 원고 청탁이 왔을 때, 등단작보다 중요하다는 두 번째 소설로 「사막에서」를 투고하기로 결심한 것이다. 어쨌건 열심히 쓴 소설이니 좋은 평을 받는다면 그걸로 된 거고, 심하게 얽히고설킨 구조 때문에 혹평을 받는다면 소설 따위는 그만 쓰겠다는 결정을 옳았던 것으로 간주해 뒤도 돌아보지 않고 때려치울 작정이었다.

막상 「사막에서」를 다시 꺼내 읽어보니 기분이 묘했다. 안에 담긴 독(毒) 때문이었다. 돌이켜보면 나는 그 소설을 이십 대의 뜨거웠던, 그러나 끝내 성취하지 못한 연심을 위로하려 쓴 게 아니었다. 분노하고 원망하고 저주하려 썼던 것이다. 제삼자라면 그 발악을 옹졸하다 욕했겠지만, 문장 하나하나에 담긴 사연들을 또렷이 기억하고 있는 나로서는 읽어나가는 게 그저 아프고 아팠다. 나는 단 한 줄도 고치지 못하고 발표했다. 다행히 별다른 혹평이 없었다. 실은 아무도 그 소설을 얘기하지 않았다. 있는 줄도 몰랐던 것 같다.

그 후 조교 업무와 대학원 학업을 병행하며 매년 소설 두세 편씩을 발표했다. 삼 년이 지나 얼추 책 한 권 분량이 모이자 출간을 준비하기 시작했다. 워낙 문단 사정에 무지한 터라 어느 출판사에서 책을 내면 떼돈을 벌어들일지 알 수가 없었다. 마침 신뢰할 수 있는 몇몇 어른이 조언해주어 '문학과지성사'에 원고 뭉치를 보냈다. 그리고 반년가량 심사를 기다려 마침내 계약서에 서명을 했다. 그 책은 『토끼를 기르기 전에 알아두어야 할 것들』이라는 의미심장한 제목을 달고 2003년 12월에 나왔다. 서점가에 난리가 날 것으로 예상했지만 역시 아무도 그 책을 얘기하지 않았다. 초판 이천 권의 그 책은 곧이어 등장한 『해리포터』 초판 백만 대군에 짓밟혀 짜부라졌고, 삼 년 뒤에 나온 두 번째 창작집이 제법 팔리는 바람에 덩달아 품절될 때까지 '문학과지성사' 측의 이도저도 할 수 없는 근심거리가 되었다.

두 번째 창작집 『자정의 픽션』은 반응이 좋았다. 책이 나온 이듬해 두 편의 단편소설을 더 발표했는데, 그것들도 모두 구수한 평을 받았다. 문학상의 후보에 오르기도 하고 각기 두 번가량 다른 매체에 재수록되기도 했다. 마냥 기뻐해도 모자랄 판이었으나, 당시에는 그 고무적인 현상이 곧장 다른 고민의 이유였다. 사정인즉 박사과정을 수료한 뒤에서 학위논문을 작성해야 하는데, 그러려면 적어도 일 년 동안은 소설을 깨끗이 접어야 했다. 하지만 이제 막 문단에 슬슬 이름을 알리는 중인데, 게다가 소설도 꽤 잘 써지는 중인데, 이런 기회를 놓치면 언제 다시 잡을 수 있단 말인가.

궁리 끝에 결정을 내렸다. 학위논문은 이담에 어른이 되어서 쓰거나 혹은 쓰지 않겠다. 그렇다고 시절을 눈치 보며 단편만 쓰지도 않겠다. 나는 장편소설을 쓰겠다.

그렇게 2007년 여름에 한국을 떠났다. 마침 몇 해 전부터 구상해오던 이야기가 있었다. 태국 방콕의 어느 거리 이야기인데, 우연히도 인도차이나 반도와 멀지 않은 중국 서남부의 한 대학에서 한국어 원어민 교수를 찾는다는 소문을 듣고는 옳다구나 싶어 쳐들어갔다. 그곳에서 내 혀 짧은 발음을 중국 학생들에게 주입시키는 한편으로 한 달에 두세 번씩 방콕으로 날아가 소설에 필요한 자료를 수집했다. 그리고 대학 측에서 뭔가 수상하다는 걸 깨닫기 직전인 2008년 여름 중국을 탈출해 태국 현지에 방을 잡고 집필에 들어갔다.

한국에 돌아온 건 2009년 봄이었다. 그 해는 내 인생에서 가장 바빴던 시기였다. 앞으로도 필경 그보다 바쁠 수는 없을 것이다. 굵직한 것만 따지더라도 1700매 분량의 장편소설을 연재했고, 다섯 편의 단편소설을 써 그중 두 편을 발표했고, 대망의 박사 학위논문을 완성했으며, 대학에서 강의했고, 싱가포르 국제 작가 축제에 파견되었고, 700매가량의 번역 아르바이트를 했는데, 그러고도 기력이 남아돌아 그해에 마신 술은 다른 해에 비해 압도적으로 많았다.

이듬해인 2010년의 크리스마스이브에 나는 인도에 있었다. 중부 벵갈루루에서 남부 케랄라로 가는 2등 침대칸에 꾀죄죄한 몰골로 누워 있었다. 평소라면 눕자마자 죽은 듯 잠이 들었겠지만, 그날은 그럴 수 없었다. 휴대폰에 뭔가를 끄적거렸다가 지도를 펴 어디쯤 왔는지 보았다가 체온처럼 따뜻한 맥주를 마셨다가 객차 사이로 나가 눅눅하게 젖은 담배를 피웠다. 어두워지는 차창 밖으로는 자연과의 끈질긴 싸움에서 잠시 물러나 휴식을 취하는 인도의 낮은 마을들이 천천히 흘러가고 있었다.

마음이 복잡했다. 이유는 크게 세 가지였다. 며칠 전에 큰 문학상을 받았다. 소설을 써서 사람들 앞에 나가 상을 받은 건 처음이었다. 그로부터 얼마 지나지 않아 고려대의 임용 심사를 통과했다. 졸업한 지 십 년도 넘어 처음으로 제대로 된 명함을 가지게 된 것이다. 기차에 탑승한 직후 갑자기 귀가 멀었다. 당황한 나머지 잽싸게 침대 위로 올라가 숨었는데, 완전히 고장 난 건 아니어서 두 시간쯤 지나자 정상으로 돌아왔다.

하나하나가 인생을 뒤흔들 수 있는 중요한 사건들이었다. 그런 일이 연달아 세 개나 터진 터라 마음이 싱숭생숭할 수밖에 없는 노릇이었다. 게다가 그 모두 내가 방금 겪은 일인 동시에 가까운 미래에 직접적으로 관여한다는 점에서 사안의 경중을 떠나 깊은 고민을 요구하고 있었다.

먼저 문학상의 경우에는, 내 소설이 이제까지보다 훨씬 큰 변화를 감당해야 하며, 그렇지 않을 경우 상을 탄 바로 그날이 내 문학적 성취의 최고점이 되리라는 불길한 메시지를 담고 있었다. 등단하기 전부터 나는 나 자신이 잘 쓰는 작가가 아니라 다르게 쓰는 작가라 생각해왔고, 그게 내 자부심의 원천이었다. '다르게 쓴다'는 말은 물론 남들과 다르게 쓴다는 뜻도 포함하지만 그보다는 나 스스로 전과 다르게 쓴다는 의미다. 즐겨 사용하는 패턴이 있다면 그것은 곧 게으름 혹은 선입견의 침식작용이라 여겼던 것이다. 그래서 최근에는 소설을 구상함에 있어 가능한 모든 패를 늘어놓은 다음 오직 필요성의 원칙에 따라 적당히 조합해내는 작업에 익숙해졌다. 문제는 작업의 경험이 쌓이는 과정에서 알게 모르게 견고닥체가 되어버린 **조합**, 그리고 **익숙**이라는 비예술적 감각들이었다. 이제쯤 크게 한번 방향을 틀어주지 않는다면, 그러니까 예를 들어 트럼프를 화투짝으로 바꾸지 않는다면, 나는 이쪽 벼랑을 피하려다 저쪽 벼랑에 떨어지는 신세가될 게 분명했다. 아직은 '박형서적'인 뭔가가 등장하지 않았고 등장할 때도 아니다. 계속해서 탐험해야 한다. 소설이란 기본적으로 대답의 양식이 아니라 질문의 양식이기 때문이다.

대학교수가 된 것 역시 한편으로는 영광이지만 다른 한편으로는 아찔한 시험이었다. 무엇보다도 내가 제대로 준비되어 있는지 확신할 수 없었다. 그날 휴대폰에 이런 메모를 남겼다.

'내 인생이 어디로 흘러가는지 문득문득 겁이 난다. 병신 소리듣지 않으려면 작전을 잘 짜야 할 텐데. 케랄라로 가는 기차의 침대칸에 누워 이처럼 우울한 생각에 사로잡혀 있다.'

자기 시간이 많이 필요한 소설가에게 있어 교수만큼 좋은 직업도 없을 터이나, 그 역시 직업은 직업이다. 전처럼 무언가 쓰고싶을 때마다 항상 쓸 순 없다는 뜻이다. 게다가 전엔 몰랐던 책임감이 새로이 부여된다. 지극히 사적인 영역에서 나와 공적인 영역으로 진입해야 한다. 그동안엔 문장과 서사 구조만 통제하면되었지만, 이제는 사람까지 통제해야 한다. 내 주머니에 남의 돈이 들어올 수도 있는데, 그것들을 잊지 말고 제때 다시 꺼내놓아야 한다. 그리고 무엇보다도 저 무시무시한 '교수'들과 어울려 살아가는 법을 배워야 한다. 자칫 실수했다간 병신 소리 듣는 건 순식간이다.

　일시적 청력 상실은 이상의 두 가지에 비하면 사소한 일이다. 전에도 두어 번 그런 증상을 겪은 적이 있기 때문이다. 맨 처음은 대학원에 다니던 삼십 대 초반의 일이었다. 개운하게 자고 일어난 여름날의 정오였는데, 온 세상이 까마득한 정적에 휩싸여 있었다. 조금 뒤 상황을 파악한 나는 기가 막혀 펑펑 울었다. 그런데 한 시간쯤 지나니 조금씩 소리가 들려오는 것이었다. 나는 발딱 일어나 척 멘조니의 〈Feel so good〉을 틀었다. 그리고 다시 펑펑 울었다.

　물론 이러한 증상이 언제까지나 일시적일 수만은 없다는 걸 알고 있다. 중국의 대학에 취직하기 전에 나는 정밀한 신체검사를 받았고, 향후 수년 이내에 청력을 완전히 상실할 것이라는 경고를 들은 바 있기 때문이다. 귀 안쪽에 보조기기를 이식하면 생활의 불편함은 크지 않겠지만 자연의 진짜 소리, 다양한 악기로 연주되는 진짜 선율을 들을 시간은 얼마 남지 않았다는 얘기였다. 그때 의사가 어림잡아 제시한 유예 기간은 오 년이었다. 나는 당사자의 신분인 데다 알다시피 귀도 안 좋고 해서 그 숫자를 이십 년쯤으로 들었다. 병원을 나서는데 나무 위의 새들이 시끄럽게 지저귀고 있었다. 뒤에서 오던 차가 그 처진 궁둥이 좀 치우라며 빵 소리를 냈고, 보도에 선 중년 여성은 휴대폰에다 사자후를 토했다. 그런데, 이런 소리들이 전부 사라진다고? 그다음에는 내 두개골에 구멍을 뚫어 배터리가 들어간 트랜지스터를 달고는 이 모두를 진동으로 느껴야 한다고?

　뭐 그럴 수 있는 일이다. 늘 아슬아슬했지만 완전히 뻗진 않았고, 그래서 여태껏 그 많은 기회를 갖게 해준 것만으로도 달팽이관 입장에서는 베풀 만큼 베푼 것이다. 문창모이비인후과를 들락거리던 시절을 돌이켜보면 내 처지는 지금보다 훨씬 나빠질 수 있었다. 태생적인 청각기관을 통해서나 알아챌 수 있는 몇몇 특별한 종류의 영감이 아쉽긴 하지만, 나는 배웅할 준비가 되어 있었다. 신체검사를 마치고 돌아온 그날 저녁 편집자에게 전화를 걸었다. 구상 중인 장편소설이 수년 내에 끝나면 그다음엔 소리와 관련된 책을 한 권 쓰겠다고 제안했다. 온갖 자연의 소리와 악기 소리, 일군의 대중음악과 음악사의 중요한 명작들을 지나치게 공들여 청취한 뒤 그 감상을 쓸 계획이었다. 그것은 말도 많고 탈도 많던 내 청력이 걸어간 마지막 여행의 기록이 될 것이다.

　그로부터 다시 삼 년이 지난 2010년의 겨울, 남쪽 케랄라를 향해 달리는 기차에서 나는 마침내 세 가지 고민의 순위를 결정했다. 어느 하나 중요하지 않은 게 없지만, 우선은 내 몸과 내 역사에 대한 예의부터 지켜야 했다. 노트북을 꺼내 밑그림의 큰 조각들을 하나씩 구상했다. 살아오며 특히 인상 깊게 들었던 소리들, 언급하고 싶은 악기들, 꼭 만나봐야 할 전문가들의 이름도 적어 나갔다. 그렇게 세 시간가량 작업을 하고 났더니 피곤이 밀려왔다. 슬슬 정리하고 침대에 누웠다. 안도와 긴장이 맹렬히 뒤섞인 어떤 고요가 기묘하게 나를 감싸고 있었다. 돌이켜보면 새로운 선택이 시작된 첫날은 언제나 그랬다.

최진영崔眞英

1981년생. 2006년『실천문학』신인상에 단편소설「팽이」가 당선되면서 등단했다. 2010년 장편소설『당신 옆을 스쳐간 그 소녀의 이름은』으로 제15회 한겨레문학상을 수상하면서, 이미 고정화되고 정형화된 모든 것들을 뒤집어엎는 신선한 눈을 가진 작가라는 평가를 받았다. 최근작으로는 2011년 발표한 장편소설『끝나지 않는 노래』,『나는 왜 죽지 않았는가』가 있다.

자칫

최진영

K94-1

K94는 후회했다. 그때 교회에 가는 게 아니었어. 아니, 그때 M에게 말을 걸지 말았어야 했어. M은 고등학교 입학 후 처음 사귄 친구였다. 낯선 건물의 낯선 교실에서 K94가 M에게 처음 던진 질문은 '사물함 맡았냐?' 혹은 '이거 니 가방이냐?'였다. M의 짧은 대답을 들으며 K94는, 이 자식 존나 건전하네, 하고 생각했다. 그 시절 또래의 말투는 대개 시시껄렁하거나 험악했다. 게다가 때는 학기 초. 과장된 말투와 몸짓은 자기 존재를 드러내는 효과적인 방법 중 하나였다. 하지만 M은 과장도 포즈도 없는 건강하고 간결한 말투만으로 또래를 끌어당겼다. 한 달 후, 주말에 만나

농구나 하자고 했더니 M은 교회에 가야 하니 오후에 만나자고 했다. 나도 한번 가보자, 그 교회. 가면 예쁜 애들 많냐? K94가 시시덕거리며 물었다. M은 역시나 건전한 표정으로 대답했다. 그럼, 다들 예쁘지.

M의 말은 거짓이 아니었다. 정말 예쁜 여자가 많았다. 게다가 다들 친절하거나 얌전했다. 처음 보는 K94를 가족보다 살갑게 대해주면서도, 또래 남자에 대한 부끄러움도 표현할 줄 알았다. 하나같이 목소리도 곱고 노래도 잘 불렀다. 남자 중학교를 다니다가 남자 고등학교로 진학한 탓인지도 모른다. 여자라면 일단 좋았다. 예쁘고 친절한 여자를 만나기 위해서라면 주말 아침잠 따위 얼마든지 포기할 수 있었다. K94는 주말과 주중을 가리지 않고 열심히 교회에 나갔고, 제일 예쁜 여자를 사랑하게 되었다. 물론 짝사랑이었다. 경쟁자는 많았다. 교회 내에도, 밖에도. 시내의 남자 고교생 모두가 그 아이를 사랑하는 것 같았다. 대학생에게 고백을 받았다는 소문까지 나돌았다. 그 아이는 모두를 사랑했고 모두에게 친절했다. 때문에 모두를 혼란스럽게 했고 모두에게 배신감을 주었다. K94는 매일매일 좌절했지만 포기할 수도 없었다. 함께하는 사랑은 소모되지만 혼자 하는 사랑은 소모되지도 않았으니까.

거의 오 분 단위로 희망과 절망의 진창을 오가다 고3이 되었다. 고교 생활 삼 년 동안 죽도록 한 것이라곤 공부도 운동도 반항도 싸움질도 아닌 짝사랑뿐이었다. 『수학의 정석』은 열 장 이상 펼쳐보지 않았지만 구약과 신약 성경은 끝까지 다 읽어버렸다. 신의 귀를 낚아챌 만큼 감동적인 기도도 술술 하게 되었다. 대학 원서를 써야 할 때가 오자 K94는 진지하게 고민했다. 신학대에 가야 하는 것 아닐까? 그 아이가 신학대에 갈 것이라는 소문 때문만은 아니었다. 할 줄 아는 게 짝사랑과 기도뿐이었고, 그나마 잘 안다고 말할 수 있는 것은 신의 삶과 말씀이었다. 고민은 오래가지 않았다. (그 아이와 같은) 신학대에 갈 만한 성적이 아니었다. 부모님의 반대도 심했다. 짝사랑에 빠져 시간관념이나 학업이나 우정 따위만 잊고 산 게 아니었다. 부모님의 신실한 불심도 까맣게 잊고 살았다.

그 아이는 M과 함께 서울에 있는 신학대에, K94는 집 근처의 지방대에 진학했다. 그 아이가 눈에서 멀어지고, 그 아이에 관한 소문도 더는 들리지 않고, 자웅을 겨루던 짝사랑의 경쟁자마저 모두 사라져버리자 K94는 우울증에 빠졌다. 짝사랑에 빠졌을 때도 늘 달고 살던 우울이지만, 혼자 남은 뒤 겪는 우울은 그 성질이 전혀 달랐다. 고백한 것도 거절당한 것도 아니지만 왠지 실연당한 것 같았다. 원 없이 사랑하다 하루아침에 버림받은 기분이었다. 하고 싶은 것도 먹고 싶은 것도 갖고 싶은 것도 없었다. 단

한 순간도 설레지 않았다. 여름방학만을 기다렸다. 그 아이가 올 테니까. 그럼 죽은 불꽃이 다시 필 테고, 희망이 아예 없지만은 않은 절망의 세계에 다시 발 담글 수 있을 테니까.

장마와 함께 그 아이는 돌아왔다. M의 손을 잡고. 실은 고등학생 때부터 사귀는 사이였는데, 그때는 미성년자여서 숨겼던 것이라고 M은 건전하게 말했다. 군대 가기 전에 약혼할 거라는 말도 덧붙였다. 교회 잘 다니고 있니? 니네 학교에도 IVF 있지? 가입했어? K94는 서울말로 나불대는 M의 입을 향해 주먹을 날렸다. 키스도 했을까? 둘이? 씨발, 했겠지. 당연히 했겠지. 존나 많이 했겠지! 사랑과 열망은 사라지고 남은 건 후회뿐이었다. 교회에 가는 게 아니었어! 이 자식 옆에 앉는 게 아니었어! 마귀 같은 자식. 이 자식만 아니었으면 나도 인서울인데! 아, 씨발. 이건 내 인생이 아니야. 이건 아니야!

K96-1

이거 니 가방이냐? K96이 물어보자 M은 응, 하고 대답하며 가방을 치웠다. 앉아, 여기. M이 덧붙였다. K96은 어정쩡하게 엉덩이를 걸치고 앉아 한쪽 다리를 달달 떨며 생각했다. 뭐지? 존나 건전한 이 새끼는? 서너 명의 아이들과 교실 뒤편을 차지하고 서 있던 U가 큰 소리로 K96을 불렀다. 사물함 맡았냐? 빨리 튀어와 맡아 새끼야. U가 눈짓으로 사물함을 가리키며 말했다. K96은 실내화를 질질 끌고 교실 뒤편으로 가 사물함에 가방을 쑤셔 넣었다. U를 둘러싼 서너 명의 아이들과 이런저런 얘기를 나누다 뒤돌아보니 M 옆자리엔 그새 다른 놈이 앉아 한쪽 다리를 달달 떨고 있었다.

며칠 뒤 U가 독서실에 다니자고 했다. 예쁜 애들 많냐, 거기? K96이 물었다. 새끼, 반반한 애들 한두 명쯤 없겠냐. 서너 명의 무리 중 한 명이 말했다. 토요일 오후 각자의 자전거를 타고 독서실로 가던 중이었다. 길모퉁이에서 1.5톤 트럭이 튀어나와 K96의 자전거를 치고 십 미터쯤 달려갔다. K96은 자전거에서 튕겨나가 도로 한가운데로 내동댕이쳐졌다.

정신을 차려보니 병원 중환자실이었고, 오른쪽 다리와 팔에 깁스가 되어 있었다. 머리에도 붕대가 감겨 있었다. 의사와 간호사들이 분주하게 침대 근처를 오갔다. 일주일 후 일반 병실로 내려갔다. 한 달 가까이 병원에 있으면서 K96은 사랑에 빠졌다. 매일 K96의 손목을 잡고 귓불을 만지며 혈압과 체온을 재주는 간호사가 그 대상이었다. 간호사의 손가락이 귓불과 팔뚝에 닿을 때마다 몸은 물러지고 정신은 황홀해졌다. 간호사에게 피와 살과 뼈와 심장과 성기까지, 모든 것을 내맡긴 기분이었다. 간호사가 혈압을 재러 올 시간이 가까워질수록 심장은 구구구구구궁 뛰었다. 피는 빨리 돌고 체온은 올라갔지만 간호사가 걱정할 정도는 아니었다. 그 사실이 그를 안심시키기도, 안타깝게도 했다.

퇴원을 며칠 앞둔 날, K96은 태어나기로 작정했을 때와 맞먹는 용기를 내어 간호사에게 물었다. 누나. 몇 살이에요? 그녀는 37도고요, 라고 말하듯 제 나이를 가르쳐주었는데, 그녀의 나이를 알게 되자마자 K96은 더 깊은 사랑에 빠져버렸다. 나랑 다섯 살 차이밖에 안 나! 그녀의 생일을 알게 되었을 때는 태어나 첫 울음을 터트리듯 환호했다. 나랑 오십이 개월 차이밖에 안 나! 퇴원하고 싶지 않았다. 조각난 뼈가 좀더 늦게 붙길 바랐고, 그게 아니라면, 다른 병에 걸리고 싶었다. 되도록 간호사의 손길이 많이 닿는 열병 같은 것에. 한창 자랄 때라 그런지 회복력이 굉장히 빠르네요. 의사가 엑스레이 사진을 보며 말했다. 병원에 너무 오래 있는 것도 좋지 않으니 일단 퇴원하고 통원 치료를 받는 쪽으로 생각해보자는 말이 나왔을 때, K96은 아직 많이 아프다고, 너무 아프다고, 병원에 더 있어야만 한다고 강력하게 주장했다. 오랜 결석 때문에 내내 마음을 졸였던 부모님은 아들의 애원을 단칼에 잘라버렸다.

통원 치료가 시작되었다. 학교는 지루했고, 또래는 더 지루했고, 병원 냄새가, 정확히 말해 간호사의 냄새가 너무 그리웠다. 병원에 갈 때마다 한껏 멋을 내고 간호사에게 줄 초콜릿이나 사탕 따위를 곱게 포장해 갔다. 얘. 너 때문에 나 충치 생겼어. 간호사가 눈웃음을 치며 말했다. 아 해보세요. K96이 걸걸한 목소리로 말했다. 간호사의 두 눈이 동그래졌다. 충치 보여주세요. 간호사가 호호호 웃었다. 이상한 일이었다. 환자복을 입고 누워 있을 때보다 훨씬 더 자연스럽게 말을 붙일 수 있었다. 관계가 새로 설정되었다. K96의 표현을 빌리자면, 겨우 오십이 개월 차이 나는 파릇파릇한 남녀관계로.

자정 가까운 시간 텅 빈 이인용 병실에서 둘은 첫 섹스를 했다. 섹스 후 종아리에 걸쳐진 바지를 올려 입으며 간호사를 돌아봤다. 간호사는 셔츠 단추를 잠그고 있었다. 아 해봐 누나. 바지춤을 잡고 간호사에게 다가가며 말했다. 키스해주겠다는 말인 줄 알고 간호사는 눈을 지그시 감으며 입술을 살짝 벌렸다. 아니, 입 벌려보라고. 간호사가 살짝 눈을 떴다. 왜? 충치 생겼다며. 간호사는 피식 웃으며 셔츠 단추를 마저 잠갔다. 보여줘. 충치 보여줘. 내가 만든 충치 보여줘. 어린아이처럼 졸랐다. 싫어. 창피해. 간호사가 미간을 찡그리며 고개를 저었다. 조금 전까지만 해도 입속보다 더 깊은 곳을 드나든 사이인데, 겨우 입속 보여주는 것을 창피해하는 간호사가 무척 귀엽다고 K96은 생각했다. 조르고 졸라 간호사의 입을 벌렸다. 때운 이가 세 개, 씌운 이가 하나 있었다. 그것들을 손가락으로 살살 매만지며, 이 여자의 이가 모조리 틀니로 바뀌는 날까지 이 여자하고만 키스하리라 다짐했다. 그러려면 오십 년쯤 걸릴까? 육십 년? 생각만 해도 빈혈이 날 만큼 어마어마한 세월이지만, 그 긴 세월 동안 단 한 여자만 사랑하며 산다는 것이 정말 멋진 일처럼 여겨졌다. 생애 처음으로 목표가 생겼다. 내일 내년 삼 년 후의 단기적 목표가 아닌, 인생의 처음과 끝을 하나로 연결할 수 있는 아주 기나긴 목표. 그는 종신 각서에 꾹꾹 도장을 찍듯 간호사에게 키스를 퍼부었다. 간호사의 유니폼 위로 누구 것인지 모를 침이 뚝뚝 떨어졌다.

K97-1

친구들과 시내에서 가장 큰 독서실에 접수한 다음 날부터 K97은 집보다 독서실을 더 자주 드나들었다. 집엔 텔레비전도 있고 침대도 있고 컴퓨터도 있었지만, 독서실엔 여자가 많았다. 안면을 튼 여자애들과 편의점에서 데미소다를 마시며 얘기해본 결과, 여자들은 잘생기고 춤 잘 추고 키 크고 공부 잘하는 남자를 좋아한다는 사실을 알게 되었다. 뭐야, 너무 까다롭잖아. U와

K97은 컵라면에 뜨거운 물을 부으며 구시렁거렸다. 우린 얼굴만 보잖아. 얼굴만 보지. 예쁘면 콜이잖아. 끝이지. 근데 여자들은 뭐 그렇게 따지는 게 많냐. K97은 자신을 찬찬히 돌아봤다. 평범한 외모. 170에서 멈춘 키. 춤은 춰본 적도 없고 그나마 할 줄 아는 건 축구와 게임뿐이었다. 그 오빠 고대 갔잖아. 진짜? 응. 서울대도 붙었는데 의대 가려고 고대로 간 거래. 짱이다. 응, 완전 짱이지. 근데 그 오빠 친구 있잖아. 맨날 붙어 다니던, 키 작고 완전 마른. 응. 그 오빠는 카이스트 갔대. 완전 졸라 멋지지 않냐. K97은 여자애들이 주고받던 말을 떠올렸다. 그래, 공부를 하자. 공부를 존나 열심히 해서 스카이에 가는 거야. 그럼 단번에 졸라 짱이 되는 거지. 노력한다고 키가 크는 것도 아니고, 얼굴이 잘생겨지는 것도 아니고, 성형하면 되겠지만 그러려면 어른 돼서 돈 모을 때까지 기다려야 하고, 지금에야 춤 잘 추는 남자가 좋다고 하지만 그것도 늙으면 끝이잖아. 공부는 여태 했던 거니까 뭐…… 영수만 바짝 잡으면 되는 거 아니겠어?

부모님께 부탁해 그룹 과외를 받았다. 시험 기간이 되면 잠 안 오는 약도 먹고 박카스도 먹고 진한 커피도 대접으로 들이켜며, 교과서에 나오는 글자라면 차례부터 사진 이름까지 외우고 또 외웠다. 1학년 때는 제자리던 성적이 2학년 2학기부터 급속도로 오르더니 3학년부터는 전교 10등과 15등 사이를 맴돌기 시작했다. 아무리 노력해도 10등의 벽을 깨지 못하는 것에 대해 K97은, 10등 안쪽에 있는 애들이랑 자기는 뇌 용량이나 구조 자체가 완전히 다른 게 분명하다고, 독수리와 파리의 날개만큼이나 다를 것이라고, 그러니 그쪽은 아예 쳐다보지도 말자고 생각했다.

수능을 한 달여 앞둔 어느 날, 독서실 근처 편의점에서 우연히 U를 만났다. U는 예쁘장한 여자애와 플라스틱 의자에 앉아 버드와이저를 마시고 있었다. 오랜만이다. U가 말했다. U는 놀 거 다 놀고, 술 마실 거 다 마시고, 연애질할 거 다 하면서도 전교 15등과 20등 사이를 오갔다. U의 전교 석차를 알게 되었을 때 받은 충격을 K97은 잊을 수 없었다. 자기는 모든 시간과 에너지를 몽땅 공부에 쏟고 있는데, 그런데도 U보다 겨우 5등 위라는 사실, 그 사실을 인정하고 싶지 않았다. 전교 1등인 애보다 U가 더 천재처럼 느껴졌다. U가 자기처럼 공부한다면 전교 아니, 전국 1등을 하고도 남을 것만 같았다. 억울하고 비참했다. 때문에 U를 은근히 피해 다녔다. U를 보면 공부에 대한 열의가 싹 사라져버리고 세상이 다 원망스러웠으니까.

애가 걔야. U가 맥주병 든 손으로 K97을 가리키며 여자애에게 말했다. 여자애가 아아 하는 입 모양을 만들며 고개를 끄덕거렸다. 순간 자존심이 상했다. U가 여자애에게 자기에 관해 좋은 말을 했을 것 같지 않았다. 친구도 다 끊고 공부만 존나 하는데 머리는 영 썩은 놈이라고 말했을 것 같았다. 파리 같은 놈이라고 했을 것 같았다. 내가 뭔데. 내가 뭔데 개새끼야. 눈을 치뜨며 U에게 대들었다. U가 어이없다는 표정으로 K97을 쳐다보더니 맥주를 한 모금 마신 후 말했다. 니가 뭔지 내가 어떻게 아냐. 니는 내가 뭔지 아냐? K97은 주먹을 불끈 쥐고 자리를 급히 떴다. 씨발, 그냥 생 까고 말걸. 모락모락 후회가 피어올랐다. 삼 년 전, 독서실을 처음 찾았던 때가 떠올랐다. 그때부터 공부를 존나 잘해야겠다고 생각했는데……. 왜 그런 생각을 했지? 어두컴컴한 독서실 계단을 밟으며 다짐의 기원을 떠올리려 애쓰다가, 이제 와그게 무슨 대수냐고, 어쨌든 존나 잘하게 되지 않았느냐고 급히 생각을 마무리 지었다. 풀어야 할 함수가, 외워야 할 영단어가 산더미였다.

K98-1

언제부터 맞았는지 모르겠다. 나는 그들의 공이고 신발이고 쓰레기통이며 돈이다. 지갑이다. 언어영역 문제집에서 「화수분」이란 소설을 조금 읽은 적 있다. '화수분'은 재물이 계속 나오는 보물단지란 뜻인데, 정작 소설 속 '화수분'이란 인물은 찢어지게 가난했다. 그래서 가족들이랑 길거리에서 얼어 죽어버린다. 나는 화수분이다. 그들의 화수분이다. 내놓으라고 하면 내놓아야 하고, 없으면 만들어서라도 내놓아야 하고, 만들 거리가 없으면 돈 대신 몸을 내놓아야 한다. 나도 머잖아 길거리에서 죽을 것이다. 그게 비극인가? 지금은 비극이 아닌가? 비극 아닌 삶이 있나? 학교를 관둘까. 관둔다고 뭐가 달라질까. 애초에 학교에 다니는 게 아니었다. 이 학교에 들어오지 않았다면 그들을, 그 자식들, 개새끼들, 그 괴물들, 그 씹새끼들을 만나지도 않았을 것이다. 인생을 리셋할 순 없을까. 다시 살 순 없을까. 억울하다. 이따위 인생도 있는데, 인생은 한 번뿐이라니! 누구는 때리는 놈이고 누구는 맞는 놈인데 어째서 인생은 한 번뿐이란 말인가. 어째서 나는 이런 인생을 살게 되었단 말인가. 죽여버리고 복수하고 죽어버릴 것이다.

K94-2

짝사랑은 끝나버리고 새로운 사랑은 시작되지 않았다. 휴학 후 아무것도 하지 않고 방구석에만 처박혀 있는 아들을 보며 부모님은, 젊어서 뭘 해야 할지 알 수 없을 때 가는 곳이 군대라는 말로 입대를 권유했다. 그도 그럴듯하게 들려 바로 입대 신청을 했고, 기다렸다는 듯 영장이 나왔다. 사회와 연을 끊으면 연정도 같이 끊어질 것이라고 생각했다. 이별 여행을 떠나는 기분으로 논산 훈련소로 갔다. 훈련소 생활을 마치고 철원으로 배치된 후부터 시간은 이상한 방식으로 흘러갔다. 하루하루는 정신없이 지나가는데 그 하루가 모인 보름, 한 달, 육 개월은 도저히 지구의 시간이라고 믿을 수 없을 만큼 느리고 느리게 지나가더라는 식이었다.

상병을 달고 얼마 되지 않아 9박 10일 휴가를 나왔을 때, K94는 생각지도 못했던(사실 기억에도 없던) 과 동기에게 고백 비슷한 것을 받았다. 친구들과 모인 술자리에서였다. 동기가 소주 한 잔을 단숨에 들이켜며, 심심한데 너 휴가 끝날 때까지만 우리 연애할까? 하고 작업을 걸어온 것이다. 남은 휴가 동안 둘은 매일 데이트 비슷한 것을 했고 마지막 날엔, 의도한 바는 아니지만, 같이 잠도 잤다. 좋아한다거나 사랑한다는 생각은 들지 않았다. 그저, 머리 위의 놈팡이 신이, 심심한데 얘네 둘이 한번 연결해볼까? 라며 굵은 펜으로 둘 사이를 쭉 연결해버린 것만 같았다.

부대에 복귀한 후 둘 사이엔 편지도 전화도 자주 오갔다. 손 잡고 키스하고 섹스할 때는 전혀 느껴지지 않던 사랑이라는 감정이, 단번에 봉오리를 열어젖히는 꽃처럼 활짝 피어나 아찔한 향기를 마구 토해냈다. 막상 만나서는 쑥스러워서 할 수 없었던 사랑한다는 표현도 편지나 전화로는 스스럼없이 할 수 있었다. K94는 제대할 날만을 손꼽아 기다렸고, 덕분에 시간은 마아알하아알수우우어어업시이이느으리이이게에 흘러갔다.

제대하자마자 사랑이란 꽃은 시들어버렸다. 휴가 때마다 잠깐씩 만나던 동기와 자유의 몸이 되어 만나는 동기는 그 느낌이 전혀 달랐다. 제대하고 두 달 만에 K94는 이별을 통보했다. 그리고 진지하게 고민했다. 앞으로 어떻게 살 것인가에 대해. 군대에 다녀온 것뿐인데, 어쩐지 새사람이 된 것 같았다. 자신감과 설렘이 넘쳐났다. 맘만 먹으면 못할 일이 없을 것 같았다. 열정을 쏟을 만한 무언가를 찾아 자신을 새로 건설하고 싶었다. 어떻게 살 것인가. 무엇이 될 것인가. 내가 진짜 바라는 건 무엇인가. 먹고는 살아야겠지? 등등의 근본적인 질문이, 전술훈련 중 박격포 조명탄처럼 팡팡 터졌다.

동기는 이별을 받아들이지 못하고 매일 연락을 해왔다. 기다릴게. 다시 생각해봐. 그런 말을 수시로 했다. 니가 뭔데 나한테 이럴 수가 있어? 란 말도 종종 섞여 있었다. 졸업 시즌이 되자 동기는 연락을 끊고 학교를 떠났다. 그리고 다음 해, 그녀가 공무원 시험에 합격했다는 소문을 들었다. 그때까지도 K94는 어떻게 살 것인가, 무엇이 될 것인가, 먹고는 살아야겠지? 란 고민을 드문

드문 습관적으로 하고 있었다. 결론은 쉽게 내려지지 않았다. 질문은 점점 모호해지고 조건은 갈수록 까다로워졌다. 종종 동기를 생각했다. 주된 감정은 후회였다. 내가 미쳤지. 그런 애를 차다니. 술 마실 때마다 자신을 원망했다. 취한 채 동기에게 연락하기도 했는데, 반응은 늘 차가웠다. 어차피 술이 깨면 기억나지도 않을 일, 취중 연락은 습관이 되었다. 그런 식으로라도 동기의 마음을 떠보고 싶었고 제 실수를 만회하고 싶었다.

졸업이 얼마 남지 않았을 즈음 동기의 결혼 소식을 들었다. 생각지도 못한 일이었다. 남편 될 사람은 7급 공무원이라고 했다. 집안 어른들이 그 남자를 그렇게 좋아한다고, 요즘 공무원 신랑은 사장 사위, 의사 사위 부럽지 않다고들 했다. 동기에게 전화를 걸기 위해 술을 마셨다. 전화를 받은 동기가 차갑게 말했다. 정신 차려. 언제까지 그러고 살래? 맨날 술 취해서 전화기나 붙잡고 헛소리나 지껄이면서. 한심한 놈. 큰누나 같은 말투에 정신이 번쩍 들었다. 다음 날, 라면으로 해장하며 컴퓨터를 켰다. 공무원 시험 준비 카페에 가입하여 정보를 모으고 교재를 주문했다. 공무원이 되어야겠다고 생각했다. 복수심만큼 완벽하고 자극적인 동기는 없다는 것을, K94는 그때 이해했다.

K96-2

　간호사는 결혼과 동시에 핸드폰 번호를 바꾸고 서울로 떠나버
렸다. 배신이라는 생각은 안 들었다. 마지막으로 만났던 날 그녀
는 많이 울었다. 울면서 미안하다고 했다. 널 사랑하지만 결혼은
다른 남자랑 할 수밖에 없다고 했다. 그녀가 쏟아내던 폭우 같은
눈물이 K96을 설득했다. 그리고 감동시켰다. 나를 위해 이렇게
울어주는 여자가 있다니. 그 눈물을 기억하는 한 언제까지라도
그녀를 사랑할 수 있을 것 같았다. 그녀를 위해 무엇을 할 수 있
을까 생각했다. 답은 빨리 내려졌다. 그래. 나도 서울로 가자. 그
녀가 손 내밀면 닿을 수 있는 곳에서 스탠바이 하자. 언제라도 내
게 기댈 수 있도록 강하고 멋진 남자가 되자.

　지방대에 입학한 후 바로 편입을 준비했다. 서울에 있는 대학
이라면 어디라도 좋았다. 교통사고로 다친 무릎 때문에 군대도
면제되었다. 미친 듯이 공부하여 편입에 성공했다. 일은 생각대
로 착착 진행되었다. 서울로 짐을 옮긴 다음 날, 깨끗이 세탁한
양복을 꺼내 입고 붉은 넥타이를 맸다. 거울에 비친 자신을 보며
마음을 다잡았다. 나도 어른이 되었다고, 이젠 늘 당신 옆에 있을
거라고, 나는 당신의 모든 것을 이해하고 사랑했으며 그 마음은
지금도 변함없다고 그녀에게 말할 작정이었다. 그럼 그녀는 또

평평 울겠지. 그 눈물만으로도 날 감동시키겠지. 그리고 우리는 뜨거운 키스를 하게 될 거야. 자취방 현관에 쪼그려 앉아 비장한 마음으로 구두끈을 매던 K96의 손놀림이 갑자기 멈췄다. 진즉, 애초에, 서울로 올라오기 전에, 아니 편입을 준비하기 전부터 기억했어야 할 중요한 사실을 뒤늦게 깨닫고 만 것이다. 그녀의 연락처를 모른다는 사실. 그녀가 사는 곳도, 그녀의 직장도, 그녀의 남편도, 그녀에 대해 아무것도 모른다는 사실 말이다. 양복을 입은 채 고향으로 내려갔다. 그녀가 일했던 병원을 찾아가 그녀의 연락처를 물어보았으나 소용없었다. K96은 망연자실하여 병원 대기실을 서성였다. 이런 바보 천치 등신 같은 자식. 사랑하지만 헤어지자며 울던 그녀처럼 평평 울고 싶었다.

K97-2

일류대까지는 아니라도 웬만큼 알아주는 대학에 입학한 K97은 제대 후 캐나다로 일 년 반 동안 어학연수를 다녀왔다. 귀국 뒤에도 방학이면 인턴도 하고 봉사활동도 하면서 바쁘게 지냈다. 종종 고향 친구들을 통해 U의 소식을 들었는데, 그 녀석이라고 해서 자기와 완전히 다른 인생을 사는 것 같진 않았다. 눈에 띄게 다른 것이 있다면, U에겐 엄청 아름다운 애인이 있다는 것뿐. 하지만 여자는 K97의 관심사가 아니었다. 솔직히 또래 여학생에겐 관심이 가지 않았다. 좋은 곳에 취업해서 돈 잘 벌게 되면 여자는 절로 생길 것 같았다. 아무것도 모르고 만나 서로를 조금씩 알아가는 과정이 번거롭게 느껴지기도 했다. 그냥, 믿을 만한 사람이 소개해주는 여자. 상대의 성격이나 집안이나 그런 것은 일단 알고 시작하는, 결혼을 전제로 하는 연애. 일 년 정도 만나다가 괜찮은 여자구나 싶으면 결혼하고 아이를 낳고 차를 바꾸고 더 큰 집으로 옮기며 착착 통장을 늘려가는 삶. K97이 원하는 것은 명확했다.

졸업 후 육 개월 뒤 원하는 회사에 취직했다. 대출을 받아 차를 샀고, 이 년 후 대출금을 다 갚았다. 믿을 만한 상사가 소개해준 여자와 연애를 시작했고, 과장으로 승진하던 해 결혼했다. 이년 후, 계획대로 아이가 태어났다. 두꺼운 마분지로 만들어진 빳빳한 책장을 착착착착 넘기듯, K97의 인생도 구김 없이 차례차례 넘어갔다. 그렇다고 불안과 고독의 시간이 아예 없는 것은 아니어서, 가끔 폭음도 했다. 하지만 간 수치가 남들보다 높다는 진단을 받은 뒤엔 그마저도 그만뒀다. 하지 말아야 할 것과 해야만 하는 것의 경계가 명확해질수록 몸은 건강해지고 일상은 단조로워졌다. 무탈한 일상은 편안과 권태를 동시에 몰고 왔지만, 안정만 보장된다면 권태 따위, 얼마든지 무시할 수 있었다.

K98-2

어떻게 살아야 할까. 인생을 기나긴 터널에 비유한 사람이 있나? 있다면 그 역시 나처럼 맞기만 한 사람일 거다. 남은 인생, 너무 길다. 기나긴 그 길을 열심히 달려갈 용기도 자신도 의욕도 없다. 너무 많이 맞았다. 또 다 뺏겼다. 용기도 자신도 의욕도 다. 너무 많이 맞았어요, 하고 부모님께 말하면 부모님은 학교에 찾아갈까? 그놈들을 고소할까? 고소하면 끝일까? 전학을 가면 새로운 인생이 시작될까? 더는 안 맞아도 될까? 더는 안 맞아도 되는 인생이란 어떤 걸까. 환한 것일까. 내일까지 삼십만 원을 가져오랬다. 가져오지 않으면 죽어서 뒷산에 묻어버릴 거라고 했다. 나는 원래 존재감이 없는 놈이니까 내가 사라져도 아무도 모를 거랬다. 정말 그럴 것이다. 아무도 모를 것이다. 부모님만은 나를 찾아 헤매겠지만 뒷산에 묻혀버린 나를 찾아낼 순 없겠지. 아들이 땅속에 있다고 상상도 못할 테니까. 가출 신고를 하고 전단지를 돌리겠지. 땅속이 아니라 길거리에서. 그놈들이 나를 죽여 파묻어버리면 나는 정말 있지도 없지도 않게 되는 거다. 나는 삼십만 원도 없고, 없으니까 내일 죽을 것이다. 정말 죽을 수밖에 없다면, 나를 잘 찾을 수 있는 곳에서 죽어야 한다. 적어도 부모님만큼은 단번에 찾아낼 수 있는 곳. 그런 곳이 어디지?

K94-3

이번엔 정말 될 줄 알았는데. 네 번째 도전이었다. 아니, 다섯 번째였나? 정말, 될 줄 알았다. 시청에 앉아 컴퓨터를 들여다보고 있는 모든 사람이 존경스럽다. 그들은 승자다. 젊어서 죽자고 공부해 평생직장을 얻었으니. 부럽다. 처음 공무원이 되어야겠다고 생각했을 때, 넉넉잡아 삼 년 잡았다. 첫 시험은 시험 삼아 쳐보고, 두 번째에 합격하면 좋겠지만 그건 너무 욕심 같으니까, 삼 년 정도 걸릴 것이라고 생각했다. 공무원이 되어 서른 살을 맞이하고 싶었다. 서른 하고도 이 년이 더 흘렀다. 친구 중엔 결혼한 놈도 있고 과장을 단 놈도 있고, 애 아빠가 된 놈도 있다. 더 늦기 전에 입사 준비를 하라고 충고하는 놈도 있고, 지금 신입으로 들어가긴 힘들 거라며 될 때까지 계속 시험을 치라고 충고하는 놈도 있다. 부모님은…… 모르겠다. 말이 없다. 마주치고 싶지도 않고, 부모님께 어떤 충고를…… 듣고 싶지도 않다. 피할 수 있을 때까지 피하다가, 결국 합격해서 당당해지는 수밖에 없다.

　고시촌에서 불합격과 외로움을 함께 나누던 여자가 있었다. 고시촌 바깥으로 나가면, 그 세상의 당당한 사람들과 공기와 물가에 나도 모르게 주눅이 들어서, 같은 공간에서 같은 고민을 나누던 그녀에게 나도 모르게 끌렸다. 비슷한 처지가 서로를 끌어당겼고 더 가까워지지 못하게 했다. 세 번째 불합격 통지를 받았던 날, 그녀가 우울한 표정으로 말했다. 너의 불투명한 미래와 나의 불투명한 미래가 만나면, 우리 미래는 무슨 색일까. 헤어지자는 말도 없이 자연스럽게 연락을 끊었다. 그녀에게 연락을 할까 말까 만 번쯤 고민하는 사이 네 번째 시험일이 다가왔고, 그녀는 합격했다. 씨발, 공부 말고는 달리 할 줄 아는 것도 없다. 이제 와 뭘 새로 시작할 수 있단 말인가. 내년에도 떨어지면 정말 끝장이다. 시간을 되돌리고 싶다. 그럼 동기를 차버리지도 않을 거고 공무원 따위 꿈도 안 꿀 텐데. 딴 놈들처럼 적당한 회사에 취직해서 결혼도 하고 애 아빠도 되어 행복한 삼십 대를 맞이할 텐데……. 이걸 계속해야 할까. 계속해도 되는 걸까.

K96-3

그녀를 잊기로 했다. 하지만 잊히지 않았다. 다른 여자는 눈에 들어오지도 않았다. 종종 먼저 관심을 보이는 여자가 없었던 건 아닌데, K96에겐 그들이 여자가 아니라 애처럼 보였다. 그들의 말투, 행동, 사고방식이 전부 유치하게 느껴졌다. 외로웠다. 줄곧 외로웠다. 학교에 다닐 때도, 졸업 후 취업 때문에 안간힘을 쓰면서도 그녀를 잊지 못했다. 어렵게 취직하여 이 년 넘게 직장 생활을 하도록 K96은 혼자였다. 종종 소개팅도 해봤지만 허사였다. 이젠 그녀의 얼굴도 가물가물하고 더는 그립지도 않은 것 같은데, 머릿속엔 언제나 그녀의 이미지가 존재했고, 다른 여자를 만나는 것이 나쁜 짓처럼 느껴졌다. 그러던 어느 주말, 고향으로 내려가는 버스에서 K96은 첫사랑 그녀와 똑 닮은 여자 옆에 앉게 되었고, 어쩔 수 없이, 사랑에 빠져버렸다. 하지만 버스가 터미널에 도착하고, 버스에서 내린 그녀가 멀리멀리 사라지도록 말 한마디 붙이지 못했다. 다음 날 오후, 서울로 올라가기 위해 터미널을 찾았을 때 그녀를 다시 만났다. 그녀가 표를 산 뒤 화장실로 가자마자, K96은 잽싸게 매표소로 달려가 말했다. 방금 그 여자 옆자리로 한 장이요.

아, 우리 올 때도 옆에 앉지 않았나요? 이런 우연이!

서울로 가는 세 시간 동안 K96이 그녀에게 건넨 말 전부다. 그녀는 호호 웃어 보이곤 창밖만 쳐다봤다. 머릿속엔 처음 이성을 만났을 때 던질 수 있는 갖가지 질문이 빽빽하게 들어차 있었지만, 너무 빽빽하게 들어차 있어 그중 하나만 골라 꺼낼 수가 없었다. 동서울에 도착한 뒤 버스에서 내려 점점 멀어지는 그녀를 명청히 쳐다보던 K96은, 어떻게 하겠다는 작정도 없이 그녀를 향해 달려갔다. 그녀를 붙잡고 선 채 헉헉 숨을 몰아쉬다가 대뜸 말했다. 혹시 결혼하셨어요? 그녀가 놀란 표정으로 고개를 저었다. 그럼 저랑 북한산 가실래요? 그녀가 다시 고개를 저었다. 아님, 남산 가실래요? 많은 사람이 둘 사이를 비집고 지나갔다. 그녀는 고개도 젓지 않고 뒤돌아 가버렸다. 그녀와의 거리가 점점 멀어지는 것을 견딜 수 없어서, K96은 사람들을 헤치며 그녀를 쫓아갔다. 이번이 아니면, 사랑이란 단어를 두 번 다시 떠올릴 수 없을 것이란 확신이 들었다. 거부당하더라도 진심만큼은 전하고 싶었다. 당신의 아무것도 모르지만 당신을 사랑한다는 진심. 사랑할 수밖에 없다는 진심. 쫓아오는 그를 보고 그녀는 꺅 소리를 지르다가, 그와 거리가 가까워질수록 오묘한 표정을 지었다. 그는 부모 잃은 아이처럼 엉엉 울고 있었다.

K97-3

주말 저녁, 가족끼리 중국 요리를 먹으러 인천까지 갔다. 깐풍기를 집어 먹던 아내가 아들에게 물었다. 우리 옆 단지에서 죽은 애, 너네 학교라며? 아들이 건성으로 고개를 끄덕였다. K97은 중국요리를 좋아하지 않았다. 기름지고 자극적이라서 건강에 안 좋을 것 같았다. 현미밥에 깔끔한 나물 반찬 두어 개에 뭇국 하나만 차리면 될 텐데, 아내는 주말만 되면 외식을 하자고 성화였다. 밖에서 사 먹는 음식은 돈만 비싸고 건강에도 안 좋고, 또 이렇게 인천까지 나오려면 기름값도 만만찮고 귀찮기만 한데 아내와 아들은 외식을, 고기를 지나치게 좋아했다. 건강 챙길 줄도, 돈 아낄 줄도 모른다. 그러면서 비싼 비타민이나 사 먹으려 하고 돈 없다는 말을 입에 달고 살지. 자기가 얼마나 많이 먹는지는 생각도 안 하면서 자꾸 살이 쪘다고 둔한 소리나 해대고. 밥상에 앉아 누가 죽었다는 재수 없는 소리나 하고. 안 그래도 없던 입맛이 뚝 떨어졌다.

뉴스에서 떠드는 거 진짜니? 니네 학교에도 진짜 그런 애들이 있어? 아내가 호기심과 걱정이 뒤섞인 표정으로 물었다. 아들이 퉁명스럽게 대꾸했다. 그런 거 없는 학교가 어디 있어. 다 있어. 그래? 아내가 젓가락으로 자장면을 쭉 끌어올렸다. 개들이 너는 안 괴롭혔어? 아내의 물음에 아들은 고개를 살짝 저었다. 난 안 건드려. K97이 젓가락을 내려놓고 차가운 모리화차를 들이켜며 말했다. 그게 다 애들을 너무 곱게 키워서 그런 거야. 지 자식만 귀하다고 오냐오냐 키워서. 그러니 애들이 다 약해빠져서……. 당신은 그렇게 안 키웠나? 아내가 K97의 말을 뚝 자르며 빈정거렸다. 그럼 그게 죽은 애 탓이란 거지. 지금 아빠 말은. 아들이 깐 풍기를 우물우물 씹으며 중얼거렸다. 그러니까, 죽은 애 부모가 죽은 애를 너무 오냐오냐 키워서, 그래서 약해빠져서, 그래서 죽었다는 거잖아, 아빠 말은. K97은 냅킨으로 입가를 슥 닦으며 단호하게 대답했다. 그런 놈이 아니었으면 애초에 맞고 다니지도 않았을 거 아냐. 아들이 건성으로 고개를 끄덕이며 깐풍기를 입에 쑤셔 넣었는데, 그때 아들의 입가에 얼핏 비친 비웃음 같은 것이 K97의 자존심을 건드렸다. 야, 너! K97이 버럭 소리를 질렀다. 깜짝 놀란 아내가 젓가락을 바닥에 떨어트렸다. 아버지가 말하는데 지금 그 태도는 뭐야! 아들은 놀라지도 않고 단무지를 와작와작 씹어 먹었다. 갑자기 왜 그래. 아내가 K97의 소매를 잡아당기며 볼멘소리를 했다. 아들은 깐풍기 두어 개를 더 집어 먹은 뒤 화장실에 갔다 오겠다며 자리를 떴다. 내가 소리만 질러도 질질 짜던 놈이 이젠 지도 다 컸다 이거지. K97은 입맛을 쩝쩝 다시며 생각했다. 밥 잘 먹는 애를 왜 잡아. 아내가 신경질을 냈다.

당신이 무턱대고 애 편만 드니까 애가 천지도 모르고 어른 말 우습게 아는 거 아냐! K97이 다시 언성을 높였다. 뭐든 맘에 안 들면 내 탓이고 애 탓이지. 자기 탓은 하나도 없어, 아주. 사람이 왜 그래? 아내도 지지 않고 대거리를 했다. 언젠가부터 아내와 아들은 K97이 무슨 말만 하면 잘라먹고 공격하기 바빴다. 아들은 젊어지는 중이고 자기는 늙어가고 있으며 아내는 벌써부터 자기를 뒷방 늙은이 취급한다는 것이, 아들의 머리칼은 점점 굵어질 것이고 자기의 머리숱은 점점 사라져갈 거라는 사실이, 이제 더는 아들을 야단치거나 울릴 수 없을 것 같다는 예감 때문에 K97은 분하고 억울했다.

K98-3

힘들게 계단을 오르는 동안 마음이 변하길 바랐다. 하지만 옥상에 다다를수록 몸은 자꾸 가벼워지고 마음은 점점 단단해졌다. 15층을 걸어 올라오며 누구에게든 연락이 오면 그만두자고도 생각했다. 핸드폰은 잠잠했다. 옥상 난간에 종이를 놓고 엄마 아빠에게 편지를 썼다. 상투적이나 진실한 마음을 담았다. 개새끼들에게도 편지를 썼다. 우둘투둘한 시멘트 난간 때문인지 종이에 자꾸 구멍이 났다. 다르게 살 수도 있었을 것이다. 그랬더라도 불행했을 것이다. 어떤 식으로든 불행해졌을 것이다. 그 생각을 하자 마음이 편안해졌다. 선택지는 두 개뿐이다. 도망치거나 복수하거나. 나는 두 선택지를 하나로 만들 것이다. 도망치고, 복수할 것이다. 올라오는 데는 오랜 시간이 걸렸지만, 내려가는 건 순간일 것이다. 일 초도 걸리지 않을 것이다. 이제 남은 소원은 단 하나다. 머리통이 깨지기 전에, 몸이 바닥에 닿기 전에, 부디, 6층이나 5층쯤에서 기절해버리길. 아무 고통도 느끼고 싶지 않다. 난 이미 너무 많은 것을 겪었다.

K94-4

서른다섯 살에 9급 공무원이 된 K94는 다음 해에 친척 어른이 소개해준 여자와 결혼하고 이듬해 딸을 낳았다. 기대만큼 풍족한 생활은 아니었지만 만족했다. 이태 후 아들이 태어났다. 집안 어른들 모두가 기뻐했다. 호봉이 올라가는 것에 맞춰 아이들은 쑥쑥 자랐고, 아이들이 클수록 지출도 늘어났지만 남에게 아쉬운 소리를 할 정도는 아니었다. 마흔 중반이 되어서야 K94는 사십 대가 되었음을 깨달았다. 아무 생각 없이 들어선 사십 대의 삶. 이십 대에서 삼십 대가 되는 것과는 그 느낌이 확연히 달랐다. 마치 태어날 때부터 마흔 몇 살이었던 것처럼 그 나이가 편안하게 느껴졌다. 고시원에 틀어박혀 책만 파고들던 때가 어렴풋이 떠오를 때도 있었다. 그때는 공무원이 되지 못하면 인생 끝인 것처럼 정말 공무원만을 원했다. 하지만 그런 식으로 그 시절을 말하고 싶진 않았다. 그냥 어쩌다 보니 이렇게 되었지. 하지만 내게도 다른 꿈이 있었어. 그렇게, 말하고 싶었다. 아내 말고 진짜 사랑하는 여자는 따로 있었지, 라는 말처럼.

24평 단지에서 32평 단지로 이사하던 날, 짐을 정리하다가 서랍 깊숙한 곳에서 옛 수첩을 발견했다. 그 수첩의 맨 앞 장에는 '어떻게 갈 것인가'로 짐작되는, 휘갈겨 쓴 문장이 적혀 있었다. 자기 글씨였지만 잘 알아볼 수 없었다. 가? 어딜 간다는 거지? 간다는 뜻인가? 뭘 갈았지? 형광등을 갈았나? K94는 휘청이는 문장을 유심히 들여다보며 생각했다. 갈아야 할 것은 지금도 많았다. 일단 이사를 하니까 도배, 장판, 싱크대, 문짝, 잠금장치를 갈았고 아내는 이참에 커튼과 이불과 소파와 식탁까지 갈고 싶어 했다. K94는, 아내를 갈고 싶었다. 아내만 갈면 돈 들여 집 안을 갈아엎지 않아도 모든 게 달라질 텐데. 낡은 수첩을 쓰레기봉투에 던져 넣으려던 K94의 손짓이 잠시 멈췄다. 그 문장은, '어떻게 갈 것인가'가 아니라 '어떻게 살 것인가'였다. 이십 대 초반인가 삼십 대

초반에 쓴 문장 같았는데, 짐작되는 시기의 간극이 너무 크다는 사실에 실소가 터졌다. 뒷장에는, 이러저러하게 살고 싶다는 그 시절의 바람이 적혀 있을 것이었다. 한번 펼쳐볼까 망설이다 곧 마음을 접었다. 그런 문장을 썼던 지난날의 자신이 가소로웠다.

직급이 올라갈수록 근무와 휴식의, 성실과 태만의 경계가 불분명해졌다. 합법과 불법의 경계 역시 때에 따라 달라졌다. 부하 직원의 일 처리 능력은 늘 못마땅했고, 상사들의 뻔뻔함엔 익숙해졌다. 아랫사람보다는 윗사람을 이해하는 게, 그들의 정서와 상식에 공감할 때 마음이 편했다. 자식들 성적이 안 좋으면 화가 났고 아내가 밥을 차려주지 않으면 괘씸했다. 자신도 삼십 대 중반까지 백수였으면서, 취업 못 하는 젊은이들을 한심하게 생각했다. 어둡고 눅눅했던 젊은 날은 모두 잊었지만, 젊은 사람들 앞에만 서면 '나 젊을 때는'이란 말을 입에 달고 살았다. 접대차 자주 들르던 요릿집 여주인과 연애도 시작했다. 여주인에게는 아내에게 없는 것만 있었다. 긴 생머리, 붉은 입술, 뽀얀 피부, 가느다란 손가락, 잘록한 허리, 탱탱한 엉덩이, 나긋나긋한 말투. 여주인의 환심을 사기 위해 돈도 많이 쓰고 자존심도 버렸지만, 그런 것 따위 아무래도 좋았다. 죄책감은 없었다. 어차피 아내나 자식들도 또박또박 돈 벌어오는 아빠를 원할 뿐, 함께 많은 시간을 보내는 가정적인 아빠를 원하는 건 아니라고 생각했으니까.

아내에게는 지방에 사는 친구 아버지가 돌아가셨다 말하고, 그녀와 여행을 떠나기로 했다. 함께 지리산 둘레길을 걸으며 인생이나 청춘이나 나이 드는 것의 슬픔과 회한, 인생무상과 뒤늦게 찾아온 사랑의 환희에 대해 뜻깊은 이야기를 나누다가 뜨거운 밤을 보낼 계획이었다.

K96-4

지리산 아래 펜션에서 섹스를 마친 후 K96은 수줍게 말했다. 아 해봐. 그녀의 표정이 또 오묘해졌다. 왜? 그냥, 거길 보고 싶어. K96이 그녀의 입을 가리키며 말했다. 그녀는 작게 입을 벌렸다. 조금만 더 크게. K96이 그녀에게 바짝 다가가 앉았다. 이가 굉장히 건강하네. 그녀의 입속을 들여다보며 K96이 중얼거렸다. 금니 하나를 빼고 모두 본래 치아였다. 첫사랑의 치아는…… 기억나지 않았다. 다만 지금 자기 앞의 치아만큼 하얗고 건강하지 않았다는 것만은 확신할 수 있었다.

둘은 나란히 누워 뉴스를 봤다. 고층 아파트에서 투신한 고등학생에 대한 보도가 나오고 있었다. 자기 고등학생 때는 어땠어? 그녀가 물었다. 그때에 관해 말할 수 있는 것이라면, 간호사에 관한 것뿐이었다. 정말 그뿐이었다. 그래서 K96은 아무 대답도 할 수 없었다. 자기는 어땠는데? K96은 질문을 되돌려줬다. 그녀는 입술을 자근자근 씹으며, 뭐, 그냥 그랬어, 하고 대꾸했다. 자기 학교랑 우리 학교랑 거의 가까웠잖아. 우리 고등학생 때 몇 번 마주쳤을 수도 있겠다. 근데 그때 나 봤으면 별로 안 좋아했을 거야. 내가 좀…… 날라리였거든. 우리 큰언니 옷 훔쳐 입고 화장하고 막 어른 흉내 내면서 시내 싸돌아다니고 그랬거든. 지금 생각하면 딱 봐도 고삐린데, 그때는 그게 어른스러운 건 줄 알고 막……. K96의 심장이 다급히 뛰기 시작했다. 진즉, 애초에, 그녀를 사귀기 전에, 아니, 그녀에게 고백하기 전에 반드시 확인해야 했던 것이 그제야 떠올랐다……. 언니가 있어? K96의 목소리가 조금 떨렸다. 그녀를 보자마자 사랑에 빠진 이유는 단 하나뿐이었다. 응. 언니 둘에 남동생 하나. 큰언니가 몇 살인데? 혹시 간호사였는지는 차마 물어볼 수 없었다. 시내에 한일병원 있잖아. 우리 큰언니, 처녀 때 거기서 일하다가 결혼해서 지금은 서울 살아. 나이 차이도 얼마 안 나면서 나한테는 완전 엄마같이 굴어. K96은 자리에서 벌떡 일어나 울부짖었다. 그때 독서실에 가는 게 아니었어!

K97-4

서른 넘어서부터 짠 음식은 피하고 담배를 끊었다. 술도 최대한 자제했다. 주말 아침마다 동네 공원을 사 킬로미터씩 뛰었고, 감기에 걸려도 항생제 따위 먹지 않고 스스로 이겨냈다. 몸에 좋은 음식만 골라 먹었고 육식을 피했으며 스트레스는 스쿼시로 풀었다. 인생을 통틀어 일탈을 한 경우라면, 이십 대 중반에 장안동 접대 여성과 두 번 섹스를 한 게 전부다. 전부랄 수 있다. 직장에선 말을 줄이고 겸허한 태도를 잃지 않으려 노력했고, 좋은 평가와 인정을 받되 워커홀릭이 되지 않으려 애썼다. 그 정글에서 쉰 살까지 버텼다. 가끔 화를 내고 소리 지르는 가장이긴 했어도 책임과 의무에 소홀한 적은 단 한 번도 없었다고 확신한다. 그런데도 아내가 우울증에 걸리고 아들이 제 앞가림을 못하는 것은 열정도, 인내도, 꿈도, 포부도 없기 때문이다. 너무 곱게 살았기 때문이다. 하지만 아들은 고마운 줄 모르고 아비를 낡아빠진 허수아비, 유행 지난 셔츠처럼 대한다. 보이지 않는 곳에 처박아두려 한다. 아내도 마찬가지다. 자기가 두르고 있는 그 모든 것, 그게 다 어디서 나온 건데! 억울하다. 분하다. 학교 다닐 때 나보다 못했던 놈들, 지금 다 떵떵거리며 살고 있다. 치명적인 실수를 하지 않은 이상 돈을 잘 벌든 못 벌든, 공부를 잘했든 못했든, 다들

고만고만하다. 도대체 나는 무엇 때문에, 무엇을 위해, 무엇이 되겠다고 그렇게 악착같이 공부에, 돈에, 평가에 매달렸던가. 겨우 이렇게, 고만고만해지겠다고? 고만고만하게 살다가 이렇게 어이없이 죽어버리겠다고?

퇴직하자마자 간암 말기 통보를 받은 K97은 질질 울며 생각했다. 나는 정말 온 힘을 다해 살았다. 부끄럽지 않게, 헌신하며 살았다. 그런데 어째서 내게 이런 일이 일어나는가. 암은, 간에서 생겨 온갖 내장으로 퍼져버린 암 덩어리는, 자식과 아내와 개 같은 전무와 부사장, 벌레만도 못한 김 과장 송 차장 우 대리 이 부장 그 쌍놈의 새끼들 때문이다. 그들이 내 몸속에 기어들어와 하나하나 심어둔 것이다. 병원에서는 수술도 권하지 않았다. 암인 것을 몰랐을 때는 아픈 줄도 몰랐던, 약간의 피로만 느꼈던 몸이 병명을 알자마자 급격하게 쇠약해졌다. 겨우 이어가던 항암 치료마저 중단하던 날, K97은 지리산 아랫마을로 훌쩍 떠나버렸다. 살고 싶었다. 어떻게든 살고 싶었다. 직장에서 버텨낸 것처럼만 버티면 살 수 있을 것 같았다. 다 극복할 수 있을 것 같았다. 하지만 주변 사람들은 K97을 곧 죽을 사람처럼 대했다. 때문에 K97은 분노했다. 아무도 자신의 생존을 지지해주지 않는다는 것. 저를 폐차처럼 대한다는 것. 살 수 있을 거라 말해주는 사람이 단 한 사람도 없다는 사실에.

K

K가 운다. K가 울부짖는다. K가 만족하고 K가 후회한다. K가 사랑하고 K가 변명한다. K가 괴로우면 K는 슬프고 K는 우울하며 K는 유쾌하지만 그 모든 감정이 K 때문이라고 말할 수는 없다. 거꾸로, K가 무기력하여 K는 유쾌하고 K는 만족하고 K는 괴로울 수도 있다. 열 살의 K. 열일곱 살의 K. 스물두 살의 K와 스물아홉 살의 K. 서른두 살의 K와 마흔다섯 살, 쉰이 넘은 K가 중얼거린다. 어떻게 살아야 할 것인가. 무엇을 위해 살아왔는가. 곳곳에서 두더지처럼 튀어나오는 지긋지긋한 질문들. 살고 싶다고 말한다. 잘 살고 싶다고 말한다. 좆같은 인생이라고 말한다. 단단한 성기. 늘어진 뱃살. 비쩍 마른 몸통. 쾌락에 빠진 K. 위험에 처한 K. 분노한 K와 부정하는 K. 부여잡는 K. 간절히 기도하는 K와 신을 저주하는 K. 계단을 오른다. 문이 열린다. 전화가 울린다. 분하다. 무기력하다. 이미 늦었다. 여기가 끝이다. 지금부터 시작이다. 쾅쾅쾅. 누구세요. 문 여세요. 아 하세요. 누구세요. 빨리 열어요. 아 해보세요. 누구세요. 문 열어 이 개자식아. 큰언니가 있어? 쾅쾅쾅. 쾅쾅쾅쾅. 살 수 있어. 얼마 안 남았대. 대체 내가 왜! 생명보험? 어째서 나야? 사랑하는 여자가 있었어. 아니 있어. 넌 죽었어. 이혼이야. 끝이야. 살고 싶어요. 엄마. 당신 아파트

땅 차 아들 다 내 거야. 그 여자를 찾아 헤맸어. 한두 푼으로 끝날 줄 알아? 살고 싶어서 이러는 거예요. 아빠. 나만큼 완전한 인생이 어디 있다고! 2억짜리가 두 개래. 오해야. 여보. 엄마. 자기야. 오해야. 모두 거짓말이야. 그게 내 인생이야. 바람이 분다. 비가 내린다. 나무가 젖는다. 썩는다. 자란다. 움직인다. 걷는다. 선다. 주저앉는다. 후회한다. 소리 지른다. 운다. 눈이 감긴다. 이건 내 인생이 아니야. 중얼거린다. 되돌리고 싶어. 돌아갈 수 있을까? 갈라진다. 요동친다. 흔들린다. 충돌한다. 만난다. 멀어진다.

떨어진다.

K95

서른세 살 되던 해 공무원 시험을 포기하고 무기력한 상태로 방 안에만 틀어박혀 책상이나 이불처럼 존재하던 K95는, 심심풀이로 지어낸 이야기를 라디오 프로그램에 보냈다가 상품으로 제주도 여행권을 받아 생애 처음으로 효도란 걸 했다. K95는 엄마 아버지 누나 동생 사촌 형 사촌 누나 할아버지 할머니의 이름을 돌려쓰며 감동적인, 재미있는, 가슴 아픈, 찡한, 기가 막힌, 어이없고 황당하지만 그럴듯한 갖가지 이야기를 닥치는 대로 지어내

라디오 프로마다 보냈고 김치 냉장고, 피톤치드, 만두, 헤어 고데기, 오디오 세트, 노트북, 전자레인지, 청소기, 백화점 상품권 등을 받아냈다. 달리 할 것도 없고 되고 싶은 것도 없는데 이참에 소설이나 써보자고 생각한 K95는 도서관에서 빌려 온 책을 방안 가득 쌓아놓고 이것저것 뒤적거리며 다중 우주에 관한 가설을 읽던 중 실수로 리모컨을 건드려,

팟.

텔레비전이 켜졌다. 지리산 인근 숙박업소에서 일어난 황당한 시비가 보도되고 있었다. 불륜 현장을 잡으러 온 부인과 맞닥뜨린 오십 대 남자가 베란다를 통해 옆방으로 도망갔다. 옆방의 삼십 대 후반 투숙객은 그를 도둑으로 착각하여 베란다에서 격투를 벌였고, 그사이 옆방으로 건너온 불륜남의 부인이 그 격투에 가세하여 서로 욕설과 주먹을 주고받다가 기물을 파손했다. 그 와중에 화재 경보기가 울렸고, 밖으로 뛰쳐나오던 중년 남성이 계단에서 구르는 바람에 생명이 위태로워져 인근 병원으로 이송되었다. 사건 현장에 있던 사람들은 병원에 도착해서야 그가 말기 암 환자임을 알게 되었고, 환자 가족은 불륜 부부에게 모든 책임을 물어 손해배상을 청구하였다. 하지만 그가 위독한 이유가 계단에서 굴렀기 때문인지 암 때문인지 시비가 엇갈려 법정 다툼이 예견된다는 내용이었다. 이어 투신자살한 고교생에 대한

보도가 나왔다. 그의 영정 사진을 보는 순간 K95는 가슴을 부여
잡았다.

심장이, 잠시, 멈춘 것 같았다.

정확히 말해 심장이 아니라, 마음이 존재한다 믿고 사는 그곳
이. 떨어지는 그를 떠올리며, K95는 소설을 시작하기도 전에 마
지막 문장을 써버렸다.

구병모具竝模

1976년생. 2009년 장편소설『위저드 베이커리』로 제2회 창비청소년문학상을 수상하며 등단했다. 이 작품은 빼어난 서사적 역량과 독특한 상상력으로 기존 청소년소설의 도식을 과감하게 깼다는 평가와 함께 청소년뿐 아니라 일반 독자들의 사랑을 두루 받아 '2009년 한국인의 필독서'로 꼽히기도 했다. 이후 청소년소설의 범주에서 벗어나 성인 독자들을 대상으로 한 작품들을 본격적으로 발표하기 시작했다. 2011년 출간한 장편소설『아가미』와 소설집『고의는 아니지만』은 현실과 환상의 경계를 넘나드는 서사를 통해 '구병모식 환상성'를 확실하게 각인시킨 작품들로, 작가가 그려내는 환상성이란 단지 비현실적인 상상의 결과물이 아니라 현실에 갇힌 이들이 직면한 고통에서 발원한 것임을 보여준다.

이창

구병모

당신들이 나를 희대의 오지라퍼라고 불러도 좋다. 오지라퍼란 알다시피 우리말인 오지랖에다 '그 일을 하는 사람' 내지는 '직업'을 뜻하는 영어의 어미 '-er'를 붙인 신조어로, 생겨난 지 유구한 역사를 자랑하는 말은 아니지만 이와 유사한 수준의 인식은 도시화와 핵가족화가 진행되면서 이미 정착했다고 보는데, 이 낱말의 출현은 '만인이 만인의 일에 신경 끌 것'을 지향하는 세계관을 반영한다. 타인의 분노에 공감하고 그의 광기를 제어하려 해보았자 개입한 사람만이 터진 새우 등처럼 만신창이가 되며 보상은커녕 피해나 받지 않으면 다행인 요즘, 누군가에 대한 동정은 시간과 비용 낭비에 불과하고 정의라곤 깨금발로 설 자리조차 잃은 때, 나는 보기 드문 오지라퍼일지 모른다. 그러나 역사적으로 기아와 질병을 없애고 폭력을 단죄하며 세상을 바꿔온 많은 이들의 속성이 이를테면 오지라퍼 아니었던가. 그들은 모두 본인의 불편과 무고와 고통을 기꺼이 감당하고 남들의 손가락질을 개의치 않으면서 토대를 다지고 씨앗을 뿌려 싹을 틔워온 게 아닌가. 나는 내가 본 것이 한 점 의혹의 여지도 없는 사실이라 믿고 사람들에게 진실을 알리려 했을 뿐이다. 나만이 유난스럽게 불의를 보고 참지 못하는 성격이라 주장할 마음은 없으며, 그것이 사람이라면 누구나 해야 할 도리라고 믿는다.

처음 목격한 것은 그녀가 거실 바닥에 납작 엎드린 아이를 발로 걷어차고 있는 장면이었다. 아이는 웅크린 정도를 넘어 바닥에 젖은 잎사귀처럼 들러붙어 있었다. 한 번으로 그치지 않고 두 번, 세 번, 여러 차례. 나중에는 셀 수도 없었다. 발길질을 한 번 할 때마다 아이의 몸이 이리 구르고 저리 굴렀는데 그녀는 그걸 일일이 쫓아다니면서 걷어찼다. 걷어차는 모양새치고는 슬로모션이었다는 점을 인정한다. 천천히 발로 밀어낼 때보다 빠르게 가격할 때 가속도가 붙어 두 행위 사이에 육체적 고통 측면에서 차이가 있으리라는 점을 안다. 그러나 속도와 무관하게 걷어차임을 당하는 대상이 느낄 모멸감과 정신적 고통은 동일할 테고, '꽃으로도 때리지 말라'라는 유명한 모토는 그 사실을 증명한다.

꽃으로 때려서 사람이 죽기 때문에 꽃으로도 때리지 말라고 하는 게 아님을 우리는 모두 알고 있다.

건축 회사에서 아파트 단지 구조를 엉망으로 설계하는 바람에 몇몇 동에 한해서 맞은편이나 대각선 집이 훤히 들여다보이는 일에 일부 주민들은 엄청난 스트레스를 받아왔고, 나 또한 두 동이 기역 자로 붙다시피 하여 대각선 방향으로 있는 같은 층의 집에다 윗집 아랫집 포함 적어도 세 집의 내부 구조와 인테리어가 훤히 들여다보이는 한편 간혹 옷을 덜 갖춰 입은 상태에서 서로의 눈이 마주치는 민망한 장면을 수차례 연출한 다음부터는 의도적으로 바깥을 내다보지 않기 위해 노력하는 데에 신경이 곤두서 있던 상태로, 내년에 전세 기간이 만료되기만 하면 당장 다른 아파트를 알아보리라고 벼르던 때였지만, 이번만은 그 형편없는 사생활 침해용 구조에 감사하며 긴급통화 버튼을 눌렀다. 여기는 P아파트인데 311동 1001호에서 어떤 여자가 자기 자식인 듯한 어린애한테 과도한 폭력을 행사하고 있으니 빨리 와주세요. 네? 제 이름은 왜 필요한데요. 지금 그게 중요한가요. 아니 진짜, 바로 붙어 있는 집이어서 보인다니까요. 지금 벌써 열 번 스무 번도 넘게 애를 발로 차고 있다니까요! 애가 내장 파열이라도 되면 그때 오시게요? 아, 그놈의 집안 문제! 그렇게 해서 손쓸 거 못 쓰고 죽어나간 사람이 어디 한두 명이에요? 나중에 언론에

다 뿌리고 인터넷에 올릴까요? 어디 또 지금 녹음된 거 지우고 그래 보세요.

통화를 마친 뒤로도 나는 베란다 앞을 떠나지 못하고 서성이며 그 집을 건너다보았고, 수십여 차례에 걸쳐 아이를 발로 미는지 차는지 하던 엄마(로 추정되는 사람)는 이제 바닥에서 몸을 뒤트는 아이를 주먹으로 쥐어박는지 양손이 아이의 작은 몸을 향해 오르락내리락했다. 아이가 이리저리 구르는 궤적이 갈수록 커졌다. 조금만 더 거리가 가까웠다면 나는 그녀의 입가에 그려진 미소마저 포착할 수 있었으리라고 확신한다. 그때 이윽고 경찰이 도착하여 초인종을 누른 모양으로 그녀의 모습이 베란다에서 사라지고, 아이는 연체동물이 꿈틀거리듯 몸을 일으켜 앉더니 바닥에 널브러져 있던 그림책을 읽는지 퍼즐을 맞추는지 무언가 다른 일에 관심을 쏟는 모습을 보였다. 거리도 있고 옆모습에다 방향도 대각선이라 확실하진 않겠지만 나는 그 아이의 외형 견적을 내보았다. 짧은 머리에 반팔 실내복 색깔로 봐서는 남자아이임이 확실하고 다섯 살? 여섯 살? 몸집으로 보아 초등학생일 리는 만무했다. 그 아이 옆으로 양복바지 입은 발이 몇 개 어른거리는 걸로 보아 경찰이 오기는 했나 본데 단 몇 분간의 조사에서 알아낼 수 있는 사실은 거의 없을 것임에도 불구하고 그들은 아이 엄마 말만 믿고 그대로 돌아가버린 듯, 안쪽에서부터 여자가 성큼성큼 걸어오더니 베란다 밖으로 나와서는 외부 새시까지 열어젖히고 몸을 내밀었다.

　여자가 고개를 이곳저곳 돌릴 것도 없이 한 번에 목표물을 포획했다는 확신 가득한 눈빛으로 나를 똑바로 바라보았고, 순간 심장을 누군가 쥐었다 편 것처럼 덜컥했으나 나는 그대로 선 채 미동도 않을 수밖에 없었던 것이, 나로선 잘못한 일이 하나도 없고 지금도 내 집 거실에서 밖을 내다보고 있을 뿐으로, 여기서 마주친 눈을 피하거나 그녀의 시선을 못 느낀 척 몸을 돌려 실내로 모습을 감춰버린다면 그야말로 내가 경찰에 신고 전화를 넣은 사람임을 인증하는 셈이었다. 상대방에게 그 사실이 알려진다고 해서 뒤가 켕길 일도 없으며 이웃 주민으로서 당연한 일을 했을 뿐이라고 주장할 수 있지만 그건 내 입장이고, 만에 하나 그녀가 보편적인 육아 우울증 이상의 질환에 시달리는 사람일 경우 스릴러 영화에서 종종 볼 수 있듯이 언제든 이리로 건너와 내게 해코지하는 광기를 표출할 수도 있다는 오싹한 가정을 해보면 가능한 한 이쪽 신분이나 행적이 알려지지 않는 게 좋았다. 무엇보다 나 자신이 열한 살 딸아이를 키우는 처지에 도저히 그 장면을 보고만 있을 수 없었다는 게 인지상정인데 그것이 내 아이에게 화살로 돌아오지 않으리라는 법도 없으니, 양심에 비추어 옳은 일을 하고서 포상은커녕 앙갚음으로 돌려받아서야 말이 아니다.

멍하니 서 있는 듯하던 그녀는 이어서 설상가상으로 의미심장한 미소를 지어 보였으므로 그건 내게 보내는 신호라고 보아도 무방했다. 이 상황에서 그 미소가 비웃음 아닌 이웃집에 건네는 순수한 인사나, 갑자기 무심결에 창을 열었다 모르는 이와 눈이 마주친 데 대한 민망함을 얼버무리려는 반사작용 같은 거라고 애써 생각하는 게 더 우스운 일이었으니 다만 조소의 의미를 여러 가지로 분석해 보았는데 그래 봤자 내 빈곤한 상상력은 참견하지 마, 사람 잘못 건드렸어, 어디 두고 보자 정도 언저리에서 맴돌았다. 그대로 상당한 시간이 흘렀고 나는 당당한 입장을 내세우려던 최초의 판단이 잘못되었음을 알았다. 그녀는 지금 내 인상착의를 기억해두는 중이었다. 내가 한 일의 옳고 그름과 무관하게 앞으로 아이 손을 붙잡고 슈퍼에 오갈 때나 놀이터에 나갈 때 누군가를 마주칠 수 있는 수많은 확률과 변수를 고려하면, 그 시선이 처음 나를 붙잡았을 때 겸연쩍은 듯 모습을 감추어서 얼굴을 익힐 틈을 주지 말았어야 했다. 그러나 이제는 물러서기엔 너무 늦어서 나는 오히려 어깨를 펴고 상대를 건너다보며 당신이 뭔데 나를 꼬나보느냐, 어디 한번 해볼 테냐 하는 뜻을 최대한 전달한다고 생각되는 표정을 나름대로 지어 보였고, 마침내 그녀는 눈싸움에 기가 질렸는지 아니면 오늘은 간만 봤다는 뜻인지 알지 못할 묘한 미소를 짓더니 버티컬을 쳤다. 천천히 버티컬이 옆으로 펼쳐지면서 그녀를 가리는 장면을 나는 끝까지 바라보고 섰으며, 그녀 또한 완전히 모습이 사라지기 전까지 이쪽을 향한 시선과 미소를 거두지 않고 있었다.

여기까지 말했을 때 혹시라도 당신들이 품을지 모를 몇 가지 의문―이 여자는 집에서 자기 애나 똑바로 돌보는 게 먼저 아닌가 이 여자는 직업도 할 일도 없고 바쁘지도 않은가 고작해야 남의 집을 몰래 관찰하는 것으로 자신의 사회 정의감을 대리 충족하려는가 왜 이 여자는 제대로 된 담론을 펴지 못하고 감성적이며 작은 일에만 분개하는가―에 대해 먼저 해소하고자 한다. 나는 초 단위까지는 못 되더라도 적어도 분 단위로 치열하게 움직이며 실천하는 삶을 산다고 자신할 수 있는데 이를테면 이 주에 1회, 적어도 사 주에 1회꼴로 정의 사회를 구현하고 상식이 통하는 세상을 지향하는 시민 단체의 모임에서 봉사하며, 태안 앞바다에서 유조선이 침몰하는 등 안팎으로 각종 불상사가 생기면 어디든지 달려가 무보수 노동을 자처하기 때문에 그 횟수와 빈도는 대중없이 늘어날 때가 많다. 이외에 신도들의 헌금으로 거대 호화 성전을 구축한 부자 교회가 아니라 정상적인 교회에서 운영하는 밥차 봉사를 적어도 월 1회 나가고 있으며, 지역사회 아동복지 센터에서 빈곤층 자녀를 위해 운영하는 방과후돌봄교실에서 주 1회 수학 보충 공부를 돌보고 있다. 노동자들을 위한 서명 참여 독려나 성금 모금 운동에 빠지지 않으며 어딘가에서 충돌이나 파업이 일어났다면 가장 빈번하게 눈에 띄는 얼굴 중 하나가 나일 테고, 한편으로는 내 아이의 육체적 건강에 감사하는 뜻으로 희귀 질환에 손 못 쓰고 빚더미만 쌓여가는 어린이 환자들을 지원하는 재단에서도 봉사하고 있다. 이 주상 복합 단지에서 흔히 볼 수 있는 다른 주부들처럼, 남편의 수입은 안정적이나 본인은 반복되는 돌봄 노동에 삶의 한구석이 공허하여 재즈댄스나 서양 요리 강좌를 찾아다니고 할 일 없는 친구들과 무리를 형성해서 식도락 여행을 다니며 끝에 가서는 언제나 서로의 자식 자랑으로 기선을 은근히 제압하는 식의 비생산적인 시간을 보내본 적 없는 것이다. 완벽하다고는 말 못 하지만 그 모든 일을 다 해내면서 가족을 돌보는 노동을 게을리해본 적도 없는데, 내가 세탁과 다림질을 잊는 바람에 남편이 어제 입었던 드레스셔츠를 다시 입고 출근하는 일은 상상하기 힘들며, 아이가 머리를 빗지 못하거나 아침을 거른 채 학교에 가는 일도 없을뿐더러 학교에서 학원으로 이동하는 애매한 틈에 엄마표 수제 간식을 건너뛴 적도 없다. 가족의 주말 저녁 식탁에 배달 음식이나 마트에서 대량 조리된 포장 음식을 올리는 일도 있을 수 없고, 이미 단체마다 여러 일을 맡은 여건상 적극 가담하지는 못하나 환경 운동과 동물 보호에도 관심 있기 때문에 가능한 한 유기농 채식 식단을 구성하려 애쓴다. 된장찌개를 한번 끓이려 해도 고기나 멸치 대신 버섯과 양파, 감자로 국물을 내기 때문에 여간 번거롭고 까다로운 일이 아닌 데다, 연간 회비 삼만 원을 지불하고 생협 조합원이 되어야 좋은 식재료를 산지에서 배달받을 자격도 있다. 내가 하는 모든 사소한 일들과 일상에서의 작은 실천들이 사회 정의를 이루는 근간이 된다고 믿어 의심치 않는다. 가족 모두가 이민을 갈 계획도 능력도 없는 이상 이곳은 내 아이가 앞으로 살아갈 곳이기 때문이기도 하다. 그러니 내게 다른 이들의 비상식적인 행동을 보고 그것에 눈살 찌푸리기를 넘어 그것을 제지할 자격과 의무가 어찌 없다고 말할 수 있겠는가? 나는 가령 오후 네시경 백화점 문화센터에서 쁘띠 보자르니 유리드믹스니 하는 놀이 강좌를 마치고 나온 여자들이 스타벅스 안에 옹기종기 모여 앉아 서로의 아이들을 유모차에 방치한 채 그들에게 열량과 당분으로 가득한 아이스 코코아를 한 잔씩 쥐여주고 자기들끼리 남편 욕 시댁 뒷공론에 열광하는 모습만 보아도 참지 못하는 성격이다. 그런 내가, 건너편 집에서 벌어지는 아동 학대 가능성이 농후한—아니, 확실한 일을 묵과했어야 한다는 뜻인가? 당신들이 말하는 정의와 당신들이 그리는 미래는 고작 그 정도인가?

버티컬로 가려진 창 너머에서 무슨 일이 일어나고 있을지 온갖 경우의 수를 짚어보면서 나는 가슴을 쏠어내렸다. 그녀가 무슨 말로 얼버무려 경찰을 돌려보냈을지, 아이가 말을 안 들어서 야단치고 있었을 뿐이라는 식의 집안 문제로 둘러댔을 건 틀림없으나 문제는 그걸로 끝이 아니다. 그녀가 뒤늦게라도 정신을 차리고 아이에게서 발길질을 거두었다면 다행이다. 다음 날, 그 다음 날 같은 일을 반복하지 않으리라는 보장이 없음에도 당장 그 순간은 아이가 무사할 테니. 그러나 그녀는 경찰이 다녀간 뒤 버티컬마저 치고 오히려 아이에게 더 심하게 화풀이할지도 모르는 일이며, 남편이 퇴근하면 낮 동안 무슨 일이 있었느냐는 듯 아무런 티를 내지 않을 터다. 공부방 아이들에게서 비슷한 심리 상태를 겪는 엄마들의 상황을 종종 들은 적이 있으므로 그런 행동 패턴을 쉽게 짐작할 수 있다. 나는 그때도 내 일처럼 펄쩍 뛰며 아이들에게 말했더랬다. 왜 그걸 가만히 있니? 아버지 퇴근하시면 의논을 드려, 하루라도 빨리 어머니를 치료받게 해드려야 하지 않니? 그러나 아이들은 심드렁하게 대꾸했더랬다. 삼백육십오 일 중에 삼백이십 일을 야근하는 아빠한테 무슨 말을 해요, 한들 믿어나 주나요. 그 아이들의 낙담과 포기에서 나는 이미 그전에 수차례 같은 시도를 해보고 실패를 반복하여 겪어온 자의 상처와 패배감을 엿보았고, 그 아이들을 구하기 위해—최소한 변호하기 위해 부모들을 직접 만나려고까지 했다. 그러나 아이들

몰래 독단으로 일을 꾸미는 것 또한 절차에 어긋난다 싶어 양해를 먼저 구했을 때, 그들은 하나같이 고개를 완고하게 저었다. 그것은 폭력에 익숙해진 사람의 무기력한 행동 양상이므로 스스로 그 틀을 깨고 나가는 게 먼저라고 몇 번을 말했는지 모른다—이 사람은 그래도 나를 사랑해서 이러는 거겠지, 나도 이 사람이 가엾고 안타까운데, 내지는 이 사람 없이 내가 살아갈 수 있을까, 같은 애틋하고 착잡한 마음들 말이다. 가만, 그런데 지금 맞은편 집의 그녀에게는, 최소한 밤만이라도 폭력 행각에 제어장치가 될 남편이라는 존재가 있기는 할까. 어쩌면 그녀는 남편과 이혼하고 혼자서 아이를 키우다 생활고 등으로 문제적 행동이 더 표출되는 것일지도 모르는 일……까지 나의 가정은 뻗어나갔다. 그러나 좀더 생각해보면 사이가 좋고 말고는 별개로 남편이 없지는 않을 것 같았는데, 웬만한 경제력으로는 이 아파트 단지의 최소 평수인 23평에서 전세를 살기조차 힘들다는 점이 그 추측을 뒷받침했다. 싱글맘이라면 어지간히 잘나가는 회사 CEO가 아니고서야 어림도 없는 일이었다. 따라서 그녀는 외형적으로는 평범한 중산층 가정을 이루고, 본인이 일을 할 필요 없이 남편의 충실한 경제적 부양을 받고 있을 것이며, 그녀가 아이를 걷어차는 행위는 남편이 출근하고 없는 낮에 국한되어 있으리라고 추리할 수밖에 없었다.

그녀가 햇빛을 받거나 환기하기 위해 언제고 저 버티컬을 다시 열리라는 기대로 나는 몇 날을 기다렸다. 그사이에 아이가 무사한지 궁금하여 신고한 내역이 어떻게 처리되었는지 관할 경찰서에 전화로 문의했으나, 역시 다짜고짜 내 이름과 주소부터 대라는 말에 그냥 끊어버렸다. 경찰 입장에서야 그럴 수밖에 없었을 텐데, 신분이 확실치 않은 사람에게 내사 결과를 알려줄 수는 없으니까. 그럼에도 나는 세상 모두가 합심하여 맞은편 집 아이의 불행과 재난에 한몫하고 있다는 생각에서 벗어나기 힘들었다. 당신들도 모를 리 없다, 사소한 선의를 실천하기 위해 한 사람이 받는 정신적 물질적 손해와 고통이 결코 작지 않음을. 거리에서 데이트 폭력을 당하는 여자를 힘으로 구해줬더니 그전까지 연인 사이에 오갔던 폭력마저 혼자 뒤집어쓰고 고소당하는가 하면, 처참한 교통사고의 증인을 서주려 했더니 경찰서에 끌려가 장시간에 걸친 갖은 취조를 당하는 동안 내가 가해자인지 목격자인지 헛갈리는 사례를 익히 알고 있을 것이다. 그런 가능성을 고려해가면서 나로선 최선을 다했고, 필요하다면 조금 더 할 의향이 있었다는 사실만으로도 내가 당신들에게 이렇게까지 비난받아야 할 이유란 없다.

버티컬이 열리기 전에 나는 외부에서 그녀와 마주쳤다. 아파트 단지 안에서가 아니라 두 블록 떨어진 곳에 있는 대형 마트에서였다―아까의 여담과 얘기가 다르지 않느냐 할 것 같아 말해두지만 나는 대형 마트에서 장을 보는 일이 없고 재래시장을 이용하거나, 품질 유통 관리가 확실하며 대기업의 촉수가 뻗치지 않은 산지 직배송의 식재료를 인터넷으로 구매한다. 이때 마트 건물에는 어디까지나 3층에 어린이 전용 치과가 있어서 딸을 데리고 갔을 뿐이다. 4층 푸드코트에서 아이 손을 잡고 내려오던 그녀를 먼발치에서 보고 긴가민가했으나 설마 그럴 리야, 싶어서 지나치려던 순간 그녀는 정확히 나를 알아보고 먼저 인사를 건넸다. 310동 사는 분이시죠? 아파트 브랜드만 해도 주위에 네댓 개는 되는데 이름을 생략하고 곧바로 310동이라고 지르는 걸로 보아 그녀가 맞았다. 내가 그녀를 피해야 할 만큼 찔리는 일을 한 기억 없고 모든 일이 통념과 상식선에서 이루어졌다고 자신할 수 있지만 나는 그녀가 버티컬이 닫히기 직전까지 머금었던 미소가 이미 건전한 정상인의 그것이 아니라 느꼈으므로 이 갑작스러운 조우가 꺼림칙하지 않을 수 없었다. 나는 그녀를 처음 본다는 듯이 눈을 동그랗게 뜨고 딸아이를 잡은 손에 힘을 주면서 되물었다. 아, 예…… 그런데요? 악력을 높였기 때문인지 혈관이 부풀고 심장이 빠르게 뛰기 시작했지만 나는 몇 번이고 마음속으로 상기했다. 잘못한 일 없고 당당하다고. 그녀는 반쯤 가린 버티컬 너머로 보았던 미소에서 모종의 은밀함이나 경멸을 덜어내고 하해와 같은 미소를 지으며 말했다. 지난번에 혹시 우리 집을 경찰에 신고하신 분이 아닌가 해서요. 1008호 사시죠? 이렇게 대놓고 물어볼 줄은 몰랐기 때문에 나는 반응할 타이밍을 놓치고 대신 고개를 기우뚱하며 얼버무렸다. 예? 신고……요? 일단 이렇게 해두면 나중에 그녀가 사실을 확인하고 추궁하더라도 잠깐 기억이 가물거렸다는 정도로 마감할 수 있을 터였다─아 맞다, 제가 그랬었네요, 근데 대수롭지 않은 일인가 싶어 잊어버렸지요, 까지 나는 그녀의 반격을 대비하는 대답을 떠올리고 있었는데, 그녀는 타인에게 해를 끼치는 삶이란 지금껏 생각해본 적도 없다는 듯한 무공해의 미소를 지으며 천진하게 말을 이었다. 아, 아닌가? 지난번에 아이와 놀고 있는데 우리 집에 경찰이 갑자기 들이닥쳐서는, 이웃집에서 가정 폭력 신고가 접수되어서 조사차 찾아왔다는 거였어요, 세상에. 그분들 돌아가고 나서 이웃집이 대체 어딘가 싶어 밖을 내다봤을 때 마침 거기와 눈이 마주쳤던 것 같아서 그런가 보다 했지요. 저의 착각이라면 죄송합니다. 그녀의 말투는 적절한 수위의 조소와 예의를 한데 머금고 있어서 나는 어떻게 반응해야 할지 알 수 없었다. 천만에요, 괜찮습니다. 그런데 아이라면 지금 옆에 있는 이 아이 하나인가요? 나는 평범한 이웃집 이모 역할에 충실하고자 그 아이와 눈높이를 맞추려고 허리를 살짝 굽혀 보았는데 그 아이는 제 엄마의 미니드레스─나는 이 아슬아슬한 길이의 미니드레스 또한 이 나이대 아이를 데리고 다니는 엄마의 의복으로 부적절하다는 혐의를 두고 있었다, 손톱의 화려한 네일아트와 목걸이 펜던트와 반지 등의 돌출된 장식을 포함하여─뒤로 반쯤 숨었다. 이번에는 베란다를 통해서가 아니라 가까이서 보았기에 다섯 살쯤 먹은 아이라는 걸 외양으로 확실히 알 수 있었는데, 키가 작고 평균보다 심각하게 말라 보였으므로, 나는 이 부분에서 아이가 먹을 것을 평소 제대로 먹고는 있는가 하는 의문이 새롭게 솟아나지 않을 수 없었다.

예, 하나예요. 둘은 낳았어야 저희들끼리 치고받고 놀 텐데 이 아이는 어린이집 다녀오는 것 말고는 엄마하고만 놀려고 들어서 큰일이에요……. 얌전한 대신 사회성이 부족하고, 몸도 약해서 자기보다 덩치 큰 아이들이 들러붙어 있으면 미끄럼틀도 가까이 가지 않을 정도라 놀이터를 즐기지도 않지요. 그래서 집에서는 형제 대신 노상 제가 놀아주는데, 그날도 저는 아이와 총싸움 놀이를 하고 있었거든요. 아직 어린애인데 하루가 멀다고 집에 학습지나 방문 미술 교사 들을 부르며 앉아서만 지내게 하면 너무 안됐잖아요. 세 사람 살기는 집도 넓은데 뛰어다니며 노는 게 제일 좋다고 생각했지요. 총싸움이라고 해서 우리 옛날 어렸을 때 골목대장 아이들이 하던 것처럼 나무 막대기 들고 자갈 튀기다 패싸움 나고 결국 누구 하나 울고, 그렇게 과격한 게 아니라 그저 손으로 총 모양을 만들어 입으로 소리를 내며 뛰어다닐 뿐이니 서로 번갈아가면서 총에 맞은 척 신음 소리와 함께 바닥에 자빠지는 게 암묵의 룰이기도 한데요. 나 맞았다! 하고 쓰러져서 매트를 뒹구는 아이를 장난 삼아 발끝으로 슬쩍 건드려봤더니 얘가 자지러지겠지요. 그렇게 간지러울까 싶은데 끼룩거리면서 온 거실을 뒹구는 거예요. 어, 이게 좀 먹히나보다 하고 발을 바꿔가며 아이를 톡톡 건드리니까 얼굴이 익어가도록 웃어젖히기에, 이 사소한 장난에 즐거워할 만큼 아직 어린애구나 싶어 흐뭇하게 웃기까지 했는데 그때 경찰들이 찾아오니까, 도무지 그럴 일이 없음에도 저는 혹여 남편이 바깥에서 사고라도 난 줄 알고 깜짝 놀랐지 뭐예요. 자초지종을 들으니 이웃집에서 아동 학대로 신고가 들어왔다고 하겠지요. 나는 웃음 터지는 걸 참느라 가능한 한 허리를 깊이 접고는 일단 들어와서 아이가 어떤지 확인해보시라고 할 수밖에요. 아이 노는 모습을 보고서 결국 경찰들은 돌아가고 사소한 해프닝으로 끝나긴 했지만, 우리 아파트 단지가 구조나 배치도 좀 그렇고 문 열어놓은 채로는 뭘 도무지 못하겠다는 생각이 다시 한 번 들더군요. 온몸을 던져가며 남은 체력이라면 마지막 한 방울까지 쥐어짜내서 아이와 놀아주고 있는

데 학대라니 얼마나 억울해요.

그전까지 일면식도 없는 내게 일의 전말을 기승전결까지 주워섬기고 있는 걸로 보아 그녀는 내가 신고자라는 걸 빤히 알고 있었다. 그렇다면 나 또한 아닌 척해주마 생각하며 나는 장단을 맞춰 보았다. 그거야 현명하신 생각이네요. 자두나무 밑에서 갓끈을 고쳐 쓰지 말라고 하니까요. 하지만.

네, 하지만?

그것이 실로 자두가 아닌 갓끈이었다는 건 본인 아닌 다른 누가 확신할 수 있을까요. 경찰은 그야말로 왔다가 갔을 뿐이니까요. 안주인이 있는 상태에서 영장도 없이 자세히 집 안을 뒤져보거나 아이의 몸 구석구석을 살피지는 않았겠지요.

그녀는 내가 할 말이 없는 나머지 그대로 찌그러질 줄 알았던 모양으로, 반격에 의외라는 듯 멈칫하다가 곧 어색하게 웃어 보였다.

그러게요, 그건 나만이 아는 거니까 결국 나의 양심에 전적으로 맡기는 수밖에 없는 일이지요. 하지만 경찰이 바보도 아니고, 외상이 눈에 띄지 않더라도 아이의 행동 양상을 파악하면 그 아이가 직전까지 무얼 하고 있었는지, 어떤 상황에 놓여 있었는지 대강은 드러나지 않을까요. 엄마한테 밟히다가 외부인이 들이닥쳤다고 해서 아무 일 없었다는 듯 포커페이스를 만들 수 있는 어린애가 세상에 몇 명이나 되겠어요. 아이가 엄마를 보호하기 위해 그렇게까지 할 수 있다면 그건 이미 천진한 아이가 아니라 오히려 두려움의 대상일 것 같네요, 제 짧은 생각에는, 이를테면 오컬트 무비에 나오는 것 같은.

천진한 게 아이다운 거라고 누가 정하지도 않았을뿐더러, 그럴 때는 보통 엄마를 위해서가 아니라 자기 자신을 위해서라고 볼 수 있거든요. 돌보아주는 사람을 불시에 빼앗기는 데 대해 두려움을 느끼는 아이의 본능은 그렇게 무시할 만한 게 못 된답니다. 우리 아이도 다섯 살 때였나 엄마한테 실컷 혼나고 울어서 딸꾹질까지 심하게 하던 참에 그날 첫 방문한 튼튼영어 선생님을 보고 뚝 그치던걸요. 내 가족 아닌 사람에 대한 경계심이, 누군가에게 호소하고 싶은 마음을 압도한 거지요.

아…… 일리 있는 말씀이에요. 분석력이 뛰어나세요. 혹시 심리학 전공하셨어요?

아닙니다. 이 정도는 아이를 키우고 사회 활동을 하다 보면 저절로 습득되는 수준이에요.

그렇군요. 혹 시간 괜찮으시면 이렇게 서서 얘기 나눌 게 아니라 어디 좀 들어가 앉으시겠어요? 육아 조언도 좀 듣고 싶고.

말씀은 감사하지만 집에 손님이 오기로 되어 있어서, 먼저 실례할게요.

네…… 손님요. 그러시구나.

그러시구나—라고 나직하게 읊조리는 품과 억양은 우리 집에 손님 따위 올 예정 없다는 걸 잘 알고 있다는 듯했으나, 나는 옆에서 딸이 눈치 없이 엄마 누가 오는데? 라고 묻기 전에 딸의 손목을 잡아끌고 무빙워크에 올랐다. 조만간 뵈어요. 집 어딘지 아시죠. 놀러 오세요. 여자가 등 뒤에서 소리치자 나는 반쯤 몸을 돌리고 고갯짓으로 대답을 대신했다. 누가 갈까 봐. 그러나 그대로 영 모른 척하기엔 그녀의 스커트 뒤로 숨은 아이의 상태가 신경 쓰였다. 그녀의 집에서 단 한 잔의 차만 마시고 나온다고 해도 그것은 그 아이의 행동을 통해 무언가를 두려워하거나 꺼리는 등의 심리를 짐작할 수 있을 만큼의 시간이며, 짧은 소매와 바짓단 밖으로 드러나는 폭력의 흔적을 포착할 가능성도 배제할 수 없었다. 나는 언젠가 어떤 방식이나 이유로든 내 발로 그 집에 찾아가게 될 것을 예감했다. 피아간 구별이 자기 자식만 물고 빼는 행위로 규정되는 세상에서 나와 일 그램의 상관도 없는 남의 집 자식 안위를 염려하는 게 그렇게 잘못된 일이라고 생각지 않는다. 당신들은 옆집에서 누군가가 죽어나간들 그게 나와 내 자식만 아니면 그만이라고 할지 모르나 사람이 산다는 건 그런 게 아니다, 적어도 사람답게 산다는 건. 정신은 그것을 올바르게 사용할 때에만 비로소 정신으로서의 가치를 획득한다. 거기 존재한다고만 해서 그것이 정신이 될 수는 없다. 나를 비난하기 전에 부디, 당신들의 정신은 어디에 있으며 그것을 어떻게 사용하고 있는지부터 답하기 바란다.

　나를 이해할 마음이 없는 당신들을 탓하고 싶지는 않다. 가장 가까이서 내 말을 믿어주어야 마땅할 남편조차, 내가 목격한 상황과 일의 전말을 세 차례에 걸쳐 들려줬을 때 끝에 가선 짜증을 터뜨렸다. 처음에는 그저, 내가 보기엔 당신이 생각이 지나친 것 같아. 아이란 직접 키우는 엄마가 제일 잘 아는 법이잖아? 따위의 원론적이며 사람 양심에 일임하는 이야기나 심드렁하게 풀고 앉았다가 나중에는 벌컥 소리치기를, 아, 그놈의 신경과민 좀 집어치우든지, 그렇게 그 집 새끼가 걱정되면 거기 현관 앞에서 노숙이라도 하든지! 난 또 뭐 그 집 애가 내복 바람에 맨발로 쫓겨나서 콧물 훌쩍거리고 돌아다니는 걸 거둬주기라도 한 줄 알았네. 그 집 애새끼가 어디 부러지거나 터진 것도 아니라면서 왜 자꾸 혼자 상상의 나래를 펼치고 소설 쓰는데? 평소에 낄 데 안 낄 데 안 가리고 온갖 봉사 활동 다니면서 인생의 함정에 빠지거나 지옥에서 허우적대는 사람들만 만나니 그 분위기에 휩쓸리지 않을 수가 있나. 말이 나왔으니 말인데 제발 그 빌어먹을 봉사 활동 좀 줄여. 남의 집 새끼만 보이고 우리 새끼는 안 보여? 아니 그것도 관두고, 당신 한 사람 길길이 뛴다고 지금까지 세상이 손톱만큼이라도 바뀐 게 있기는 해? 그거 다 당신 시간이랑 노동이랑 내가 번 돈이랑! 그냥 꼬나 박은 거잖아. 내 말 틀려? 이야기가 이쯤 흘러오면 이건 이미 본질을 벗어난 다툼이어서 말이 통하지 않는 법이었고, 나의 대응 또한 자신의 정당성을 주장하는 데에 초점이 맞춰졌다. 내가 언제 시민 단체 들락거린다는 핑계로 당신 밥상을 안 차려놓고 간 적이 있기를 해, 아이 학교 숙제를 안 봐준 적이 있기를 해. 나한테 할당된 노동만 틀림없이 하면 다른 시간엔 무엇을 해도 좋다고 말한 건 당신이잖아. 내가 이 단지에 있는 다수의 여자들처럼 피트니스나 다니면서 몸매 관리하고 에어로빅 센터에서 엉덩이나 흔들고 사는 거 아니잖아. 남편이 뼈 빠지게 벌어온 돈, 사회적으로 의미 있게 쓰자는 거잖아. 남편은 숟가락을 던지듯 내려놓고 상을 물리며 마지막으로 말했다. 차라리 에어로빅을 해, 재즈댄스도 괜찮겠네, 춤이나 추라고! 다른 사람들 사는 것과 좀 비슷하게 살라고, 쓸데없는 데에 유난 떨지 말고! 세상에 당신만 잘났고 당신만 배웠어? 여기 이 단지 사는 여자들 중에 가방끈 당신만 못한 여자가 과연 몇 명이나 될까? 가방끈 긴 거 어디 써먹지도 못하고 스트레스 받아서 중고 샤넬 백이나 질러대고 스토케인지 뭔지 유모차 밀어다 커피숍에서 죽때리는 여자들이 당신 눈에는 한심해 보이지? 지금처럼 남의 집 일에 있는 대로 오지랖 떨면서 의식 있는 인간인 척 배운 티나 내는 당신보다는 낫다고 생각해. 똑같은 뒷공론이라도 그들의 말은 그나마 가볍고 털어버리기 쉬운 휘발성이나 신축성이 있고, 감각적이며 즉자적인 욕망에 충실한 솔직함이 있지. 당신은 개인적인 관심사를 자꾸 있어 보이게 포장하려 들어. 행위의 본질은 대동소이한데 거기 자꾸 논리와 이유를 부여함으로써 자신이 정치적으로 올바른 인간이라 자위하고 싶은 거지. 남편의 그 말은 지금까지 남과 무언가를 나누기 위한 내 숨가쁜 질주를 통째로 부정하는 것처럼 들려서 나는 있는 힘을 다해 그의 과거 행적까지 물귀신처럼 붙들고 늘어져 보았다. 적어도…… 적어도 당신만은, 실천은 힘들더라도 잘못된 일에 최소한 관심이나마 가질 줄 알았는데. 당신은 그래도 한때 단대 학생회장이었는데……. 이 대목에서 남편은 코웃음과 손사래를 함께 쳤다. 무슨 잠꼬대 같은 소리를 하고 있어. 1년 임기 채우기는 했다. 그렇지? 근데 내가 그때 마음하고 똑같이 살았다면 지금 회사에서 과장까지 올라갔겠어? 우리가 딸 데리고 이 동네 이 단지 살기는커녕 근처에라도 와봤을 것 같아? 당신, 몸은 이 단지에 살면서, 정작 버릴 수 있는 거 이 중 한 가지도 없는 주제에 그 빚 갚음하느라고 혼자 깨어 있는 척 치열한 척하지 마, 사람 사는 거 다 똑같으니까. 그렇게 말하며 돌아서는 남편의 등 뒤로 자조와 체념이 길게 드리워지는 걸 보면 그 역시 나를 말리기 위해 절반은 마음에 없는 소리를 한다는 생각이 들었고, 누군가를 착취하며 살 만큼의 권력도 없이 정당한 방식으로 누적해온 우리의 경제적 성과에 대해 일종의 죄의식을 떨치지 못하는 거라 믿었다. 딸은 개수대에 제 빈 밥그릇과 수저를 털어넣고는 횡허케 자기 방으로 모습을 감춰버렸다.

약속도 잡지 않고 얼떨결에 그 집에 가게 된 건 그로부터 닷새 뒤였다. 사실 정해놓고 다녀가는 방문이라면 그 집의 진실한 모습을 못 보게 될 가능성이 크다고 생각하기에, 누군가를 도울 마음이 있다면 무례한 급습이 결과적으로 효율이 더 높긴 하다. 그러나 이날은 내 마음 준비가 안 되어 있었다. 이제는 거의 습관처럼 무심코 넘겨다보았을 때 그 집 베란다는 외부 새시뿐만 아니라 그전까지 굳게 쳐져 영원히 열리지 않을 것만 같았던 버티컬에다 거실 창문까지, 몸속 장기를 꺼내놓고 말리기라도 할 것처럼 활짝 개방되어 있었기 때문이다. 딱 좋은 가을바람이 불던 무렵 오후 다섯시였다. 거실 창 안쪽에서는 예의 그 모자가 서로 꼬리물기 놀이라도 하는 듯 뛰어다니고 있었다. 엄마고 아이고 간에 꼬리를 잡힐 듯 말 듯 도망 다니다 가끔 뒤돌아서 서로를 향해 두 손을 모아 올리고 상하로 흔들어대는 모습이 정말로 평범한 총싸움 놀이 동작으로 보여서, 정말 내가 그동안 오해한 것일지도 모른다는 생각마저 들었는데, 다음 순간 아이가 바닥에 나동그라지자 그녀는 기대를 저버리지 않고 아이를 발로 걷어차기 시작했다. 그러니까 그녀가 걷어차기 시작했기 때문에 아이가 바닥에 넘어져 구르는 것인지, 아니면 아이가 총 맞은 시늉을 하느라 드러눕고 나서야 그녀의 발길질이 시작된 것인지 선후 관계를 미처 확인하지 못했을 만큼 눈 깜짝할 새 일어난 일이었으나, 분명한 건 지난번보다 발길질이 좀더 빠르고 리드미컬해졌으며 목표물을 정확히 가격하는 것 같다는 느낌이었다. 당신들은 이조차도, 그녀를 반드시 범죄자로 몰아가고 싶은 나의 강박에서 비롯된 착시라 말할 것이다. 그러나 내 인생과 무관한 여인을 어째서 내가 그렇게 만들고 싶어 한다는 말인가. 설령 나중에 진실이 밝혀지고—이제는 그조차 요원하게 되었지만—그녀에 대해 내가 철저히 오해했음을 확인하게 되더라도, 내가 온몸과 마음을 다해 그녀의 아이를 걱정했다는 본의마저 왜곡되어서는 안 된다.

내가 집에서 나와 엘리베이터를 타고 내려가서 옆 동으로 건너가 다시 엘리베이터를 타고 10층으로 올라가기까지 걸린 시간은 다해서 오 분 안팎일 것이다. 각각의 건물에서 두 번에 걸쳐 엘리베이터를 타는 데에만 약 사 분이 소요되었는데, 우리 집 라인에서는 중간에 타고 내리는 사람이 많았고, 그쪽 집 라인에서는 어떤 개구쟁이의 장난인지 층층마다 버튼이 눌려 있었기 때문이다. 10층에 내린 나는 한 번 깊은 호흡을 하여 내 숨소리가 집중에 방해되지 않도록 준비한 다음 현관문에 귀를 가까이 대보았다. 이렇게 귀를 댄다 하여 안쪽 소리가 철제 현관문을 울려 내게 전달될지 여부는 알 수 없었고, 적어도 27평은 되는 아파트인데 거실에서 나는 소리가 현관 밖까지 들린다면 그야말로 총체적 부실 설계의 증후가 되겠지만, 그 순간 곧바로 초인종을 눌러서 안쪽 상황을 종료시키는 것보다는 이렇게 먼저 살피는 쪽이 나았다.

예상하지 못한 바는 아니었지만 이 정도로 아이의 슬픈 울음소리를 잡아낼 수는 없었다. 지금까지 딸을 키워본 경험에 비추어봤을 때, 장시간에 걸친 고도의 정신적 육체적 폭력이 가해지지 않은 한 일반적인 상황에서 아이 울음이 오 분을 넘기기는 쉽지 않다. 떼를 많이 쓰는 아이가 제 성질을 못 이기고 악에 받쳐서 오랫동안 우는 경우야 많지만 내가 본 그 아이는 왜소하고 허약하기 이를 데 없어서 오 분 이상 소리 내어 울면 제 풀에 숨넘어갈 것처럼 생겼다. 그러면 이 안쪽 상황은 내가 도착하기 전에 이미 끝이 나서 아이는 다시 평범하게 놀고 있나. 아니면 그보다 더 안 좋은 경우로, 엄마가 수건으로 아이 입을 틀어막았거나 아이가 기진하여 딸꾹질만 하다 쓰러졌을 가능성을 완전히 배제할 수 없었다. 나는 더 이상 기다리지 않고 초인종을 눌렀다.

안쪽에서는 도어렌즈로 내 얼굴을 본 듯, 묻지 않고 문을 열었다. 그녀는 반가운 웃음을 띠었는데 그것이 문을 열기까지의 짧은 시간에 애써 준비한 미소라는 사실쯤 쉽게 짐작할 수 있었다. 어머나, 어쩐 일이세요. 안 그래도 오며 가며 마주치면 한번 차마시러 오시라 말씀드리려 했는데. 나는 충동만으로 달려왔기에 아무것도 준비해온 게 없었으나 얼버무리지 않고 말했다. 혹시 교회 다니시나 해서요. 저 요즘 전도 기간인데 마침 생각나서. 아파트 단지에서 이웃 간에 가장 흔히 있을 법한 방문 목적을 스스로도 용케 잘 생각해냈지만, 이성을 찾고 보면 도대체 성경책 한 권 옆구리에 끼지 않고 전도라니 상대가 그리 주의력이 깊지 않은 경우라도 이 말을 믿을 리 없었다. 그러나 그녀는 살짝 올라가려는 한쪽 입꼬리를 끌어내리며 간신히 비웃음을 참는 듯한 미소를 짓고 현관에서 비켜섰다. 들어오세요. 마침 잘됐어요, 간식 시간 직전이었거든요.

아이가 거실에 없었다. 나는 직전까지 그녀 아이가 밟히는 장면을 보고 달려왔으나 짐짓 모르는 척 물었다. 아이는 아직 어린이집에서 안 왔나 봐요. 데리러 가실 시간이 언제인지. 그녀는 캡슐 커피 메이커를 작동하면서 대답했다. 화장실에 갔어요. 그 말에 거실 옆에 붙어 있는 화장실을 바라보았으나 화장실 문은 살짝 열려 있었고 불은 꺼져 있었다. 안방 화장실에요. 바깥 것보다 좁고 환기가 거의 안 되는데 아이는 굳이 거기를 써요. 아늑하다나. 건포도 빵 괜찮으세요? 먹으러 온 거 아냐, 라고 생각하며 나는 고개 끄덕였다. 약 육칠 분에 걸쳐 다과를 준비해 내온 여자는 거실 티테이블에 쟁반을 내려놓고 나서야 혼잣말처럼 중얼거리기를, 일 보다 빠졌나…… 하고 안방으로 들어갔다. 당신들뿐만 아니라 내 남편조차 나를 막무가내라고 생각하지만 나는 처음 방문한 상대의 집 안방까지 쳐들어갈 만큼 용기백배 또는 무개념이 아니기 때문에, 그녀가 아이를 데리러간 동안 앉은 채로 거실을 둘러보며 찬찬히 구경하고 있었다. 때가 타기 쉬운 색인데도 아이보리 소파는 먼지 한 점 없이 깨끗했다. 고개를 들어 돌아보다 맞은편 벽 한 면을 차지한 책장을 본 순간 나도 모르게 입 근육을 꿰맨 긴장의 실밥이 풀린 듯 피식 웃어버렸는데, 그것은 말하자면 그녀가 요즘 젊은 엄마들 하는 일이라면 무비판적 또는 몰개성적으로 따라하고 있으리라는 증거로 보였으며, 최근 수년 사이에 엄마들 중심으로 유행하기 시작한 '거실에서 텔레비전 치우기' 운동인지 '거실을 서재로' 따위 이벤트의 결과물 같았다. 집 안에서 가장 넓은 공간을 넋 놓고 텔레비전 보는 데가 아닌 도서관으로 삼는 것은 누가 뭐래도 바람직한 일이 아니냐고 당신들은 반문할지 모른다. 그것은 당신들이 벽걸이 티브이가 어쩌고, 42인치 LED가 어쩌고 해가면서 전자 제품에 과잉 투자를 하다 공간상 문제로 서재 꾸미기를 실천하지 못했기 때문에—이는 가족 구성원의 까다로운 합의를 전제로 해야 하는 운동이기도 하다—거실에서 티브이를 치웠다는 행동 자체를 선망의 대상 내지는 기특한 시선으로 보고 있어서 그렇다. 그런 서재 운동을 이끈다며 자랑스럽게 인터뷰에 응한 주부들의 기사를 여성 잡지에서 한 번이라도 유심히 들여다본 적 있는가. 그녀들의 어깨 너머에 장식된 소위 '거실 서재'라는 곳에는 책등이 똑같은 어린이 전집으로 가득 차 있을 것이다. 기사에 수록된 앵글 샷은 거의 다 위인전이나 과학 동화 수학 동화 경제 동화 전집을 옆에 쌓아놓고 그 가운데 한 권을 펼쳐 읽는 어린 자식을 애틋하고도 자랑스럽게 바라보며 아이 어깨 너머로 책을 함께 들여다보는 척하는 엄마의 구도로 이루어져 있을 것이다. 자식을 위한다는 명목으로 대부분의 책장을 내주고 그녀 자신이 읽을 책이라곤 그 넓은 중 단 한 칸이나 많아 봤자 두 칸을 차지했을 것인데, 그 책들은 '좋은 엄마 되기'나 '영재 기르는 법'과 비슷한 맥락의 제목을 달고 있을 것이다. 아이에 대한 아낌없는 투자의 결과로 그녀 자신의 내밀한 행복이나 성취감은 가뿐히 배제되기 마련이며, 그것은 종종 논리적으로 설명이 불완전한 우울로 이어지곤 한다. 그런 패턴에 비추어 보자면 이 거실 서재는—엄밀히 말해

가족 모두의 독서 습관을 정착시키는 일과는 거리가 멀기 때문에 서재라고 부르긴 무엇하나—그녀의 마음속에 항상 도사리고 있을지 모를 죄책감이나 증오 및 환멸의 고블랭일 가능성이 농후한 것이다.

마침내 그녀가 아이를 데리고 나왔다. 옷은 막 새것으로 갈아입힌 듯 실내복임에도 불구, 빳빳한 다림발이 선명했고 아이는 무표정했지만 그 아이 눈 흰자위에 붉게 선 핏발까지 감추어지지는 않았다. 아이는 내가 오기 직전에 분명히 울었다. 여자는 아이를 티테이블 앞에 앉히며 타이르기를, 그만 좀 훌쩍거려, 그렇게 김치를 안 먹으니까 변비가 오지. 그녀는 아이가 배에 힘을 주느라 눈물이 났다고 할 참인가 보았다. 나는 다시 한 번 선량한 이웃집 아줌마의 미소를 지으며(이리 가까이 오렴 해치지 않아) 아이에게 인사를 건넸다. 우리 지난번에 한번 만났는데 기억하니. 악수할까? 너는 이름이 뭐니? 아이가 쭈뼛거리며 제 엄마를 돌아보고는 엄마가 아무런 눈짓도 수신호도 보내지 않고 그저 포크로 빵 조각을 찍어 건네자 그걸 받아먹기 시작했는데, 나는 아이의 태도로 그녀의 범상치 않은 심리 상태를 짐작할 수 있었다. 이런 상황에서 보통의 심신 건강한 엄마가 아이에게 형식적으로라도 할 수 있는 말은 '이모한테 안녕하세요 인사해야지'일 것인데, 그녀는 내가 내민 손이 부끄럽거나 말거나 또는 아이가 최소한의 보편적 사회 규약을 준수하거나 말거나 개의치 않고 있었다.

그때 아이가 실수로 포크를 떨어뜨리는 순간 나는 정확히 세 가지를 포착했는데, 하나는 포크가 요란한 소리를 내며 티테이블에 상처를 내자마자 아이가 엄마의 눈치부터 보는 장면이었고, 다른 하나는 거의 동시에 그녀가 눈을 부라리다가 나의 시선을 의식했는지 눈길을 거두는 모습이었으며…… 마지막 하나는 포크를 주우려 팔을 뻗는 아이의 옷소매 밑으로 드러난 푸른 멍이었다.

잡았다, 라고 소리 내어 외칠 뻔한 걸 참았으나 나도 모르게 아이의 손목을 붙잡는 행동까지는 참지 못했다. 모르는 아줌마에게 손목을 잡히자 아이는 작은 체구 어디서 그런 힘이 나왔는지 손을 낚아채더니 엉덩이로 뒷걸음질했고, 여자는 의아하다는 눈으로 나를 돌아보았다. 왜 그러시죠? 나는 이미 손목을 잡아버린 마당에 더 이상 숨길 수 없어서, 가능한 한 상대에게 불쾌감을 주지 않을 만한 말을 고를 여유도 없이 퍼붓기 시작했다. 제가 오해했다면 죄송하지만, 미리 말씀드리자면 저는 여러 시민 단체와 지역사회에서 봉사를 맡은 경험이 있어서 아무리 작은 일이라도 관심 갖고 지켜보는 편인데요, 어머님이 평소 이 아이를 어떻게 대하시는지 대강 짐작이 가거든요. 아이는 이 나이 또래답지 않게 위축되어 있고 사람 대하는 방식이 자연스럽지 않은 데다 몸에는 상처까지 나 있는 것 같아요. 그래서 저는 어머님이 아이와 뭔가 작지 않은 문제가 있으시다 판단했고, 가능하면 어머님과 아이가 함께 상담 치료를 받으시는 게 어떨까 싶어요. 남의 일에 감 놔라 배 놔라 해서야 안 될 말이지만, 그래도 오며 가며 계속 볼 사이이기도 하고 다른 집 아이가 밝고 건강하게 구김살 없이 자라는 모습을 보는 것도 저 같은 사람들에게는 일종의 기쁨이자 보람이거든요. 불시에 자기 자식에 대해서 단도직입적으로 이런 이야기를 들었을 때 보통 엄마의 반응이란 당황해하거나(사실일 경우) 기가 막혀 하거나(사실이 아니거나, 사실이지만 사실 아닌 척할 경우) 두 가지 경우로 대별되는데 그녀는 내 말이 끝날 때까지, 도저히 차를 마시는 걸로 보이지는 않았지만 줄곧 입에서 떼지 않고 있던 찻잔을 조심스럽고 절제된 동작으로 티테이블에 내려놓고는 천천히 고개를 들었다. 하실 말씀은 그게 단가요. 그것이 변명이나 구실을 준비하기 위해 시간을 버는 동작이라고만 간주하기에는 지나치게 침착했으므로 나는 나도 모르게 다소곳한 자세를 갖추고 다음 말을 기다렸다.

신경 써주셔서 감사하다는 말씀을 먼저 드리고 싶네요. 하지만 걱정하실 일은 아무것도 없답니다. 상처만 해도 어린이집에서 친구들과 놀다 부딪친 것이고, 저와 아이 사이에는 큰 문제가 없어요. 물론 제 분을 못 참고 소리를 지를 때도 있고 야단칠 때도 있어요, 왜 없겠어요. 하지만 아이를 키우는 엄마치고 늘 즐겁고 행복하기만 한 엄마가 있다면 그게 오히려 제정신 아니지 않을까…… 아프고 힘든 순간에 삼키는 눈물의 양이 더 많다고 해서, 아이와의 관계가 좋지 않다고 섣불리 판단하는 건 신중하지 않다고 생각되고요. 그러니 그런 말씀을 하시러 왔다면 돌아가주세요.

그녀의 말은 묘하게 설득력 있고 화법이 세련되기까지 했다. 그녀의 말투와 표정에서는 순수하게 부모 된 자 보편의 권한 감각과 자존심 외에 다른 어떤 의도도 읽어낼 수 없었다. 그러나 미친 사람은 자기가 미쳤다고 말하지 않는 법이고, 문제가 있는 사람이 첫 대면에 순순히 문제 있다고 고백하기도 흔치 않은 일이다.

죄송하게도 저는 여기 오기 전에 베란다를 통해 어머님과 아이가 노는 모습을 봤습니다. 그건 아이를 간질이는 게 아니라 걷어차는 것처럼 보이더군요. 설령 간질이던 게 맞다 치더라도 아이와 그런 식으로 놀아주는 게 바람직하다고 보이지 않거든요. 아이가 싫어하며 그만두라는 즉각 반응이 나오지 않더라도, 영유아를 오랜 시간에 걸쳐 지나치게 간질이면 웃음 때문에 호흡곤란이 찾아올 수도 있습니다. 폐 기능이 좋지 않은 아이의 경우 지속적인 웃음과 울음 모두 사망의 원인이 되기도 하지요. 게다가 아이를 발로…… 발을 사전에 얼마나 꼼꼼히 씻었는지는 별

개 문제고, 아무리 열심히 쓸고 닦아도 눈에 안 보이는 병균이랑 먼지 묻은 바닥 밟고 다닌 발로 간질이는 건 엄마로서 할 수 있는 일 같지 않습니다. 아이를 짐승처럼 발로 굴리다니, 내 자식이라고 그렇게 해도 되는 거 아닙니다. 인격체라고요. 만일 어머님이 베이비시터나, 하다못해 타인도 아닌 친정어머니에게라도 이 아이를 맡기고 일 나갔는데 그렇게 발로 간질였다고 상상만이라도 해보세요. 어떤 느낌이 드실지.

나는 이쯤 되어서는 그녀가 걸어질렀다고 확신하고 있었으나 의도적으로, 내가 그녀의 말을 인정하고 있음을 어필하기 위해 간질였다고 몇 번이나 말했다. 여기서 고상한 사회인 가면이 깨어진 엄마 같으면 모욕감을 느낀 나머지 당장 꺼지라는 등 험한 말이 나올 법했는데, 돌아오는 그녀의 음성이나 어투는 한없이 예의 바르고 단조로워서 마치 기도라도 하는 것 같았으며, 얼굴에 나타난 미소는 전문 프로파일러가 미세 표정까지 파고들지 않으면 진실 여부를 가늠할 수 없을 만큼 정밀하게 구석까지 각이 잡혀 있었다.

남이 보지 않는 데서라면 얼마든지 꼴불견에 비상식적이고 비위생적인 행동을 할 수 있지요. 태어나서 이날까지 남몰래 콧구멍 한 번 안 파본 사람처럼 말씀하시네요. 하지만 누군가가 이 장면을 충분히 볼 수도 있으리라는 사실을 제가 잊고 있었어요. 말하자면 보고 싶지 않은 것을 보지 않을 어머님의 권리까지는 미처 생각지 못했던 게 사실이에요. 어머님 말씀 옳고, 남들 눈에는 충분히 안 좋게 보일 수 있으니 그 점 앞으로 조심하겠어요. 그럼 됐나요?

자신의 의도가 곡해되어 억울함을 느끼는 평범한 여인이라면 이 대목에서 흥분하여 언성이 높아지거나 말실수를 하게 마련이다. 지금의 미소와 음성에서 나는 하루 빨리 시설을 나가고자 정상인을 연기하는 신경증 환자의 정돈된 예의를 엿볼 수 있었다. 그러나 그녀의 심리보다는 아이의 안전이 관심사인 만큼, 상대를 수긍하는 척하면서 논리와 공손함으로 쌓아올린 견고한 벽과 완곡한 거절의 말을 우아하게 내놓는 상황에 내가 무리하게 밀고 들어가면 더 큰 부작용이 있을지 모르니 다음 기회를 노리자…… 나 역시 눈으로 확인하지 못한 일에 대해 억측으로 일관하고 있지는 않은가에 대해 자숙할 시간을 가져야겠다는 생각마저 들었다…… 두 모금도 채 마시지 않은 찻잔을 두고 주춤거리며 일어섰을 때, 그녀가 마지막으로 드러낸 본색이 아니었다면.

일부러 애써서 경찰에 신고까지 해주셨는데 미안하게 됐네요. 그러니까 다시는 쓸데없는 짓 하지 말고 신경 끄세요. 아셨죠?

표정도 말투도 그전까지의 톤을 유지하고 있었지만, 오히려 그랬기 때문에 말의 내용에 담긴 선명한 적의가 더욱 도드라졌고, 그 부조화를 본 순간 나는 그 자리에 얼어버렸다.

나가는 문, 어딘지 아시죠?

이 역시 웃으면서 상냥하게 한 말이었음에도 거기 담긴 위협의 무게를 감지하는 데에는 충분한 어조였다. 다음 차례는 미치광이를 소재로 한 영화에서 익히 보아온 패턴대로 그녀가 내게 무언가로 해코지를 할 것만 같아 돌아서서 허둥지둥 신발을 꿰다가 두 번을 헛발질하고 넘어질 뻔했다. 현관문을 닫자마자 그녀가 뒤따라 나와 도로 그 문을 열어젖힐 것만 같았고 엘리베이터가 올라오기를 기다리면서 그 자리를 버틸 수 없었기에 충계로 달음질쳤다. 5층까지 내려가서야 따르는 발소리가 없음을 확인하고 나는 한숨을 토해냈다.

지역과 이름을 모두 익명으로 처리하고 이 일의 개요를 인터넷 게시판에 올렸을 때 네티즌의 반응이 한결같았다는 점은, 아주 예상치 못했던 건 아니나 사람들 인식이 실로 이 정도 수준인가 싶어 당혹스러웠다. 그 글은 나중에 삭제했지만 캡처본을 갖고 있으니 증명할 수 있는데, 내가 글 속에서 그녀를 문제 삼는 태도는 가능한 한 자중하고 그저 '이웃 아이를 돕기 위해 무얼 할 수 있을까'를 요지로 하여 아이 가진 엄마들의 관심과 응원을 촉구한 것에 지나지 않음에도, 스크롤이 조금만 길어지면 앞뒤 잘

라먹고 훑어 읽기 일쑤인 자잘한 오독에다 얼굴 모르는 상대를 향한 흥미 본위의 악의가 중첩되어서는, 백 개의 댓글이 달렸다고 치면 그중 팔십 개가 나더러 오지랖을 넘어선 편집증이 의심되니 정신과에 가보라는 내용이었고, 열 개는 바카라 전략이나 노예 두 명 상시 대기 운운하는 스팸 광고였으며, 당신의 의도만큼은 존중한다는 중도 입장의 하나마나 한 소리가 나머지 열 개였다. 그러니까 팔십 명의 얼굴 모르는 이들은 지금 당신들이 내게 보이는 것과 거의 같은 반응을 나타냈다. 당신 자식이 피해를 본 것도 아니고 모른 척 지나가면 될 일을 애써 파고드는 저의는 무엇인가, 누군가를 위한다는 신념이 얼마나 위험한지 아는가 같은 것들 말이다. 내 아이가 다치지 않으면 그만이라는 이런 사람들이 길러내는 아이가, 훗날 누군가를 다치게 하는 아이로 자라난다는 걸 그들은, 당신들은 정말 모르는 걸까.

그들은 이웃집 그녀보다 오히려 나더러 제정신이 아니라고 한목소리로 말하며, 이제 누가 미친 사람이고 미치지 않은 사람인지의 경계를 모호하게 만들어 본질을 흐리는 데에 한몫했다. 글을 올린 지 이틀이 채 지나지도 않아서 몇몇 사람이 내 신상을 털기 시작했고—나는 내가 얼마나 심신 건강한 사람으로서 타인의 일에 관심 갖고 당신들의 구태의연한 입버릇인 '그래도 아직은 살 만한 세상'을 만드는 데 힘쓰고 있는지 최소한의 사전 정보를 제공하기 위해 기본 이력과 함께 과거 봉사 활동 목록의 일부를 올려놓았더랬다—신상 털기 앞에서는 '고향에서 환영받지 못하는 예언자' 역할을 더 이상 수행할 수 없었기에, 본격적인 마녀사냥이 시작되기 전 나는 원문을 삭제했다. 나 혼자 억측의 희생양이 되는 건 감당할 수 있지만 그 엄마에 그 딸자식이야 안 봐도 비디오라는 식으로 내 딸까지 이상한 아이라는 오해를 받게 놔둘 수는 없었다. 결코 내가 누군가를 해칠 모종의 계획이 있어서 원문을 내린 게 아니라는 사실만 분명히 해두고 싶다.

따라서 내가 게시물을 내린 바로 그날 그 집 아이가 사망했다는 사실은 내 행동과 아무런 인과관계가 없다. 까마귀 날자 배 떨어졌다고 해서, 항상 가까이 있는 그 엄마를 좀더 철저히 조사하지는 못할망정 어떻게 내가 조사 대상 순위에 다섯 손가락 안으로 꼽힌단 말인가. 당신들이 양심이 있다면 어찌 딸 가진 엄마에게 지금처럼, 누군가의 죽음을 조장했다며 손가락질할 수 있는가. 당신들이 내게 하는 비난에는 어떤 논리적 과학적 근거도 없으며, 그저 암탉이 남의 집 일에 참견하고 쏘삭거리다가 재수에 옴 붙어 그리되었다는 미신 사고에 불과하다. 실제로 그녀는 아이가 화장실에서 미끄러져 머리를 부딪쳤다고 진술했고 병원의 소견도 뇌출혈이었는데, 당신들은 내가 이웃집 아이를 밀어 떨어뜨리기라도 했다 말하고 싶은가. 진정으로 뇌가 있고 심장이 있는 사람이라면 이렇게 나를 몰아세우기 전에 당신들이 그 아이를 위해 무엇 하나라도 했는지부터 생각해보라. 적어도 몸으로 움직이며 눈 크게 뜨고 살핀 사람에게 이러는 법은 없다.

이왕 당신들이 나더러 정신 나갔다며 가루가 되게 빻아대고 있으니 마지막으로 한 가지만 더 밝혀두자면, 내가 그 아이 소식을 듣고 나서 죄책감을 느낀 건 사실이다. 그게 이상한 일인가. 분명히 말하건대 내가 죄책감을 느낀 대상은 그녀가 아니라 그 아이다. 당신들은 옆집에서 오다가다 만난 사람이 어느 날 갑자기 큰 사고를 당하거나 목숨을 잃었을 것 같으면, 그 재난에 조금도 관여하지 않았음에도 마음 한구석에 구름이 끼지 않겠는가. 타인의 불행에 어떤 식으로든 공모자가 되었거나 최소한 엮여 있는 것만 같은 불편한 감정을 조금도 느끼지 않을 수 있는가. 만일 그런 사람이 있다면 내가 아니라 그가 병원에 가보기를 바란다. 선의와 관심이 돌팔매와 비난으로 돌아오기를 반복하더라도 나는 이 역할을 멈추지 않을 것이다. 내가 조금만 더 조치를 빨리 취했더라면, 그녀의 남편을 만나보고 상의했더라면, 어쩌면 그 아이는 무사했을지도 모른다―비록 내가 살피던 사안과 무관한 사고사임에 틀림없다 양보하더라도 이런 회한이 자연스레 밀려오는 것이, 정말로 편집증의 지표라도 된단 말인가.

이 무거운 마음을 안은 채 나는 그 아이 장례식장에 갔다. 나

혼자 가면 그녀가 또다시 시비를 걸러 왔다고 오해할지 몰라 남편에게 동행을 부탁했으나 남편의 반응은 지금 당신들이 보이는 것과 비슷했다. 거기가 어디라고 가. 가서 따귀나 맞지 않으면 다행이게. 나는 말뜻을 이해하면서도 반박했다. 내가 뭘 어쨌다고? 그 집 애를 내가 잡았어? 남편은 고개를 저었다. 전후 관계나 논리는 필요 없어, 당신과 상관없는 일에 끼어들어서 애가 부정 탔다고 트집 잡힐 거라는 예상이 정말 안 되는 거야? 그쪽 집안은 억장이 무너져서 지금 누구라도 탓할 대상을 필요로 하고 있을 테고, 마침 그 자리에 당신이 나타나주면 땡큐다 하고 달려들걸. 사람 공격성이 언제나 정황에 맞게 합리적으로 나타나리라는 생각은 안 하는 게 좋을 텐데.

결국 나는 학원 숙제가 많아서 싫다는 딸의 손목을 끌고 장례식장에 이르렀다. 인사만 드리고 갈 거야, 인사만……. 너 이런 것도 좀 봐둬야 해. 너도 사람이잖아. 생로병사는 언젠가 누구에게나 닥쳐올 일이야. 딸은 볼이 미어지는 소리로 투덜거리기를, 엄마 제발 작작 좀 해, 남 보기 쪽팔려 죽겠어. 엄마가 이런다고 누가 엄마 생각 알아나 줄까 봐? 거기다 자식이 내일모레 시험 본다는데, 시험 보기 전에 이런 데 데리고 오는 부모가 세상 어디 있어? 재수 없게. 내가 키운 딸이 이토록 비과학적이고 태도나 세계관이나 바람직하지 않은 말을 한다는 사실이 충격이었지만 못 들은 척 그대로 딸의 손을 끌고 빈소에 들어섰다. 검은 한복을 입고 그 남편과 나란히 서서 손님맞이를 하던 그녀가 인사를 마치고 고개를 드는데 순간 나는 분명히 보았다. 그건 최소한의 가식조차 내려놓은 진정한 의미로서의 조소였으며, 그녀가 입꼬리를 올리고 퉁퉁 부은 눈을 내 시선과 똑바로 맞추었을 뿐임에도 이런 목소리가 들려오는 것 같았다. 이제 만족해요?

나는 영정 속의 아이를 차마 바라보지도 못한 채 눈을 아래로 두고 절차를 갖춰 인사한 다음 그 자리를 물러나왔다. 돌아나오기 전에 설마 싶어서 한 번 더 바라본 그녀의 눈은 여전히 나와 내 딸을 향해 있었고, 이제 곧 우리 두 사람을 덮칠 듯한 웃음을 더욱 짙게 띠고 있었다. 그 웃음은 남편이 한 말처럼 고통과 슬픔의 여진으로 아무나 붙잡고 생떼를 쓰고 싶어 하는 눈치가 아니라, 내가 이겼다―고 말하는 것만 같아서……

……도망치듯이 나왔다. 그녀 웃음의 진의가 무엇이었을지, 비이성적인 사람은 누구이며 이 일이 누구의 잘못에서 비롯되었는지, 이제 당신들이 멋대로 판단하라. 진실을 아는 이는 무덤에 있으니.

야오어메이姚鄂梅

1968년 후베이(湖北) 출생. 후베이성 제5회 굴원문예창작상 수상. 장편소설 『하늘처럼 높이』, 『실속 없는 빈말의 우뢰』, 중편소설 「갑옷 입은 사람」, 단편소설 「검은 눈」을 발표했다. 2005년, 2006년, 2012년 중국 우수작품 순위에 작품이 올랐으며 장편소설 『하늘처럼 높이』로 제3회 후베이문학상을 받았다.

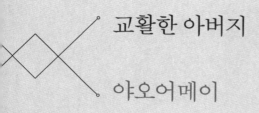

교활한 아버지

야오어메이

아버지가 눈처럼 새하얀 차림으로 예고도 없이 우리 집에 나타났다.

아내가 기회를 잡자마자 얼른 다가와 나직하게 속삭였다.

"정말 놀랄 만큼 눈부시네!"

맞춤집에서 한 벌로 맞췄다는 것을 한눈에 알 수 있는 아버지의 중국식 옷차림을 두고 하는 말이었다. 아버지가 한 걸음 다가와 길에서 있었던 일을 이야기할 때, 눈부실 정도로 하얀 인견 옷이 나무는 고요하고자 하나 바람이 그치지 않는 광경을 연상시켰다.

그렇다고 아버지 차림에 문제가 있었다는 뜻은 아니다. 하늘색 팬티가 보일 듯 말 듯 비치는 것만 빼면 흠잡을 게 없었다. 나는 힐끗 한 번 쳐다보고는 더 이상 눈길을 주지 않았다. 뭐 어때, 아버지 권리지, 누구나 자기 마음대로 입을 권리가 있으니까. 하지만 아버지에게 어울리지 않는다고 지적하는 것도 아들의 권리 잖아. 그렇지만 나는 눈을 내리깔았다. 마음속 깊이 자리 잡은 경멸 때문일까, 아니면 나와 상관없다는 무정함 때문일까? 그것도 아니면 내가 지적할 경우 아버지가 옷을 사달라고 할까 봐, 그래서 지출이 늘어날까 봐 걱정했기 때문일까? 나도 잘 모르겠다.

아버지는 우리 세 형제에게서 부양비를 받아 생활했다. 예전에 우리는 회의를 열어 한 달 부양비 총액과 셋이서 똑같이 나눈 금액, 그리고 송금할 날짜 등 각종 숫자들을 정했다. 회의를 마친 다음에는 함께 저축소*로 가서 예금계좌를 개설했고. 또 자기 몫의 부양비를 제때 보내기 위해 계좌 번호도 꼼꼼하게 적었다. 그 이후 아버지는 퇴직연금을 수령하는 것처럼 그 통장에서 생활비를 찾았다.

우리는 월급을 받으면 외지의 아버지에게 용돈을 보내는 것에 금세 익숙해졌다. 아버지는 우리를 양육하고 차이는 있지만 어쨌든 모두 교육시켰기 때문에, 다른 많은 것들을 차치하더라도

---

* 공공 업무는 처리하지 않고 개인의 저축 업무만 처리하는 금융 기구.

그 약속은 최소한의 신용으로 지킬 수밖에 없었다.

그 차치한 많은 것들은 거론하지 않을 수는 있지만 잊을 수는 없는 것이었다.

어머니가 살아 계실 때 집은 식탁으로 대변되었다. 춘제(春節)나 중요한 기념일 등 특별한 날이 되면 우리는 사방팔방에서 알아서 모였다. 그러고는 밥을 먹고 술을 마신 다음 트림하면서 사방으로 흩어졌다. 그때 우리가 이야기한 내용은 대부분 어렸을 때의 일이었다. 개인적으로 난감했던 일이나 힘들었던 일을 비롯해 가족 전체의 변화에 대해 모일 때마다 이야기했다. 매번 예전에 했던 말을 되풀이했지만 매번 처음인 것처럼 이야기했다. 한때 우리의 눈물을 쏙 빼놓았던, 심지어 죽고 싶을 만큼 힘들었던 옛날이야기를 꺼낼 때면, 슬픈 과거보다 우리를 더 잘 결속시키는 것은 없다는 생각이 들었다. 그때는 시간 맞춰 부양비를 보내는 습관이 없었다. 빈손으로 가서 그 작은 집에 떠들썩한 여운만을 남겨놓은 채 빈손으로 돌아왔다. 부모님은 정식 일자리를 가져본 적이 없었다. 농민이었다가 개혁개방 때 도시로 들어와 장사를 하고 이런저런 일을 했지만 이렇다 할 만큼 돈을 벌지는 못했다. 그래서 우리는 밥을 먹고 술을 마실 때 속으로 이따금씩 아버지는 역시 대단하셔, 한 가정을 농지에서 뿌리째 뽑아다 길거리에 이식하고 아무 도움도 못 받는 상황에서도 이 집을 유지

해가니, 겨울이면 숯불을 피우고 여름이면 선풍기를 틀 수 있는 데다 며칠에 한 번씩 고기를 먹는 건 결코 쉬운 일이 아닐 텐데, 하고 생각했다. 하지만 모든 것이 어머니가 세상을 떠나면서 바뀌었다. 어머니는 그리운 식탁을 가져갔을 뿐만 아니라 아버지의 생활 능력마저 가져간 것 같았다. 겨우 쉰이 조금 넘었을 뿐인데, 어머니의 첫 번째 기일에 아버지는 느닷없이 못해먹겠다고 했다. 그 뜻은 아주 분명했다. 우리가 아버지를 부양해야 한다는 의미였다.

아버지가 '못해먹겠다'고 말한 일은 작은 공장에서의 경비 일이었다. 한때는 전력을 다했지만, 비난을 받기 시작하면서 아버지는 점점 울분에 휩싸였다.

"옛날에 나도 등나무 의자 공장을 운영하고 장사도 하고 영업도 뛰어봤다고. 지금 남의 문이나 봐주는 신세로 전락한 것도 서러운데 당신들한테 비난까지 받다니!"

사실 아버지에게는 반박할 만한 이유가 충분했다.

"일이 있건 없건 자정이 지난 뒤에야 공장으로 돌아오고 말이야. 나도 사람이거든. 나는 잠도 못 자나? 방금 쓸어놓은 땅에 뭐가 떨어지는지 눈을 동그랗게 뜨고 지켜보다가 떨어지면 곧장 쓸어대는 통에 구덩이가 다 패었다고. 또 나는 반갑게 인사를 건네는데 쌩하니 모른 척하고 말이야. 경비는 사람이 할 게 못 된다니까!"

　나중에 아버지는 아예 얼굴을 찌푸린 채로 공장장부터 임시직원까지 상하를 막론하고 누구도 거들떠보지 않았다. 그러자 사람들이 경비가 하루 종일 얼굴을 찌푸린 채 기분 나쁘게 쳐다본다고 또 불평했다. 그런 와중에 어떤 사람이 자전거를 잃어버리고 아버지를 책망하자, 아버지는 분통을 터뜨리고 말았다.

　"그게 나랑 무슨 상관이야? 나는 첫째, 경찰이 아니고 둘째, 보안 요원도 아니거든."

　아마도 홀아비증후군이었던 것 같다. 어머니가 살아 계셨던 마지막 해에 아버지는 경비 일을 시작했다. 하지만 그때는 무척 재미있어하면서 심지어 회사의 배달 일까지 도맡아, 시간이 되면 문을 잠그고 우편물 꾸러미를 챙겨 각 부서에 전달했다. 우편물을 받은 사람들이 고맙다고 인사하면 으쓱해했고. 기회가 있을 때마다 우리에게 누구누구 과장은 거드름을 전혀 피우지 않고 무척 예의 바르다고 칭찬했다. 여전히 그 회사에, 여전히 그 자리에 있는데 상황이 완전히 달라져버렸다. 우리는 틀림없이 그 이유가 어머니와 관련 있을 거라고 생각했다. 어머니가 아버지 내면의 안정감과 귀속감을 가져가 아버지가 외로워졌고, 외로움 때문에 열등감을 느끼는 거라고 여겼다. 일단 열등감에 사로잡히면 무엇이든 왜곡시켜 보는 법이니까.

이 부분에서 의문이 들었다. 어머니가 살아 계실 때 두 분은 금슬 좋은 부부가 아니었다. 어려서부터 우리가 가장 많이 본 광경은 서로에게 곱게 죽지 못할 거라고 저주하고, 죽느니 사느니 야단법석까지 떨던 두 어른의 싸움이었다. 나중에 우리는 이골이 나서, 천지가 진동할 정도의 가정 폭풍 속에서도 아무 일 없다는 듯 평안히 잠을 잘 수 있었다. 그러한 단련은 꽤 쓸모가 있었다. 우리는 냉정하고 이성적이 되었으며, 어떠한 상황에서든 태연하고 대범한 군자의 풍모를 유지할 수 있게 되었다. 어느 해 여름, 한밤중에 폭우로 산사태가 일어나 진흙물이 밀려들면서 곁채 벽에 커다란 구멍이 뚫린 적이 있다. 하지만 우리 세 형제는 비명 소리가 난무한 중에서도 성가셔하며 몸을 뒤집었을 뿐 평소처럼 코를 골았다.

우리가 각기 다른 수준의 교육을 받았다고 말했지만 제일 떨어지는 사람도 전일제 전문대학을 졸업했다. 우리는 부모님 역시 부부이고, 그분들에게도 부부 사이의 흔한 문제가 존재할 수 있다고 생각했다. 부모님 문제는 아마 우리와도 관련 있겠지만, 어쨌든 그렇다고 우리 마음대로 법정을 세워 부모님 중 한 사람에게 판결을 내릴 수는 없었다. 우리는 그대로 받아들일 수밖에 없었다. 얼른 도망가든지, 귀머거리나 벙어리인 척하든지 해야 했다. 그래서 우리 세 형제는 약속이나 한 것처럼 외지에 뿌리를 내렸다. 가장 가까운 나도 집에서 200리*나 떨어져 살았다.

그렇게 멀리 떨어져 살았지만 그래도 우리 사이에는 완벽한 원형 식탁이 있었다. 우리는 그 둥그런 식탁에서 떠들고 술을 마시며 즐겁게 웃었다. 어머니는 쉬지 않고 우리가 어려서부터 좋아하는 음식을 내오고 아버지는 술을 따라주거나 우리 가슴에 담배를 던져주었다. 그때 아버지의 옷차림은 평범한 편이었다. 겨울이면 낡은 솜저고리를 입고 여름이면 무릎까지 오는 헐렁한 반바지를 입었다. 모두 어머니가 다른 노인들의 차림을 참고해 계절에 맞게 추가로 장만한 것이었다. 내 생각으로는, 아버지가 어느 날 신선처럼 새하얀 전통 옷을 한 벌로 빼입고 사방팔방 돌아다니는 것을 어머니가 안다면 화를 못 참고 지하에서 뛰어나와 대판 싸움을 벌일 것 같다.

갑작스럽게 튀어나온 아버지의 개성은 어머니 사망에 따른 부산물 같았다. 사실 그 점은 진즉부터 알아차렸다. 어머니 관에 마지막 대못을 박을 때 나는 마침 아버지 옆에 서 있었기 때문에 아버지가 숨을 길게 내쉬는 것을 들을 수 있었다.

어머니의 장례는 아버지가 관장하지 않고 우리 세 형제가 전

* 길이의 단위로 1리는 500미터.

부 처리했다. 첫째는 우리가 우리의 효심과 능력을 보이고 싶어서였고, 둘째는 일체의 장례 비용을 셋이 분담한 이상 모종의 성취감을 끝까지 관철시키고 싶어서였다. 우리는 아버지를 침실에 밀어 넣었다. 어머니의 마지막 숨결을 최대한 느끼시라는 미명을 내세웠지만 사실은 참견하지 말라는 완곡한 표현이었다. 장례를 마치고 피로와 슬픔에 젖어 집으로 돌아오면서 이제 홀아비가 된 아버지를 어떻게 위로할지 고민하고 있을 때, 우리 눈에 담배 한 개비를 손에 끼우고 길에 쪼그리고 앉아 어떤 여자와 이야기를 나누는 아버지가 보였다. 우리 집 옆에는 직업소개소가 있어서 주변이 늘 일자리를 찾는 사람들로 북적거렸다. 아버지가 등진 채 앉아 있어 우리는 아버지와 여자의 대화를 들을 수 있었다.

"자전거를 장만해요. 바구니를 양쪽에 걸고 밑반찬을 팔아도 가정부보다 나을걸."

"생각해봤어요. 하지만 그러려면 집을 구해야 하잖아요. 한 달 동안 반찬을 팔아봐야 월세도 감당하지 못할 거예요."

"그럼 우리 동업합시다. 우리 집에서 살라고. 방세는 안 받고 밥값만 받지."

"정말요? 정말 그렇게 해주실 수 있어요?"

아버지가 대답하기 전에 내가 헛기침을 했다. 아버지가 벌떡 일어나 우리의 험악한 표정을 잠시 멍하게 쳐다보다가 따라서 안색을 바꾸었다. 아버지는 우리를 뒤따라 집으로 들어온 뒤 장례가 어땠느냐고 묻지도 않고, 지금 식사 준비를 하느냐고도 묻지 않은 채 문 앞에서 다리를 꼬고 앉아 담배만 피웠다.

그 순간부터 변화가 시작되었다. 그때 이후 우리 부자지간의 구겨진 얼굴은 펴진 적이 없었다. 우리는 각자 간단한 자기 짐을 챙겨 나직하게 인사를 건넨 뒤 차례차례 아버지 눈앞을 지나 곧장 정류장으로 갔다.

차를 기다리는 동안 우리 셋은 시선을 마주하지 않은 채 한마디씩 했다.

"하루 이틀은 집에서 꼼짝 않을 줄 알았는데."

"진즉부터 이 날을 기다리고 있었는지도 모르지."

"오늘부터 우리는 집이 없어."

그런 다음 우리는 연락하지 않았다. 형제지간에도, 부자지간에도 아무 연락이 오가지 않았다. 어머니의 첫 기일이 되었을 때에야 다시 한 자리에 모였다.

그때의 모임은 이전과 완전히 달랐다. 우리는 휑한 벽을 놀란 눈으로 바라보았다. 어머니 영정이 없었던 것이다. 아버지가 치웠나 생각했지만 아버지의 대답은 뜻밖이었다.

"없어졌어."

설마 그런 걸 도둑이 훔쳐갔다는 말인가? 우리가 눈을 부릅뜨고 노려보는데 아버지는 조금도 주눅 들지 않았다.

"너희들은 집에 잘 걸어놓았지?"

우리는 가슴이 철렁 내려앉는 것을 느끼며 천천히 시선을 거두었다. 영정은 딱 한 장만 인화했다. 네 장을 인화해 한 장씩 가져다 걸어야 한다는 생각은 누구도 하지 못했다. 사실 줄곧 떨어져 살았기 때문에 아내들도 시어머니에게 정이 별로 없었다. 살아 계실 때 그 활기찬 모습조차 만나길 꺼려했는데 돌아가신 뒤 음울한 흑백사진을 매일 보고 싶어 할 리 있겠는가?

일주년 제사는 대충 형식적으로 진행되었다. 적당한 곳을 찾아 지기(紙器)와 지전을 태웠을 뿐이었다. 다 불사른 뒤 아버지가 말했다.

"내가 너희 식사를 좀 부탁했다."

그랬다. 더 이상은 우리에게 밥을 해줄 사람이 없었다. 아버지는 할 수 있음에도 평생 집안일을 해본 적이 없었으니까. 네 남자가 아무 말 없이 돌아섰다. 문을 들어서기도 전에 음식 냄새가 풍겨왔다. 아버지가 걸음을 조금 재촉해 우리를 앞서는 주방으로 들어갔다.

주방에서 낯선 여자의 목소리가 들려왔다.

"누가 이렇게 큰 양닭을 사오라고 했어요? 이건 아무 맛 없이

밍밍하기만 하다고요." 그리고 또 말했다. "아들들이 오랜만에 오는데 토종닭을 샀어야죠. 당신이 이렇게 쩨쩨한 줄은 몰랐어요."

"성의만 있으면 됐지."

"내 요리 솜씨가 나쁘다고 생각할 거라고요."

1980년대에 지은 낡은 집이라 부엌이 복도 맞은편에 있었다. 나는 부엌 쪽을 쳐다보지 않으려고 최대한 목을 꼿꼿이 세웠다. 나중에 보니 두 동생도 나와 똑같은 자세로 부엌의 대화는 들으면서 한사코 그쪽을 쳐다보지는 않고 있었다.

통통하고 피부가 가무스름하며 뭔가 말하는 듯한 눈썹을 가진 여자가 사근사근하게 쳐다보면서 음식 솜씨가 나빠 미안하지만 많이 먹고 마시라고 말했다. 아버지는 그녀 옆에서 웃고 있었다. 꼭 까다로운 시어머니를 처음 만나는 신혼부부 같았다.

나는 최대한 쳐다보지 않으면서 애매하게 어, 네, 하고 대답하고는 식탁 끝 쪽에 앉아 젓가락을 들었다. 두 동생도 나처럼 어색하게 앉아서 게걸스럽게 먹기 시작했다. 굳이 고개를 들고 쳐다보지 않아도 아버지의 얼굴색이 변하는 걸 느낄 수 있었다. 하지만 아버지는 감정을 억누르며 "술 좀 마실래?" 하고 물었다.

"아니요."

내가 입에 음식을 머금은 채 대답했다.

아버지가 잠시 망설이다가 자리에 앉아 그녀에게 말했다.

"당신도 앉아서 먹어. 내가 불러서 온 거잖아. 여긴 내 집이니까 내 말대로 해."

"에이, 당신이나 드세요. 나는 조금 있다가 먹을게요. 부엌에 음식이 또 있고."

그녀가 재빨리 부엌으로 사라졌다.

그녀가 다음 음식을 내왔을 때 동생이 눈살을 찌푸리며 밥그릇을 두드리고는 "완전 소태야!" 하고 말했다. 다른 동생은 닭고기를 식탁에 던지며 "쇠심줄같이 질기네" 하고 불평했다. 사실 그녀가 아무리 맛있게 요리했어도 분명히 우리는 맛있다는 말을 하지 않았을 것이다. 그나마 억지로 앉아서 먹은 것도 아버지 체면을 완전히 깎을 수는 없기 때문이었다.

그녀가 조용히 갔다. 우리가 밥을 더 가지러 갔을 때 부엌에는 이미 아무도 없었다. 아버지가 그 사실을 알고는 젓가락을 무겁게 식탁에 내려놓고 말했다.

"오늘 가족회의를 좀 해야겠구나."

회의에서 두 가지 결정이 내려졌다. 첫째는 우리가 부양비를 내야 한다는 것이었다. 아버지 표현을 빌리자면, 우리는 모두 어엿한 국민이니 그런 도리를 모를 리 없다고 했다. 둘째는 아버지에게 당신의 남은 인생을 계획할 권리가 있으며 자식인 우리는 간섭할 수 없다는 것이었다.

대꾸할 말이 없다고 생각할 때 동생이 말했다.

"먼저 짚고 넘어가야 할 게 있어요. 저희는 아버지 한 사람의 부양비만 낼 겁니다."

무슨 뜻인지 모두들 이해할 수 있었다. 아버지는 아무 말도 하지 않았다.

논의가 전부 끝난 뒤 우리는 자리에서 일어나 작별 인사를 했다. 작별 인사라고 해봐야 밑도 끝도 없이 "가요!" 한마디 하면, 아버지가 앉은 채 움직이지 않고 고개만 한쪽으로 비트는 거였다.

그 이후 우리는 매달 아버지 통장으로 돈을 보냈다. 이쪽에서 시간 맞춰 보내면 저쪽에서 시간 맞춰 찾는 게 전부였다. 이번에 아버지가 하얗게 빼입고 소매를 펄럭이며 우리 집에 나타났을 때에야 나는 3년이나 만나지 않았다는 것을 알고 놀랐다.

아버지가 국내외 정세에 대해 이야기를 꺼냈을 때, 그 해박한 지식에 내 눈이 자꾸만 동그랗게 커졌다. 버핏도 알고 빈 라덴도 알고 왕스*도 알고 류더화**도 알았다. 심지어 거액의 자산을 챙겨 외국으로 나간 공무원까지 아버지는 한 글자도 틀리지 않고 그

---

* 王石. 중국의 최대 부동산개발업체인 완커 그룹의 회장.
** 劉德華. 홍콩의 유명 영화배우.

들의 이름을 말할 수 있었다.

그런 다음에는 물가에 대해 이야기했다. 100위안을 예로 들어 30년 전, 20년 전, 10년 전, 심지어 3년 전까지 무엇을 살 수 있었는지 말했다. 나는 아버지의 생각에 동의하면서 흥미진진하게 그 소비 실태 설문 조사에 동참했다. 마지막으로 아버지가 말했다.

"임금이 아무리 올라도 물가 상승을 따라잡지 못해."

그렇다니까요. 이어서 나는 곧이곧대로 내 월급이 얼마인지, 10년 전에는 얼마였고 5년 전에는 얼마였으며 지금은 얼마인지 털어놓고는, 그런데 지출은 월급이 오르기도 전에 손오공처럼 재빨리 공중제비를 넘는다고 말했다.

"너희 월급이 다 올랐으니 내 월급도 좀 올라야 되지 않겠니?"

아버지가 틈을 놓칠세라 번개처럼 질문을 던졌고 나는 눈만 동그랗게 뜬 채 말을 잇지 못했다. 국내외 정세는 모두 포석이었고 진짜 목적은 바로 여기 있었던 것이다. 화가 치미는 한편, 장남으로서 진즉에 생각해봐야 했던 부분이라 조금 부끄럽기도 했다. 하지만 속에서 치솟는 불쾌감 또한 부정할 수 없는 감정이었다. 대체 왜 솔직히, 곧바로 얘기하지 않으신 거지? 무엇 때문에 이렇게 빙빙 돌렸냐고?

아버지가 이어서 지출 항목들, 수도와 전기, 난방에 얼마가 들고 쌀과 밀가루, 기름에 얼마가 드는지 열거하고는 가끔은 고기도 먹고 옷도 사야 한다고 덧붙였다. 제일 큰 문제는 병이 났을 때 병원에 갈 수 없는 거라면서, 그래도 다행히 예전에 농촌 의무 대원이었던 여자를 알아서 아플 때 링거를 부탁할 수 있노라고 말했다.

"아무한테나 링거를 맞는다고요? 잘못될까 걱정도 안 되세요?"

왜인지 모르겠지만 아버지가 여자 이야기만 하면 나는 온몸이 불편해졌다.

"그럼 다른 방법이 뭐가 있냐? 어쨌든 억지로 참는 것보다야 낫지. 병에 걸리고도 치료를 못 받는다는 얘기가 나와 봐라, 너희 체면에도 안 좋을걸."

거기에 애처로우면서 비난하는 듯한 눈빛까지 더해지자 갑자기 차가운 수제비를 누가 내 입에 억지로 쑤셔 넣은 것처럼 목이 뻣뻣하게 메었다.

결국 한 사람당 매달 50위안씩 더 부치기로 했다. 조금 창피한 숫자였지만 두 동생이 전화로 그 이상은 안 된다며 강력하게 주장했다. 또 아버지가 부양비를 받는 동시에 경비 일도 하고 있으니 돈이 부족할 리 없다면서, 부족하다면 분명 다른 누군가가 아버지 돈을 쓰기 때문이라고, 그 말은 아버지가 당신 때문에 돈을 달라는 게 아니라 다른 사람 때문에 생활비를 더 확보하려는 거라고 말했다.

"아버지를 부양하는 거야 당연한 일이지만 다른 사람을 부양하는 건 싫어. 그건 우리 엄마도 못 누렸잖아."

동생의 말이었다. 내게는 50위안을 더 보내건 100위안을 더 보내건 별 차이가 없었지만 형평성을 고려해야 했다. 동생이 불효막심하다는 욕을 먹도록 할 수는 없었다. 게다가 동생들 상황이 좋지 못했다. 하나는 아직 집을 장만하지 못했고 하나는 얼마 전에 둘째(첫째는 발육이 약간 더뎠다)를 낳았기 때문에, 둘 다 돈이 부족했다.

동생들의 난처한 상황을 전하자 아버지는 십분 이해한다며 연신 고개를 끄덕였다.

"옛날에 나도 그랬지. 그때 나한테는 너희 셋 이외에 위로 두 노인까지 있었고, 양식을 빌리는 것도 겁날 정도였어. 사람들은 우리 집에 먹보들만 있다고 비웃곤 했지. 그때 네 둘째 외삼촌이 아이가 없어서 너희들 중 하나를 데려가고 싶어 했지만 나는 단칼에 거절했다. 아무리 힘들고 가난해도 내 가족을 포기할 수 없으며, 절대로 내 가족을 굶기지 않을 거라고 했어."

나는 또 할 말이 없었다. 아버지는 끝까지 물러서려 하지 않았다. 어쨌든 우리 세 형제 중 누구도 당시의 아버지만큼 가난한 건 아니었다.

목적을 달성한 뒤 아버지는 곧장 정류장으로 가겠다고 했다. 내가 하룻밤 주무시라고 하자 아버지가 부랴부랴 손을 휘저었다.

"돌아가는 게 낫다. 내 밥이 더 맛있고 내 침대가 더 편해."

내가 정류장까지 배웅하겠다고 하자 아버지는 그마저도 길을 안다며 한사코 거절했다. 그런 다음 내가 치근덕거릴까 걱정이라도 되는 것처럼 활개를 저으며 떠났다.

마침 처리할 일이 있어서 곧이어 나도 문을 나섰다. 얼마 가지 않았을 때 새하얀 뒷모습이 눈에 들어왔다. 집에서 봤을 때와 달리 뼈와 근육이 덜거덕거리는 느낌이 들었다. 조금 여윈 것 같고 심지어 등이 굽은 데다 걸음걸이도 기력이 없어 보였다. 한마디로 완전히 노인네 같았다.

짠한 마음으로 바라보고 있을 때 아버지가 걸음을 멈추었다. 잠시 뒤 한 여자가 옆에서 뛰어나와 아버지 옆으로 달려가서는 손짓 발짓을 섞으며 뭐라고 말했다. 조금 더 가까이 다가가자 어머니 기일에 식사 준비를 했던 여자가 아니라 생전 처음 보는 여자라는 걸 알 수 있었다. 나는 한쪽에 숨어서 그들이 말하고 웃는 모습을 지켜보았다. 잔뜩 신이 난 모습이 한창 열애 중인 연인들 같았다. 여자가 신발 상자를 꺼내더니 아버지에게 자신의 새 신발을 보여주었다. 아버지가 받아서 자세히 살펴보고는 연신 고개를 끄덕였다. 그런 다음 두 사람은 나란히 어깨를 붙인 채 길을 걸었다. 길을 건너 조금 걷다가 오른쪽으로 꺾었다. 정류장으로 가는 방향이었다. 두 사람은 함께 집으로 돌아가려는 것이었다.

동생들이 전화로 여자가 생긴 게 틀림없다고 말할 때 나는 그럴 리 없다고, 퇴직금도 없는 아버지랑 어느 여자가 같이 있으려고 하겠느냐고 했다. 하지만 동생들 생각은 달랐다.

"부모님이 예전에 왜 싸웠는지 잊었어? 여자랑 관계없었던 적이 한 번이라도 있었느냐고. 이제 참견하는 사람도 없는데 설마 지금 와서 개과천선했겠어?"

아버지 생활에 여자 친구라는 지출 항목이 생겼다면 부양비로는 턱없이 부족할 거였다. 경비 수입을 합친다고 해도 부족할 게 뻔했다. 하지만 우리 소관은 우리의 책임을 다하는 것까지였다. 한 사람분의 돈으로 두 사람이 쓰겠다고 해도, 그건 아버지의 일이니까, 아버지가 수지를 맞추면 그만이었다.

얼마 지나지 않아 내 생일이 되었다. 평소처럼, 중학교에 다니는 아들이 자기 용돈을 털어 선물로 찻잔을 사 오고 아내가 케이크를 사 왔다. 나는 기분 좋게 두 사람을 데리고 밖으로 나가 한턱을 냈고. 그런데 식사를 마치고 돌아오자 우편함에 생일 카드가 누워 있었다. 펼쳐보니 아버지가 보낸 거였다. '아들의 마흔아홉 번째 생일을 축하한다. 자주 집에 들르렴. 아버지가.' 방금 먹은 술에 절인 새우가 갑자기 살아나 뱃속을 돌아다니는 기분이

들면서 온몸이 찌뿌둥해졌다.

아버지는 일부러 그렇게 한 거였다. 나와 같은 달에 있는 아버지 생신을 그냥 넘어갔음을 꼬집는 것이었다.

나는 정말 멍청하게도 완전히 잊고 있었다. 사실 어머니가 돌아가신 뒤 우리는 아버지 생신을 챙기지 않았다. 이전에는 어머니가 다 알아서, 아버지 생신상을 차려놓고 우리에게 전화를 했다. 그러면 우리는 명절을 지내는 기분으로 내려가 메뚜기처럼 식탁을 덮치고는 마구 먹고 마셨다. 형식이 뭐 중요하냐는 듯, 생신 축하드려요 따위의 말은 절대 꺼내지 않았다. 그러고는 술잔과 접시가 어지럽게 나뒹굴 때쯤 술 냄새를 풀풀 풍기며 일어나 배를 두드리면서 줄줄이 떠났다. 어머니가 돌아가신 뒤로는 상을 차리는 사람도, 생신을 알려주는 사람도 없어서 우리는 자연스럽게 잊어버렸다. 사실 아버지 생신은 차치하고 나는 내 생일조차 아내가 알려줘서 알았다. 태생적으로 그런 숫자나 기록에 약해, 내 나이조차 진지하게 빼기를 해야만 알 수 있었다.

망설이고 또 망설이다가 나는 카드를 찢어버렸다. 화를 낼 만하다고 생각했다. 할 말이 있으면 그냥 하실 일이지, 한 식구가, 아버지와 아들이 솔직하게 털어놓지 못할 말이 어디 있고 숨길 게 어디 있단 말인가? 직설적으로 우리에게, 내 생일이니 와서 밥이라도 먹자, 하고 말하면 될 것을. 우리가 못 갈 이유가 있나?

꼭 이렇게 찜찜하게 할 게 뭐람, 차라리 당장 뛰어와서 내 코앞에다 욕을 퍼붓는 게 낫지.

나는 생일 카드의 의미를 모르는 척 무관심을 가장하며 조용히 아버지의 반응을 기다리기로 결정했다. 내가 아는 아버지라면 화를 참고 있을 분이 아니니까. 과연 며칠 되지 않아 전화가 왔다. 우렁찬 목소리로 감동적일 만큼 뜨거운 관심을 보이며, 손자가 잘 있는지 묻고 며느리는 어떠냐고 챙긴 뒤 마지막으로 내 일은 잘 되는지, 건강한지를 물어 내 얼굴을 달아오르게 만들었다. 그런 다음 내게 입을 뗄 기회조차 주지 않고 갑작스럽게 화살을 돌려 최근 반포된 법률, 자식은 반드시 정기적으로 부모를 찾아봬야 한다는 법률에 대해 아느냐고 물었다. 그러더니 또 내가 대답하기도 전에 말했다.

"그건 나라에서 잘못하는 거지. 외국에 있는 아이들이 어떻게 정기적으로 고향의 부모를 찾아오겠니? 너무 멀리 살아도 힘들고 말이야. 교통비가 얼마에 일은 또 좀 바쁘냐. 하지만 찾지 않으면 법을 어기는 거니, 내 생각에는 좋지 않은 법이야. 아주 안 좋아."

내가 수화기를 든 채 아무 말도 하지 않자 어색한 침묵이 흘렀다.

아버지가 얼른 눈치를 채고 최근 당신이 거둔 엄청난 성과로 화제를 돌렸다. 동사무소 직원이 아버지가 줄곧 혼자인 데다 의지가지없는 것을 보고 기초 생활 보장 혜택을 받게 해주고 노인 증도 발급해주었다는 거였다. 그런저런 것을 합쳤더니 보조금이 매달 100위안 정도에, 연말이면 식용유 한 통까지 받을 수 있게 되었다고 했다. 그러고 보니 아버지는 도시로 들어온 뒤 무슨 방법을 썼는지 몰라도 호적을 고향에서 현도(縣都) 주변 마을로 옮겨놓았었다. 최근 2년 동안 현도가 확장을 거듭한 끝에 마을이 도로가 되자 아버지도 농민에서 도시 주민이 되고 자연스럽게 도시 주민으로서의 복지를 누리게 되었다. 내가 복잡한 심정으로 "잘됐네요" 하고 말하자 아버지가 "그래. 그 사람들도 좋은 정책은 좋은 아들보다 낫다고 하더라"라고 대꾸했다.

나는 또 아무 말도 하지 않았다. 기초 생활 보장은 아무나 마음대로 신청할 수 있는 게 아니었다. 문득 아버지가 사방을 다니며 사람들을 만날 때마다 아들들이 전부 나 몰라라 혼자 내버려두어 생활이 너무 어렵다고 하소연하는 모습이 떠올랐다. 하소연을 들은 사람들이 아버지를 위로하는 동시에 우리 아들들을 비난해 스스로의 정의감을 채우는 것도.

그렇다고 사람들에게 일일이 통장을 보여줄 수도 없고, 왜 기초 생활 보장 수급을 신청했느냐고 아버지를 비난할 수도 없었다. 대대로 도시에 사는 사람들에게 기초 생활 보장 신청은 가난과 무능의 상징이 아니라 모종의 능력, 심지어 아무나 가질 수 없는 생활의 지혜로 받아들여졌다. 그런데 아버지는 아무 수입 없이 도시에 얹혀사는 농민이 아닌가. 그건 넝쿨째 굴러들어온 호박이나 다름없었다. 좋아, 아버지가 잘 지낼 수 있다면야 호박을 위해 억울하면 어떻고, 오해받으면 어때, 해명할 게 아니라 부끄럽지만 않으면 되지.

아버지 표현을 빌리자면, 아버지는 노년에 운이 트이기 시작했다. 도시가 확장되면서 그 동안 아버지가 지내던 오래된 공공 주택이 철거되고, 그 32평방미터의 화장실도 없는 저렴한 셋집이 57평방미터의 주방과 욕실이 딸린 새집으로 바뀌게 되었다.

"하하하, 다음에 너희들이 오면 그날로 서둘러 돌아갈 필요 없다. 너희들에게 손님 침대를 내줄 수 있거든." 전화 속 아버지는 무척이나 뿌듯해했다. "나한테 오늘 같은 날이 올 줄은 생각도 못했다."

그건 정말 좋은 소식이었다. 둘째는 심지어 부러워하면서 "나는 내리막길에 있는데 아버지는 갈수록 좋아지네"라고 말했다. 둘째는 작년에 어렵사리 집을 샀지만 제대로 살아보지도 못하고 아내와 이혼했다. 집은 아내와 아이에게 주고 자기는 옷 보따리 하나와 칫솔 하나만 들고 나와 사무실에서 지냈다. 하지만 그건 아무것도 아니었다. 월급날이 되면 동생은 두 곳에 돈을 부쳐야 했다. 아버지 통장으로 부양비를 보내고 전처 통장에 아이 양육비를 보냈다. 두 곳에 돈을 부치고 나면 동생에게는 거의 밥값밖에 남지 않았다.

나는 기회를 노려 둘째의 난처한 상황을 이야기하며 둘째 몫의 부양비를 조금 줄여달라고 했지만 아버지는 듣자마자 고개를 저었다.

"안 된다, 안 돼! 가장 큰 문제는 불공평하다는 거야. 너희 둘에게 불공평하고 내게도 불공평하다." 그러고는 또 덧붙였다. "스트레스를 주지 않으면 걔는 철이 들지 않을 거야."

아버지는 줄곧 둘째의 이혼을 반대하면서 도대체 세상 물정을 모른다고 비난했다.

"솔직히 말해서 어느 부부가 이혼하고 싶지 않겠니? 하지만 결과는 어떠냐? 이혼하는 부부는 극소수에 불과해."

내가 협상의 결과를 둘째에게 알려주자 둘째가 경멸에 가득 찬 어조로 대꾸했다.

"아버지한테 뭘 바래? 정말이지, 우리 아버지는 아버지라고 할 수 없어. 투자자지. 우리도 아들이 아니라 투자 대상일 뿐이고. 지금 아버지가 제일 관심 있는 건 수익률이야."

말이 너무 심하다고 생각할 때 동생이 아버지가 이혼을 만류하면서 "네가 빈손으로 집을 나온다고 해도 나한테 줄 것은 줘야한다. 한 푼이라도 모자라면 안 돼. 돈을 줄 수 없다고 이런저런 변명을 늘어놓을 생각은 마라"라고 했노라며 아버지의 말을 그대로 전했다. 그러면서 분을 이기지 못하고 씩씩거렸다.

"이혼하지 말라는 게 아들의 행복 때문이 아니라 매달 받는 부양비 때문이라니까. 내가 이혼하면 아버지 수입이 줄어들까 봐 걱정한 거라고."

맏아들로서 한쪽에 치우칠 수 없어 나는 중간에서 대충 끄덕이는 수밖에 없었다.

아주 빨리, 심지어 매우 자주, 나는 아버지의 고발을 접수하게 되었다. 둘째가 이번 달에 돈을 보내지 않았다, 두 달이나 주지 않았다, 도대체 연락이 되지 않는다, 전화해도 받지 않는다 등등이었다. 둘째의 미납 부분을 내가 메꿔야 하지 않을까 생각하면서도 행동으로 옮기지 못할 때 아내가 경고했다.

"그건 절대로 안 돼요. 일단 당신이 대신 내기 시작하면 서방님은 아예 손을 놓을걸요. 더군다나 작은 서방님은 어떡해요? 작은 서방님 상황도 큰 서방님보다 결코 좋은 게 아닌데."

결국 그렇게 내버려두는 수밖에 없었다. 그동안 나는 열흘, 보름 간격으로 불평 전화를 받았다. 전화는 더 이상 원망이 아니라 욕설 수준으로, "그 개 잡종 놈은 안 늙는지 두고 보자!"라는 식이었다.

얼마 지나지 않아 둘째에게 기회가 찾아왔다. 슬픔의 장소에서 벗어나 아버지가 계신 도시로 옮겨갈 수 있게 된 것이다. 아들은 거처 문제를 해결하고 아버지는 신변에 돌봐줄 사람이 생기는, 원원의 흐뭇한 광경이 그려졌다. 하지만 둘째는 그 제의에 시큰둥해하며, 아버지도 자신이 들어가는 것을 달가워하지 않겠지만 자신도 아버지와 함께 지내는 게 불편할 거라고 걱정했다. 나는 어쨌든 가족이니까 당장 집을 살 형편이 아니라면 사무실에서 자는 것보다 낫지 않겠느냐고 말했다. 동생이 잠시 생각하더니 옳은 말이라고 했다.

예상과 달리 아버지는 전적으로 찬성하며 중고 접이식 소파침대까지 먼저 나서서 사들였다.

"두 사람이 함께 살면 혼자 사는 것보다 많이 아낄 수 있지. 예를 들어 한 사람이 5위안으로 배부르게 먹을 수 있다면 두 사람일 때는 10위안이 아니라 7, 8위안으로 충분해."

아버지가 경험이 많은 것처럼 말했다.

그러나 불평 전화는 더 자주 걸려왔다. 심지어 내용도 다채로워지고 어조도 강렬해졌다.

"걔는 뭔 꼬락서니가 그 모양이냐? 매일 한밤중에 돌아오는 것도 모자라 술에 절어서 온다. 그런 데다 씻지도 않고 그냥 침대에 고꾸라져 잠이 드는데 코는 또 왜 그렇게 고는지 아주 죽겠어. 줘야 할 돈을 주지 않는 건 그렇다 쳐도 자기 생활비도 안 내놓는

다니까. 너희들 똑똑히 알아둬. 걔가 먹는 건 내 것이 아니라 너희 거다. 그만큼 키우고 공부시켜, 취직시켜, 결혼까지 시켰으면 됐지, 지금 또 돌아와서 내 음식을 먹고 내 집에 살다니. 그건 다 차치하고 돈을 내지 않으면 부지런하기라도 해야지, 들어오면 곧장 자고 일어나면 나가버린다니까. 자기 침대도 정리하는 법이 없어."

둘째가 지금 인생 밑바닥에 놓여 있어 심정이 좋지 않을 테니 좀 이해해주라고 말하자 아버지 목소리가 더 커졌다.

"그래도 싸다니까. 그 꼬락서니하고는, 내가 린옌쯔라도 그놈을 내쫓았을 거야."

린옌쯔는 동생의 전처였다.

둘째에게 어떻게 된 일인지 묻자 동생이 짜증스럽게 대답했다.

"돈을 어떻게 안 내? 매달 꼬박꼬박 드리지. 아버지 말을 곧이곧대로 듣지 마. 아버지는 내가 거기 살면서 아버지 일을 방해하는 게 싫은 거야. 그래봐야 얼마 안 남았어. 지금 셋집을 찾고 있으니까, 찾는 대로 나갈 거야."

하지만 셋집을 얻는 과정은 지지부진 진척이 없고, 아버지의 불평은 사흘이 멀다 이어지면서 강도도 하루하루 심해졌다. 아버지는 둘째가 돈을 준 적이 없다고 강력하게 주장하며, 설령 줬다고 해도 쥐꼬리 수준으로 꼭 거지를 내쫓듯 오늘 20위안, 내일

30위안 내놓았다고 했다. 나는 두 사람 사이에서 사실을 확인하고 중재하는 데 지쳐버렸다. 게다가 뭐 대단한 다툼도 아니고, 어쨌든 부자 사이인데 이렇게 작은 일로 큰 문제가 생기겠나 싶어서 두 사람이 알아서 해결하도록 내버려두기로 했다.

그사이 막내가 좋은 소식을 전해왔다. 그쪽 계통 대학원생으로 선발되었다며 200여 명이 근무하는 지사에서 유일하게 뽑혔다고 했다. 막내가 그 계통을 떠나지만 않으면 차세대 리더로 인정받게 되리라는 것이 자명했다. 내가 전화로 축하하자 막내가 걱정이 가득한 목소리로 말했다.

"학기 중에는 기본급만 받아서 아버지한테 용돈을 드리기 힘들 것 같아. 둘째는 역시 낳지 말았어야 했나 봐. 좀 모자라면 어때, 똑똑하다고 뭐 좋은 거 있나? 똑똑하면 힘만 들지."

일전의 아내 태도가 떠올라 나는 내가 다 책임질 테니 걱정하지 말고 공부하라고, 아버지는 일단 내가 맡겠노라고 말할 수가 없었다. 사실 그렇게 말해야 했다. 맏아들인 데다 우리 집안은 학문을 숭상하는 전통이 있었으니까. 하지만 이것저것 생각하면서 그러냐고만 응대할 뿐, 나는 어떤 입장도 밝히지 못했다.

아버지는 즉각적으로 반응해왔다. 200리나 떨어졌지만 아버지의 긴장과 분노가 전화선을 타고 분명하게 전해졌다.

"이걸 빌미로 도망치려는 거야! 말도 안 돼, 내가 아들을 뭣 때문에 길렀는데?"

나는 이것 또한 투자라고 설명했다. 지금 동생을 밀어주면 졸업한 뒤 일이 잘 풀렸을 때 아버지에게 더 큰 수확을 안겨줄 거라고 말했다.

"그건 개 자신을 위한 투자지, 나와는 아무 상관없다! 내가 몇 년을 더 살지 누가 알겠냐. 앞으로 이러니저러니 따위는 관심 없어. 나한테는 지금만 중요해."

나는 갑자기 화가 치밀어 올랐다.

"부양비를 받아 사시면 원래 이런 위험이 따르는 거예요. 아들들이 잘되면 아버지도 같이 고기를 드시고 그게 아니면 멀건 죽을 드시는 거라고요. 은퇴한 국가공무원이나 손해 없이 탄탄한 퇴직연금을 받을 수 있죠."

아버지는 잠시 어리둥절해하는 것 같았지만 곧바로 반박을 해왔다.

"네 말대로라면 나는 엄청 손해로구나. 애초에 내 양로보험을 들었어야지, 애들 공부를 시키면 안 됐다는 거잖아. 설마 대학생 셋 학비로 양로보험 하나 못 들었겠니? 양로보험이 있었다면 손해 볼 일도 없었을 거 아니냐?"

내가 대답하기도 전에 아버지가 쾅 하며 수화기를 내려놓았다. 아버지가 내 전화를 그런 식으로 끊어버린 건 처음이었다.

결국 막내는 자기 몫의 부양비를 중단했다. 막내 제수가 큰아들을 데리고 아버지와 담판을 지은 결과였다. 제수는 동생이 계속 부양비를 내야 한다면 큰아이를 아버지에게 보내는 수밖에 없다고 말했다. 그녀의 요구 조건은 높지 않았다. 아이를 굶기거나 얼리지만 않으면 된다고 했다. 제수의 말이 끝나기도 전에 아버지는 행여 그녀가 덜떨어진 아이를 당신에게 두고 가버릴까 봐 얼른 요구를 받아들였다.

둘째는 여전히 아버지와 함께 살고 있었다. 싸울 때마다 버럭 화를 내고 하루 이틀 집을 나가곤 했지만, 화가 풀리면 늘 그렇듯 고개를 숙인 채 집으로 들어가 한마디도 없이 침대에 누웠다. 자기 몫의 부양비는 진즉에 하나로 통일해 생활비 명목하에 내놓았다.

아버지의 불평 전화가 서서히 줄어들었다. 아무 일이 없어서가 아니라 일이 너무 많아서 무슨 말부터 해야 할지 모르는 데다나 몰래 며느리한테 들은 말이 있어서였다. 아내는 두 동생의 일을 더 이상 내게 털어놓지 말라면서 아버지는 당신이고, 나는 형일 뿐이라고 했다. 내가 맏아들이기는 하지만 맏아들로서의 권리를 누려본 적이 없으니 맏아들의 의무를 거론할 것 없다며 장자인 나는 내 몫의 부양비를 내기만 하면 된다고 했다.

그렇게 반년이 지났다. 그러다가 바로 그날, 아버지가 갑자기 새하얀 차림으로 아무 예고도 없이 우리 집에 나타났다. 신선처럼 나풀거리는 옷 때문에 눈을 어디에 두어야 할지 몰라 당황스러운 한편 알 수 없는 긴장감이 느껴졌다. 들어오자마자 대담하게 소파에 앉아 담배를 피우는 것으로 볼 때 절대 좋은 일로 오신게 아니었다. 아버지는 내 아내가 담배 피우는 걸 얼마나 싫어하는지 잘 알았다. 예전에 아버지 손에서 절반쯤 피운 담배 개비를 빼앗았을 정도였으니까. 따라서 그건 말할 필요도 없이 도발이었다.

역시 둘째의 일이었다.

"이번만큼은 네가 따끔하게 야단쳐야 한다. 늙은이를 내쫓고 저들 둘이 집을 차지하려 하다니, 세상 천지에 이런 법은 없다!"

둘째가 연애를 시작한 데다 아버지에게 선보였다는 뜻이었다.

"눈썰미하고는, 전의 것보다 못하더라."

아버지는 확실히 둘째 며느리 후보를 마음에 들어 하지 않았다. 하지만 그건 문제가 아니었다. 아버지가 분노한 이유는 둘째가 신혼집을 아버지 집에 차리려 해서였다.

"나더러 소파침대에서 자라니 이게 양심이 있는 거냐?"

아버지 집에는 침실이 하나밖에 없었지만 식당이 넓은 편이라 소파침대가 있어도 아무 문제가 없었다. 문제는 아버지가 받아들일 수 없다는 거였다. 아버지는 당신이 호주이고 둘째는 선의로 거둔 자식일 뿐인데 적반하장으로 집을 차지하려 하니 어떻게 이런 법이 있느냐고 했다.

나는 절충안으로 집을 좀 고치면 어떻겠느냐고 제안했다. 식당을 침실로 고치고 주방에 접이식 식탁을 놓으면 문제도 해결되고 그다지 좁지도 않을 거라고 하면서, 대도시에서는 그 정도 크기에 3대가 모여 사는 집도 많다고 했다. 물론 수리비는 둘째가 내고.

"너까지 이렇게 생각할 줄은 몰랐구나. 내가 걔한테 빚졌니? 나는 공부시키고 결혼시켰다. 해야 할 일을 진즉에 다 했다고. 걔를 또 도와줄 의무가 없단 말이다."

"누가 그런 아들을 낳으라고 했나요? 그리고 아들이 힘들 때 아버지가 돕지 않으면 누가 돕겠어요? 또 둘째가 아버지와 함께 있으면 조석으로 아버지를 챙길 수 있지요. 적어도 아버지가 편찮으실 때 물이라도 떠드릴 수 있다고요."

"나는 걔가 차나 물 시중을 드는 거 원하지 않는다. 걔도 나를 챙길 리 없고. 집에 들어오면 잠만 자고, 한번 잠들면 불러도 깨는 법이 없는걸. 걔도 집이라고 생각하지 않고 잠자는 곳이라고만 여기지. 실제로 침대 사용료만 내면 되지 식비는 낼 이유가 없다고 말한 적도 있어."

나는 서재로 들어가 몰래 둘째에게 전화를 걸었다. 동생은 듣자마자 불같이 화를 냈다.

"아버지는 대체 왜 사실대로 말하지 않는 거지? 아버지의 진짜 속마음이 뭔지 알아? 아버지한테 애인이 생겼거든. 그 여자, 처음에는 그래도 나를 피하더니 나중에는 아예 대놓고 아버지 집에서 먹고 마시고 싸더라고. 내가 몇 번이나 내쫓았어. 내 면전에서 아버지랑 한 침대 쓰는 걸 생각하면 구역질이 나서. 그랬더니 그 여자가 아버지한테 나를 내쫓으라고 종용하는 거야. 내가 거기서 자기 일을 방해하는 게 싫은 거지. 그 여자가 아버지를 생각한다고 여기지 마. 그 여자가 관심 있는 건 집이니까. 아직 마흔도 안 되어서 형보다 젊어. 깔끔하게 아버지가 돌아가시면 그 여자는 팔자 펴는 거지."

문득 고개를 돌리니 아버지가 내 뒤에 서 계셨다. 아직 통화 중인 전화에 대고 아버지가 버럭 소리를 질렀다.

"그 여자가 내 집을 바라는 건 나도 좋아, 하지만 네놈은 안 되지. 네놈이 어쩔 건데?"

아버지는 아예 내 전화기를 빼앗아 직접 소리쳤다.

"허튼 생각 하지도 말고 결혼 얘기도 꺼내지 마라. 네가 아이를 낳는다고 해도 내 집에서는 너희를 받아주지 않을 거니까, 일찌감치 다른 방법을 찾아."

겨우 싸움이 끝났을 때 아내가 다가와 조심스럽게 한마디 했다.

"사실 자식이 어려울 때 어른으로서 도와주는 것은 당연한 일이지요."

아버지가 매섭게 아내를 노려보았다.

"너희가 한통속이라는 것도 알고 부담이 늘어날까 봐 걱정하는 것도 안다. 그런데 그 사람은 아직 젊어서 내 덕을 보지 않을 거다. 오히려 내가 그 사람 덕을 봐야지."

아내가 깜짝 놀라서 돌아섰다. 그런 다음 한쪽에 가만히 서서 조용히 내게 손짓했다.

"괜히 긁어 부스럼 만들지 마요. 아버님이 정말로 그 여자와 결혼하겠다고 하면 아무도 못 말리니까." 그러고는 내 귀에 바싹 대고 말했다. "내가 보기에는 그 집을 얻으려고 그 여자가 아버님한테 악착같이 매달려 있는 거예요."

아내의 말에 일리가 있다고 생각한 나는 얼른 둘째에게 전략적으로 굴라고 충고했다. 절대 성급하게 몰아가서는 안 된다고, 그러지 않으면 내쫓기는 것은 너일 거라고 말했다.

"형은 내가 바보인 줄 알아? 걱정하지 마. 내가 아버지를 당해내지 못할 리 없으니까!"

그 말에 두 사람이 언제 이런 관계가 되었나 싶어서 깜짝 놀랐다.

분위기를 가라앉히기 위해, 또 내 눈을 편안히 두기 위해 아버지를 모시고 옷가게에 가서 짙은 남색의 여름 상하의를 골라드렸다. 옷을 입어본 아버지가 머무적머무적 다시 벗고는 조심스럽게 개서 잘 담은 다음 계면스레 말했다.

"그 사람이 이렇게 짙은 색은 입지 말라고 했는데. 늙어 보인다고."

순간 숨이 턱 막혀 얼른 기침을 했다.

돌아오는 길에 아버지와 허심탄회하게 이야기하고 싶어서, 요즘 사람들은 아버지 세대와 다르다고 말을 꺼냈다. 아버지 세대는 전부 재산이 없고 누구나 가난에 당당해 하나같이 스트레스를 받지 않았지만 요즘 사람들은 집과 일, 가족, 자식 등으로 살기 힘들다고 했다. 상당수 남자가 생식능력을 잃었다는데 그게 다 스트레스 때문이라고 말했다. 아버지가 연신 고개를 끄덕이며 탄식까지 해서 공감대가 형성되는구나 싶었을 때, 아버지가 무심하게 내뱉었다.

"너는 내가 요즘 사람 같지 않니? 나도 현대를 사는 사람이야. 나도 똑같이 스트레스를 받아. 나이는 많아도 아직 죽지 않았다고. 똑같이 사심이 있고 야망이 있어. 더군다나 나는 건강한 남자이기도 해."

나는 정말 많이 놀랐다. 아버지가 그런 말을 하리라고는 전혀 예상하지 못했다. 아버지가 계속 이어서 말했다.

"네 말이 무슨 뜻인지 안다. 하지만 나는 양보하고 싶지 않구나. 둘째에게는 아직 인생의 절반이 남아 있지만 나한테는 시간이 그리 많지 않아. 너희들을 모두 키워서 결혼시키고 자립시키느라 내 인생의 절반을 보냈다. 이제 인생의 후반은 그 모든 것을 내려놓고 잘 살고 싶어. 네 엄마가 죽었을 때 그런 생각이 들었지. 나도 고민했다, 분명 내 자식이니까. 사는 게 고달픈 걸 보면 나도 가슴이 아파. 노인네 부양해야지, 자식 돌봐야지, 집세 내야지, 분명 쉽지 않을 게다. 하지만 나더러 책임지라고 하면 안 되지. 내가 책임질 수도 없고. 나는 이미 내가 해야 할 일을 다 했다. 이제 내게는 마음뿐, 여력이 없구나. 게다가 걔의 태도 역시 참을 수가 없어. 내게 희생을 요구하려면 그래도 기꺼운 마음이 들도록 해야지, 강요할 수는 없는 거 아니냐? 말이 나와서 말인데 걔는 왜 꼭 이혼을 해야 했니? 또 아무것도 없이 맨몸으로 뛰쳐나올 건 뭐야? 능력이 되면 네가 집을 사주든가, 하지만 그럴 능력은 없겠지."

"둘째가 그리로 옮겨간 건 아버지 때문이에요. 아버지는 우리가 너무 멀리 사는 거 싫어하지 않았어요? 사실 그때 둘째는 다른 선택을 할 수도 있었어요."

사실은 둘째에게 다른 선택의 여지가 있었는지 없었는지 알지 못했다.

아버지가 하하 웃었다.

"나 때문이라고? 내 집 때문이라고 하는 게 맞을 거다."

그때 모래알 같은 게 들어왔는지 발바닥이 배겼다. 내 구두는 깨끗하고 옆쪽에서 은은한 광도 났지만 사실은 두 번이나 터진 낡은 신발이었다. 세 번씩 고치기는 싫어서 새 신발을 사려고 그냥 신고 다니는 중이었다. 나는 허리를 굽혀 신발을 벗은 뒤 모래알을 털어냈다.

아버지가 위아래로 나를 훑어보다가 마지막에는 한숨을 내쉬었다.

"너희들이 전부 이렇게 힘든 줄 몰랐구나. 이게 무슨 일이냐? 모두들 대학을 나오고 직장이 있지 않니? 셋 중에서 네가 제일 낫다고 생각했는데 이렇게 낡은 신발을 신을 줄이야. 정말 신발조차 못 살 정도냐? 그래, 그랬지. 너는 어려서부터 체면을 중요하게 생각했어. 그러니까 넌 겉모습만 그럴싸한 것이로구나."

나는 잠시 생각한 뒤 말했다.

"인생이 원래 사다리 같아서 항상 고난이 따른다고 하잖아요. 각자 출발점이 다를 뿐, 높으면 높은 대로 힘들고 낮으면 낮은 대로 힘들지요."

나는 내가 이런 비유를 생각해냈다는 것이 스스로 뿌듯했다.

버스가 왔다. 그런데 아버지가 눈을 크게 뜨며 "두 정거장이니 걸어가자"라고 말했다.

한마디도 없이 한참을 걸어간 뒤 아버지가 말문을 열었다.

"너희가 어릴 때 나는 너희가 다 크면 내 날도 밝아질 거라고 생각했다. 하지만 지금 보니 언제 밝아질지 여전히 미지수구나."

"천천히요. 날이라는 건 결국에는 밝아지잖아요."

아버지가 한숨을 내쉬었다.

"아까 내 옷을 왜 샀니? 네 신발을 샀으면 좋지 않았니?"

낡은 신발이 모든 것을 대변하지는 않는다고 말하려 할 때 아버지가 또 말했다.

"네가 이 모양이니 동생들도 없는 척하는 건 아니겠구나."

내가 웃었다.

"요즘은 부자인 척하는 사람은 많아도 가난한 척하는 사람은 별로 없어요."

이번에 다녀간 뒤로 아버지는 연락이 뜸해졌다. 그건 아버지가 잘 지내며 모든 것이 정해진 틀 속에서 일사분란하게 움직인다는 뜻이었다. 그렇지 않다면 불평 전화가 진즉에 왔을 터였다. 나는 형세가 점점 안정되어가는 듯해 기분이 좋았다.

순식간에 일 년여의 시간이 흘러갔다. 그사이 아버지는 부양비와 별도로 상당한 목돈을 한 차례 요구했다.

"돈을 좀 마련해다오. 생활비 말고. 생활비는 아직 있지만 별도로 돈이 좀 필요하구나. 아주 급해." 아버지는 내가 보내는 부양비의 6개월 치에 해당하는 액수를 말하고는 "꼭 줘야 한다. 내가 그동안 너한테 돈을 더 요구한 적은 없지 않니" 하고 강조했다. 아버지 어조가 우울하고 단호해 나는 최면에 걸린 것처럼 두말없이 아버지 통장으로 돈을 부쳤다.

일을 처리하고 난 뒤 나는 돈을 요구하던 아버지의 기교, 그 강경함과 냉정함, 위엄에 감탄했다. 아버지는 체면을 지키는 동시에 존엄을 잃지 않았다. 마치 우리가 지갑을 줄곧 공유해서 필요한 사람이 상대에게 말만 하면 되는 것 같았다. 나는 돈의 용도도 묻지 않았다. 생활비는 아닌데 급히 필요하다면 분명 어쩔 수 없는 지출이기에 나쁜 생각이 들었지만, 정말 그렇다면 묻어두는 게 최선일 것 같아서 용도도 묻지 않고 돈을 보냈다.

별도로 돈을 보냈기 때문에 먼저 전화할 생각은 더더욱 들지 않았다. 또 어쨌든 나는 우리 집안 110*이자 신고 센터이므로 무슨 일이 있으면 모두들 나를 찾을 게 뻔했다.

3개월 뒤 단오 전날, 아버지가 전화를 걸어왔다.

---

* 중국에서 범죄 사건이나 자연재해, 위급 상황이 발생했을 때 거는 전화번호.

"너희는 며칠 쉬니? 집에 좀 오너라. 와서 집에서 만든 쭝쯔* 좀 먹어. 내가 며칠을 준비했다."

아버지가 어디 쭝쯔를 만들 줄 알겠는가, 분명 모 여인이 만든 것이겠지, 하면서 확인해보니 동생들도 공식적으로 초대를 받았다. 그러자 아버지가 계모를 제대로 선보이겠다는 뜻인가 싶었다.

출발하기 전에 아내가 여러 차례, 절대 그 여자가 목적을 달성하도록 해서는 안 된다며 동거는 되지만 결혼은 막아야 한다고 했다. 그러지 않으면 나중에 우리가 그녀를 원수처럼 여겨도, 법률 규정에 따라 그녀의 생로병사를 책임져야 한다고 주지시켰다.

마침내 나보다 어리다던 그 여자를 만났다. 하지만 그다지 젊어 보이지는 않았다. 물론 아버지에 비하면 무척 젊었지만, 생김새가 소박한 게 남의 재산을 노릴 것처럼 보이지 않았다.

나는 공손하게 고개를 끄덕이고는 안으로 들어갔다. 아버지는 벌써 찻물까지 준비해놓고 우리를 기다리는 중이었다.

"오랫동안 명절을 제대로 지내지 못했잖니."

숨은 의도가 없어 보이는 아버지의 말에 나는 부끄러워졌다. 사실이었다. 어머니가 돌아가신 뒤 우리는 더 이상 예전처럼 그

* 찹쌀에 돼지고기 등의 소를 넣고 대나무 잎으로 싸 쪄낸 음식으로 단오절에 굴원을 기리기 위해 먹는다.

렇게 모이지 않았다. 그뿐만 아니라 갑자기 강인한 아이들로 변해, 가끔 옛날 일이 생각나도 마음속으로만 떠올릴 뿐 함부로 입밖에 꺼내지 않았고, 거창하게 모여서 추억에 잠기는 일은 더더군다나 없었다. 우리는 약속이라도 한 것처럼 모든 명절과 중요한 가족 기념일을 잊어버렸다. 나는 아버지도 우리처럼 그런 날들을 잊었다고 생각해왔다.

여자는 계속 주방에서 바쁘게 움직였다. 쭝쯔와 황주, 각종 요리 모두 가지런하고 푸짐했지만 한눈에도 형태나 색깔 등이 우리가 예전에 먹던 것과 다르다는 게 보였다. 우리 집 음식이 전혀 아니었다. 그런 음식 때문에 나는 우리 집에 있으면서도 손님이 된 기분이었다.

얼마 뒤 두 동생도 도착했다. 막내는 나처럼 가족들 없이 혼자서 왔다. 사실 우리 집안은 만나는 일이 거의 없기 때문에 할아버지와 손자의 관계가 기이할 정도로 소원했다. 둘째는 여자 친구를 데려왔다. 아버지가 전에 언급했던 전처보다 못한 그녀는 젊고 노련해 보였다. 둘째가 절대 결혼은 하지 않을 거라고 말했지만, 왜인지 둘째가 그 여자에게 상처를 주지 못할 거라는 생각이 들었다. 동생이 어떻게 대하든 그녀는 동생 때문에 상처받지 않고 오히려 동생 자신이 상처받을 것 같았다. 그런 느낌은 아주 이상했다. 터무니없는 듯했지만 사라지지 않았다. 아버지가 식탁에서 손가락질을 하면서 이것을 먹어라, 저것을 먹어라 챙기고 그 여자도 옆에서 정성껏 시중을 들어 우리는 오히려 음식이 넘어가지 않는 느낌이었다. 손님 같다는 기분이 더 강해졌다.

식탁에서 아버지는 몇 차례나 우물쭈물하며 뭔가를 말하려고 했는데 전부 둘째에게 가로막혔다. 둘째는 모두의 앞에서 아버지가 정식으로 결혼 이야기를 꺼낼까 봐 걱정하는 게 틀림없다. 아버지의 안색이 점점 변하는 게 보였다.

식사를 거의 끝마쳤을 때 둘째가 전화를 받더니 느닷없이 나를 찾는 전화라며, 내 옛날 동창이 내가 왔다는 것을 듣고 만나자면서 약속을 정했다. 전화를 끊은 뒤 둘째가 흥분해서 말했다.

"두 사람이 동창이었어? 이 사람, 나랑 보통 사이가 아닌데."

일단 나가면 나는 아버지 집으로 다시 돌아오지 않고 곧장 장거리 버스를 타고 집에 갈 작정이었다. 그러자 아버지가 일어나더니 목을 가다듬고 말을 시작했다.

"오늘 너희가 아무리 바빠도 내 말을 좀 듣고 가라."

그때는 둘째의 방해도 소용이 없었다.

"이 사람은 구 씨니까, 구 아줌마라고 부르면 된다. 앞으로 내가 얼마를 살든 우리는 함께 살 거다. 너희들이 찬성하면 좋고 반대해도 상관없어. 나는 이미 결정했으니까."

나는 슬그머니 여자를 바라보았다. 공손하게 아버지 옆에 서 있는 그녀는 아무런 표정이 없었다.

"원래는 혼인신고를 할 생각이었다. 그런데 신고를 하러 갔다가 내가 아직 미혼인 걸 알았지 뭐니. 너희 엄마랑 애당초 혼인신고를 하지 않았던 거지. 기왕 그런 거 이번에도 신고를 하지 않기로 했다. 안 그러면 너희 엄마한테 불공평하니까."

잠시 뒤 아버지가 말을 이었다.

"요 몇 년 도시에서 살아보니 영 별로더구나. 오늘은 여기에 독이 있다고 하고 내일은 저기에 독이 있다면서 도무지 괜찮은 게 없으니. 나는 샤오구랑 고향으로 돌아가련다. 하지만 그 전에 분명히 밝히는데 생활비는 계속 내 통장으로 보내야 한다. 그리고 이 집은." 아버지가 몸을 돌려 둘째를 똑바로 쳐다보았다. "여기 살려면 제대로 관리해라, 엉망진창으로 만들지 말고."

너무나 갑작스러웠다. 그렇게 고집불통이던 양반이, 작년까지도 사심과 야망이 있다던 건강한 남자가 어떻게 그렇게 갑자기 다른 사람이 된 것처럼 기꺼이 둘째에게 집을 준단 말인가? 둘째도 의혹에 가득 찬 얼굴로 쳐다보았지만, 이내 빙글빙글 웃기 시작했다.

"놀리지 마세요. 전에 아버지와 집은 하나라면서 집이랑 같이 살고 같이 죽는다고 맹세했잖아요?"

아버지는 둘째의 말을 무시하면서 계속 말했다.

"잘 들어라. 이 집에서 평생 살 수 있다는 게 아니야. 너도 자력으로 일어나야지, 서둘러서 집 살 계획을 세워."

아버지가 말을 마친 뒤 다시 자리에 앉아 찻잔을 들었다. 식사하는 동안 그 찻잔은 줄곧 식탁에 놓여 있었다. 아버지는 최근 며칠 동안 입맛이 없어서 술이 별로라며 두어 모금 할짝거리기만 하고 술 대신 차로 우리와 대작했다. 어쩌다가 잘못해서 찻잔이 아니라 술잔을 들면 여자가 빼앗고는 찻잔을 주었다. 아버지가 마시고 싶지 않은 게 아니라 여자가 금주령을 내린 것 같았다. 아버지의 고분고분한 모습이라니! 나는 얼른 눈을 내리깔았다.

"가라, 모두들 가서 일을 봐라."

그 순간 아버지의 안색이 조금 어두워지는 듯했다. 보아하니 우리가 식사하자마자 엉덩이를 털고 떠나는 게 못마땅한 것 같았다. 하지만 누가 아버지더러 수행원을 달고 다니라고 했나? 나는 그 여자가 계속 아버지에게 머리를 맞댄 채 말하는 모습을 보고 싶지 않았다. 아버지가 예전에 어머니와는 조금도 행복하지 않았다고 우리에게 말하는 것 같아서였다. 아버지와 그 여자의 행복한 모습을 전혀 보고 싶지 않았다. 틀림없이 두 동생도 나와 같은 생각이었을 것이다.

밖으로 나온 뒤에야 동창 이야기는 둘째의 유인책에 불과하다는 것을 알았다. 그때 내 동창은 외지에 있었다. 어쩔 수 없이 나는 장거리 버스 정류장으로 가서 일찌감치 집으로 돌아갔다.

이틀 뒤 둘째가 전화를 걸어와 아버지가 이번에는 정말 이상하다며 진짜로 이사를 가서 옷가지며 이불, 생활용품까지 전부 옮겼다고 전했다. 대체 왜 이런 결정을 내렸지? 설마 그 여자가 채소밭에 숨겨놓은 금단지를 아버지가 발견했나? 동생은 그런 게 아니라면 집과 자신은 하나라고 맹세했던 아버지가 아무 조건 없이 떠났다는 것을 납득할 수 없다고 했다.

사랑에 눈이 멀었나! 우리는 약속이라도 한 것처럼 그렇게 말하고는 하하하 크게 웃었다.

둘째는 며칠을 궁리한 끝에 마침내 아버지의 속마음을 꿰뚫었다며 연락해왔다. 아버지는 밭에서 금을 캔 게 아니라 가장 좋은 생존법을 찾아냈다는 거였다. 우리가 내는 부양비로 도시에서는 아버지 혼자 겨우 살 수 있지만 농촌에서는 두 사람이 여유롭게 살 수 있으니, 그것을 깨닫고는 기꺼이 한 걸음 물러선 거라고 했다. 그렇게 하지 않으면 젊은 여자가 빡빡한 생활을 견디지 못하고 몰래 달아날까 봐 걱정되지 않겠느냐는 것이었다.

6개월 뒤 우리는 갑작스럽게 아버지의 병에 대해 들었다. 그 여자가 전화로 알려주면서 아버지는 이미 전화할 기력조차 없노라고 했다.

진료소 의사가 진통제를 사러 온 아버지를 보고 간암을 의심했고, 아버지가 깜짝 놀라 내게서 별도의 목돈을 받아 병원에서 검사를 받았으며, 이내 확진 판정을 받은 거였다.

갑작스럽게 찾아온 간암은 후반부를 멋지게 살겠다던 아버지의 계획을 완전히 망쳐버렸다. 아버지는 이런저런 생각 끝에 자신의 거대한 계획을 포기하고 전반부의 끝을 계속 이어가기로 결정했다.

고향으로 돌아갔지만 아버지는 이미 집을 팔아버렸기 때문에 당신이 예전에 손수 지은 집에서 살 수가 없었다. 다행히 마을 초등학교가 얼마 전에 학생 수 감소로 폐교되어 구 씨 여자와 들어갈 수 있었다.

아버지는 침대에 누워 그 여자의 손을 잡은 채 정말 마음씨 착한 사람이라면서, 자신이 얼마 살지 못할 것을 알면서도 옆에서 시간을 낭비할 만큼 선량하다고 칭찬했다. 그러자 여자가 눈물을 흘리며 "제가 남에게 잘하는 건 나중에 누군가도 내게 잘하기를 바라서예요"라고 말했다.

"당신한테 잘해주는 사람을 만날 거야. 남편과 아들 모두 하늘에서 당신을 보고 있다가 당신이 힘들면 도와주러 올 거야."

병을 숨기지 말았어야 했다고 큰 소리로 아버지를 책망할 때 나는 내 목소리가 차가운 빗속의 까마귀 울음소리 같다고 생각했다.

"이건 내 운명이다. 너희들에게 말한다고 무슨 수가 생기는 것도 아니고. 너희들도 제대로 지낼 수 없었을 거야."

줄곧 아버지와 사이가 안 좋았던 둘째가 울음을 멈추지 못했다.

"우리가 불효자라는 욕을 듣게 하고 싶었던 거죠!"

뜻밖에도 아버지는 둘째를 쳐다보며 웃었다.

"넌 횡재했지. 병만 아니었으면 절대 너에게 집을 주지 않았을 거니까."

나는 침대 옆에 꿇어앉아 아버지의 손을 잡고 이곳으로 오지 말았어야 했다고 계속 책망했다.

"최소한 아버지 집에는 화장실이 있으니까 힘들여서 화장실에 갈 필요는 없잖아요."

여자가 물을 뜨러 나간 사이에 아버지가 웃으며 말했다.

"저 사람이 시중드는 게 화장실보다 나아." 그러고는 잠시 쉬었다가 다시 말했다. "너희보다도 낫지. 너희는 전부 손발이 어설프고 성질도 급한데 누가 저 사람처럼 할 수 있겠니? 시중드는 것으로 말하자면 저 사람이 전문가야."

우리는 마을의 초등학교에서 아버지의 마지막 숨을 지켜보았다. 그 전에 아버지가 어렵게 정신을 차렸을 때, 나는 6개월 동안 아버지를 보살펴준 여자를 앞으로 어떻게 대해야 하는지 물었었다. 아버지는 잠시 생각한 뒤 대답했다.

"잊어버려!"

웨이웨이魏微

1970년 장쑤(江蘇) 출생. 1994년 창작을 시작해 1997년에 『소설계』에 작품을 발표한 뒤 『화청(花城)』, 『인민문학』, 『서우훠(收穫)』, 『작가』 등 간행물에 수필과 소설을 게재하며 활발하게 활동하고 있다. 2003년 인민문학상을 수상한 데 이어 2004년에 『중국작가』 다홍잉문학상을 수상했다. 1998년, 2001년, 2003년, 2004년, 2012년 중국 우수작품 순위에 작품이 올랐으며, 일부 작품은 해외에서 번역되었다.

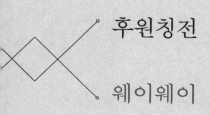

후원칭전

웨이웨이

1

후원칭(胡文青)은 무척 겸손한 사람이다. 1948년 스청현(石城縣)에서 태어나 쥐런샹(擧人巷) 3-3-206에 살고 있다. 키가 크지 않은데도 헌칠하다는 인상을 주고, 반듯하게 각 잡힌 사각형 얼굴에 짙은 눈썹과 부리부리한 눈, 곧은 코와 단정한 입술……. 이런 생김새 때문에 오래전 점쟁이가 그를 보고 깜짝 놀라며 "원대한 뜻을 품었으니 난세라면 반드시 성공할 텐데……"라고 말한 적이 있다.

후원칭은 그 말을 웃어넘기며 마음에 담아두지 않았다. 당시 열다섯 살이던 그는 눈썹 사이 인당이 지금보다 빛나고 온몸에서 활력과 생기가 넘쳤다. 전국에서 명문으로 손꼽히는 성(省)의 사범대 부속 중고등학교에 다니면서 무엇을 향한 야심인지 알지는 못해도 확실히 야심을 조금 갖고 있기도 했다. 다방면에 흥미를 지녔으며 특히 '문사철'에 관심이 높아 어린 나이에 벌써『자본론』까지 섭렵할 정도였지만, 제대로 이해할 수 없어서 주변의 비슷한 친구 몇을 규합해 '취미 모임'을 만들고 매주 한 차례씩 회합을 가졌다. 그러다 '취미 모임'의 규모가 계속 커지자 그는 교장과 선생을 초청하고 심지어 '스청현의 명사'까지 모셔와 '교류를 지도받기'에 이르렀다. 결국 모임은 학교 차원의 행사가 되고, 계단과 교실 안팎이 앎을 추구하는 수많은 작은 머리통들로 가득 차게 되었다. 후원칭은 모임의 주창자였기 때문에 그 명문 학교에서까지 유명세를 떨쳤다.

그는 확실히 어렸을 때부터 다방면에서 골고루 재능을 드러냈다. 풍부한 영감과 적절한 언행으로 인간관계가 폭넓고 사교면 사교, 사무면 사무에 모두 능했다. 글을 쓸 때도 관점과 기개가 드러나는 수려한 문장을 구사했으며, 학생 간행물 편집장으로서 신선한 논평을 과감하게 실으면서도 학교 측의 반감을 사지 않았다.

어쨌든 그 몇 년 동안 이상할 정도로 자유로운 분위기가 조성돼 학교에서 천재가 대거 등장하였다. 선생님들은 열정적이거나 조용하거나, 또는 깊이 사유하거나 결연한 소년들의 면면을 자세히 살펴보았지만 그들이 앞으로 어떻게 성장할지 짐작할 수가 없었다. 비록 그들 중 상당수가 평범하게 살 것임은 알았지만……. 그날, '취미 모임'의 회동을 끝낸 뒤 후원칭은 담임선생님과 상담하면서 학문 분야로 나아가고 싶다고 밝혔다.

그러자 담임선생님이 "서둘러 결정할 필요 없어. 그리고……" 하고는 그를 한 번 쳐다본 뒤 놀리듯 말했다. "네가 찬밥 신세를 견딜 수 있을까? 그건 무척 외로운 일이야!"

후원칭이 머리를 긁적이며 수줍게 대꾸했다.

"저 떠들썩한 거 그다지 좋아하지 않는데요? 제가 좋아하는 건 주로……."

그는 말을 이을 수가 없었다. 치부를 들킨 것만 같고 살짝 억울하기도 했다. 문득 예전에 한 선배가 "너처럼 다재다능한 사람이 어느 한 분야에 국한되는 것은 낭비야!"라고 했던 말이 떠올랐다.

결국은 같은 말인지라, 그는 무척 속이 상해 집으로 돌아가는 내내 그 생각에서 벗어날 수가 없었다. 그런데 골목 어귀에 도달했을 때 점쟁이가 "돈은 한 푼도 필요 없어"라며 죽자 사자 그를 붙잡는 게 아닌가. 단지 상이 특이하다는 이유로! 철저한 유물론자였기에 후원칭은 그냥 웃어넘길 생각이었지만 갑자기 이 돌팔이의 추측을 들어보는 것도 무방하겠다 싶었다.

"난세라면 반드시 성공할 상인데"라는 말을 듣자마자 후원칭이 물었다.

"그러니까 제가 아무것도 이루지 못할 거라는 뜻이네요?"

노인이 고개를 저으며 말했다.

"꼭 그렇다고는 할 수 없지!"

"그렇다면 한 가지 뜻밖에 없네요. 그런 말을 뱉은 이상 목숨을 내놓아야 한다는 거죠. 뭐가 난세고 뭐가 아닌데요? 어디서 왔어요? 국민당의 사주를 받고 혁명을 방해하는 거 아니에요?"

후원칭의 말에 노인이 황급히 손을 내저었다.

"내가 뭐라고 했지? 나는 아무 말도 안 했어! 내 뜻은, 그러니까 앞으로의 일을 누가 말할 수 있느냐는 거지. 예를 들어 네가 앞으로 무엇을 할지, 어떤 직업을 갖고 몇 살까지 살지 모르는 것처럼 말이야. 그리고 난세니 아니니 하는 말도 하지 않았어. 그러니까 난세에 영웅이 나면 성공하기 쉽지만 너는 태평성세에 태어났으니 재능이 있다고 해도 사회주의 건설을 위한 나사에 불과할 거라는 뜻이라고. 고난과 역경을 겪게 될 거라는 말이지……."

후원칭이 웃으며 대꾸했다.

"그건 말이 되네요! 전 고난과 역경 따위 개의치 않아요. 인생이 어디 마음먹은 대로만 되겠어요? 앞으로는 말도 안 되는 소리로 사기 치지 마세요. 오늘 저를 만났으니 망정이지 다른 사람이면 어땠을 것 같아요? 진즉에 파출소로 끌려갔을 거예요!"

2

점쟁이 일을 후원칭은 금세 잊어버렸다. 그러다 17년이 지난 어느 날, 그 일이 번개처럼 뇌리를 스치고 지나갔다. 그때 이미 몇 년째 동네 골목에서 칩거 중이던 그는 서른둘에 두 살배기 남자아이의 아버지였다. 아이 엄마는 국영 채소 시장 판매원으로 아침 일찍 나가 저녁 늦게 돌아왔고. 덕분에 그는 찬거리를 사러 갈 필요 없이 집에서 아이를 돌보면서 빨래와 음식 준비만 하면 됐다.

그는 매일 한두 차례씩 아이를 안고 바람을 쐬러 나갔지만 보통 삼십 분을 넘기지 않았다. 혹시 이웃을 만나면 공손하게 고개를 끄덕이며 미소를 지었다. 그런데 누가 다가와서 말을 걸려고 할 때는 "자, 할머니 해봐!" 혹은 "할아버지 하고 불러봐!"라고 아이에게 말하는 것이었다.

그래서 할아버지와 할머니들도 직접 말 붙이기가 어색해 우선 아이에게 "이름이 뭐니? 몇 살이야?" 하고 가볍게 물었다. 물론 그건 문턱을 넘기 위한 서론이었다. 이어서 본론으로 들어가려고 하면 그는 어느새 가야겠다는 뜻을 비치고 있었다. 게다가 아이는 또 얼마나 정신없이 구는지, 여기저기 손짓하며 쳐다보고 웅얼웅얼 빽빽거리다가 사람 얼굴에 대고 거품을 불기까지 했다. 그러면 그는 겸연쩍게 웃으며 허리를 숙여 인사하고는 위층으로 올라갔다.

그가 직접 말한 적이 없기 때문에 골목 사람들은 그에 대해 이러쿵저러쿵 말이 많았다.

"저 젊은 나이에 저렇게 평생을 살 건가? 여자한테 얹혀살면서 밥이 어떻게 목구멍으로 넘어가지?"

"아니지, 그 못생긴 여자가 남자한테 어울리느냐고! 볼 거 못 볼 거 다 본 다음에 되는 대로 골라잡은 걸 거야. 듣자 하니 결혼 전에 약속한 게 있다더라고. 불구라고 생각하고 평생 부양하기로 했다던가."

"불구는 무슨? 요즘은 많이 좋아진 거야. 특히 아이가 생긴 뒤로 말이지. 당신은 돌아온 지 얼마 되지 않아서 몇 년 전 모습을 못 봤으니까 그래. 수염을 덥수룩하게 꼭 귀신처럼 해서는, 1년 내내 위에서 내려오지를 않았다니까."

"그건 그냥 집에 없었던 거야, 어딘가로 달아났거든! 그런 홍위병이나 조반파* 우두머리는 살인범이잖아! 나라에서 놓아줄 리 있나!"

그렇게 근거 없는 억측이 오가면 가만히 넘기지 못하고 바로

---

* 문화대혁명 시기 혁명이라는 기치 아래 반관료주의 운동을 주도한 군중 조직.

잡으려는 사람이 있기 마련이다. 그때 정정하려고 나선 사람은 골목 사람들이 아순이라고 부르는 쉰 초반의, 후원칭의 사정을 조금 알고 있던 남자였다. 하지만 그의 발언 역시 확실한 것은 아니었다.

"어르신, 그건 말도 안 돼요! 조반파가 얼마나 많은데 전부 죽이면 나라가 어떻게 제대로 돌아가겠어요? 또 현대화는 어떻게 이루고요?"

"내 말은 아주 심한 악질분자를 가리키는 거지."

"악질분자는 이미 다 잡혀가지 않았어요?"

리 노인이 갑자기 혼란스러워져 띄엄띄엄 말을 이었다.

"그럼 그물에서 빠져나간 물고기로구먼."

아순이 고개를 저으며 중얼거렸다.

"이 복수극은 대체 언제나 끝날지."

그러자 리 노인이 와락 아순에게 달려들어 얼굴을 들이대며 물었다.

"너희 집에는 죽은 사람 없지? 우리 집에는……."

하지만 갑자기 목이 잠기고 눈물이 맺혀 말을 잇지 못했다. 그는 가족이 다섯 명이라는 뜻으로 손가락 다섯 개를 펼쳐 흔들다가 두 개를 접고 까딱거렸다. 셋이 죽었다는 뜻이었다.

"그게 후원칭과 무슨 관계예요?" 아순이 물었다.

리 노인이 당황한 듯 아무 대답도 못하다가, 이내 이마로 아순의 가슴을 들이받고는 옷깃을 움켜쥔 채 덜덜 떨었다. 그렇지만 뭘 어쩌기도 전에 사람들에 의해 떨어져 나갔다.

깜짝 놀란 아순이 옷깃을 똑바로 펴면서 사람들에게 말했다.

"자, 저는 말을 돌려 할 줄도 모르고 속에 담아두지도 못하는 사람입니다. 리 어르신의 상황은 누구보다 제가 더 잘 알지 않습니까? 오랜 이웃이니까요. 어르신 댁 샤오펑의 시신도 제가 염했고요. 새벽같이 짐수레를 끌며 십 리 길을 달려 화장터에 갔지요. 눈에 띄지 않게 조심하면서 말입니다. 끔찍하지 않습니까? 정말 끔찍하지요! 하지만 다른 한편에선 저 역시 조반파였습니다. 특권층 타도가 그때는 타당하지 않았던가요? 저 역시 누군가를 때렸고 맞기도 했습니다. 폭력 투쟁의 시절에 저는 삼십 대였고 그때는……. 아, 그만하지요. 저 역시 가산을 몰수해봤고 그 김에 귀중품을 들고 나오기도 했습니다. 하지만 또, 또 얼마나 많은 사람을 몰래 보호했는지 모릅니다! 믿든 안 믿든 그건 상관없습니다. 이 골목에서, 우리 공장에서……, 여러분 중 누가 아십니까? 그게 누구였는지 말하지는 않겠습니다. 그 사람에게 부담을 주고 싶지 않고 그 사람이 보답할 수 있는 일도 아니니까요. 그때 제가 목숨을 걸고 구해준 이유는 그들이 불쌍해 보였고 그 순간 제 열정이 시들해졌기 때문입니다. 리 어르신, 제가 무슨 말을 하고 싶은지 아시겠습니까? 그 빚은 갚네 마네 따질 수가 없다는 말입니다. 모든 게 완전히 엉망이었으니까요!"

아순이 고개를 돌려 2층의 어느 창문을 바라보며 탄식하고는 말을 이었다.

"저 사람처럼……." 후원칭을 가리키는 거였다. "저는 그와 아무런 친분도 없고 세대도 다릅니다. 그가 자라난 과정과 지금처럼 변하기까지, 망가지기까지의 과정을 보았을 뿐입니다. 여러분 가운데 새로 오신 분들은 예전에 그가 어땠는지 모르실 겁니다. 스청의 유명한 천재 소년으로 당당하고 생기가 넘쳤지요. 베이징대나 칭화대에 들어갈 인재였지만 망가졌고요! 네, 그는 '둥팡홍'파의 지도자였습니다. 그 파는 명성이 자자했지요. 그때 후원칭의 이름을 모르는 사람이 있었던가요? 그런데 제가 알기로 그는 직접 사람을 때린 적조차 없습니다. 문약한 서생 같은 사람이 누구를 어떻게 때리겠어요? 하지만 수하에 주먹깨나 쓰는 사람이 즐비했지요. 병사 없는 우두머리는 없지 않습니까? 또 들은 얘기도 있습니다. 언젠가 그가 투신자살한 사람의 박살 난 머리통을 길에서 보고 너무 놀라 눈을 가렸다더군요. 그때 몇 살이었는지 아십니까? 열아홉이었습니다. 세상 물정을 뭘 알겠습니까? 그러다가 나중에 탈퇴했고요. 그는 스무 살에 그만하겠다며 강호를 떠났습니다. 지금 그에게 시시비비를 따지겠다고요? 그런데 어르신이 누구를 찾아 따지든 이제 그걸 인정하는 사람은 아무도 없을 겁니다!"

여기까지 말한 다음 아순이 잠시 말을 멈추고 눈을 리 노인에게로 돌렸다. 아직 말을 다 한 게 아니었다. 하지만 마지막 말은 절대 입 밖으로 낼 수 없는, 마음에만 담아둘 수 있는 말이었다. 어르신이 그러는 게 당하고 잃었기 때문이라는 생각 안 드세요? 어르신이었다면 그 엄청난 바람에 휩쓸렸을 때 어떻게 했을 것 같아요? 우리보다 깨끗했을 거라고 장담할 수는 없죠! 손에 얼마나 피를 묻혔을지도 모르고요. 아순은 속으로 중얼거린 뒤에야 길게 한숨을 내뱉으며 마음이 편안해지는 것을 느낄 수 있었다.

3

아래층의 소란을 후원청은 낱낱이 듣고 있었다. 창가 소파에 앉아 아이에게 루빅큐브 맞추는 법을 알려주면서 멍하게 남의 이야기인 양 아무 표정도 없이 들었다. 사람들이 어디에서 그런 이야기를 들었는지 무척 신기했다. 대부분이 사실이었다. 다만 한동안 귀신처럼 덥수룩하게 수염을 길렀다는 것과 도망갔다는 것은 사실무근이었다. 무슨 일이 있어도 아침마다 가장 먼저 하는 일이 수염을 깎는 일이었으니까. 그는 면도한 모습을 비춰보며 정갈한 옷차림과 상쾌한 구강을 유지해야 한다고 스스로 되뇌곤 했다. 반면 십수 년 전 제일 잘나갈 때에는 오히려 이런 것에 얽매이지 않았다.

바로 그렇기 때문에 골목 전체가 그를 못마땅하게 여겼다. 영락했으면 영락한 사람처럼 굴어야 하는 게 아닌가! 남루한 옷차림에 봉두난발로 꼬질꼬질해야 맞고, 거리를 떠돌며 구걸하다가 미치거나 바보가 되어서 소위 선량하다는 아줌마들의 동정 어린 눈물을 좀 자아내야 맞았다. 하지만 그는 누구보다 깔끔하게 차려입고 미소 띤 얼굴로 아무 일도 없는 사람처럼 굴었다. 게다가 밖에서 사람들과 마주칠 때도 눈빛이 담담하고 더할 나위 없이 침착했다. 자신을 보고 웃는 사람에게는 그도 웃음을 지었으며, 차가운 얼굴을 보이면 못 본 척 고개를 돌리고는 아이에게 장난을 쳤다. 그러니 부아가 치밀지 않겠는가!

어떻게 그는 일말의 죄책감도 없단 말인가? 무릎을 꿇고 그들에게 사죄해야 마땅하지 않은가! 물론 그와 아무 상관없는 일들도 있지만 어쨌든 그는 '그쪽'에, 그들은 '이쪽'에 속하므로 응당 사죄해야 했다. 상징적으로 몇 마디만 하면 되는데, 그게 어려우면 고개만 끄덕여도 되고, 그마저 여의치 않다면 눈빛만으로도 충분했다. 당황해하거나 기가 죽거나 재빨리 자리를 피하거나……, 무엇이라도 상관없었다. 그게 그렇게 어려운 일은 아니지 않은가! 그런 모습을 보이기만 해도 모두들 기꺼이 화를 삭일 터였다. 그러면 이후에 아무리 자주 마주쳐도 기분 좋게 지낼 것이고. 그가 눈빛으로 이 일을 매듭짓겠다고 한들 또 누가 어쩔 수 있겠는가? 설마 능지처참이라도 하겠는가? 그건 범법 행위일 뿐만 아니라 애당초 그런 취급을 받을 인물도 아니었다. 더군다나 모두 지나간 과거인데 누가 정말로 그와 잘잘못을 따지겠는가? 그냥 명분으로 삼을 의식적인 행위가 필요할 뿐이었다. 그가 잘못했지만 아량을 베풀어주자 하며 고개를 끄덕이고는 눈감아줄 명분.

그날 밤 후원칭 가족이 잠자리에 들었을 때 슬며시 문 두드리는 소리가 들려왔다. 후원칭의 아내가 응답하며 문을 열자 누군가가 문틈을 획 밀치며 들어왔다. 후원칭의 아내가 깜짝 놀라 당황한 순간, 그 사람이 몸을 돌려 문을 닫은 다음 나직하게 '쉿' 소리를 냈다. 뜻밖에도 주민 위원회 주임인 장 아주머니였다.

장 아주머니가 목소리를 낮추며 말했다.

"현관 등 좀 꺼. 긴히 할 말이 있어서 왔는데. 원칭은? 자?"

"가서 깨울게요."

그의 아내가 대답하자 아주머니가 말렸다.

"됐어. 몇 마디만 하고 갈 거니까! 몰래 알려줄 일이 있어서.

어, 원칭 일어났네? 마침 잘됐네! 자네 며칠간 어디 가서 좀 숨어 있어. 아니면 밑으로 아예 내려오지 말든가. 누가 와서 문을 두드려도 대답하지 말고. 아래 일은 내가 대응할게. 이게 무슨 일이람." 그러고는 후원칭의 아내를 보며 말했다. "아, 자네는 오후에 집에 없었지. 난리가 났었어! 아순이 그래도 사람이 좋아서 원칭을 감싸며 바른말을 했지만. 원칭, 자네도 다 들었지? 사람들이 화가 났다고! 에휴, 큰일이야! 결국 며칠 내에 자네와 담판을 짓기로 결론이 났다네."

"무슨 담판요?"

후원칭의 아내가 깜짝 놀라 물었다.

"조용히 해." 장 아주머니가 다시 목소리를 낮추며 말했다. "사람들이 들으면 나도 문제가 된다고! 무슨 담판이겠어? 잘못을 인정하라는 거지!"

"깜짝 놀랐잖아요!" 후원칭의 아내가 가볍게 한숨을 내쉬었다. "잘못을 인정하라는 거였군요! 그거야 별일 아니지요."

후원칭은 한쪽에 서서 아내를 차갑게 바라보기만 할 뿐 아무 말도 하지 않았다.

장 아주머니가 눈치를 채고는 말했다.

"이보게, 오늘 밤에 내가 제대로 온 것 같은데? 자네는 나보다 원칭을 모르는구먼. 나는 원칭을 오래 봐왔어. 원칭이 어렸을 때

안아주기도 했고. 그래서 얼마나 급진적인지, 책벌레인지, 고집스러운지 잘 알아! 사실 잘못을 인정하는 게 뭐 별건가? 입만 벙긋하면 되는 일이지! 속으로 무슨 생각을 하든지 누가 알겠어? 하지만 원칭의 입을 여는 게 얼마나 어려운데! 내가 보기에 이번 일을 잘 참으면 원칭은 열사나 마찬가지라고, 저 성격상! 그건 그렇고 골목의 몇몇은, 쯧쯧, 정말 못됐어! 벌써 사오 년이 지난 데다 원수든 빚쟁이든 당사자를 찾아가야지! 능력껏 그들을 찾아내야지! 대체 왜 원칭한테 그러냐고? 원칭은 그동안 쥐런샹을 떠나지 않았고 이웃과 다투는 일도 없었던 데다 부모는 다른 파에 끌려가 비판을 받았는데. 이건 어떻게 결판내지?"

"한동안 잠잠한 것 같더니 그 얘기가 왜 다시 나온 거예요?"

후원칭의 아내가 물었다.

"계속 도시로 돌아오고 복직되기 때문 아니겠어?" 장 아주머니가 말했다. "도시로 돌아오거나 복직되고 나면 모두들 모여서 이러쿵저러쿵 떠들게 되잖아. 그렇게 모여 떠들다 보면 자연히 화가 나지 않겠어? 사실, 나도 이해가 돼. 그 사람들 화낼 만하지. 죽은 사람은 죽은 대로, 미친 사람은 미친 대로, 나는 이제 뭐든지 이해할 수 있어!"

아주머니는 돌아가기 전에 다시 한 번 후원칭에게 당부했다.

"한동안 보이지 마! 풍파가 가라앉으면 내가 다시 알려주러 올게."

하지만 그녀가 후원칭을 다시 본 건 놀랍게도 바로 다음 날 오전이었다. 슬리퍼를 끌며 아이를 안고 골목 어귀의 잡화점에서 막대사탕을 사서 돌아오는 게 아닌가. 아주머니는 어찌나 화가 나는지 더 이상 상관하지 않으려고 했다. 하지만 결국 소란스러워지는 곳은 자신의 관할구역이었기에 멀리서부터 후원칭에게 입을 삐죽거리며 눈짓을 했다. 후원칭은 그걸 보고도 그녀에게 다가올 뿐이었다.

그는 아이를 장 아주머니에게 맡기며 말했다.

"아무 일도 없을 테니 걱정 마세요. 방금 사람들을 만났어요."

아주머니가 뒤에서 말했다.

"기왕 나왔으니까 나긋하게 말 좀 잘해."

후원칭이 발걸음을 멈추며 웃었다.

"안 할래요. 원래 나오고 싶지도 않았고요."

그건 진심이었다. 그는 일을 벌이지도 않았지만 피하지도 않았다. 아이가 내려가자고 보채지 않았다면 평생 집에서 안 나올 자신이 있었다. 하지만 내려온 이상 될 대로 되라 싶기도 하고, 무엇보다 이제 그의 안중에는 아무것도 없었다. 이미 오래전에 텅 하니 깨끗하게 비어 사는 것조차 귀찮았다. 스스로 끝내버릴까 했지만 또 그럴 필요까지 뭐 있나 싶었다. 정말로 칼로 목을 굿는 동작조차 귀찮아서였지, 죽음이 두려워서가 아니었다. 그의 삶은 이미 십수 년 전에 끝나버렸다.

집 앞 공터에 사람들이 새까맣게 몰려 그를 기다리고 있었다. 하지만 후원칭이 다가가 걸음을 멈추어도 입을 여는 사람이 없었다. 공기가 무겁게 가라앉고 기침 소리만 간간이 들렸다. 그렇게 몇 분을 기다리던 끝에 후원칭이 몇 걸음 옮겼을 때 뒤쪽의 누군가가 그에게 침을 뱉었다. 소리가 크고 낭랑했다. 후원칭이 걸음을 멈추고 고개를 돌려 사람들을 훑어보았다. 침을 뱉은 건 사오 선생님이었다. 명문 초등학교의 퇴직 교사로 일흔이 넘은 반미치광이 독거노인이었다. 후원칭을 정식으로 가르친 적은 없지만 이웃으로서 후원칭 부모의 청을 받아들여 글자를 조금 가르쳤다. 6개월뿐이었어도 연습장에 아직 그의 표시가 남아 있는데…… 무척 점잖던, 고리타분할 정도로 점잖던 노인이었다.

그 순간 갑자기 가엾고 안됐다는 생각이 들면서 후원칭의 눈가가 뜨거워졌다. 그리고 감정을 숨기기 위해 하릴없이 고개를 다른 곳으로 돌렸는데 다른 곳, 사람들로부터 오십 미터 떨어진 곳에 사복 경찰 두 명이 서 있었다. 후원칭은 그런 사람들을 잘 알았다. 장 아주머니가 만일의 사태에 대비해둔 것일 터였다. 사람들 속에서 과도를 가지고 노는 아이가 눈에 들어왔다. 후원칭은 과도를 뚫어져라 쳐다보면서 이게 '사전에 모의된 살인 사건'

이라는 것을 깨달았다. 그러자 눈물이 순식간에 말랐다.

아순도 사람들 속에 붉으락푸르락하며 서 있었다. 후원칭이 어떻게 수습할지 고민하고 있을 때 아순이 갑자기 소리쳤다.

"한마디만 하게. 한마디만. 그러면 전부 끝나."

그래서 후원칭이 입을 열었다.

"여기 가만히 서 있을 테니까 죽이든 살리든 마음대로 하세요. 저로서는 때리면 때리는 대로, 욕하면 욕하는 대로 당하는 것밖에 할 수 없습니다. 저기 경찰이 있으니 잡아가라고 해도 되고요. 또 여기서 영원히 살 테니까 언제든 복수하러 오세요! 하지만 그 말은 하지 않을 겁니다."

말을 마친 뒤 그는 가만히 선 채로 누군가 죽이러 오기를 기다렸다. 몇 분을 기다렸지만 아무 일도 일어나지 않았다. 그래서 다시 집으로 향했다. 이번에는 정말로 올라가는데 아무도 막지 않았다.

4

아순이 그날 오후에 후원칭을 찾아왔다. 그는 멋쩍어하고 미안해하면서 후원칭에게 말하라고 강요하지 말았어야 했다며 몇 번이나 되풀이해서 사과했다.

"정말 괜찮아요. 진즉에 했어야 했던 말인데 계속 기회를 놓치네요."

후원칭이 말하자 아순이 웃었다.

"하나만 물어볼 테니까 화내지 마. 나도 방금 불현듯 든 생각이거든. 나는 너한테 이렇게 거듭 사과할 수 있는데 너는 왜 사람들에게 사과를 할 수가 없어? 설마 너한테 잘못이 전혀 없다는 거니?"

후원칭은 갑자기 어떻게 대답해야 할지 몰라 팔꿈치를 무릎에 올리고 무릎 위로 상반신을 숙였다.

"어떻게 잘못이 없겠어요?" 한참이 지난 뒤에야 그가 몸을 일으키며 말했다. "너무 큰 잘못을 저질러서 사과할 수 없는 거예요!"

"그게 무슨 말이야?"

"한마디로 설명할 수는 없어요. 작은 잘못이었다면 저도 기꺼이 사과했을 거예요. 아저씨가 아무 잘못이 없는데 사과하러 오신 것처럼요. 하지만 큰 잘못은 안 돼요. 큰 잘못이라면 신중하게 행동해야 해요."

"네 말은 그러니까 계속 버티겠다는 거야?"

"버티는 게 아니에요. 속으로는 이미 부정했으니까요. 하지만 말로 꺼내고 싶지 않아요. 그냥 마음속에서 썩게 내버려둘 거예요. 썩어서 양분이 될 때까지요. 그리고 존엄의 문제도 있어요. 그건 체면이 아니에요. 지금 저한테 무슨 체면이 있겠어요? 벌써 포기했지요. 하지만 존엄이라는 건, 예를 들어 누구, 혹은 어떤 일을 사랑했다고 해보세요. 그런데 나중에 잘못된 사랑인 걸 깨달은 거예요. 그럴 때 취할 수 있는 가장 정중한 방법은 마음속에 담아두는 거예요. 말로 미안하다, 내가 잘못했다고 내뱉는 게 아니라요. 그건 너무 경박하지요. 상대와 자신 모두를 존중하지 않는 행동일 뿐만 아니라 아무 의미가 없어요."

"그래서 마음에만 두겠다고?"

"마음에 담아두는 게 가장 강력하니까요. 말로 하면 바람이 빠지듯 시르죽고 말아요."

"내 말 좀 들어봐. 예전에 신문을 보는데 어떤 사람이 글로 명명백백하게 사과를 한 거야. 그랬더니 모두들 무척 감동하더라."

"그건 모두들 진지하지 않다는 뜻이에요. 사과한 사람은 아무 생각 없이 시작해서 시종일관 무엇도 믿지 않았을 거예요. 그냥 덩달아 법석을 떨었던 거죠. 그게 아니면, 믿어서 시작했지만 잘못이 그다지 크지 않을 거예요. 정말로 살인한 사람들은 사과하는 게 아니라, 아마 자신의 아픔을 읍소하고 있을 거예요. 쉽게 사과한 사람들은 입을 한번 쓱 닦고 마는 부류지요. 비슷한 상황이 되면 또 똑같이 행동할걸요! 그러니 사과는 아무 소용이 없어요."

"하지만 한 가지, 상처받은 사람들을 편안하게 해줄 수 있어."

"그들은 눈앞의 편안함만 추구할 뿐이에요. 발로 밟고 모욕을 주고 죽이고 싶어 안달하죠. 죽인 다음에야 화가 풀려서 그만둘 거예요. 그런 거라고요. 그리고 방금 상처받았다고 했는데 문제는 대체 누가 상처를 입고 누가 상처를 주었다는 거죠? 이 일은 정말 아이러니해요. 아저씨와 저처럼요."

아순이 한숨을 내쉬며 말했다.

"됐다. 무슨 말인지 알겠어. 너는 요 몇 년 동안……."

"그런대로 괜찮아요. 사건들을 좀 되짚어봤는데 납득할 수 없는 게 많더라고요. 그사이 몇 년은 정말 견디기 힘들었어요. 들보가 흔들리기 시작하니까 집 전체가 무너질 것 같은 느낌이었어요. 특히 붕괴란, 정말 죽느니만 못했어요! 저희 가운데 몇몇은 그래서 죽었지요. 저희 학교의 똑똑하던 친구들이 철석같이 믿다가 나중에 의문에 빠지자 결국 사람 자체가 붕괴되었어요. 또 중간에 잘못된 일을 했는데 돌아갈 수도 없고 바로잡을 수도 없어서 자살을 선택하고요. 저 역시 그중의 한 명이에요. 죽지 않은 건 완전히 요행이고요."

"그럼 넌 앞으로 어떻게 할 거니?"

"아직 모르겠어요. 살아갈 수 있으니까 점점 좋아지겠죠. 마누라에게 얹혀사는 게 뭐 나쁜가요? 계속 생각하다가 알겠으면 뭔가 쓸 수 있을지 보려고요. 상흔소설* 같은 것 말고요. 모르겠으면 평생 생각하다가 죽고요."

5

이후 몇 년 동안 쥐런샹은 차츰 평온함을 되찾아갔다. 더 이상 아무도 후원칭의 일을 거론하지 않았다. 시간은 많은 것을 무력화시켰고 사람들은 자신의 운명을 인정하고 받아들였다. 그보다는 기억이 흐려졌다고 해야 더 맞겠지만, 어쨌든 자기 삶의 궤도로 돌아갔다.

한편 그도 집에서 잘 내려오지 않았다. 어쩌다가 내려와도 모두들 자기 일이 바빠서 마주할 일이 거의 없었다. 언젠가 우연히 사람들이 모여 그에 대해 물었을 때 아순이 "집에서 소설을 쓰고 있어요. 회고록이죠. 대단한 일 아닙니까, 우리 동네에서 대작가가 나올 거예요!"라고 말했다.

그 말에 사람들이 화들짝 놀랐다. 숨은 아픔이 있는 사람들은

---

* 문화대혁명을 겪으면서 발생했던 피해와 상처를 주로 다룬 소설.

특히 더 심했다.

"뭐? 조반파를 다 해먹고 나니까 이번에는 작가를 한다고?"

그는 몇 마디 더 하려다가 옹졸해 보이는 것 같아서 참았다. 어쨌든 이제는 전부 케케묵은 일이 아닌가. 그는 한참을 참은 뒤에야 품위 있게 웃을 수 있었다.

"흐름을 아주 잘 쫓아간다니까. 뭐든 유행하는 것은 놓치는 법이 없군!"

후원칭의 아내는 항상 그렇듯 매일 아침 일찍 나가 늦게 돌아왔고 아들을 데려다주고 데려왔다. 그때 아이는 이미 초등학생이었다. 그런데 몇 년 사이 후원칭의 아내가 예뻐진 것 같았다. 게다가 농담도 잘하고 멀리 떨어져 있는 사람에게도 우렁찬 목소리로 인사를 건넸다.

"리 어르신! 산책 가세요? 여전히 건강하시죠?"

"그런대로. 그 집 대작가님은?"

"어머, 무슨 말씀을! 대작가라니요?"

그러던 어느 날, 화물 트럭 한 대가 쥐런샹으로 들어왔다. 그 시대에 사치품이라고 여겨지던 전자동 세탁기, 양문 냉장고, 17인치 파나소닉 컬러텔레비전, 전기온수기 등을 싣고 있었다. 클랙슨이 후원칭 집 건물 아래에서 울리자 후원칭의 아내가 한껏 흥분해서 손을 흔들었다. 사람들은 그때서야 후원칭이 부자가 된 것을 알았다.

사실 후원칭은 그 몇 년 동안 거의 쥐련샹에 있지도 않았고 무슨 작가도 아니었다. 그는 남쪽 지역으로 내려가 스청현의 '선각자'로서 첫 번째 성공을 맛보았다. 어떻게 돈을 벌었는지 아는 사람이 없어서, 제대로 된 방법이 아닐 거야…… 하는 짐작과 함께 골목 전체가 후끈 달아올랐다. 사람들이 '개혁개방'을 입에만 올리고 있을 때, 다리를 치며 탄식하고 머리를 맞댄 채 속닥거리느라 침이 사방으로 튈 때, 그는 이미 멀리 나아가고 높이 날고 있었다. 심지어 작가마저 유행에 뒤떨어진 것이었다.

그렇게 해서 후원칭은 다시 한 번 판세를 뒤집고 쥐련샹의 본보기가 되었다. 아줌마들은 저녁 때 특별한 일이 없으면 후원칭의 아내를 찾아가 수다를 떨었다. 그녀에게서 무슨 소문이나 신선한 자극 같은 것을 얻을 수 있을까 싶어서였다. 예를 들어 골목 주민을 깜짝 놀라게 만들었던 그녀의 사직 사건이나 원목 마루, 벽지, 전화 같은 집 안의 새로운 변화 등을 포함해, 특히 여름밤에 선풍기와는 비교가 안 되게 시원한 에어컨 등 때문이었다.

골목 전체가 돌연 도취되고 말았다. 그랬다. 신문과 텔레비전에서 사상의 해방이니, 선전(深圳)의 건설붐이니, 중국 특색의 사회주의니 하면서 매일같이 소란을 떨 때 그들도 덩달아 법석을 피웠지만, 과거의 경험에 비추어 곧장 행동에 옮기는 사람은 없었다. 그런데 이 여자가 공직을 버리고 사회주의에 안녕을 고한 것이다. 어떻게 감히 그럴 수 있는지 궁금하지 않겠는가!

하지만 후원칭의 아내는 이렇게 말했다.

"저희 원칭이 제 월급으로 살 필요가 없다더라고요! 아이 돌보는 게 제일 중요하고요. 저희 집에 하나뿐인 아들이잖아요. 그렇죠. 정말로 불투명해요. 언제 세상이 변할지…… 하지만 저희 원칭은 끽해야 또 엎어지기밖에 더하겠느냐면서 부두에 나가 열심히 일하더라고요. 저희 집안의 유일한 후손이잖아요. 저희 원칭은 그게 좋아요. 대범하고 두려워하는 게 없지요."

이웃들이 "아" 하며 마침내 알았다는 듯 반응했다. 그러니까 말하자면, 그 남자는 도박꾼이었다. 지난번에는 졌지만 이번에는 마루와 에어컨, 벽지, 전화 등을 따왔다. 똑같은 처마 밑에서 벌인 도박으로 이번에는 20년을 땄다. 그것으로 부족한지 자손 대대로 따려고 한다! 이것이 바로 개혁개방이라니, 세상에 이럴 수가!

하지만 어쨌든 골목 사람들은 전부 정신이 번쩍 들었다. 곧장 입을 다물고 자신들도 헉헉거리며 길을 가기 시작했다. 정말로 후원칭이라는 벼락부자는 신문에서 떠들어대는 것보다 훨씬 효과적이었다. 구체적이고 생생하기 때문에, 질투와 아니꼬운 마음 때문에, 원래는 똑같은 수평선에 있었기에, 심지어 그들만도 못했기 때문에……. 그의 20년 전 안건에 대해서는 개의치 않은 지 이미 오래였다.

그 이후의 나날 동안 골목은 들썩들썩했다. 어떤 사람은 직장을 그만두고, 어떤 사람은 무급 휴직을 신청했으며, 또 어떤 사람은 직장에 다니면서 사적인 일도 벌였다. 남쪽으로 가서 몇 년 동안 일하다가 다시 돌아와 출근하는 사람도 있었고, 사업에 뛰어들었다가 거의 망한 사람이 있는가 하면, 성공한 사람도 나오는 등 갖가지 유형이 수도 없었다.

시간이 더 흐른 뒤 골목에는 격차가 생겨났다. 실직 노동자처럼 가난한 사람은 가난하고 각양각색의 벼락부자는 부유하게 살았다. 처음에 벼락부자로 시작한 그는 10년, 20년 동안 점점 더 부유해지면서 각별한 존중을 받게 되었다. 더 이상은 질투하는 사람이 없었다. 동급이라고 하기에는 차이가 너무 심해져서, 이미 다른 계층인 데다 대중보다는 중앙정부에 더 가깝기 때문이었다. 그는 경비와 셰퍼드가 있는 교외 별장에 살고 기사와 가정부를 두었다. 같은 공장(그가 그들을 고용했다. 그들이 찾아가 써달라고 한 게 더 맞지만)에 있었지만 평소에 그를 만나기도 어렵고, 어쩌다 만나도 사람들에게 둘러싸여 있어서 아는 척할 수도 없었다. 그들은 멀리서 그의 태도와 말투, 기백 등을 바라보는 수밖에 없었다. 그는 이미 외국 정상과 프로젝트 협력을 논할 정도에 이르렀다. 여기의 그는 후원칭을 가리킨다.

물론 골목에는 또 다른 부류의 사람들도 있었다. 대부분이라고 할 수 있는 그들은 여전히 이전과 같은 소소한 나날을 보내며 시시콜콜 따지고 다투었다. 그들의 절대적인 생활은 자연히 이전보다 훨씬 좋아졌다. 보기에 엄청 호화스럽지 않다는 것을 빼면 부자와 비슷했다. 사실 부자라고 또 달리 무엇을 먹겠는가? 산해진미? 제비집과 상어 지느러미? 흥, 이제는 시장이나 슈퍼에서 전부 팔고 있다! 부자는 조금 더 넓은 곳에 살 뿐이었다. 그런데 쥐런상은 편리한 데다 번화가 중심에 위치해 땅값이 엄청 올랐다. 이제 사람들은 철거로 교외의 큰 집을 보상받아 깨끗한 공기와 넓은 공간을 누리게 되기를 기다리고 있었다.

당연히 후원칭 등에 비할 수는 없지만 세상에 후원칭 같은 사람이 또 몇이나 있겠는가? 후원칭과 함께 놀며 성장한 사람들은 그가 골목에 오래 머물 사람이 아니라는 것을 알았다. 솔직히 실업가라는 것도 부족한 감이 있었다. 언젠가는 시장, 성장이 될지도 몰랐다. 물론 국가 지도자까지도 될 만한 재목이었다. 어쨌든 그들은 무척 만족스러웠다. 적어도 중간은 되어서 골목 입구의 노점상보다는 훨씬 나았으니까. 노점상 가운데에는 골목의 이웃들도 있었다. 정말 안타까웠다. 20년 전에 그들이 저 지경이 되리라고 누가 상상이나 했겠는가? 더 안타까운 것은 그들이 이미 자신의 신분을 인정한 것이었다. 처음에는 아는 사람을 보면 숨더니 나중에는 먼저 아는 척을 했다.

그런데 시간이 흐르면서 어떻게 했는지 몰라도 노점상 중에 상황이 좋아지고 점포를 여는 사람이 나왔다. 하루 매출이 그들의 한 달 급료와 맞먹는다고 했다. 그 소리에 사람들은 "정말? 그럴 리가!" 하며 짜증을 냈다. 그러다 소문이 사실로 확인되었을 때 그들은 한숨을 내쉬고는 씩씩거리며 욕했다.

"이놈의 뭣 같은 세상! 개나 소나 전부 횡재라니!"

6

이제 후원칭은 무척 평온해졌다. 예순을 넘겨 머리가 온통 희끗희끗했지만 체격이 좋고 동안이라 사십 대로 보였다. 더욱 특별한 것은 침착하고 여유로운 눈빛이었다. 그는 자선 이벤트 등 공공장소에 나가면 성큼성큼 다니기보다 조용히 사람들 속에 숨어 있으려 하고, 어쩔 수 없이 연단에 올라가면 중앙에 앉기를 사양했다. 또 어쩌다 고개를 들면 눈빛이 얼마나 겸손한지, 앞줄에 앉아 있던 여자 연예인들은 자기도 모르게 가슴이 철렁하며 '명문가 자제란 저런 거구나. 얼마나 차분한가, 저 사람 아버지는 무슨 일을 했을까? 다른 사람의 말에 귀 기울이고 몇 마디 하지도 않으면서 핵심을 찌르고, 흰소리나 과장 없이 담담하니, 저런 사람이 바로 대가지!'라고 생각했다.

하지만 이건 얼마 전의 일이다. 최근 들어 후원칭은 집에 틀어박힌 채 좀처럼 바깥출입을 않고 사람도 잘 만나지 않았다. 오래 전부터 알던 친구만 가끔 만나러 나오는데 그 속에는 아순도 끼어 있었다. 아순은 나이가 여든에 가까웠지만 폐활량이 좋아서인지, 가는귀가 먹어서인지 늘 소리치는 것처럼 말했다. 어쨌든 그도 여전히 쥐런샹에 살았다. 소시민의 삶을 사는 한편 후원칭을 따라 고급 클럽을 드나들며 골프를 쳤다. 하지만 이것 역시 얼마 전까지의 일이다. 이제 두 사람은 후원칭의 사무실에 틀어박혀 있는 것을 즐겼다. 아순이 "몇 판 둘까?" 하고 물으면 후원칭이 바둑판을 준비하며 "몇 판 두지요." 하고 답했다.

후원칭은 이제 매우 한가해졌다. 사오 년 전부터 노년을 즐겨야 할 때라며 천천히 일에서 손을 뗀 덕분이었다. 웬만해서는 공장 일을 묻지 않고 아들에게 전부 맡겼다. 그런데 아들은 공장 일에 그다지 열정이 없었다. 물론 아들도 일을 했지만 노는 것에 관심이 더 많았다. 서른이 넘도록 결혼도 하지 않은 채 그렇고 그런 여자 연예인과 스캔들을 만들기 일쑤였다. 그래서 타블로이드판 신문기자들이 좋아했고 툭하면 연예면 톱기사를 장식해 후원칭의 노여움을 샀다. 그 아이는 십 대 때부터 도련님처럼 제멋대로 살면서 무슨 일에든 얽매이는 법이 없었다.

아이에게 몇 마디 하려고 하면 아이 엄마가 말했다.

"쟤 저런 점은 당신이랑 똑같아!"

그러면 후원칭은 웃느라 말투가 누그러졌다. 지난 이십 년 동안 그 역시 세속에서 그다지 벗어나지 못해 몇 명의 여자를 만났다. 하지만 온갖 압박에도 한사코 이혼을 거부하더니 결국 오래전에 여자 관계를 정리했다. 이제 그는 조강지처와 함께 지내며, 두 사람 모두 무슨 거사(居士)처럼 하루 종일 재계하고 불경을 읊으며 집 안이 흐리터분해질 정도로 향을 피웠다. 그래서 아들은 집에 돌아오면 눈살부터 찌푸렸다.

불도로서의 행위는 대부분 심적인 것이었다. 서재 책장에 줄줄이 불경을 꽂아놓고 가끔씩 꺼내 읽으면 마음이 깨끗해지고 자비심으로 가득 차는 게 느껴졌다.

줄줄이 꽂힌 불경 사이에 『자본론』도 한 권 있었지만 그는 거의 건드리지 않았다. 무엇 때문에 건드리겠는가? 상황이 달라졌는데. 어렸을 때 이해하지 못했던 부분을 이제는 전부 이해할 수 있었다. 그는 마르크스가 비판한 유형, '머리부터 발끝까지 피와 더러운 것들로 덮인 사람'이었다. 그리고 이제는 거사였다.

『자본론』을 누가 책장에 놓았는지는 알 수 없었다. 장식을 위해서인 것 같기도 하고 어린 시절의 일을 일깨우기 위해서인 것 같기도 했다. 당시 그는 열다섯에 불과했지만 독서회를 조직할 만큼 의기 넘치던 소년이었다. 어느 날 선생님한테 흥미가 있으므로 연구직에 종사하겠다고 말했고, 그런 다음 골목 어귀에서 점쟁이를 만났다. 점쟁이는 "난세였다면 성공하겠지만, 앞으로 고난을 겪을 것!"이라고 말했다.

후원칭의 눈이 갑자기 흐릿해졌다. 살면서 두 번째로 점쟁이를 떠올린 순간이었다. 첫 번째로 떠올린 건 삼십 년 전 아이가 겨우 두 살이었을 때로, 당시 그는 골목에 칩거하다시피 틀어박혀 있던 불가촉천민이었다. 점쟁이를 만난 지 벌써 오십 년이 다 되었으니. 그때 그의 인생은 막 시작되고 있었다. 수염이 하얀 노인의 점괘. 그는 이제 성공한 것일까? 난세. 점괘. 둥팡훙. 조반파. 창밖으로 천둥 번개가 쳤다. "자네는 앞으로 고난을 겪을 걸세." 『자본론』. 개혁개방. 거사. 불경. 난세. 그는 성공한 것일까?

창밖에서 천둥 번개가 치자 아순이 "비가 오려나 봐." 하고는 일어나서 창문을 닫았다.

"비가 오려나 봐요." 후원칭이 말했다.

두 사람은 창문 앞에 서서 억수같이 쏟아지는 장대비와 컴컴해진 세상을 바라보았다. 한마디 말도 하지 않았다.

한참 뒤 아순이 입을 열었다.

"됐어, 너무 고민하지 마. 이제 넓게 생각하라고. 이렇게 큰 판을 얻었지만 공수래공수거고 자손이 또 얼마나 쓸 수 있겠어? 그게 다 남 좋은 일만 한 거 아닌가?"

"저도 그렇게 생각해요. 그동안 언제 저 자신을 위해 일했던가요? 피곤해 죽겠어요! 예전에, 아! 예전에는 제가 많은 사람들을 먹여 살린다고 생각했어요. 그들에게 책임감을 느꼈지요. 특히 초기에 함께 창업한 사람들이랑 지금의 수만에 이르는 노동자들에게요! 하지만 이제는 그렇게 생각하지 않아요."

후원칭이 눈을 감았다. 일단 그의 아들이 인정하지 않았다. 언젠가 부자 사이에 말다툼이 벌어졌을 때 아들이 말했다.

"아버지, 먹여 살리니 아니니 하는 말은 하지 마세요. 누가 누구를 먹여 살리는지도 모르잖아요! 그 사람들한테 책임감을 가질 필요도 없어요. 그 사람들 역시 아버지한테 감사할 리 전혀 없고요! 모두들 자기가 얻어야 하는 것을 위해 노력하는 거예요. 아버지와 저, 그들, 모두가요. 일도 해야 하고 돈도 벌어야 해서니까 아버지 스스로를 구세주라고 여기지 말라고요. 아버지가 없다고 그들이 굶어 죽을 것 같아요? 밥을 빌어먹을까요? 여기를 떠나도 다 잘 살 수 있어요!"

후원칭은 몸이 바들바들 떨릴 정도로 화가 났다.

"좋아, 좋아, 좋다고! 구세주 안 하겠어. 이제 손을 떼겠어."

반면 아들은 오히려 차분해졌다.

"아버지도 화내지 마세요. 제 말이 좀 심했어요. 하지만 일리가 있지 않나요? 그리고 아버지는 지금 손을 뗄 수도 없어요. 일단 이 길에 오르면 가지 않으려 해도 누군가에게 계속 떠밀리잖아요. 일이 이 수준까지 온 이상 아버지 마음대로 할 수 없다고요! 관성에 의해 앞으로 나아갈 수밖에요. 그러다 어느 날 해산해야 하는 순간이 오면 해산하고요! 하지만 아버지가 그 날을 못 볼 수도 있겠지요. 그건 저도 몰라요. 어쨌든 전 열심히 일할게요."

그 말다툼 이후 후원칭은 완전히 손을 뗐다. 사흘을 드러누웠다가 일어나자 세상이 달라 보이고 머릿속은 더욱 엉망이 되었다. 그는 아이 엄마에게 "아들 말이 맞아. 그런데 그 애가 내 지붕을 전부 날려버려서 이제 비바람을 피할 곳이 없어"라고 말했다.

그가 또 말했다.

"한 세대 사람은 한 세대의 일을 하면 돼. 나는 물러나겠어, 구름처럼 돌아다니겠어!"

그가 다시 말했다.

"불교는 무슨 불교? 다 속임수지! 색즉시공? 이 모든 것을 버리고 아무것도 없이 다시 가난해질 수 있을까? 설령 가난뱅이가 된다고 해도 머릿속은 온통 부귀영화로 가득할 텐데! 그런데도 색즉시공이라고! 불교를 믿으라고! 대체 누구더러?"

그건 아순에게 한 말이었지만 사실 스스로에게 한 말이기도 했다. 아순도 불교도였다.

"내 말 좀 들어봐. 우선 골목에 침잠하지 마. 그건 자네에게 아무 도움이 안 돼. 내 생각으로는 이 시간에 회고록을 쓰면서 자네의 수십 년을 정리해보는 게 어떨까 싶어. 무엇이 자네의 이런 의문을 감당할 수 있겠나? 자네의 이 의문은 다 공허해져서가 아닌가? 불교를 믿는 것은 힘닿는 데까지 하면 돼. 믿을 수 있는 만큼 믿으면 된다고. 부처님도 자네에게 전부 비우라고 요구하지 않을 거고! 산다는 건 마음의 안정을 추구하는 것에 불과해."

아순의 말에 후원칭이 대꾸했다.

"회고록을 쓰라고요? 지금은 할 말이 없어요. 마음속이 텅 비었다고요."

아순이 웃으며 말했다.

"비긴 뭐가 비어? 아직 멀었어! 자네 마음에 번뇌가 수천 가닥이구먼. 첫째, 이 판국은 자네가 원한 게 아니야. 자네가 무엇을 원하는지는 물론 자네 자신도 모르지. 둘째, 그동안 자네가 정신없이 바빴던 것은 심적 부담 때문이었는데 그게 들추어지자 마음에 상처를 받았어. 그렇다고 부처님을 탓할 수는 없네! 부처님은 자네 행동을 전부 보았고 자네의 이런 행동을 좋아하셔. 보통 사람들은 누구나 심리적 고초를 겪게 마련이지. 그때 부처님의 진가가 드러나고."

후원칭이 길게 한숨을 내쉬고 창밖으로 시선을 돌려 아주 먼 곳을 바라보았다.

그날 오후 그와 아순은 창문 앞에 서서 세찬 폭풍우와 어지러운 세상을 하염없이 바라보았다. 머릿속에 전생과 이생의 모든 것이 조각조각 떠다녔다. 조반파였다가 불교도가 된 두 사람은 가끔씩 몇 마디 말을 했지만 말은 영원히 생각에 닿지 못했다. 그 언어가 닿을 수 없는 깊은 곳에서 그들은 당혹해하고 아득해졌다. 비가 더욱 거세게 내렸다.

얼마 뒤 날이 개더니 석양이 비추었다. 옆쪽 공장 구역에서 무리 지어 밖으로 나가는 근로자들이 어깨동무를 하고 서로 치고 받으면서 즐겁게 웃었다. 후원칭은 그 모든 것을 눈에 담았다. 그의 23층 원칭빌딩에서 멀지 않은 곳의 중앙 대로가 보였다. 한창 퇴근 시간이라 거리에 사람들이 가득했다. 개미처럼 작은 군중과 딱정벌레 같은 차량이 줄줄이 앞으로 나아가고, 나아가고, 나아가려고 애쓰고 있었다.

그들의 얼굴을 보거나 그들의 불평이나 고함 소리를 들을 수는 없었지만 후원칭은 그들이 오늘을 살고 있다는 것을 알았다. 불현듯 눈앞의 광경이 사라지고 사십 년 전의 광경이 떠올랐다. 지금 저 사람들이 사십 년 전으로 간다면, 저들 가운데 누가 태도를 바꾸고 어떤 사람이 될지 과연 누가 알 수 있을까? 저들 중 누가 통곡할지, 누가 하늘을 보며 탄식할지, 누가 흉악하게 바뀔지 과연 누가 알겠는가? 자기 자신도 모를 텐데.

그러나 지금 저들은 모두 좋은 사람이다. 중앙 대로를 걷는 사람, 그의 공장 구역에서 걷는 사람……. 그들은 치고받으며 즐겁게 웃는다. 불평하고 고함친다. 그들은 모두 평범한 사람이다.

쉬저천徐則臣

1978년 장쑤(江蘇) 출생. 베이징대학교 중문과를 졸업하고 문학석사 학위를 받았다. '중국 70년대생 작가의 영광'이라고 불리며, 그의 작품은 "청년 시절에 누구나 한 번쯤 경험할 수 있는 영혼의 경지를 보여준다(중국어문학미디어대상 선정 이유 중, 문예지 『다자(大家)』)"는 평가를 받았다. 중편소설 「우리는 베이징에서 만났다」를 원작으로 각색한 『헬로 베이징』이 제14회 베이징대학생영화제에서 최고작품상을 수상했으며, 그가 시나리오에 참여한 『나는 강인한 배』가 할리우드AOF 최고외국어작품상을 수상했다. 중국어문학미디어대상, 2007년 최고의 잠재력을 가진 신인작가상, 제4회 춘톈(春天)문학상 등을 수상했으며 제8회 마오둔(茅盾)문학상 후보에 올랐다. 2012년에 발표한 소설이 중국 단편소설 베스트셀러에 올랐다. 독일, 영국, 네덜란드, 일본, 몽골 등에서 작품이 번역 출간되었다. 현재 문예지 『인민문학(人民文學)』 편집장으로 있다.

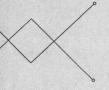

함박눈에 갇혀버린다면

쉬저천

바오라이(寶來)는 머리를 맞아 바보가 된 채 화제(花街)로 돌아갔고 베이징(北京)에는 겨울이 찾아왔다. 칼날 같은 바람이 문틈을 기어올라와 집 안으로 파고들고 문에 걸어놓은 바람막이 비닐의 가느다란 틈은 꽁꽁 언 호루라기처럼 한 줌 바람에도 삑삑 휘파람을 불어댄다. 싱젠(行健)이 돌돌 말린 이불 속으로 몸을 잔뜩 옹송그렸다.

"그냥 둬. 명색이 중국의 수도인데 아무리 추워도 사람이 얼어 죽기야 하겠어?"

나는 압정과 비닐봉지를 내려놓고 침대로 기어올라갔다. 바깥 바람이 거대한 호루라기를 불고 집 안으로 새어 들어온 바람은 작은 호루라기를 불었다. 나는 이불을 뒤집어쓰고 눈을 감았다.

눈앞에서 시커먼 서북풍이 홍수처럼 옥상을 덮쳤다. 바오라이의 작은 나무 의자가 바람에 쓰러져 옥상의 이쪽 끝에서 저쪽 끝으로, 다시 저쪽 끝에서 이쪽 끝으로 굴러다닌다. 거센 바람 소리 속에서도 나무 의자가 바닥을 긁는 소리를 분간해낼 수 있다. 육중한 몸집의 뚱보가 이백육십 사이즈의 구두를 신고 옥상을 활보하는 것 같다. 바오라이가 화제로 돌아간 날 나는 그의 완리(萬里)표 구두를 그의 아버지에게 주었다. 그의 아버지는 구두를 손가락에 걸고 짐 가방을 몇 번 뒤적이더니 문 옆에 있는 쓰레기통에 정확히 꽂아 넣었다.

"이렇게 낡아빠진 걸."

그 작은 나무 의자도 바오라이의 것이다. 그가 떠난 후에도 의자는 옥상에 그대로 남아 있다. 의자가 저쪽에서 이쪽으로 밀려왔다가 또 다시 쓸려갔다.

이튿날 아침, 나는 의자를 가지러 옥상으로 올라갔다. 밤사이 북풍이 쓸고 지나간 옥상은 물로 닦은 것보다 훨씬 멀끔해져 있었다. 해묵은 먼지와 잡동사니들이 바람에 쓸려 날아가고 시멘트 바닥이 속살을 드러내고 있었다. 바오라이의 나무 의자는 옥상 동남쪽 귀퉁이에 처박혀 있었다. 나는 힘겹게 의자를 빼내 보이지 않는 먼지를 훅 불어내고 걸터앉았다. 하늘도 잔잔한 호수처럼 말갛게 개어 있었다. 갑자기 머리가 빠개질 것처럼 아팠다.

과연 비둘기 떼가 남쪽에서 무리 지어 날아왔다.

'삐리삐리삐리'

하늘 끝에서 합초(鴿哨, 비둘기의 꼬리에 매단 호루라기. 비둘기가 날면 소리가 난다. 중국 북부, 특히 베이징에서 기르는 비둘기의 꼬리 부분에 대나무나 갈대로 만든 호루라기를 매다는 풍습이 있다-옮긴이) 소리가 북 열한 개를 동시에 두드리듯 우렁우렁하게 울렸다. 내가 큰소리로 외쳤다.

"왔다!"

싱젠과 미뤄(米籮)가 외투 소매에 팔을 끼우며 허겁지겁 옥상으로 올라왔다. 둘 다 입에 새총을 물고 있었다. 그들이 제일 좋아하는 겨울 놀이는 난로를 끌어안고 닭을 삶아 먹는 것이다. 그런데 닭보다 더 맛있는 것이 비둘기다.

"최고의 보양식이지." 미뤄가 말했다. "자음강장(滋陰强壯)에 좋아서 애가 안 생기는 여자들도 비둘기 아흔아홉 마리만 먹으면 아들을 낳는다더라."

그는 또 남자가 비둘기 아흔아홉 마리를 먹으면 여자가 득시글거리는 소굴에 들어가도 멀쩡하게 나올 수 있다고 했다. 어디서 주워들은 잡학인지는 나도 모르겠다. 어쨌든 그들은 한 달도 안 돼서 비둘기를 다섯 마리나 잡았다.

내가 비둘기를 싫어하는 것은 아니다. 내가 싫어하는 것은 합초다. 농익은 황혼 색깔의 그 오래된 물건에서 나는 우렁우렁한 소리가 손오공의 긴고아(緊箍兒)처럼 내 머리를 겹겹이 에워싸고 맴돌며 머릿속으로 뚫고 들어온다. 그럴 때면 나의 신경쇠약증도 긴고아처럼 내 머리를 콱 틀어쥐고 바짝바짝 죄기 시작한다. 합초 소리와 신경쇠약증은 유사한 빈도와 진폭을 가지고 있다. 합초 소리가 들리면 나는 신경쇠약증이 심해지고 이마를 벽에 부딪힌 듯 머리가 욱신거린다. 만약 내가 비둘기여서 동료들과 함께 상공을 맴돌며 날아야 했다면 나는 이미 미쳐버렸을 것이다.

"걱정 마. 비둘기로 변할 일은 없을 테니." 싱젠이 말했다. "넌 육십갑자를 따지든 점을 치든 계산이나 해봐. 비둘기가 또 언제 날아올지. 잡는 건 나랑 미뤄가 할 테니까."

그건 계산하는 게 아니라 그저 느낌으로 아는 것이다. 언젠가 책에서 박쥐가 초음파로 물체를 감지한다는 것을 읽은 적이 있다. 내게 합초 소리가 바로 그렇다. 합초 소리와 나의 신경쇠약증은 완전히 일치한다. 그날 아침에는 비둘기들도 머리가 약간 맛이 갔는지 유난스럽게 우리 집 옥상을 에워싸고 상공을 선회했다. 하지만 놈들은 우리 집 옥상을 중심으로 새총의 사정거리 밖에서 아주 큰 원을 그리고 맴돌기만 할 뿐 가까이 다가오지 않았다. 싱젠과 미뤄가 새총을 쏘다 지쳤는지 발을 구르며 분통을 터뜨렸다. 맨발에 가을 바지 차림으로 뛰어올라온 탓에 둘의 입술은 이미 새파랗게 얼어 있었다. 그들은 준비한 돌멩이가 동이 나자 하늘을 향해 푸지게 욕을 뱉어낸 뒤 옥상에서 내려와 따뜻한 이불 속으로 기어들어갔다. 나는 옥상으로 다시 올라가 빌어먹을 비둘기들을 향해 욕을 했다. 하지만 아무 소용없었다. 놈들은 내 말을 들었는지 못 들었는지 나를 놀리듯 빙빙 돌기만 했다. 다년간의 신경쇠약에 따르면, 이럴 때 두통을 멎게 할 수 있는 가장 좋은 방법은 약을 먹거나 무작정 달리는 것이다. 오늘은 달리는 편을 선택했다. 베이징의 공기가 이렇게 상쾌한 건 드문 일이니까 이런 날은 한바탕 달려주지 않으면 손해일 것 같았다.

옥상에서 내려와서야 비둘기들의 비행에 변화가 생겼다는 것을 알았다. 이제 보니 놈들은 우리 집 옥상 위에서만 맴돌고 있는 것이 아니라 집 근처의 몇몇 골목을 에워싼 채 날아다니고 있었다. 이런 망할, 네 놈들을 모조리 쫓아버릴 테다. 누가 보았다면 해괴한 장면이라고 했을 것이다. 베이징 서쪽 교외의 골목을 달리고 있는데 입에서는 허연 김이 뿜어져 나오고 머리 위에는 비둘기 떼가 맴돌고 있다. 그런데 미친 듯이 달리던 그가 하늘을 향해 고래고래 소리를 지르고 욕을 퍼붓는 것이다. 족히 십오 분을 정신없이 달렸지만 비둘기는 한 마리도 도망치지 않았다. 놈들은 고도를 낮추었다 높였다를 반복하며 커다란 원형 궤도를 지키고 있었다. 그렇다고 놈들이 나를 겁내지 않는 것은 아니었다. 내가 성을 내며 큰소리로 으르렁댈수록 놈들은 더 빠르고 높이 날았다. 그러니까 어떻게 보면 비둘기 떼가 나에게 쫓기고 있다고 할 수도 있었다. 그런데 잠시 후 누군가 조깅을 하며 나를 따라왔다.

조금 흰 얼굴에 체구가 작고 마른 그 남자는 얼핏 중학생처럼 보이기도 했다. 적어도 나보다는 어린 것 같았다. 그는 고개를 숙인 채 묵묵히 내 뒤를 따라왔다. 그의 머리카락은 번개를 맞은 듯 하늘을 향해 곧추서 있었다. 그는 나와 보폭을 맞추며 달렸다. 내가 빨리 달리면 빨리 달리고 내가 속도를 늦추면 따라서 속도를 늦추었다. 우리 사이에 약 팔 미터의 거리가 일정하게 유지되었다. 달리는 노선도 나와 완벽하게 일치했다. 남들 눈에는 그와 내가 함께 비둘기를 쫓고 있는 것으로 보였을지도 모른다. 육상 트랙이나 마라톤 코스라면 설령 수십 명이 뒤를 따라와도 이상할 것이 없지만 살을 에는 칼바람이 휘몰아치는 이런 골목에서 낯선 사람이 계속 등 뒤에서 달려오고 있다는 건 어쨌든 썩 개운치 않은 일이다. 뭐라 딱 꼬집어 말할 수는 없지만 누군가에게 쫓기고, 모방당하고, 위협당하고, 심지어 놀림을 당하고 있는 것 같은 찜찜한 기분이었다. 그런데 그가 훅훅 내뱉는 숨소리를 들으면 그도 그리 호락호락한 상대는 아닌 것 같았다. 그와 상대하지 않는 게 좋을 것 같다고 판단했다. 내 추측이 맞는다면 그는 이천 미터를 전력 질주로 달려 결승점을 통과하고도 오십 미터는 더 달린 후에야 쓰러지는 남다른 강단의 소유자인 것 같았다. 물론 그가 계속 집요하게 나를 따라온다면 그를 완전히 녹초로 만들어 버릴 수도 있었지만 그쯤에서 멈추기로 했다. 한바탕 달리고 나자 머리가 한결 개운했다. 하지만 잠시 후 두통이 또 시작되었다. 내가 언제 또 뛰쳐나가 정신없이 달릴지는 나도 알 수가 없다.

이튿날 옥상에 올라갔다가 내려오는데 비둘기들이 또 남쪽에서 날아왔다. 나는 일찌감치 그것들을 쫓아내야 했다. 싱젠과 미뤄는 춥다며 이불 속에서 나오려 하지 않았다. 내가 놈들이 날아오는 방향으로 달려가며 워워 소리를 지르자 놈들이 방향을 돌려 날아갔다. 나의 대뇌피층에서 또 다른 사람의 발소리가 감지되었다. 신경쇠약을 앓아본 적이 있는 사람이라면 아마 내 말을 이해할 수 있을 것이다. 두통이 시작되면 아주 작은 소리나 움직임도 바로 내 이마에서 일어난 일인 듯 머릿속을 사정없이 할퀴고 두들겨댄다. 고개를 돌려 보니 또 어제의 그 중학생이었다. 오늘은 스키복 점퍼 차림에 장위성(張雨生, 대만을 휩쓴 인기가수. 1997년 교통사고로 사망했다-옮긴이)처럼 나긋나긋해진 머리칼이 바람에 나부끼고 있었다. 나는 비둘기를 쫓아 남쪽으로 한참을 달려가다가 멈추었고 그는 내 곁을 지나 계속 달려갔다. 그는 비둘기 떼를 따라 남쪽으로 계속 내달렸다.

싱젠과 미뤄는 또 비둘기 두 마리를 잡았다. 부러진 삼지창처럼 수직 낙하한 놈들이 얼어붙은 시멘트 바닥에 거꾸로 처박혔다. 잘 익은 비둘기는 정말 끝내주는 맛이었다. 기막힌 냄새가 유리처럼 쨍하게 투명한 한겨울 공기를 타고 오십 미터 밖까지 날아갈 것 같았다. 나는 가느다란 비둘기 목살을 뜯고 뽀얀 비둘깃국 국물을 들이켜며 닭국보다 최소한 두 배는 더 맛있다는 결론을 내렸다. 날씨가 추워지자 비둘기 몸에 지방과 근육이 옹골지게 들어차 있었다.

내가 비둘기라면 그렇게 많은 동족이 희생되는 것을 본 다음에는 그 옥상 근처에 얼씬도 하지 않을 것이다. 하지만 그건 그저 내 생각이었다. 녀석들은 날마다 우리 집 근처에 꼭 들렀다 갔다. 그러자 나도 운동 삼아 비둘기를 쫓기로 했다. 운동도 하고 신경쇠약을 고칠 수도 있으니 일석이조인 데다가 사실 낮에 딱히 할 일이 있는 것도 아니었다. 그 중학생을 세 번째 만난 날, 이번에는 그가 내 뒤에서 따라오는 것이 아니라 내 앞을 성큼 막아섰다. 내가 모퉁이를 돌아 나귀고기 구이집이 있는 골목으로 접어들었을 때 어디선가 키 작은 남자가 나타나 부르르 떨리는 주먹을 내 앞으로 홱 들이댔다.

"내 비둘기 봤어, 못 봤어?" 그의 표준어는 혀를 이 사이에 끼고 말하는 듯한 남쪽 억양이 섞여 있었다. 그가 최대한 거칠고 사납게 보이려고 애쓰고 있다는 것을 알 수 있었다.

"당신 비둘기?" 나는 그제야 알았다. 나는 손가락으로 하늘을 가리켰다. 비둘기 떼가 내 고막을 터뜨릴 듯이 시끄러운 소리를 내고 있었다.

"내 비둘기가 또 두 마리나 없어졌어!"

"내 두통이 사라지지 않는다면 당신 비둘기들을 베트남까지라도 쫓아버릴 거야."

"내 비둘기 두 마리가 없어졌다니까!"

"그래서 나를 따라온 거야?"

"당신을 본 적이 있어." 나를 쳐다보는 그의 눈빛이 갑자기 난처하게 흔들렸다. "화촨(花川)광장 입구에서 그 뚱보가 맞는 걸 봤어."

그가 말하는 뚱보란 바로 바오라이다. 바오라이는 모르는 여자 하나 때문에 술집 문 앞에서 양아치들에게 맞아 머리를 다치는 바람에 그의 아버지가 와서 고향으로 데리고 갔다. 그가 말하는 화촨광장이 바로 술집 이름이다. 내 평생 다시는 그곳에 가지 않을 작정이다.

"나는 도와줄 수가 없었어." 그가 말했다. "자전거 받침은 고장

났고 새장엔 비둘기가 가득 했단 말이야. 나는 사람들에게 도와달라고 소리치는 것밖엔 할 수가 없었어. 길을 건너는 사람들에게 외쳤어. 싸움이 나서 사람이 죽게 생겼다고. 빨리 와서 도와달라고."

이렇게 혀를 이 사이에 끼고 말하는 듯한 표준어를 들은 기억은 없지만 그때 후끈한 닭똥 냄새가 코에 훅 끼친 기억이 났다. 이제 보니 닭똥이 아니라 비둘기똥이던 것이다. 그의 왜소한 몸집을 보니 설령 도와줬다고 해도 별로 도움이 되지 않았을 것 같다.

"비둘기 길러?"

"비둘기를 풀어놓지." 그가 말했다. "못 봤으면 말고. 난 간다."

그가 쉽게 가버렸기에 망정이지 안 그랬으면 나는 사라진 일곱 마리의 비둘기에 대해 그에게 어떻게 설명해야 할지 난감했을 것이다. 두 마리가 아니라 일곱 마리다. 나는 우리 셋이 비둘기로 든든하게 채운 배를 두드리며 딸꾹질했던 것을 떠올렸다. 정말로 적은 숫자가 아니었다.

그 뒤에도 며칠 동안 날마다 비둘기 떼가 나타났지만 나는 싱젠과 미뤄를 소리쳐 깨우지 않았다. 내가 비둘기 떼를 쫓아 달리는 동안에도 아무도 나를 따라오지 않았다. 내가 그의 믿음을 저버렸다는 죄책감이 들었다. 그가 내 거짓말을 눈치챘는지는 알 수 없었다. 도둑이 제 발 저린 탓인지 합초 소리도 그리 혐오스럽게 느껴지지 않았고, 길을 걷다가 깃털이 달리고 날 수 있는 것들만 보면 신경이 예민해졌다. 심지어 전깃줄에 매달려 나부끼는 비닐봉지까지도 한참을 노려보았다.

어느 날 낮에 잉크를 가지러 홍싼완(洪三萬)의 집에 가다가 중관춘다제(中關村大街)를 지나게 되었다. 그런데 당다이상청(當代商城) 문 앞 인도에서 비둘기 떼가 콩콩 뛰어다니고 있는 것이었다. 비둘기들이 어쩐지 낯익었다. 추운 날씨에도 젊은 부모들이 아이를 데리고 비둘기들과 놀고 있고 연인들은 두 볼이 발갛게 언채 비둘기들을 배경으로 사진을 찍고 있었다. 그제야 알 것 같았다. 비둘기들을 데려와 광장에 풀어놓고 모이를 파는 사람들을 본 기억이 났다. 나는 즐겁게 놀고 있는 사람들과 비둘기 무리 사이에서 목을 외투 깃 속으로 욱여넣은 채 오도카니 앉아 있는 한 사람을 보았다. 올해 겨울은 유난히 춥고 햇볕도 병에 걸린 듯 파리하게 맥을 못 춘다. 그의 머리카락은 부드럽고 키는 작았으며 얼굴은 창백하고 코끝에 맑은 콧물이 대롱대롱 매달려 있었다. 내가 그에게 다가갔다.

"비둘기 모이 한 봉지 줘요."

"어! 당신이군!"

그가 일어났다. 외투 주머니에서 비둘기 모이 네 봉지가 떨어졌다.

팔십에서 백 톨 정도의 보리쌀이 든 작은 비닐봉지 하나에 1.5위안이었다. 나는 봉지들을 주워주었다. 옆에 그의 자전거와 비둘기 새장 두 개가 놓여 있었다. 비둘기 배설물로 범벅이 된 비둘기표 낡은 자전거가 담장에 기대어져 있었다. 자전거 받침이 고장 나 바오라이를 도와줄 수 없었다는 그의 말을 증명하듯 자전거 받침이 없었다. 그가 풀어놓은 것은 관상용 비둘기였다. 나는 비둘기 한 마리에 두 톨씩 모이를 주었다. 그는 휴대용 의자를 내게 내주고 자신은 굵은 철사로 된 비둘기 새장 위에 신문지를 깔고 걸터앉았다.

"비둘기가 자꾸만 없어져요." 그가 외투 안으로 목을 더 단단히 움츠렸다.

"추워요?"

"비둘기도 추울 거예요."

알고 보니 린후이총(林慧聰)이라는 이름의 이 남방 남자는 나보다 두 살이 많았다. 집은 중국의 최남단에 있었다. 작년 대입고사 작문 시험에서 주제를 벗어난 답안을 쓰는 바람에 전문대학에도 합격하지 못했다. 물론 그의 고향에서는 전문대학에만 합격해도 감지덕지였다. 당시 작문 시험은 재료 작문(짧은 글귀나 그림만 제시해주고 그것과 관련해 스스로 주제를 정해서 글을 쓰도록 하는 작문-옮긴이)과 반명제(半命題) 작문(명제의 절반만 제시해주고 나머지 절반은 직접 채우고 그 이유를 설명하게 하는 작문-옮긴이)이었다. 당시 작문 시험의 재료는 '산 하나를 다 채우려면 십만 그루의 나무가 필요한데, 한 사람이 일 년에 심을 수 있는 나무는 세 그루뿐이다'라는 문장이었고 제목은 '만약……'으로 시작해야 한다는 요건이 있었다. 그는 망설임 없이 원고지 맨 위에 '함박눈에 갇혀버린다면'이라는 제목을 썼다. 사실 그의 고향에 있는 시험지 채점 위원 대부분은 눈이 어떻게 생겼는지 구경도 못해보았다. 그러므로 그들에게 함박눈이 쌓여 갇히는 상황은 상상조차 하기 힘든 것이다. 그는 나무 심기와 함박눈에 대해 글을 술술 써내려갔다. 그 두 가지를 어떤 논리로 이어 붙였는지 짐작하기는 힘들지만. 채점 위원들은 그의 글이 주제에 조금도 맞지 않는다고 생각했고 그는 결국 백오십 점 만점의 작문 시험을 반타작도 하지 못했다.

아버지가 그에게 물었다.

"이제 뭘 할 거냐?"

그가 말했다.

"베이징으로 올라갈 거예요."

사실 중국에서 아무나 붙잡고 가고 싶은 곳이 어디냐고 물으면 절반 이상은 "베이징"이라고 대답할 것이다. 린후이총도 그랬다. 그런데 그가 베이징에 가려는 것은 톈안먼(天安門)을 구경하고 싶어서가 아니라 겨울에 내린다는 함박눈이 어떻게 생겼는지 직접 보고 싶기 때문이었다. 오래전에 그의 둘째 숙부가 칼로 사람을 찌른 후 자신이 사람을 죽인 걸로 잘못 알고 밤기차를 타고 베이징으로 도망친 일이 있었다. 양계장에서 일하던 그가 다른 사람과 투계를 하다가 시비가 붙어 홧김에 칼로 사람을 찌른 것이었다. 베이징으로 올라간 그가 고향에 돌아오지 않고 가끔씩 집으로 돈을 부치자 가족들은 그가 베이징에서 크게 성공한 줄 알고 있었다. 린후이총이 베이징에 가겠다는 말에 그의 아버지는 "그거 잘됐다. 네 둘째 숙부가 베이징에서 자리 잡고 있으니 너도 잘 지낼 수 있을 거다"라고 말했다. 며칠 후 그는 기차를 타고 베이징으로 올라왔다. 베이징 역에 내리자마자 신발을 벗어 보니 발이 못생긴 식빵처럼 퉁퉁 부어 있었다.

베이징 역에서 만난 둘째 숙부는 상상했던 것처럼 양복 차림에 반질반질한 구두를 신은 모습이 아니라 고향에서보다 더 남루한 차림이었다. 게다가 옷에 수상쩍은 회백색 얼룩이 희끗희끗하게 묻어 있었다. 린후이총이 코를 슬쩍 피하며 물었다.

"혹시 닭똥이에요?"

"무슨 소리! 비둘기똥이다."

숙부는 손바닥에 퉤퉤 침을 뱉어 목이 늘어진 티셔츠에 묻은 비둘기똥을 정성스레 닦았다.

"이건 깨끗해!"

둘째 숙부는 베이징에 올라와 여러 일을 전전하며 닥치는 대로 일했지만 역시 예전에 했던 일을 하는 것이 제일 낫다는 것을 알았다. 똑같은 사육사지만 이번에는 닭에서 비둘기로 종목을 바꾸었다. 그중에서도 관상용 비둘기를 사육하고 날마다 정시정각에 베이징의 각 광장과 관광지에 그것들을 풀어놓고 관리하는 일이었다. 사실 허드렛일 중의 허드렛일이지만 돈벌이는 제법 쏠쏠했다. 공익사업인지라 정부에서 지원금이 나오는 데다가 비둘기 모이를 한 봉지에 1.5위안에 팔아 얻는 수익은 온전히 자기가 가질 수 있었다. 비둘기가 너무 많아 몸이 두 개라도 부족한 차에 때마침 조카가 올라온 것이었다. 숙부는 바로 그날부터 알아서 기르라며 비둘기 새장 두 개를 조카에게 맡겨놓고 자신은 비둘기 모이만 공급해주었다. 숙부는 모이 한 봉지에 0.5위안씩 받았고 그걸 팔고 남는 돈은 모두 린후이총의 몫이었다.

"이걸 다 관리할 수 있어?"

내가 그에게 물었다. 사실 베이징은 제 몸 하나 건사하기도 벅찬 도시다.

"그럭저럭." 그가 대답했다. "날씨가 추운 게 제일 힘들지."

겨울은 해가 짧아서 햇볕이 옅어지기 시작하면 집으로 향하는 사람들의 발걸음이 빨라진다. 오늘처럼 추운 날씨에는 특히 그렇다. 광장에 사람이 점점 줄어들자 비둘기가 더 많아 보였다. 린후이총은 이만 들어가기로 했다. 그가 비둘기들을 향해 괴상한 소리로 휘파람을 불자 비둘기들이 팔자걸음으로 새장 앞에 모여들어 목을 움츠렸다.

린후이총은 베이징 서남쪽 교외의 오래된 주택가에 살았다. 집은 그럭저럭 살 만하지만 난방이 문제였다. 단층 주택인데다가 집주인이 구두쇠 할머니라 자기 방에만 알탄 난로를 들여놓고 하루 종일 난로를 끌어안고 있었다. 자기만 따뜻하면 세든 사람이야 춥든 말든 나 몰라라 하고 어쩌다 생각나면 난로에 알탄을 몇 개 던져주고 안 그러면 불이 꺼지든 말든 신경 쓰지 않았다. 린후이총이 한밤중에 추워서 잠이 깨 비몽사몽 간에 난로를 만져보면 언제나 정신이 번쩍 들 만큼 차가웠다. 집주인에게 얘기를 해보지 않은 건 아니지만 그녀는 "이것도 감지덕진 줄 알아! 비둘기 방값은 한 푼도 안 받잖아!"라고 쏘아붙였다. 린후이총이 기어들어가는 소리로 "비둘기는 집 안에서 살지도 않잖아요"라고 대꾸했지만, 집주인 할망구는 "저걸 다 사람으로 치면 다달이 만 위안도 넘게 나한테 빚지고 있는 거야"라고 잘라 말했다. 린후이총은 더 이상 아무 말도 할 수 없었다. 비둘기들이 밤마다 한 마리에 두 번씩만 구구구구 운다 쳐도 누가 옆에서 밤새도록 수다를 떨어대는 셈인지라 시끄럽기 짝이 없었다. 사실 집주인 할망구가 그걸로 트집 잡지 않는 것만 해도 천만다행이었다.

"내겐 베이징이 너무 추워."

린후이충은 자신이 추위를 많이 타는 남방 사람이라는 사실을 제일 난감해했다. "함박눈이 내리기만 손꼽아 기다리고 있어."

물론 기다리면 함박눈은 내릴 것이다. 일기예보에서 최근 시베리아 한류가 베이징으로 내려왔다고 했다. 그러나 늘 빗나가는 것이 일기예보다. 그들이 과연 중국의 날씨를 예보한 건지 궁금할 지경이다. 하지만 나는 그에게 함박눈이 꼭 내릴 것이라고 확신에 찬 어투로 말했다. 눈도 안 오는 겨울이 무슨 겨울이냐면서.

순전히 동정심 때문이었다. 집으로 돌아온 나는 싱젠과 미뤄에게 린후이충의 이야기를 해주며 그를 우리 집에서 살게 해주는 게 어떤지 물었다. 우리 집은 난방시설도 잘되어 있고 자전거 수리 일을 하는 집주인이 소주를 좋아하는 걸 알고 며칠마다 소주를 한 병씩 찔러준 덕분에 그가 우리 방 난방만큼은 아낌없이 해주고 있다. 가끔씩 밥 먹으러 나가기 귀찮을 때는 그에게 알탄 난로를 빌려다가 밥을 해먹기도 했다. 비둘기 일곱 마리도 그에게 빌려온 알탄 난로에 삶은 것이었다.

"같이 사는 건 좋은데," 미뤄가 말했다. "우리가 비둘기 일곱 마리를 잡아먹은 걸 알면 어떡하지?"

"그걸 어떻게 알아?" 싱젠이 말했다. "이사 오라고 해. 방값 내라고 해서 그 돈으로 술 마시자. 혹시 알아? 잘 봐달라고 비둘기 두 마리쯤 내놓을지. 클클."

나는 신이 나서 곧장 그의 집으로 찾아갔다. 린후이총은 이사를 하고 싶긴 하지만 비둘기를 내놓을 수는 없으니 그 대신 암탉 한 마리를 내겠다고 했다. 나는 그에게 우리 셋이 모두 작은 광고로 먹고 산다고 이야기해주었다. 작은 광고가 뭐냐고? 종이나 전봇대, 담장 같은 데 광고를 찍고 다니는 것이다. 그 광고에는 '졸업증명서, 면허증, 기자증, 주차증, 신분증, 결혼증서, 여권 등등이 세상의 모든 증명서를 전화 한 통이면 홍쌴완이 다 만들어줍니다'라는 문구와 함께 전화번호가 적혀 있다. 홍쌴완은 우리 고모부인데 그 바닥에선 알아주는 위조 기술자다. 나는 고모부의 전화번호를 고구마나 무에 새긴 다음 한 손에는 그걸 들고 다른 한 손에는 잉크를 묻힌 스펀지를 들고 다니면서 종이나 담장, 교차로, 전봇대 같은 것들을 보면 잉크를 발라 광고를 찍는다. 혹시 문제가 생기면 고모부가 책임진다고 했다. 바오라이도 머리를 얻어맞기 전까지는 우리 고모부 밑에서 나와 같은 일을 했다. 싱젠과 미뤄도 같은 일을 하지만 그들의 사장은 천싱둬(陳興多)이다.

"그런 일을 하는 사람들은 낮에는 자고 밤에 일하러 나간다는 걸 나도 알아." 린후이총은 나의 직업이 떳떳치 못하다고 생각하는 것 같았다. "옥상에서 셋이 자주 포커를 친다는 것도 알고."

그렇다. 우리는 주로 저녁에 일을 한다. 안전상의 이유 때문이다. 낮에는 보통 잠을 자고 심심할 때는 포커를 친다. 나는 린후이총과 함께 그의 이불을 우리 집으로 옮겼다. 그는 바오라이가 쓰던 침대를 쓰기로 했다. 그는 짐 가방과 함께 털을 다 뽑은 닭 한 마리를 가지고 왔다. 그날 낮에 싱젠과 미뤄는 난로 옆에서 펄펄 끓고 있는 닭국을 보며 군침을 흘리고, 나와 린후이총은 문 밖에서 비둘기들에게 새로운 사육장을 만들어 주었다. 말이 사육장이지 사실 아주 간단한 것이었다. 나무 상자 안에 마른 풀과 솜을 깔고 비둘기들을 집어넣은 다음 밖에서 문을 닫으면 녀석들은 그 안에서 얌전히 잠을 잤다. 비둘기들도 우리처럼 단체 기숙사에서 서너 마리가 한 방을 쓰며 사는 것이다. 석면 타일과 두꺼운 종이상자, 담요를 구해다가 사육장 주위를 둘러쌌더니 바람도 막아주고 보온 효과도 있었다. 사방으로 바람이 통했다면 그건 비둘기 사육장이 아니라 냉장고였을 것이다.

암탉 한 마리에 내가 잡화점에서 사 온 이과두주(二鍋頭酒) 두 병을 곁들여 간만에 포식을 했다. 뜨끈한 국물이 배 속으로 들어가자 나는 조금 어지러웠고 싱젠과 미뤄는 아랫도리가 조금 묵직해졌으며 린후이총은 얼굴이 벌그데데하게 달아올랐다. 나는 자고 싶었고 싱젠과 미뤄는 여자를 찾으러 가고 싶었으며 린후이총은 옥상에 가서 바람을 쐬고 싶다고 했다. 그는 우리가 옥상에서 포커 치는 것을 여러 번 보았다고 했다.

거센 바람이 옥상 위 상공에서 휘몰아치고 있었다. 멀리 있는 굴뚝에서 뿜어져 나온 연기가 바람에 흩날려 거대한 빗자루처럼 보였다. 싱젠과 미뤄는 음흉한 눈빛을 주고받은 후 옥상에 있는 우리들을 향해 손을 흔들고 밖으로 나갔다. 아마 몇 푼 남지 않은 돈을 희고 토실토실한 여자를 위해 다 쓸 것이다.

"이 집 옥상에 올라와보고 싶었어." 린후이총이 바오라이의 의자 위에 올라서서 사방을 둘러보았다. "여기서 포커를 치면 베이징 시내까지 다 보이겠군."

나는 그에게 사실 여기는 별로 멋진 것도 아니라고 말했다. 보이는 거라곤 고층 빌딩들뿐인데 우리와는 눈곱만큼도 상관없는 것들이니까 말이다. 나는 또 멀리 있는 빌딩 숲 사이를 휘젓고 다닐 때면 고향에 있는 운하 위를 걷고 있는 느낌이 든다고 말했다. 풍덩 뛰어들면 머리까지 다 잠기도록 깊은 물 위를 걷고 있는 듯 어질어질하다고 했다.

"함박눈이 도시 전체를 뒤덮은 것을 보고 싶어. 아주 장관이겠지?"

린후이총이 눈앞에 온 세상이 펼쳐진 것처럼 두 팔을 벌리며 황홀한 표정을 지었다.

그는 또 '함박눈에 갇혀버리는' 자기만의 공상에 빠졌다. 나도 상상력을 동원해보았다. 함박눈이 베이징 전체를 뒤덮었을 때 이 옥상에 서면 뭐가 보일까? 하얗고 순결한 대지, 시작도 끝도 없는 은빛 세상이 펼쳐져 있을 것 같았다. 그 세상에는 빈부와 귀천의 차이도 없을 것이다. 고층 빌딩이든 단층 주택이든 높고 낮음의 차별이 없으며 그저 눈이 얼마나 두껍게 쌓였는지만 보일 것 같았다. 베이징이 어릴 적 읽었던 동화 속 세상처럼 깨끗하고 행복하고 순수한 세상으로 변하고 포근한 솜옷을 입은 사람들이 모두 나의 가족이자 친구처럼 친근하게 웃으며 지나가는 상상을 했다.

"함박눈이 오면 뭘 하고 싶어?" 그가 내게 물었다.

모르겠다. 눈을 본 적도 있고 함박눈도 구경했지만 지금까지 함박눈이 내리던 날 나는 언제나 할 일이 없었다. 내가 무엇을 하고 싶은지도 몰랐다.

"수북하게 쌓인 눈을 밟고 다닐 거야. 빠각빠각 눈 소리를 들으면서 베이징 시내를 한 바퀴 걸어 다녀야지."

비둘기 몇 마리가 날아오르자 다른 비둘기들도 화르르 날아올랐다. 초음파 같은 소리가 또 찾아왔다.

"저 합초들 떼어버리면 안 돼?"

나는 얼른 머리를 감쌌다.

"안 될 거야 없지. 합초는 새끼 비둘기들이 나갔다가 집을 못 찾아올까 봐 달아놓는 거야."

　린후이총이 며칠 동안 노력한 덕분에 비둘기들도 새로운 집에 조금씩 익숙해졌다. 그는 서툰 휘파람 소리로도 비둘기들을 잘 다루었다. 합초를 달지 않는다면 내가 비둘기를 싫어할 이유는 없다. 날마다 녀석들이 날아오르고 내려앉는 것을 구경하다 보면 친구가 많아진 것 같아 기분이 좋았다. 그런데 이상하게도 비둘기들이 자꾸만 줄어드는 것이었다. 왜 그런지 도무지 알 수가 없었다. 주변에 사는 비둘기 떼도 없어서 다른 비둘기들에게 휩쓸려 도망칠 가능성은 없었다. 싱젠과 미뤄가 대담하게 집에서 비둘기를 잡았을 리도 없고 그들의 새총이 어디에 있는지는 나도 잘 알고 있었다. 하지만 꼭 아니라고 장담할 수는 없었다. 그들과 나는 다른 사장 밑에서 일을 하고 있어서 일하는 시간이 달랐다. 그들이 나 몰래 무슨 짓을 하더라도 내가 알 수 있는 방법은 없었다. 게다가 지난번에 둘이 몰래 여자랑 자러 나갔다 온 다음부터 둘 사이에 더 끈끈한 묵계 같은 것이 생긴 듯했다. 누가 무슨 말을 하든 서로 맞장구를 치며 거들었다. 린후이총은 두 사람이 같은 일을 하고 같은 집에 살고, 게다가 같이 여자랑 놀았으니 친한 건 당연한 일이라고 했다. 좋다. 그들이 범인이라고 치

자. 그렇다면 대체 어디에서 비둘기를 삶아 먹는 걸까?

린후이총은 내게 함부로 의심하지 말라고 했다. 같이 사는 사이에 함부로 의심했다가는 사이가 틀어질 수 있다는 것이었다. 싱젠과 미뤄도 예전에 잡아먹은 일곱 마리 외에는 결코 손댄 적이 없다고 내게 진지하게 말했다.

나와 린후이총은 비둘기를 따라다녀보기로 했다. 우리는 마치 동물 사랑을 실천하는 열혈 환경 운동가가 된 것 같았다. 우리는 베이징 서쪽 교외에 있는 큰길과 골목을 모두 돌아다녔다. 그런데도 비둘기는 자꾸만 줄어들었고 눈도 내리지 않았다. 낮에는 그가 광장과 관광지를 돌아다니며 비둘기를 풀어놓고 저녁에는 내가 거리를 돌아다니며 광고를 찍었다. 우리 둘 다 집을 나가기 전과 돌아온 후에 비둘기를 세어보았다. 비둘기의 수가 그대로이면 도둑질을 피한 듯 기뻤고 한 마리라도 줄어들면 사라진 비둘기에게 묵념이라도 하듯 어깨가 축 늘어졌다.

풀이 죽어 있던 린후이총이 대뜸 말했다.

"비둘기가 너무 영양가가 높은 탓이지. 그러니까 다들 비둘기를 잡아먹으려는 거야."

이유가 뭐든 간에 우리로서는 별 도리가 없었다. 어떻게 해야 비둘기를 지킬 수 있을까. 밤마다 비둘기를 끌어안고 잘 수도 없는 노릇이었다.

시베리아 한류가 들이닥친 그날 밤 거센 바람이 불었다. 나와 싱젠, 미뤄도 일하러 나가지 못하고 집에서 조촐하게 술상을 차려놓고 시간을 보내기도 했다. 가위바위보로 술을 살 사람, 안주를 살 사람, 나귀불고기를 사 올 사람을 정했다. 우리는 난로에 쇠고기 배추탕을 한 냄비 올려놓고 둘러앉아 새벽 한시까지 술을 마셨다. 문 밖에 달린 호루라기가 나부끼며 울어대는 소리로 바깥바람이 얼마나 강한지 알 수 있었다. 바람이 베이징의 밤을 마음껏 유린하고 온갖 잡동사니가 구르고 깨지는 소리가 요란하게 들렸다. 우리는 술을 제법 많이 마셨고 세상이 점점 어지러워졌다.

다음 날 아침 린후이총이 제일 먼저 눈을 떴다. 밖으로 나갔다가 들어온 그의 손에 비둘기 네 마리가 들려 있었다. 그의 작은 얼굴이 곧 울음을 터뜨릴 듯 씰그러졌다. 비둘기 네 마리가 사육장 앞에서 뻣뻣하게 굳은 채 죽어 있더라는 것이다. 그것들이 어떻게 사육장에서 나왔는지, 그놈들이 나온 후에 사육장 문이 어떻게 닫혔는지 모두 오리무중이었다. 전날 밤 술을 마시기 전에 우리는 사육장과 비둘기 방들을 일일이 살피고 검사했다. 비둘기 방이 시베리아로 통째로 날아간다 해도 비둘기가 얼어 죽지 않을 만큼 따뜻했다. 그런데 비둘기들이 밖으로 나와서 얼어 죽어 있는 것이었다. 죽기 전에 나무 문을 부리로 마구 쪼아댄 것 같은 흔적이 남아 있고 비둘기들은 제 부리를 날개 깃털 사이에 파묻은 채 죽어 있었다.

"저 둘이 밤에 일어나는 소리 들었어?"

내가 린후이총에게 물었다.

"몰라. 난 취해서 인사불성으로 잤어."

나도 그랬다. 싱젠과 미뤄도 다르지 않았을 것이다. 내가 그들의 주량을 알고 있기 때문이다. 그렇다면 그 네 마리 비둘기의 수명이 다했다고 생각할 수밖에는 없다. 죽은 비둘기를 버리기는 아까웠다. 미뤄는 자기들이 삶아 먹을 테니 싼값에 팔라고 했지만 내가 놀라며 손사래를 쳤다. 우리 집에서 길렀던 비둘기들인데 삶아 먹는다는 건 말도 안 된다고 생각했다. 그들에게 이름이 있었다면 분명히 이름까지 불러가며 예뻐했을 것이다. 내 심정이 이런데 린후이총은 나보다 더할 것이라고 생각했다. 그는 싱젠과 미뤄에게 비둘기들을 주면서 마음대로 하라며 자기 눈에만 보이지 않게 해달라고 했다. 린후이총은 상심한 표정으로 밖으로 나가 비둘기 사육장 구석구석을 살폈다.

아침을 대충 먹고나니 벌써 열시 반이었다. 린후이총은 비둘기 새장 두 개를 등에 메고 시즈먼(西直門)으로 나갔다. 싱젠이 미뤄에게 눈짓을 하자 둘이 약속이나 한 듯 죽은 비둘기들을 비닐봉지에 넣어가지고 문을 나섰다. 나는 멀찌감치 떨어져서 두 사람을 따라갔다. 베이징 서쪽 교외가 아주 넓다는 것은 알고 있었지만 내가 안 가본 곳이 거의 없다고 생각했다. 그런데 두 사람을 따라가 보고 내가 알고 있는 것은 극히 일부에 지나지 않았다는 것을 알았다. 베이징이 크니까 서쪽 교외도 넓을 수밖에 없는 것이다.

길모퉁이를 수없이 돌고난 뒤 두 사람은 어느 낯선 골목에 도착했다. 싱젠이 길가에 있는 작은 문을 두드렸다. 허름한 사합원(四合院, 베이징의 전통 가옥 양식-옮긴이)의 대문 옆으로 난 작은 쪽문이 열리고 젊은 여자가 몸을 반쯤 내밀었다. 부스스한 봉두난발에 몇 가닥 곱슬머리가 흘러내려 얼굴의 반을 가리고 있었다. 몸에 착 달라붙는 타이양훙(太陽紅)표 스웨터가 두 개의 유방을 봉긋하게 받쳐 올리고 있었다. 그녀는 비닐봉지를 받아 바닥에 놓고 왼쪽 팔은 싱젠의 허리에, 오른쪽 팔은 미뤄의 허리에 감아 그들의 몸에 자기 가슴을 비볐다. 그녀는 그들의 얼굴을 톡톡 두드리더니 쌩하니 두 팔을 움츠린 후 문을 콕 닫았다. 나는 공중화장실 담벼락 뒤에 숨어 그 광경을 지켜보고 있다가 싱젠과 미뤄가 돌아오는 걸 보고 그들의 앞을 성큼 막아섰다. 그들은 내 앞에서 말다툼을 하다가 서로 싸대기를 한 대씩 주고받았다.

그들이 비둘기를 가져다준 집은 담이 높고 문이 좁았으며 담장 뒤로 지붕 끝이 조금 보였다. 검은 기와 너머로 말라비틀어진 두 개의 덤불이 제 몸을 끌어안고 바람에 흔들리고 있었다. 자연계의 소리 외에는 아무것도 들리지 않았다. 그곳에서 내가 느낀 것은 그것뿐이었다.

비둘기가 왜 사라지는지 아무도 알 수 없었다. 아침에 일어나자마자 세어보고 밤에 자기 전에 또 세어보았다. 그럴 때마다 비둘기가 하나씩 사라졌다. 싱젠과 미뤄에게서도 수상한 점을 발견할 수 없었다. 비둘기의 실종과 그들 사이에 아무런 연관성을 찾을 수 없었다. 심지어 그들은 새총도 누구나 볼 수 있는 자리에 놓아두었다. 바오라이가 있을 때에도 그들은 지금처럼 우리와 함께 놀러 다니지 않았다. 두 사람은 함께 외출하고 이상과 목표, 돈벌이, 여자 등 거창한 이야기는 둘이서만 했다. 옥상에서 서성이다가 두 사람이 구불구불한 골목 사이를 누비며 어디론가 총총히 가는 것을 보기도 했다. 물론 그들이 그 쪽문을 두드렸는지는 보이지 않았다. 내 눈으로 직접 보지 않은 것을 함부로 추측할 수는 없다.

비둘기의 실종에 대해 린후이충은 그야말로 속수무책이었다.

"전부 다 주머니에 넣고 다닐 수 있다면 좋으련만." 그가 옥상에 앉아 있다가 내게 말했다. "그러면 어딜 가든 데려갈 수 있잖아."

비둘기의 숫자는 점점 줄어드는데 그 이유조차 모른다는 사실이 그를 초조하게 했다. 그의 둘째 숙부까지도 그 사실을 알았다. 그는 형사처럼 험악한 표정으로 린후이충에게 경고했다. 비둘기를 다시 무를 생각이라도 어쨌든 처음에 준 것과 비슷한 마릿수를 맞추어 놓아야 한다는 것이었다. 비슷한 마릿수란 또 몇 마리일까? 린후이충은 지금 남아 있는 마릿수라면 숙부의 허용치를 겨우 충족시킬 수 있을 거라고 했다.

"난 많은 걸 바라진 않아." 린후이충이 말했다. "함박눈이 내리는 걸 볼 때까지만 있으면 돼."

그때 우리 머리에는 파란 하늘에 흰 구름이 걸려 있었다. 시베리아 한류가 더러운 것들을 쓸고 간 후 새로 일어난 오염과 먼지로 더럽혀지기 전이었다.

함박눈이 내린다는 예보조차 없었다. 허구한 날 빗나가는 예보인데 또 빗나갈지언정 예보라도 해주길 바랐다.

야속하게도 비둘기는 계속해서 줄어들고 함박눈이 내릴 기미는 보이지 않았다. 베이징 역사상 이렇게까지 눈이 오지 않는 것은 드문 일이었다. 린후이충은 비둘기 실종 때문에 요 며칠 편히 자지도 먹지도 못했다. 낮에는 비둘기들을 풀어놓고 비둘기들이 돌아올 때까지 나와 함께 골목을 누비며 달리고, 밤에는 새벽 한시 반에 한 번, 다섯시에 한 번 평균 두 차례씩 깨서 비둘기들이 잘 있는지 살폈다. 그럼에도 불구하고 비둘기의 수는 계속 줄어들었다. 숙부가 허용할 수 있는 한계에 점점 다다르자 싱젠과 미뤄도 안타까운지 밤에 오줌 누러 갈 때도 비둘기들이 무사한지 살폈다. 그들은 린후이총에게 마음 편히 생각하라고 했다. 기껏해야 비둘기 몇 마리일 뿐인데 둘째 숙부에게 돌려줘버리라는 것이었다. 정 할 게 없으면 자기들과 같이 일하자고 했다. 어쨌든 베이징에 있기만 하면 돈을 벌 기회를 찾을 수 있을 거라면서.

린후이총이 풀 죽은 목소리로 말했다.

"나는 너희랑 달라. 남방에서 왔잖아."

마침내 일월의 거의 끝자락이었던 어느 오후 달리기를 마치고 집으로 들어오는데 싱젠이 라디오를 귀에 바짝 대고 큰 소리로 외쳤다.

"린후이총에게 알려줘. 큰 눈이 올 거래! 오늘 밤에!"

"진짜야? 기상대에서 그래?"

"국가 기상대, 베이징 기상대, 또 무슨 기상 전문가들이 다 그랬어."

집을 나서자마자 하늘이 어두컴컴해지기 시작했다. 납회색 구름들이 낮게 깔리며 몸집을 불리기 시작했다. 어디로 보나 큰 눈이 내릴 징조였다. 당다이상청 문 앞으로 린후이총을 찾으러 갔을 때 그의 둘째 숙부도 있었다. 맥주배가 불룩한 몸에 외투 깃에는 어떤 종류인지는 몰라도 동물의 털이 둘러져 있었다.

"못하겠으면 집에 내려가!" 둘째 숙부가 외투 주머니에 손을 찔러 넣은 채 지방정부의 간부처럼 말했다. "베이징은 시골과는 달라. 여기는 무조건 적자생존, 약육강식이야!"

린후이총이 고개를 푹 숙였다. 아침에 일어나 빗지도 못하고 나온 머리가 번개 맞은 듯 부스스하게 일어나 있었다. 금세라도 눈물을 쏟을 것 같은 얼굴이었다.

"오늘 큰 눈이 올 거래." 내가 그의 앞으로 다가갔다. "확실하대. 전문가들이 그랬어."

린후이총이 하늘을 한 번 쳐다보고는 숙부에게 말했다.

"이틀만 시간을 더 주세요. 이틀만."

집에 돌아오는 길에 나는 이과두주와 오리 목을 샀다. 베이징의 하늘에서 눈이 어떻게 내리는지 잘 감상하고 싶었다. 열두시까지 술자리가 이어지는 동안 린후이총은 적어도 다섯 번은 밖으로 나갔다. 하지만 하늘에서는 눈송이 하나도 떨어지지 않았다. 밤하늘은 지독하게 우울하고 무겁기만 했다. 그리고 우리는 곧 잠이 들었다. 눈을 떴을 때는 이미 아침 열시였다. 무언가 문에 부딪히는 소리에 모두 놀라서 깼다. 내가 얼른 문을 밀었지만 꿈쩍도 하지 않았다. 온몸으로 힘껏 밀자 문이 덜컹 열렸다. 눈앞이 온통 백색이었다. 문 밖에 눈이 무릎까지 쌓여 있었다. 아직

이불 속에 있는 세 사람에게 외쳤다.

"빨리 와 봐! 함박눈에 갇혀버렸어!"

린후이총은 팬티 바람으로 이불에서 뛰쳐나와 맨발로 쌓인 눈을 밟았다. 그의 입에서 알아들을 수 없는 사투리가 낭자하게 쏟아져 나왔다. 비둘기들이 마당과 옥상에서 푸드덕거리며 뛰어다녔다. 이런 날에는 참새와 비둘기도 오도가도 못하고 집에 웅크리고 있어야 하는 모양이다. 비둘기들이 잠시도 가만히 있지 않고 올라앉을 수 있는 데는 모두 올라앉았고 집 안 전체를 돌아다니며 구구구구 울어댔다.

비둘기 두 마리가 고개를 외로 꼰 채 사육장에 기대어 있었다. 눈이 나무 상자 위에 소복하게 쌓여 있었다. 비둘기 두 마리가 죽어 있었다. 얼어 죽은 것도 아니고, 굶어 죽은 것도 아니고, 그렇다고 질식해서 죽은 것 같지도 않았다.

싱젠은 이 두 마리를 자기에게 달라고 했다. 라디오에서는 베이징에 삼십 년 만에 내린 폭설이라고 했다. 우리를 그토록 오래 기다리게 했던 베이징의 하늘에서 밤사이 삼십 년 만의 큰 눈이 펄펄 쏟아져 내린 것이다.

간단히 요기를 한 후 나와 린후이총은 옥상으로 올라갔다. 폭설이 내린 후의 베이징은 나의 상상과는 자못 달랐다. 눈도 모든 것을 다 뒤덮지는 못했기 때문이다. 고층 빌딩 위 유리창은 여전히 아슴아슴한 빛무리를 내뿜고 있었다. 그러나 린후이충은 아주 만족스러운 듯했다. 그는 눈에 뒤덮인 베이징이 더욱 장엄하게 보인다고 했다. 흑백이 분명한 엄숙함이 느껴지고 검은 바위와 바닷가로 끝없이 밀려오는 흰 파도가 생각난다고 했다. 그는 눈을 한 움큼 집어 올려 맛을 보았다.

"이게 눈이구나. 눈이 이렇게 생겼어."

싱젠과 미뤄가 밖으로 나갔다. 그들은 쌓인 눈을 밟으며 구불구불 골목을 따라 멀어져갔다. 비둘기들이 우리 머리 위를 맴돌았다. 나는 비둘기들을 세어보았다. 그 정도면 겨우 숙부에게 돌려줄 수 있을 것 같았다. 더 이상 줄어들면 안 될 것 같았다. 우리는 옥상에서 이리저리 서성거렸다. 발밑에 와 닿는 눈이 포근하고 따뜻했다.

나는 린후이충에게 말했다.

"바오라이는 눈이 온 세상을 덮는 날 옥상에서 포커를 치고 싶다고 했는데 눈이 올 때까지 기다리지 못했구나. 앞으로 그가 또 포커를 칠 수 있을지 모르겠어."

옥상에서 얼마나 있었는지 배에서 꼬르륵 소리가 났다. 옥상에서 내려가다가 대문을 열고 들어오는 싱젠과 미뤄와 마주쳤다. 싱젠의 손에 죽은 비둘기가 담긴 비닐봉지가 그대로 들려 있었다.

"젠장, 고향으로 내려갔대." 그는 담장을 힘껏 발로 찼다. 비닐봉지에서 와스락와스락 소리가 났다. "염병할! 죽을 때까지 시골에 처박혀 살아라!"

미뤄는 그의 손에 들려 있던 비닐봉지를 받아들며 담배 한 개비를 꺼냈다.

"비둘기 묻어주고 올게."

둥쥔東君

본명 정샤오촨(鄭曉泉). 1974년 저장(浙江) 원저우(溫州) 출생. 원저우시 작가협회 부주석. 소설 외에 시와 에세이도 다수 발표했다. 2008년 처음 발표한 장편소설 『나무둥지』가 문단에서 높은 평가를 받으며 주목받는 신예작가의 반열에 올라섰다. 그의 소설은 '탐색적'이고 '실험적'이다. 환상과 사실을 오가는 줄거리, 동양의 우아함과 서양의 모던함이 어우러진 표현기법 등으로 두터운 마니아층을 확보하고 있다. 단편소설 「훙쑤서우(洪素手)의 연주를 들어보세요」로 제2회 위다푸(郁達夫)소설상을 수상하고 산문집 『세월의 단어』, 단편소설 「쑤징안(蘇靜安) 교수의 말년 담화록」으로 저장성 작가협회 '2009~2011년도 우수문학작품상'을 수상했다. 이밖에도 『인민문학(人民文學)』, 『다자(大家)』, 『수확(收穫)』, 『10월』 등 주요 문예지에 작품을 발표해 제9회 10월문학상, 인민문학 단편소설상, 상하이(上海)문학 중편소설상, 시후(西湖)중국 신예문학상 등을 수상하고 '올해의 작품'으로 선정된 바 있다.

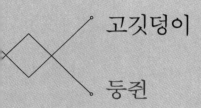

고깃덩이

둥쥔

군사학교를 막 졸업했을 때만 해도 펑궈핑(馮國平)은 당찬 포부를 안고 있었다. 하지만 지원하는 회사마다 거절당하고 번번이 낙방의 고배를 마시자 그도 조금씩 겸손해졌다. 지금 그의 꿈은 소소한 일상의 행복을 느끼며 소박하게 살아가는 것이다. 아버지가 퇴직한 후 그는 아버지가 일하던 육가공 공장에 들어갔다. 펑궈핑의 아버지는 왕년에 유명한 돼지 도살 기술자였다. 현(縣) 정부로부터 모범 노동자로 선정되어 무쉬(苜蓿)길 사람들의 자랑이 되기도 했다. 하지만 그는 아버지로부터 훌륭한 기술을 전수받지 못했다.

　　"저는 칼을 쓸 줄 몰라요."

　　펑궈핑은 공장에 들어가면서부터 자신은 돼지를 잡을 줄 모른다고 공언했고, 사장은 그에게 도살하고 손질이 끝난 돼지에 도장 찍는 일을 맡겼다. 펑궈펑이 아무리 고상한 척해도 어쨌든 매일 육가공 공장에서 돼지와 부대끼며 일해야 했다. 강호를 떠돌다 좌절하고 돼지와 더불어 살게 되었으니 천생연분이라고까지는 못해도 인연은 있는 셈이었다. 취직한 후 펑궈펑은 부쩍 말수가 줄고 의기소침해졌다. 그는 친한 친구인 리구(李固)와 왕창(王强)에게 린천시(林晨夕)가 자신이 육가공 공장에서 일하는 것을 아주 질색해서 며칠에 한 번씩 전화를 걸어 돼지와 자신 중 둘 중 하나를 선택하라고 종용한다고 말했다. 누가 봐도 펑궈펑이 돼지와 린천시 사이에서 힘겨운 선택을 할 필요는 없었다. 펑궈펑이 아무리 멍청하다 해도 여자 친구를 포기하고 돼지를 선택할리는 없기 때문이다. 그가 대답을 계속 미루고 있는 것은 시간을 길게 끌면 자신의 직업에 대한 린천시의 반감이 점점 누그러지지 않을까 하는 기대감 때문이었다. 사실 펑궈펑은 육가공 공장에서 돼지를 단 한 마리도 죽이지 않을뿐더러 돼지 잡는 칼조차 만져본 적이 없다. 그는 돼지고기에 도장을 찍는 것이 쉽고 깨끗한 일이라고 생각했다. 월급은 많지 않지만 여가 시간이 아주 많다는 것이 가장 큰 장점이었다. 그는 남는 시간에는 대부분 온라인 게임을 하며 보냈다. 매일 퇴근 후 공장에 있는 샤워실에서 샤워를 하고 깨끗한 옷으로 갈아입었다(가끔은 튀는 색깔의 넥타이를 매기도 했다). 그럼에도 불구하고 린천시는 그의 몸에서 돼지 내장 냄새가 나는 것 같다고 투덜거렸다. 펑궈펑과 그의 직업에 대한 혐오감을 표현하기 위해 그녀는 꼬박 한 달 동안 돼지고기를 한 점도 입에 대지 않았다.

펑궈펑이 린천시와 연애를 시작한 것은 육가공 공장에 취직하기 전이었다. 리구와 왕창은 그의 침대 시트에서 식탁보 냄새가 난다며 놀리곤 했다. 하지만 펑궈펑은 조금도 이상할 것 없다는 투로 자신들이 항상 침대 위에서 밥을 먹기 때문이라고 말했다.

그러자 리구가 물었다.

"그럼 식탁은 어디다 쓰냐?"

펑궈펑이 음흉한 미소를 지으며 그건 그녀와 섹스를 할 때 쓴다고 대답했다. 그들이 식탁 위로 올라가 네 다리를 서로 교차하고 식탁의 가녀린 네 다리가 두 사람의 체중 전체를 떠받치고 있는 모습을 상상해보라. 그런 위태로운 상태로 격렬한 섹스가 가능할까? 리구와 왕창은 밥을 먹고 가라는 펑궈펑의 만류를 극구 뿌리치고 돌아갔다.

린천시는 펑궈펑이 육가공 공장에 취직했다는 것을 알고 난 후부터 펑궈펑이 자기 몸에 손도 대지 못하게 했다. 린천시가 그에게 통보한 데드라인이 거의 다가오고 있었다. 펑궈펑은 어쩔 수 없이 린천시의 집에 찾아갔다. 린천시는 일부러 그를 침실로

들이지 않고 거실에만 앉아 있게 했다. 린천시의 집은 고급 주택
가에 위치한 별장 같은 저택이어서 펑궈펑 혼자 거실에 덩그마
니 앉아 있는 모습이 유난히 쓸쓸해 보였다. 린천시의 집에 몇 번
이나 와보았으면서도 펑궈펑은 가시방석에 앉은 듯 불안했다.
서양식 인테리어에서 도도하고 고귀한 분위기가 물씬 풍기고 집
안 곳곳마다 프랑스, 네덜란드, 이탈리아에서 물 건너온 것들로
장식되어 있었다. 차탁 위에 놓인 작은 앵두나무 조각품조차도
미국 미시간 주 글렌아버에서 온 것이라고 했다. 린천시는 부모
가 바로크 풍의 명품 가구들을 놓기 위해 일부러 그에 걸맞은 저
택을 구입한 것이라고 했다. 린천시의 부모는 외국에서 수공예
품 도매업을 하는데 일 년에 몇 번도 얼굴을 볼 수가 없었다. 린
천시는 원하던 직장에 취직한 터라 부모를 따라 이민을 가고 싶
지 않았다. 게다가 아직 고등학교에 다니는 남동생 때문이라도
남매가 같이 사는 편이 더 좋았다. 하지만 린천시는 펑궈펑과 다
툴 때마다 "난 뉴욕으로 갈 테니까 넌 평생 돼지들이나 끼고 살
아!"라고 앙칼지게 쏘아붙이곤 했다. 그녀가 홧김에 하는 말이라
는 것은 알지만 그래도 불안하고 걱정되는 것은 사실이었다. 린
천시가 그녀에게 자신과 돼지 중 하나를 선택하라고 한 것도 일
부러 그를 난처하게 하려는 것이 틀림없었다. 바깥에 저녁 어스
름이 점점 내려앉고 있었지만 그녀는 여전히 입을 딱 붙인 채 한

마디도 하지 않았다. 펑궈펑은 꼼짝도 못하고 거실에 오도카니 앉아서 휴대폰 게임에 의지해 시간을 보냈다. 학교에서 돌아온 린천시의 남동생은 집안 분위기가 싸늘한 것을 보고 말없이 음식을 시켜 저녁 식탁을 차렸다. 저녁 식사가 끝나자 펑궈펑은 입만 슥 닦고는 또다시 앉아서 게임에 몰두했다. 그런 그가 딱해 보였는지 린천시의 동생이 그와 마주 앉아 바둑을 두기 시작했다. 두 사람의 바둑은 한밤중까지 이어졌지만 여전히 승부가 나지 않았다. 그때 린천시의 방문이 벌컥 열리고 그녀가 명령조로 외쳤다.

"펑궈펑, 들어와!"

하지만 펑궈펑은 바둑돌 하나를 손에 쥔 채 살기등등한 눈빛으로 말했다.

"잠깐만. 한 판만 더 죽이고."

'죽인다'는 말을 듣자 린천시는 또 그의 손에서 돼지 피 냄새가 진동하는 것 같아 불쾌해졌다. 그녀가 손잡이를 돌리며 표독스러운 표정으로 쏘아붙였다.

"나 문 닫을 거야."

펑궈펑이 미련이 가득한 표정으로 바둑돌을 내려놓고 서둘지도 느리지도 않게 린천시의 방으로 들어갔다. 문이 닫히자 펑궈펑은 기다렸다는 듯이 린천시의 잠옷 속으로 손을 집어넣고 주물럭거렸다. 린천시가 그의 손을 야멸치게 때렸다.

"손이나 씻고 와서 만져!"

펑궈펑이 욕실로 달려가 후다닥 씻고 와서는 허리를 구부정하게 굽히고 침대로 파고들었다. 그의 혀가 린천시의 어깨부터 천천히 아래로 핥아 내려갔다. 그의 혀가 그녀의 허벅지에 난 반점에 닿자 그가 갑자기 고개를 쳐들고 헤벌쭉하게 웃었다.

"볼 때마다 느끼는 거지만 반점이 아주 예쁘게 생겼어. 나비가 앉아 있는 것 같아."

그의 애무에 몸이 근질근질하게 달아오른 린천시가 중얼거렸다.

"사람마다 그런 반점은 왜 있는 걸까?"

"우리 엄마가 그러는데 전생에 다친 곳에 반점이 생기는 거래."

린천시가 농담 반 진담 반으로 말했다.

"태어나기 전에 염라대왕이 찍은 도장이겠네. 네가 돼지에 도장을 찍는 것처럼 말이야."

"섹스할 때만이라도 내 일 얘긴 하지 말자."

그가 더 깊이 애무해 들어가려는데 린천시가 갑자기 그의 손을 찰싹 때리며 물었다.

"결정했어, 안 했어?"

"아직 식구들한테 말도 못 꺼냈어."

"돼지처럼 먹기만 하고 머리 쓸 줄은 모르는구나."

"그럼 넌 먹기도 하고 머리도 쓸 줄 아는 돼지냐?"

그 말에 린천시는 더 볼 것도 없이 펑궈펑을 발로 차서 침대 밑으로 떨어뜨렸다.

펑궈펑은 고분고분하게 일어나 책상 앞으로 가더니 사표를 쓰기 시작했다. 그날 밤 린천시는 펑궈펑에게 다시 몸을 맡겼다. 펑궈펑은 사흘 밥 구경도 못해본 거지처럼 허겁지겁 달려들었지만 린천시는 완전히 마음을 열지 않았다. 사랑은 뜨거웠지만 섹스는 차가웠다. 냉정함 속에 농밀한 열정이 섞이고 뜨거움 속에 한 줌 냉기가 흘렀다. 펑궈펑은 혀끝과 손끝으로 그녀의 뜨거운 몸에 흐르는 한 줄기 싸늘함을 느낄 수 있었지만 그럴수록 그녀를 만족시키기 위해 더 성실하고 진지하고 부드럽게 대했다.

한 달 후 그들은 이른바 길일이라는 10월 1일에 서둘러 결혼을 했다. 린천시의 부모와 고모 등 일가친척들이 외국에서 귀국해 그들의 결혼식에 참석했다. 결혼식이 열리던 날 린천시의 아버지는 그녀의 손을 잡고 레드카펫 위를 행진했다. 무대 앞에 다다랐을 때 린천시는 펑궈펑의 아버지를 보았다. 우람한 체구의 늙은 백정이 입을 길게 찢으며 담뱃진에 찌든 거무죽죽한 치아를 드러내고 있었다. 그 순간 그녀는 자신이 도살장에 팔려가는

양이 된 듯한 기분이 들었다. 아버지가 그녀를 신랑에게 넘겨준 후에도 그녀는 다른 쪽 손으로 아버지의 손을 꼭 잡은 채 놓지 않았다. 아버지도 시집가는 딸의 애틋한 심정을 느꼈는지 신랑의 어깨를 툭툭 두드리며 의미심장하게 말했다.

"내 딸은 이제 자네에게 맡기네."

결혼식 다음 날 린천시의 부모는 서둘러 비행기를 타고 다시 뉴욕으로 돌아갔다. 그들에게는 결혼식이 마치 일종의 인수인계식인 것 같았다.

신혼 초 펑궈펑과 린천시는 살림살이가 다 정리되지 않은 집에서 침대에 누운 채로 라면을 먹으며 창밖에 떠가는 구름을 쳐다보았다. 둘의 마음속에는 침대에서 뒤엉켜 굴러다니고 싶은 생각만 간절했다.

사람들은 모두 펑궈펑이 부잣집 사위가 되었으니 땡잡은 것이라고 했다. 자가용에 집까지 모두 린천시의 부모가 장만해두었기 때문에 그가 이 결혼을 위해 들인 돈은 거의 없었다. 심지어 가구까지도 모조리 갖추어져 있었다. 결혼 후 그들의 생활에 작은 변화가 생겼다. 린천시는 돼지고기를 먹기 시작했고 펑궈펑도 새 직장을 찾기 시작했다. 하지만 펑궈펑의 구직 활동은 그저 린천시에게 보여주기 위한 것일 뿐 속으로는 급할 것도 없고 그저 여유롭기만 했다. 자신이 백수가 된 것은 전적으로 린천시가

원한 일이었으니 한동안은 집에서 먹고 놀면서 린천시를 조바심
나게 할 심산이었다. 하루 종일 빈둥거리고 놀면서 밥하고 설거
지하고 인터넷을 하다가 린천시의 퇴근 시간에 맞추어 차를 몰
고 그녀의 회사 앞으로 가는 것이 그의 일과였다. 회사 동료들이
린천시에게 "남편은 뭐 하는 사람이야?"라고 물으면 린천시는
망설임 없이 이렇게 대답했다.

"시인이야."

그렇게 한 달이 지났다. 펑궈펑은 리구와 왕창에게 울상을 지
으며 결혼 생활을 털어놓았다. 그들의 첫 번째 부부 싸움은 결혼
4주 차에 일어났다. 발단은 벽에 난 금이었다. 신혼집에 들어간
지 얼마 되지 않아 벽에서 작은 금이 발견되었다. 큰 문제는 아니
지만 어쨌든 신경 쓰이는 일이었다. 린천시는 펑궈펑에게 원인
을 찾아보라고 했고 펑궈펑은 바로 옆집 벽에도 똑같은 금이 나
있다는 것을 알아냈다. 그들은 아파트 관리실에 이 일을 알렸고
관리실에서 직접 와서 확인하고 조사한 후 자기들 책임이 아니
라는 결론을 내렸다. 아랫집에서 아파트 옥상에 저수조를 만든
후 인공적으로 생긴 금이라는 것이었다. 관리실 직원들이 아랫
집 주인과 두 차례 접촉을 했지만 소득 없이 끝이 났다. 조급해진
린천시는 펑궈펑에게 직접 아랫집 주인을 설득해보라고 다그쳤

다. 펑궈핑은 그녀에게 떠밀려 억지로 아래층으로 내려갔다. 그는 우선 아랫집 주인에게 자세한 상황을 설명했다. 벽에 난 금이 아래에서 위로 갈수록 깊어지는 것으로 보아 위에서부터 아래로 금이 간 것인데 그 벽 위에 대들보도 없어서 저수조의 하중을 견뎌낼 수 없으니, 한마디로 옥상에 설치한 저수조를 없애라는 것이었다. 하지만 아랫집 주인도 호락호락하지 않았다. 자기 집 벽에도 금이 갔으니 윗집에 있는 가구들을 모조리 치우라고 억지를 부리는 것이었다. 그러면서 그는 셔츠 소매를 일부러 어깨까지 걷어 올려 자신의 옹골진 이두박근을 보란듯이 드러내 보였다. 펑궈핑은 하릴없이 화를 꾹 참고 집으로 돌아왔다. 그러자 린천시가 그를 보고 물러터졌다고 화를 냈다.

"그보다 몇 배는 더 튼실한 돼지도 봤잖아! 그깟 근육 좀 발달했다고 찍소리로 못하고 기어들어와?"

린천시의 이 말이 발단이 되어 둘이 싸우기 시작했다. 하지만 싸운다고 해결될 문제가 아니었다. 벽에 난 금은 눈가 주름처럼 신경 쓰지 않는 사이에 점점 깊어져서 처음에는 일 밀리미터밖에 안 되던 것이 이 밀리미터로 넓어지고 두세 개의 금이 서로 만나 복잡한 기하학 도형을 그렸다. 제일 긴 금은 길이가 대략 이 미터가 넘고 폭이 넓었다가 좁았다가 불규칙한 곡선을 이루며 바닥까지 이어졌다. 어떤 금은 처음에는 잘 보이지 않았다가 시간이 흐르면서 서서히 드러났고, 펑궈펑과 린천시 사이에 난 금도 그렇게 조금씩 드러나기 시작했다.

린천시의 괴팍한 성미를 알고 있는 것은 펑궈펑뿐이었다. 린천시가 회사에서는 온화하고 상냥한 모습만 보여주었기 때문에 동료들은 펑궈펑이 처복을 타고나 착하고 예쁜 아내를 얻었다며 부러워했다. 하지만 린천시는 퇴근해 집에 들어오는 순간 딴사람으로 돌변했다. 그녀의 트레이드마크인 미소도 온데간데없이 사라졌다. 그녀의 미간에 잡힌 주름으로 최근 회사에서 성가신 일이 있다는 것을 알 수 있었다. 예전 같으면 펑궈펑의 성실한 애무가 그녀의 긴장과 불안을 조금이나마 풀어줄 수 있었지만 지금은 그런 방법도 통하지 않았다. 한번은 린천시가 집에 들어오자마자 소파에 풀썩 고꾸라지더니 펑궈펑에게 종아리를 주물러달라고 했다. 종아리를 주무르다가 펑궈펑의 손이 그녀의 민감한 부위로 슬그머니 미끄러져 들어갔다. 린천시는 펑궈펑이 욕망이 남달리 강한 남자라는 것을 알고 있었다. 그녀는 그가 돼지도살장을 그만두기는 했지만 그의 몸에 아직도 씨돼지의 우량한 습성이 남아 있는 것 같다며 농담을 한 적도 있었다. 린천시는 펑궈펑이 왜 그쪽 방면을 그토록 밝히는지 이해할 수 없었다. 그가 남들보다 힘이 세기 때문일 수도 있고, 어쩌면 마음속에 숨겨진 자괴감을 그것으로 보상하려는 심리일 수도 있었다. 펑궈펑이 급하게 서랍을 뒤지며 콘돔을 찾는데 린천시가 일어나 앉으며 그에게 저녁상을 차리라고 했다. 펑궈펑도 조건을 내걸었다. 저녁상을 차릴 테니 그녀는 집 근처 성인용품점에 가서 콘돔을 사 오라는 것이었다. 하지만 린천시는 소파에 떡 눌러 붙은 채 꼼짝도 하지 않고 텔레비전에만 시선을 고정시켰다. 펑궈펑이 저녁상을 다 차린 후 거실로 와서 콘돔을 사 왔느냐고 묻자 린천시가 미간을 찡그러뜨리며 쏘아붙였다.

"그렇게 하고 싶으면 직접 사 와!"

펑궈펑이 눈을 부라리며 그녀를 쳐다보자 그녀는 한 술 더 떠서 손에 들고 있던 리모컨을 테이블 위에 사납게 팽개쳤다. 그녀는 더 이상 부드럽고 완곡한 방식으로 그의 요청을 거절하던 예전의 린천시가 아니었다. 그녀는 이제 싸늘한 눈빛과 딱딱한 말투로 그를 거절하는 방법을 터득한 후였다. 펑궈펑도 그녀의 그런 성격을 누구보다 잘 알고 있었다. 누군가 그녀의 살갗을 건드리면 그녀의 살갗 밑에서 어떤 힘이 불끈 솟아나와 반항하고, 누가 그녀의 갈비뼈를 공격하면 뼛속에 숨어 있던 반항심이 울컥 치밀어 오르며, 또 누가 그녀의 마음에 상처를 입히면 마음속에 잠들어 있던 반항심이 고개를 들었다. 지방관청의 공무원으로 일하는 동안 그녀 자신도 모르게 몸에 밴 무자비한 교만함이었다. 아주 오랫동안 두 사람 사이에는 대화가 별로 없었고 잠자리 횟수도 눈에 띄게 줄어들어 있었다. 예전에 그는 섹스는 말로는 표현할 수 없는 오묘한 보디랭귀지라고 생각했다. 남자가 여자의 몸 위에 땀을 흘리고 여자가 남자의 몸 위에서 땀을 흘리고, 땀을 다 흘린 후에는 마음이 비 온 뒤 하늘처럼 말끔하게 씻기는 것이다. 하지만 지금 두 사람은 땀을 별로 흘리지 않는다. 그럼에도 불구하고 린천시는 아직도 그의 땀 냄새가 너무 지독하다며 섹스를 끝낸 후 그가 자기 옆에서 자도록 허락하지 않았다.

"직장을 찾아봐야 하지 않겠어?"

어느 날 아침 린천시가 눈을 뜨자마자 느닷없이 투덜거렸다. 펑궈펑에게 사표를 내라고 닦아세웠던 그녀가 이제는 빨리 취직을 하라고 재촉하는 것이었다. 집에서 빈둥거린 지 반년이 지나자 펑궈펑도 이제 몸이 근질근질해 적극적으로 직장을 찾아볼 생각이었다. 그런 와중에 린천시가 재촉하자 그는 게으른 표정으로 대꾸했다.

"일하기 싫어."

사실 그는 일을 하기 싫은 것이 아니라 린천시가 시키는 대로 하기 싫은 것이었다. 왠지 체면이 깎이는 것 같아 불쾌했기 때문이다.

아들의 백수 생활이 계속되자 펑궈펑의 아버지의 걱정이 이만저만이 아니었다. 어느 날 린천시가 출근한 후 펑궈펑의 아버지가 아들을 찾아왔다. 그는 잔소리가 심한 수필가처럼 아들에게 자신이 사십 년간 돼지 도살을 하면서 느낀 점들을 시시콜콜 이야기해주었다. 이야기 중간중간에 포정해우(庖丁解牛)*와 윤편작륜(輪扁斫輪)** 같은 옛이야기들까지 곁들였다. 펑궈펑의 아버지는 왕년에 직장에서 '일도선(一刀仙)'이라는 별명으로 불렸다. 그의 칼솜씨가 워낙 훌륭해 그의 칼이 한 번 지나가면 돼지가 제가 어떻게 죽는지도 모르고 죽는다는 뜻이었다.

그가 아들에게 말했다.

"돼지는 우리 원수가 아니야. 돼지를 죽일 때 살기를 품을 필요는 없어. 돼지를 단칼에 편히 죽여주는 것도 공덕을 쌓는 일이지. 돼지랑 같이 일하는 게 천하다고 생각할 거 없어. 부처 앞에 가면 사람이나 돼지나 매한가지인 거야."

펑궈펑의 앞에 앉은 노인은 화려한 도살 인생을 산 백정이지만 칼을 내려놓은 지금은 주름진 눈가에 돋보기를 걸쳐 쓴 평온한 노인일 뿐이었다. 그의 아버지는 오후 내내 아들을 붙잡고 조

---

* 『장자(莊子)』「양생주(養生主)」에 나오는 일화. 백정이 놀라운 솜씨로 소를 잡아 고기와 뼈를 갈라 나누는 이야기.
** 『장자』「천도(天道)」에 나오는 일화. 바퀴 깎는 장인이 자신의 기술은 마음과 손으로 함께 느껴 터득한 것이기 때문에 말이나 글로 남에게 가르쳐줄 수 없는 것이라고 말했다는 일화.

곤조곤 설득했다. 그의 말은 어느 성인이나 현자의 입에서 나오는 그것처럼 구구절절 일리가 있었다. 펑궈펑은 자기도 모르게 육가공 공장으로 돌아가고 싶다는 충동이 들었다.

어느 날 저녁 펑궈펑이 동네를 한 바퀴 산책하고 돌아오더니 상기된 표정으로 린천시에게 말했다.

"나 취직했어. 매일 오전에만 일하고 점심시간에 퇴근한대."

린천시가 반가워하는 기색도 없이 심드렁하게 물었다.

"무슨 일인데 퇴근이 그렇게 빨라? 설마 시장에서 채소 장사를 하겠다는 건 아니지?"

펑궈펑이 입을 비죽거렸다.

"말 좀 듣기 좋게 할 수 없어?"

린천시도 자기 말에 가시가 돋쳤다는 것을 느꼈는지 입가에 생글거리는 미소를 걸고 다시 물었다.

펑궈펑이 총 쏘는 시늉을 하며 대답했다.

"공항에서 새를 쫓는 일이야. 아까 오후에 공항 사격대 합격 통보를 받았어."

사실 펑궈펑은 공항이 아니라 예전에 다니던 육가공 공장에 다시 들어가게 된 것이었다. 사장을 찾아가 다시 취직시켜달라고 사정하자 사장도 그의 아버지 얼굴을 봐서 그의 부탁을 들어주었다. 하지만 사장은 그가 예전에 하던 일은 이미 새로 사람을 뽑았으니 일단 도살장에서 한두 달쯤 일한 후에 적당한 자리가 나면 그때 옮겨주겠다고 했다.

펑궈펑이 난색을 표했다.

"저더러 돼지 백정 일을 하라고요?"

사장이 말했다.

"여기선 백정이라고 부르지 않아. 전문 기술자라고 하지. 네 아버지처럼 되려면 자기 직업에 애착이 있어야 해. 그렇지 않고는 우수한 전문가가 될 수 없다네."

펑궈펑도 자신이 여기 말고는 갈 데가 없다는 것을 알았으므로 순순히 그러겠다고 했다. 이 업계에는 이른 아침에만 돼지를 도살한다는 불문율이 있었다. 펑궈펑은 린천시가 의심을 할 것 같아서 자신이 공항에서 새를 쫓는 사격대에 취직하게 되었다고 거짓말을 한 것이었다. 공교롭게도 그 일 역시 매일 아침 공기총을 들고 다니며 활주로 근처에서 날아다니는 새를 쫓는 것이었다. 린천시도 이번에는 별다른 이의를 제기하지 않았다. 그저 가볍게 한마디 했을 뿐이다.

"공항 사격대가 일은 힘들어도 육가공 공장보다는 낫지. 총 들고 일하는 게 칼 들고 일하는 것보다는 낫잖아?"

펑궈펑은 멀리 한 바퀴를 돌아 원래 자리로 다시 돌아온 셈이었다. 그를 맞이한 것은 예전과 다를 바 없이 음침한 회색 건물과

누렇게 뜬 황토 진흙길, 빛바랜 녹색의 가로수, 그리고 돼지 축사에서 날아온 똥파리들이었다.

'이게 뭐람?' 의기소침해지려 할 때 그가 자신에게 말했다. '이건 숙명이야.'

첫 출근 날 그는 직접 칼을 잡지 않았다. 베테랑 기술자 저우(周) 선생이 전기 충격기로 돼지를 기절시키는 법을 알려주었다. 그는 배운 대로 몇 번을 해보았지만 모두 실패했다. 저우 선생은 그가 들고 있던 전기 충격기를 낚아채더니 단숨에 돼지 서너 마리를 기절시켰다. 기절한 돼지가 도살당해 낭자하게 피를 흘리는 동안 펑궈핑은 그저 얼이 빠져 바라보기만 했다.

저우 선생이 말했다.

"내 손기술은 네 아버지한테 전수받은 거다. 지금은 컨베이어 벨트니 뭐니 현대적인 설비를 사용하고 있지만 그래도 옛날 도살 방식이 쓸모가 있어. 네 아버지는 우리에게 인도적으로 돼지를 도살하는 법을 가르쳐주셨지. 특히 칼로 제대로 찔러서 피를 단숨에 많이 내는 게 제일 중요해. 피를 잘 흘려야 돼지의 고통도 줄어들고 고기 색깔도 더 좋은 법이니까."

저우 선생은 또 단숨에 돼지 몇 마리를 죽인 후 나머지 한 마리는 직접 죽여보라며 펑궈핑에게 칼을 건넸다. 칼을 받아든 펑궈핑의 눈에 살기가 어렸다. 그에게는 아버지와 같은 인자함을 찾을 수 없었다. 저우 선생이 그의 눈을 보고 고개를 저었다.

"돼지를 잡을 때는 마음을 평온하게 가라앉혀야 해. 그렇게 살기등등한 눈으로는 안 돼."

그는 펑궈펑의 손에 들었던 칼을 다시 빼앗아 나머지 돼지 한 마리도 깔끔하게 죽였다. 펑궈펑은 몇 번 해보려 했지만 역시 칼을 휘두를 용기가 없었다. 저우 선생도 그에게 다시 칼을 주지 않고 돼지의 내장 꺼내는 일을 시켰다.

아들이 육가공 공장에 다시 들어갔다는 소식에 펑궈펑의 아버지는 매우 기뻤다. 주말에 린천시가 외출한 사이 그는 돼지 도살할 때 쓰는 칼 한 자루를 신문에 둘둘 말아가지고 가서 아들에게 자신의 노하우를 전수했다. 돼지의 근육조직과 지방조직, 그 사이의 경계 부위, 미량의 신경과 혈관의 위치까지도 자세히 알려주었다. 돼지를 도살하는 데도 그렇게 많은 지식이 필요하다는 사실에 펑궈펑은 감탄하지 않을 수 없었다. 펑궈펑의 아버지는 아들에게 왕년에 자신이 얼마나 뛰어난 기술로 돼지를 잡았는지 무용담도 섞어가며 들려주었다. 펑궈펑은 아버지가 예전에 '모범 노동자'로 선정된 것이 단순히 뛰어난 도살 기술 때문이 아니라 그가 농업 잡지에 돼지 도살에 대한 자신의 철학을 밝히는 글을 기고했기 때문이라는 것을 그제야 알았다. 보잘 것 없어 보이는 그 글 속에 수십 년간 돼지를 도살하면서 그가 느꼈던 고뇌와 고충이 오롯이 담겨 있었다. 아버지가 아들에게 열변을 토하는 동안 평궈핑은 제대로 정신을 차릴 수가 없었다. 린천시가 집에 돌아오자 아버지는 황급히 칼을 숨기고 서둘러 돌아갔다.

린천시가 평궈핑에게 물었다.

"아버님 표정이 왜 저렇게 굳었어? 왜 오신 거야? 혹시 돼지 도살장에 다시 들어가라서?"

평궈핑은 '흥' 하고 콧방귀를 뀌며 대꾸도 없이 잠자리에 들었다.

평궈핑의 일은 소낙비처럼 반짝 바빴다가 천천히 흘러가는 구름처럼 여유로웠다. 바쁜 일과가 끝나고 공장 기숙사에 가서 한숨 자고나면 그 다음에는 또 기나긴 하루를 어떻게 보내야 할지 막막했다. 매일 퇴근 시간까지 빈둥거리다가 린천시가 말하는 '돼지 내장 냄새'를 없애기 위해 기숙사에 가서 뜨거운 물로 샤워를 한 후에 집으로 갔다. 한번은 린천시가 그의 옷에서 돼지털 몇 가닥을 발견하고 그에게 물었다.

"오늘 어디 갔었어?"

평궈핑이 서둘러 둘러댔다.

"돼지 한 마리가 길을 잃고 활주로로 뛰어들었지 뭐야. 그걸 쫓아내느라 얼마나 힘들었는지 몰라."

그의 교묘한 변명에 린천시도 의심쩍은 눈초리를 거두었다.

린천시가 다니는 회사에 문제가 생겼다. 얘기하자면 조금 복잡하다. 펑궈펑은 린천시에게 그 일에 대해 아무것도 묻지 않았다. 그들 사이에 어떤 묵시적인 계약 조항 같은 것이 있어서 회사에서 일어난 골치 아픈 일들은 밥 먹을 때나 자기 전에 서로에게 이야기하는 것을 금기시하는 것 같았다. 펑궈펑이 린천시의 회사에 일이 생겼다는 것을 안 것은 신문에서였다. 인터넷에서 찾아보니 중국은 물론 해외 매체까지 보도되고, 심지어 미국『뉴욕타임스』에서도 그 사건을 대대적으로 보도했다. 보아하니 간단히 해결될 일이 아닌 것 같았다. 사건의 전말은 대략 이랬다. 이틀 전 아침 7시 20분(유난히 안개가 자욱했던 날이다)에 학교버스한 대가 커다란 불법 광고 현수막이 걸린 모퉁이를 돌다가 갑자기 나타난 레미콘을 보고 급하게 방향을 틀었는데 하필이면 때마침 교차로 반대 차선에서 달려오던 장의 차량과 정면으로 충돌한 것이다. 이 사고로 버스에 타고 있던 학생들(대부분이 지방에서 올라온 막노동자의 자녀들이었다) 가운데 스물일곱 명이 죽고 열아홉 명이 부상을 당했다. 장의 차량을 운전하던 기사도 병원으로 후송되던 중 숨을 거두었다. 장의 차량의 유일한 탑승자는 이미 죽은 시신이었으니 사망자 명단에 오르지도 못했다. 사고 후 공무원들이 현장으로 신속하게 달려갔지만 어떤 부서도 자신들의 책임을 인정하지 않았다. 학교 측에서는 학교버스를 파견하고 관리하는 교통국을 비난하고, 교통국은 불법 광고 현수막을 제때에 철거하지 않은 도시관리부에 책임을 떠넘겼으며, 도시관리부는 장의 차량의 소유주인 장례식장에 책임이 있다고 주장했으며, 장례식장은 교육국에 책임을 묻고, 교육국장은 다시 교장을 호되게 질타했다. 결국 울며 겨자 먹기로 유족들 앞으로 등 떠밀려 나온 교장은 투신자살로 속죄하겠다며 울먹였다. 이튿날 마침내 시장이 나서서 이 사고와 관련된 모든 부서에 책임을 묻겠다고 공언했고, 각 부서에서 어떻게든 책임을 나누어 져야 한다는 여론이 형성되었다. 그런데 모든 부서에 책임이 있다는 것은 그 어떤 부서도 나서서 책임의 주체가 될 필요가 없다는 것을 의미했다. 통상적으로 이런 일은 폭로, 비난, 책임 추궁, 그리고 뒷수습이라는 수순을 밟기 마련이다. 그런데 하필이면 미국과 중국의 거물 정치인들이 상호 국빈 방문을 하고 있는 기간에 사고가 터지면서 『뉴욕타임스』가 이 사고를 대대적으로 보도하자 사건의 심각성에 비해 훨씬 큰 파장이 일어났던 것이다. 뉴욕에서 사업을 하고 있는 린천시의 부모가 이 소식을 듣자마자 신문 기사를 사진으로 찍어 린천시에게 보냈고, 린천시가 이 기사 내용을 중국어로 번역해 국장에게 보고하자 국장은 자기 부서도 이 일에 연루되어 있으니 일단 사건을 수습하는 데 주력하자고 했다. 그러면서 린천시에게 미국 쪽 일을 원만히 처리하라고 지시했다. 긍정적인 내용의 후속 보도를 실어달라고 로비하라는 것이었다. 국장의 사진을 싣고 기사에 그의 말을 몇 마디 인용해서 실어준다면 금상첨화였다.

그 일로 인해 린천시는 평소보다 훨씬 바빴다. 낮에 조사팀을 데리고 다니며 교통사고의 원인을 조사하고, 밤에는 고위 공무원들을 접대하는 일까지 직접 해야 했다. 국장은 그녀에게 이 사건을 잘 마무리한다면 그녀를 부과장으로 승진시켜주겠노라고 구두로 약속했다. 과연 일을 처리하기가 예상보다 훨씬 민감하고 복잡했다. 린천시도 처음에는 대충 무마하면 될 것이라고 생각했지만 승진시켜주겠다는 국장의 약속을 듣고 나니 멋지게 일을 처리해 승진해야겠다는 야심이 생겼다. 접대 자리에는 역시 술이 빠질 수 없었다. 술이 몇 잔 들어가자 그녀의 얼굴에 발그레한 홍조가 떠올랐다. 오렌지빛 조명 아래로 그녀의 얼굴이 더욱 요염해 보였다. 게다가 그녀가 깍듯하면서도 살갑게 윗사람들을 시중들었기 때문에 상사들 모두 흡족해했다. 린천시는 접대에서 상사들의 신임을 얻게 된 후 접대할 기회가 부쩍 많아졌고 자연히 일주일에 몇 번씩 술 냄새를 풍기며 귀가하게 되었다. 그러던 어느 날 그녀가 욕실에서 샤워를 마치고 수건으로 몸을 닦는 것을 보고 펑궈펑은 그녀가 예전보다 살이 쪘다는 것을 알았다. 그녀가 앉아 있는 뒷모습을 보니 엉덩이 살이 양쪽으로 펑퍼짐하게 자리 잡은 것이 마치 나비가 풍만한 날개를 펼치고 있는 것 같았다. 펑궈펑이 그녀의 엉덩이 살을 쿡 찌르며 말했다.

"돼지고기 등급을 매길 때 말이야. 손가락으로 찔렀을 때 곧바로 튕겨져 나오면 상등품이라고 하지. 네 몸의 살들이 점점 탄력이 떨어지는 것 같아. 이러다 암돼지가 될지도 몰라. 조심해."

린천시가 수건을 홱 팽개치며 벌떡 일어났다.

"펑궈펑, 돼지 도살장에서 일할 때는 '돼지'라는 단어는 입에 올리지도 않더니 그만두고 나서는 왜 자꾸만 사람을 돼지에 비유하는 거야? 지금 뭐하자는 거야?"

펑궈펑이 입술을 딱 붙인 채 몸을 돌리며 잠을 청했다.

린천시의 다리도 결혼 전에 비해 훨씬 두꺼워져 있었다.

어느 날 펑궈펑이 걱정스런 표정으로 리구에게 말했다.

"아버지가 돼지에 대해 쓴 글을 보면 장자의 이론이 나와 있어. 돼지 장딴지를 보면 살이 얼마나 쪘는지 알 수 있다는 거야. 돼지 다리는 다른 부위에 비해 살이 잘 찌지 않는데. 그러니까 장딴지에 살집이 튼실하게 붙어 있으면 그 돼지는 비곗살이 두툼하다는 거야. 장자는 이런 예를 들면서 원래 '도'는 보잘 것 없고 사람들 눈에 잘 띄지 않는 곳에 깃들어 있다고 했어."

리구는 펑궈펑이 말하고 싶은 건 '도'가 아니라 린천시의 몸매라는 것을 알고 있었다.

그사이 평궈핑은 항상 아침 일찍 출근하고 린천시는 밤 늦게 들어왔기 때문에 부부가 한 침대에서 자기만 할 뿐 실제로 얼굴을 마주치는 시간은 그리 많지 않았다. 린천시는 평궈핑이 잠자리에 든 후(저녁 아홉시)에야 귀가하는 일이 많았고, 평궈핑은 린천시가 세상모르고 자고 있을 때(새벽 네시) 집을 나섰기 때문이다. 바꿔 말하면 평궈핑은 자기 전에 린천시의 얼굴을 볼 수 없고 린천시는 아침에 일어나서 평궈핑의 얼굴을 볼 수 없었다. 주말이 되면 두 사람은 서로 등을 맞대고 침대에서 늦잠을 잤다. 느지막이 일어나 서로의 얼굴을 보면 아주 오랜만에 만난 것 같았다.

얼마 되지 않아서 평궈핑의 일에 변동이 생겼다. 돼지에 도장 찍는 일을 하던 검사원이 사생활에 문제가 생긴 것이다. 사건이 벌어진 장소는 냉동실이었다. 그 검사원은 자신이 여공을 냉동실로 부른 것은 바깥 날씨가 너무 덥기 때문이었다고 변명했다. 냉동실에는 침대나 이불이 없었기 때문에 그는 여공을 아직 온기가 남아 있는 허연 돼지 비곗살 위에 눕혀놓고 게걸스럽게 일을 치렀다. 그 일이 들통 난 후 검사원과 여공 모두 그 자리에서 해고당했다. 그렇게 해서 도장 찍는 일이 다시 평궈핑의 차지가 되었고 평궈핑의 출근 시간도 조정되었다. 매일 아침 다섯시에서 일곱시 반으로 늦추어진 것이다. 평궈핑은 그제야 출근길에 아침

햇살을 볼 수 있었다. 출근한 그를 맞이하는 것은 컨베이어 벨트 위에 일렬로 눕혀진 허연 돼지고기들이었다. 창문으로 비껴 들어온 말간 햇살에 씻겨 고깃덩이가 더 신선해 보였다. 자홍 빛깔이 반지르르 흐르는 돼지고기 위에 도장을 찍을 때면 펑궈펑은 전임 검사원이 입버릇처럼 했던 말이 떠올랐다.

"여자는 말이지. 그냥 고깃덩이일 뿐이야."

펑궈펑이 가만히 중얼거렸다.

"여자는 말이지. 그냥 고깃덩이일 뿐이야."

펑궈펑은 또 리구, 왕창과 늘 붙어 다녔다. 주위에서는 그들을 '철의 트라이앵글'이라고 불렀다. 세 사람 사이에는 서로 감추는 것이 하나도 없었고 술이 들어가면 어김없이 여자 이야기가 나왔다. 리구와 왕창은 아직 미혼이지만 성에 관해서는 베테랑이어서 유부남인 펑궈펑보다 더 경험이 많았다. 사실 리구와 왕창은 모두 여자를 좋아하기는 하지만 그렇다고 성적으로 문란한 것은 아니었다. 그저 야한 사진이나 동영상을 수집하는 공통된 취미를 가지고 있어서 바쁜 회사 일을 마치고 퇴근하면 각자의 사적인 세계로 들어가 컴퓨터를 통해 남들의 섹스를 훔쳐보는 일에 열중했다. 리구는 펑궈펑에게 새로운 게임을 추천해주며 혼자만 즐기라고 특별히 당부했다. 퇴근 후 펑궈펑은 곧장 집으로 가지 않고 공장 기숙사에서 늘어지게 잠을 잤다. 한참 자고 일어난 후에도 그는 집에 가기가 싫어 가방에서 노트북을 꺼내 랜선을 연결한 다음 이어폰을 끼고 성인 게임을 즐겼다. 소위 SM 게임이라고 불리는 이 게임은 새디스트(S)와 마조히스트(M) 중 역할을 골라 가상 현실을 즐기는 것이었다. 펑귀펑은 새디스트 역할을 골랐다. 그는 가상 세계에서 폭군처럼 밧줄, 채찍, 촛농, 올가미, 주삿바늘 등 온갖 도구를 다 사용할 수 있었다. 그의 손이 현실 세계와 가상 세계 사이를 오가며 게임을 즐겼다. 그는 마우스가 아니라 채찍을 쥐고 있는 듯한 착각이 들었다. 부부 성생활 가이드 같은 책이나 비디오에 있는 체위와 테크닉은 모두 섭렵한 터라 그런 것들은 더 이상 그에게 신선한 자극을 줄 수 없었다. 섹스에 일종의 권태를 느끼고 있던 그에게 SM게임은 그야말로 새로운 세상이나 다름없었다. 그의 몸속에서 사그라졌던 욕망이 다시 주체할 수 없이 불타올랐다. 탄력 있고 탱탱한 무언가를 손에 쥐지 않으면 견딜 수 없을 것 같았다. 그는 시계를 들여다보았다. 린천시의 술자리가 얼추 끝났을 시간이었다. 그는 노트북을 끄고 일어나 담배 한 개비를 입에 물었다. 창가에 서서 물끄러미 바깥을 쳐다보는 그의 입가에 의미심장한 미소가 걸렸다.

인간은 섹스 없이는 살 수 있지만 성적 환상 없이는 살 수 없다. 성적 환상이 가능하기에 인간은 비로소 돼지와 다를 수 있는 것이다. 이것이 바로 펑궈펑이 SM게임을 즐긴 후 내린 결론이었다.

　고요한 한밤중에 린천시가 짙은 술 냄새를 매단 채 집으로 돌아왔다. 그녀는 문을 열고 들어서자마자 펑궈펑의 신발이 없다는 것을 알았다. 그녀는 펑궈펑이 요즘 자신과 무언의 신경전을 벌이고 있다는 것을 알고 있었고, 그 때문에 그가 일부러 밖에서 시간을 죽이며 밤늦게까지 귀가하지 않는다는 것도 알고 있었다. 집 안은 습하고 후텁지근했다. 술기운이 땀방울을 따라 살을 타고 흘러내려 옷을 적셨다. 그녀는 축축한 옷을 벗어던지고 곧장 욕실로 들어갔다. 술 냄새가 눅진하게 밴 스커트를 벗고 브래지어 후크를 풀자 새하얀 살덩이 두 개가 거울 앞으로 튕겨져 나왔다. 몸을 돌려 샤워 커튼을 젖히자마자 가면을 쓴 나체의 남자가 그녀를 와락 덮쳤다. 진한 술기운이 아니었다면 아마 그녀는 그 자리에서 기절했을 것이다. 그녀는 무의식중에 몸을 돌려 밖으로 뛰쳐나가려고 했다. 가면을 쓴 남자가 뒤에서 그녀의 허리를 확 끌어안았다. 그녀는 본능적으로 두 다리를 힘껏 오므리고 두 팔로 가슴을 감쌌다. 하지만 남자는 그녀에게 완력을 사용하지 않았다. 그 대신 손가락 끝으로 그녀의 옆구리를 살살 쓸어내렸다. 그녀의 두 팔과 다리에 스위치가 달린 듯 빠르게 힘이 풀렸다. 익숙한 동작으로 그녀는 그 남자가 누군지 알았던 것이다. 그녀의 몸은 빠르게 이완되었고 딱딱하게 응어리져 있던 냉정함도 어느새 녹아내려 상대의 애무에 순순히 응했다. 혈관을 타고 흐르는 알코올 기운이 그녀의 마음속 깊숙한 곳에서 고개를 들었던 수치심까지 완전히 제압해버렸다.

"펑궈펑," 그녀가 속삭였다. "이 나쁜 자식."

그녀가 가면의 가늘게 찢어진 입 속으로 혀를 집어넣자 펑궈펑이 그녀의 혀를 입술로 냉큼 물었다. 그녀의 혀가 그의 입속에서 꿈틀거리자 그는 한 여자가 자기 몸속에서 비명을 지르고 있는 것 같았다. 그날 밤 이후 펑궈펑과 린천시의 관계가 훨씬 부드러워졌다.

린천시의 생일날 펑궈펑이 그녀에게 초콜릿 한 상자와 함께 알 수 없는 상자 하나를 내밀었다. 상자 속에 뭐가 들어 있을까? 린천시는 호기심에 얼른 열어보려고 했지만 펑궈펑은 생일 케이크를 다 먹은 후에 열어보라고 했다. 케이크를 다 먹은 후 린천시가 급하게 상자를 열었다. 상자 안에서 뱀처럼 생긴 밧줄 두 개가 똬리를 틀고 있었다. 꺼내보니 하나는 대략 오륙 미터쯤 되고 다른 하나는 삼사 미터쯤 되어 보였다.

린천시가 물었다.

"생일 선물이 밧줄이야? 무슨 뜻이야? 설마 목매달아 죽으란 건 아니겠지?"

평궈핑이 그녀의 귓불을 깨물며 뭐라고 속삭이자 린천시의 얼굴에 갑자기 홍조가 떠올랐다. 그녀는 평궈핑의 입술을 꼬집으며 표독스럽게 쏘아붙였다.

"평궈핑, 너 아주 글러먹었어."

그녀는 남자가 열심히 일할 생각은 안 하고 이런 엉큼한 생각만으로 머릿속이 가득 차 있는 건 위험한 일이라고 생각했다. 하지만 평궈핑은 귀를 막고 헤벌쭉 웃으며 실눈을 뜨고 그녀를 쳐다보았다. 샤워를 마치고 나온 린천시에게서는 이제 요염함도 향기도 사라지고 살갗의 원초적인 색깔만 남아 있었다. 두 사람이 나란히 침대에 눕자 평궈핑은 노트북을 켜고 그녀에게 일본의 성인 비디오를 보여주었다. 동영상 속 남자 주인공은 모두 준수한 외모였고 화면에서도 전혀 난잡함을 느낄 수 없었다. 그저 남녀 한 쌍과 밧줄, 그리고 꽃잎이 눈처럼 날리는 벚나무밖에는 없었다. 처음부터 끝까지 줄거리라고는 없고 남자 주인공이 여자 주인공의 몸 위에서 작고 부드러운 폭력을 가하는 모습이 담겨 있었다. 동영상을 다 보고 난 후 린천시는 평궈핑이 손에 밧줄을 든 채 숙연한 표정으로 침대 앞에 서 있는 것을 보고 자기도 모르게 마른 웃음을 터뜨렸다. 그녀는 이렇게 원수를 학대하듯 사랑을 표현하는 것은 원치 않는다고 그에게 분명하게 말했다. 하지만 평궈핑은 이미 온몸의 땀구멍마다 뜨거운 체액이 송골송

골 맺히고 눈앞에 새하얀 고깃덩이가 밧줄에 묶인 채 분노와 굴욕을 억누르고 있는 모습이 떠올랐다. 그가 성급하게 굴수록 린천시는 그를 더 밀어냈다.

펑궈펑이 부드럽게 그녀를 타일렀다.

"처음이라 낯설어서 그래. 네 몸이 남의 것이라고 생각해봐."

린천시는 아무 말도 하지 않았다. 이것이 그녀의 묵시적인 허락이라고 생각한 그는 더욱 대담해졌다. 그가 그녀의 다리 사이로 손을 뻗었다. 그리고 천천히 상대의 몸 깊숙한 곳의 떨림을 느꼈다. 그 순간 린천시가 갑자기 설익은 소녀처럼 부끄러워하기 시작했다. 그녀는 고개를 푹 숙인 채 매니큐어를 새로 바른 자기 손톱만 들여다보았다. 그 밧줄이 그의 말대로 한 번도 느껴보지 못한 기묘한 희열을 줄 수 있다면 그가 보이는 이해할 수 없는 성적 탐닉도 받아들일 수 있을 것 같았다. 그래서 그녀는 표면적으로는 동의하지 않았지만 그렇다고 강하게 거부하지도 않았다. 펑궈펑이 밧줄로 그녀의 두 손을 묶는 동안 그녀는 그를 뿌리치지 않았다. 펑궈펑은 제단에 바칠 제물을 준비하는 무사(巫師)처럼 경건한 표정으로 그녀를 정성스럽게 묶었다. 온몸이 밧줄에 묶인 린천시가 울음을 터뜨릴 듯 애원했다.

"밧줄이 너무 꽉 죄어. 숨도 못 쉬겠어."

펑궈펑이 차분한 목소리로 말했다.

"책에서 보니까 밧줄에 묶였을 때 호흡이 가빠지는 건 사실 성적 쾌감에서 오는 착각이래."

펑궈펑은 그녀를 묶은 밧줄을 느슨하게 풀어주기는커녕 오히려 구긴 천을 그녀의 입에 욱여넣었다. 그녀가 몸을 꿈틀거리며 욱욱 소리를 내기 시작했다. 혀 속에 감추어져 있던 욕망을 당장 뱉어내려는 것 같았다. 펑궈펑은 자비를 베풀 생각이 추호도 없었다. 그는 밧줄로 꽁꽁 묶은 그녀를 번쩍 들어 바닥에 내려놓고 SM게임 속 S캐릭터처럼 자신의 먹잇감을 향해 부드러운 폭력을 가했다. 겁에 질린 그녀의 애처로운 표정은 그의 동정을 불러일으키지 못했고 오히려 그를 더욱 흥분시켜 동작이 점점 더 강하고 거칠어졌다. 린천시는 갑작스런 M의 역할에 적응할 수 없었다. 거친 욕망이 그녀의 육체를 유린하는 동안 물속에 가라앉으며 죽음을 기다리는 듯한 절망이 그녀의 눈동자를 스쳤다. 하지만 펑궈펑은 사랑을 위해 순절하는 사람처럼 그녀를 아스러질 듯 끌어안았다. 게임이 끝난 후에도 린천시의 입에서 욱욱거리는 서러운 흐느낌이 비어져 나왔다. 펑궈펑이 놀라 서둘러 밧줄을 풀고 그녀의 입에 물렸던 천을 끄집어냈다. 린천시가 벌떡 일어나 앉으며 입가에 줄줄 흐르는 침을 닦을 겨를도 없이 펑궈펑의 따귀를 호되게 올려붙였다.

펑궈펑은 그 후 다시는 린천시를 밧줄로 묶지 않았고 린천시의 술자리는 예전보다 더 잦아졌다. 매일 저녁 그녀가 집에 들어오면 펑궈펑은 그녀 주위를 한 바퀴 돌며 의심스런 냄새를 찾듯 코를 킁킁거렸다. 린천시가 그를 흘겨보며 "뭐 하는 거야?"라고 쏘아붙이면 펑궈펑은 싸늘하게 웃으며 자리를 떴다. 가끔은 그녀가 소파에 앉아서 텔레비전을 보고 있을 때 그녀의 휴대폰이 진동하면 그는 휴대폰에 뜬 번호를 확인하려는 듯 고개를 쭉 빼고 그녀의 휴대폰을 몰래 흘끔거리기도 했다. 그렇게 흘끔거리는 것으로는 아무것도 보이지 않는다는 것을 그도 알고 있었지만 말이다. 요즘 펑궈펑은 린천시가 직장 동료와 바람을 피우는 것이 아닌지 의심하고 있었다. 물론 그건 그저 의심일 뿐이고 사실과 억측이 절반씩 버무려져 만들어진 그의 상상이었다. 그가 자신의 이런 고민을 리구와 왕창에게 털어놓자 두 사람도 진지하게 친구의 고민을 함께 나누었다. 평소에 탐정 소설을 즐겨 읽는 리구는 텔레비전 드라마에 나오는 셜록 홈스 같은 말투로 여러 가지 정황을 분석했고, 대학 때 법학을 전공한 왕창은 리구가 내놓는 모든 추론 뒤에 "그러나"를 덧붙이며 반론을 제기했다. 다시 말해 왕창의 관점은 리구와는 사뭇 달랐다. 왕창은 린천시의 외도 가능성이 극히 낮다고 생각했다. 표준어로 논쟁을 벌이던 두 사람은 화제가 깊어지자 자기들만 알아듣는 고향 사투리로 이야기를 했다.

펑궈펑이 말했다.

"너희가 내가 알아듣지 못하는 말로 얘기하는 데는 두 가지 가능성이 있지. 내가 너무 똑똑하거나 아니면 너무 멍청하거나."

리구와 왕창이 서로를 보며 히죽이더니 펑궈펑에게 말했다.

"아직은 확실한 게 아니니까 우리가 미행해보고 알려줄게."

첫째 날 미행에서는 아무 소득이 없었다. 린천시는 술집에서 나와 공무원 몇 명과 악수를 하고 작별한 뒤 혼자 차를 몰고 귀가했다. 펑궈펑은 리구의 차를 타고 줄곧 그녀를 미행했다. 자동차 백미러 위에서 기묘하게 구부러진 가로수가 어둠 속으로 서서히 사라졌다. 린천시의 차가 아파트 단지로 들어가자 펑궈펑은 곧장 따라 들어가지 않고 잠시 차를 세워놓고 있다가 천천히 주차장으로 들어갔다. 그리 멀지 않은 곳에 있는 나무 그늘에서 담황색 빛무리가 어룽거렸다. 린천시가 먼지떨이로 차 위에 쌓인 먼지를 쓸어내고 있었다. 펑궈펑은 린천시가 결벽증이 있어서 매일 밤 귀가해서 제일 먼저 하는 일이 차를 닦는 일이라는 것을 알고 있었다. 펑궈펑은 리구에게 헤드라이트를 끄라고 한 뒤 말없이 그녀를 바라보았다. 리구가 담배 한 개비를 건넸다. 펑궈펑은 담배를 입에 물었지만 불을 붙이지 않았다. 가슴속에서 아슴아슴하게 피어오른 무언가가 그의 눈동자에서 소리 없이 불타올랐다.

그날 밤 펑궈펑은 린천시에게 회사에서 일주일 동안 교육이 있어서 출장을 가야 한다고 했다. 그는 다음 날 오전 10시 정각에 출발하는 기차표를 사놓은 터였다. 잠들기 전 펑궈펑이 린천시에게 슬그머니 물었다.

"SM게임 또 하지 않을래?"

린천시가 생각할 것도 없다는 듯 잘라 말했다.

"수치심도 없는 짐승이 된 것 같아서 싫어."

"그런 게임을 한다는 것 자체가 인간이 짐승과 근본적으로 다른 점이야. 생각해봐. 수캐가 암캐를 묶어놓고 그런 게임을 즐기겠어? 고양이도 마찬가지고 돼지는 더 그래."

"변태 자식!"

린천시가 앙칼지게 쏘아붙이고는 등을 휙 돌렸다. 하지만 펑궈펑은 좀처럼 잠들지 못했다. 그는 돼지가 먹이통을 부둥켜안듯 린천시를 끌어안았고 린천시도 방어를 풀고 그에게 실컷 먹게 했다. 그는 편안하게 그녀의 몸 위에서 마음껏 포식하며 간간이 만족스러운 콧소리를 냈다. 이튿날 아침 눈을 뜬 펑궈펑은 손을 뻗어 린천시를 뒤에서 안으며 일주일 동안 교육 때문에 참아야 하니까 한 번만 더 하게 해달라고 졸랐다. 린천시도 못 이기는 척 그의 부탁을 들어주었다. 급하고 짧은 그들의 쾌락은 알람 소리와 함께 끝이 났다. 린천시는 한 모금의 정도 담기지 않은 가벼운 입맞춤으로 그의 남다른 능력에 대한 만족감을 표시했다.

평궈펑이 출장을 떠난 후에도 리구와 왕창은 계속해서 린천시의 뒤를 미행했다. 그들은 린천시의 사생활에 집요한 호기심을 보였다. 리구는 선글라스를 끼고 왕창은 검은 외투를 입었으며 망원경, 핀홀 카메라, 보이스펜, GPS 등 첨단 장비까지 미행에 동원되었다. 리구는 만일의 경우를 대비해 잭나이프까지 준비했다. 겉으로는 정의감으로 단단히 무장했지만 사실 이 미행은 그들의 관음벽과 완전히 무관하지 않았다. 린천시의 일거수일투족이 그들의 감시 대상이 되었다. 그들은 그녀에게서 외도의 증거를 발견해내고야 말겠다고 비장한 결의를 다진 사람들처럼 보였다. 하지만 그들은 꼬박 하루하고도 한나절 동안이나 린천시를 미행했지만 그녀에게서 수상쩍은 기미조차 발견하지 못했다. 둘째 날밤 열시 반 무렵, 그들은 린천시가 혼자 한 찻집의 룸에서 나오는 것을 보고 찻집 종업원이 테이블을 치우기 전에 잽싸게 그녀가 나온 룸으로 들어갔다. 테이블 위에 놓인 두 개의 찻잔과 재떨이에 있는 담배꽁초 세 개가 그들의 주의를 끌었다. 린천시가 누군가와 함께 있었던 게 분명했다. 하지만 그게 누군지 알 수 없었다. 단서라고는 채 가시지 않은 진한 담배 냄새뿐이었다. 그들은 평궈펑과 린천시 사이에 제삼자가 개입했다고 단정했다. 리구가 소파에 잠시 앉아 있다가 벌떡 일어나며 왕창에게 말했다.

"소파에서 욕망의 뜨거운 온기를 감지했어."

왕창은 아무 말 없이 재떨이에 있는 담배꽁초 하나를 집어 들고 재를 털어낸 후 주머니에 넣었다.

리구가 물었다.

"귀펑에게 알릴까?"

왕창이 말했다.

"서두를 거 없어. 알려도 내일 알리자."

다음 날 오전 그들의 성급한 추측이 빗나가고 말았다. 왕창이 리구에게 전화를 걸어 담배 전문가에게 문의해보니 어제의 그 담배가 입생로랑이라는 여자용 담배였다고 말했다.

리구가 버럭 짜증을 냈다.

"린천시가 피운 담배일 수도 있잖아!"

왕창이 말했다.

"귀펑에게 물어봤어. 린천시는 담배를 피운 적이 없대. 그러니까 그날 린천시와 함께 있었던 건 여자일 거란 말이지."

왕창의 판단은 정확했다. 전날 밤 린천시와 함께 찻집에 있었던 사람은 『뉴욕타임스』 아시아 주재 특파원이었다. 그들은 학교버스 사건에 대해 이야기를 나누었다. 하지만 린천시는 자신이 학교버스 사건을 조사하는 동안 누군가 자신을 미행하고 있다는 사실을 전혀 눈치 채지 못했다.

린천시는 학교버스 사건을 조사하기 시작한 지 한 달 남짓 되어서야 상부에 조사 결과를 보고할 수 있었다. 마침내 교장이 파면당하고 몇몇 부서에 형식적인 문책이 내려지는 것으로 사건이 일단락되었다. 집단 면책은 모두가 받아들일 수 있는 결과였다. 『뉴욕타임스』에도 후속 기사가 실렸다. 학교버스 사건이 책임자를 처벌하고 보완할 것은 보완하기로 하면서 적절하게 해결되었다는 내용이었다. 국장은 후속 기사를 읽고 몇 가지 아쉬움을 피력하기는 했지만 대체적으로 만족스러워했다. 국장은 미국 놈들이 중국 상황을 잘 몰라 별것 아닌 일을 가지고 크게 떠들어댔다고 불평했다. 중국에서는 매일 교통사고로 죽는 학생들이 워낙 많기 때문에 쥐뿔도 모르는 미국인들이 그렇게 호들갑을 떨며 기사를 써댈 일이 아니라는 것이었다. 국장은 『뉴욕타임스』의 후속 기사를 조사 보고서 뒤에 붙여 시장에게 보고했다. 일이 원만하게 마무리되자 린천시는 그제야 한시름 놓을 수 있었다.

일상의 업무로 돌아왔지만 그녀 앞에는 또 한 가지 해결해야 할 일이 남아 있었다. 그녀의 부서에 감원 바람이 불어닥쳤던 것이다. 그녀는 학교버스 사건을 깔끔하게 해결한 덕분에 자신은 감원 대상이 아니라 오히려 승진 후보자일 거라고 생각했다. 그녀는 내심 기뻐하며 적당한 기회에 국장의 의중을 떠보고 싶었다. 국장이 비록 린천시에게 승진과 관련해 그 어떤 언급도 하지 않았지만 린천시를 보는 그의 눈빛이 예전과 달라졌다는 것을 느낄 수 있었다.

　퇴근 무렵 국장이 그녀를 국장실로 불렀다. 린천시가 국장에게 시킬 일이 있느냐고 묻자 국장은 느긋하게 차 한 잔을 우리며 공기 중에 떠다니는 향기를 맡으려는 듯 심호흡을 크게 한 번 했다. 국장이 눈을 가느스름하게 뜨고 린천시를 넌지시 쳐다보았다.

　"무슨 향수를 쓰지? 딸에게 하나 사다 주려고."

　린천시는 속으로 이상한 생각이 들었지만 향수 이름을 알려주었다. 국장에게 아들 하나밖에 없다는 것을 그녀도 알고 있었다. 딸이라니? 얼마 전 낙하산으로 우리 부서에 배치된 애인에게 사 주려는 건 아니고? 국장은 할 말은 있는데 입을 떼지 못하는 사람처럼 변죽만 울리며 선뜻 본론으로 들어가지 못했다. 린천시는 국장이 승진 이야기를 꺼내기를 기다렸지만 국장은 승진에 대해서는 일언반구도 언급하지 않았다. 국장은 시종일관 그녀에게 음밀한 미소를 던졌고 이것이 그녀를 은근히 불안하게 했다. 대화가 깊어질수록 국장의 손이 불안하게 움직였다. 그녀의 머리를 만지며 머릿결이 좋다고 했다가 또 그녀의 손을 쓰다듬으며 반지가 예쁘다고 했다. 린천시는 국장의 손에서 손을 빼내며 아직 할 일이 남아서 돌아가야 한다고 완곡하게 말했다. 국장은 그녀를 문 앞까지 배웅하며 한 손으로는 문고리를 잡고 다른 한 손으로는 그녀의 육감적인 엉덩이를 가볍게 두드렸다.

오후에 쑹(宋) 과장이 신이 난 표정으로 몇몇 직원들에게 자기 아내(쑹 과장은 사내 부부다)가 시청으로 발령받았다고 자랑하며 직원들에게 한 턱 내겠다고 했다. 리(李) 과장은 초대 명단에서는 제외되었지만 양(楊) 서기를 따라 참석했다. 쑹 과장과 리 과장은 똑같이 2급 간부이고 쑹 과장의 아내가 리 과장과 같은 부서의 부과장이었다. 그러므로 이 자리에 리 과장을 초대하지 않은 것은 어떻게 보든 이상한 일이었다. 리 과장이 쑹 과장을 보자마자 자신을 초대하지 않은 것을 나무라며 이기죽거리자 쑹 과장이 선뜻 받아치지 못하고 난감한 표정을 지었다. 때마침 쑹 과장의 아내가 다가가자 쑹 과장이 정색을 하며 아내를 큰 소리로 나무랐다.

"리 과장한테 직접 전화해서 초대하라고 했잖아! 잊어버린 거야?"

그의 아내도 금세 상황 판단을 끝내고 얼른 변명했다.

"어머나, 초대 전화를 안 했어? 난 또 그쪽 부서에서 초대한 줄 알았지."

리 과장이 허허허 너털웃음을 웃었다.

"괜찮아요. 뭐 이런 걸 가지고. 둘 다 벌주 석 잔씩 해요."

쑹 과장이 연방 고개를 끄덕였다.

"암, 암, 당연히 그래야지."

이 모든 광경을 지켜본 린촨시는 세 사람의 노련한 임기응변에 감탄했다. 순서대로 자리에 앉자 종업원이 한눈에도 고급스러워 보이는 화이트 와인과 레드 와인을 가지고 들어왔다. 쑹 과장은 직접 담근 황주(黃酒) 한 병도 꺼내놓았다. 화기애애한 분위기에서 술자리가 이어지고 모두들 술기운이 거나하게 돌았다.

참석자는 대부분 과장과 부과장이었고 린촨시는 직급으로 보나 나이로 보나 제일 막내였기 때문에 맨 끝자리에 앉았다. 곧 공석이 되는 부과장 자리에 누가 앉게 될지는 아직 결정되지 않았다. 린촨시는 국장이 자신에게 했던 약속을 잊지 않고 있었다. 그녀는 이미 부과장으로 승진한 것처럼 기분이 좋았고 그 때문인지 사람들이 권하는 족족 술잔을 받아 마셨다. 자리에 있던 양 서기도 오늘 린촨시의 진정한 주량을 확인할 수 있겠다며 자꾸만 옆에서 부추겼다. 어느새 그녀는 일고여덟 잔을 연거푸 마시고 말았다. 시간이 갈수록 점점 술기운이 돌았다. 눈앞이 꿈인 듯 환상인 듯, 거품처럼 그림자처럼 희미하게 비틀거렸다.

린촨시는 술 취한 모습을 남들 앞에서 적나라하게 드러내고 말았다. 그녀는 입이 움직일 때는 몸의 다른 부위가 미동도 하지 않았고, 말하지 않고 있을 때는 몸의 다른 부위가 잠시도 쉬지 않고 움직였다. 이건 그녀의 술버릇이었다. 술기운에 정신이 가물거리는 사이 그녀에게 전화 한 통이 걸려왔다. 주위가 시끄러워 그녀는 몇 마디 하다가 화장실로 가서 통화를 끝냈다. 그런데 그녀는 머릿속이 텅 빈 것처럼 방금 전 자신이 누구와 통화를 했는지 도무지 생각나지 않았다. 그녀는 머리를 번쩍 들어 거울 속에 비친 자신을 쳐다보았다. 호수에 거꾸로 비친 모습처럼 어렴풋한 자신의 얼굴이 가늘게 흔들렸다……

그녀가 눈을 떴을 때 한 줄기 햇빛이 그녀의 얼굴을 비스듬히 비추고 있었다. 그녀는 차 안에 누워 있었다. 본능적으로 자동차 핸들을 더듬거리며 두리번거렸다. 낯익은 장식품들이 눈에 들어오고 나서야 그것이 자신의 차라는 것을 알았다. 그녀는 감각 없는 두 다리를 움직였다. 그제야 자신의 팬티가 무릎까지 내려와 있다는 것을 알았다. 스커트 안에서 썩은 계란 냄새가 진동했다. 그녀는 황급히 스커트 속으로 손을 집어넣었다. 허벅지 깊숙한 곳이 끈끈한 점액에 흥건히 젖어 있고 더 깊숙이 손을 집어넣자 은근한 통증과 함께 몸 속 깊은 곳이 횅한 느낌이 들었다.

그녀는 무슨 일이 있었다는 것을 직감했다. 욕지기가 왈칵 치밀었지만 구역질만 날 뿐 아무것도 토할 수 없었다. 가슴이 오그라드는 것 같았다. 어젯밤 과음했던 것은 생각이 났지만 어떻게 여기까지 왔는지는 아무것도 기억나지 않았다. 누군가가 자기 위에 올라가 무겁게 짓누르고 있었던 기억이 났다. 그가 술병 같은 것을 자기 몸에 집어넣었고 뜨거운 액체가 자기 몸속에서 화르르 불타올랐던 기억이 파편처럼 조각조각 떠올랐다. 하지만 그 전후의 일은 아무것도 기억나지 않았다.

다행히 일요일이었다. 린천시에게 감정을 추스를 수 있는 시간이 주어진 것이다. 그녀는 침대에 누워 결혼 후에 있었던 일들을 곰곰이 떠올렸다. 몇 달간의 시간들이 얼떨떨하고 무의미하게 흩어져버린 것 같았다. 요사이 그녀는 학교버스 사건을 조사하고 처리하는 일에 모든 정력을 쏟아붓고 있었다. 가까스로 일이 처리되고 막 한숨을 돌리려던 차에 예상치 못한 일이 벌어진 것이다. 그녀는 어떻게 해야 좋을지 난감했다. 친구에게 다 털어놓고 실컷 울고 싶었다. 그녀는 친구들을 하나씩 떠올려보았다. 제법 친한 친구들도 몇 명 있었지만 속마음을 털어놓을 정도는 아니었다. 물론 펑궈펑도 떠올렸다. 하지만 아내가 겁탈당했다는 것을 알고 아무렇지 않을 남자가 어디에 있을까. 그의 가슴에 지워지지 않는 그림자를 남기고 싶지 않았다. 멍하니 넋을 놓고 있을 때 그녀의 엄마에게서 국제 전화가 걸려왔다. 그녀가 말을 꺼내기도 전에 엄마가 먼저 그녀에게 넋두리를 늘어놓았다. 금융위기 이후 미국에서 사업이 점점 어려워져 요즘은 그녀의 고모 집에 얹혀살고 있는데 앞으로 어떻게 해야 할지 막막하다는 것이었다. 그녀의 아버지는 체면 때문에 미국에서 고생하는 한이 있어도 초라하게 중국으로 돌아가려고 하지 않는다는 것이었다. 어려운 사정을 다 털어놓고 난 뒤 엄마는 또 뉴욕의 날씨가 마음에 들지 않는다고 불평했다. 연일 내리는 비에 관절염이 재발했다는 것이었다. 비가 뼛속까지 스며들어 늙은 뼈를 흔적도 없이 녹여버리려는 모양이라며 투덜댔다. 린천시는 엄마의 신세 한탄만 듣다가 전화를 끊었다.

'엄마에게 털어놓고 얘기를 할까?'

그녀는 한참을 망설이다가 역시 전화기를 다시 내려놓았다.

비가 추적추적 내렸다. 이 비가 언제부터 내린 걸까? 그녀는 갑자기 입하가 지난 후부터 거의 매일 비가 내리고 있다는 걸 깨달았다. 비에 대한 혐오감이 전화기를 타고 그녀의 엄마에게서 그녀에게로 전달된 것 같았다. 부슬부슬 내리는 빗소리를 들으며 그녀는 몸이 간지러웠다. 간지러움이 몸 구석구석을 옮겨 다녔다. 피부 연고를 바르고 한참을 긁었지만 가려움에 잠이 오지 않았다. 어렸을 적부터 그녀는 두려움을 느낄 때마다 온몸이 가렵곤 했다. 그녀는 자신을 잠들지 못하게 하는 가려움은 공포에서 비롯되는 것이라고 단정 지었다.

월요일 그녀는 평소와 다름없이 출근했다. 하지만 향수는 뿌리지 않았다. 사무실로 들어가자 오가는 남자들이 모두 강간범처럼 보였다. 그녀는 그날 밤 술자리에 같이 있었던 남자 동료들의 얼굴을 유심히 살폈다. 그중에는 의아한 표정으로 "왜 그래? 내가 뭐 잘못했어?"라고 묻는 사람도 있고, 못 본 척 얼굴을 돌려 시선을 피하는 사람도 있었다. 그녀는 그들 모두 검고 음흉한 속내를 품고 있다고 의심했다. 그녀는 의심이 가는 사람들을 몰래 조사해보기로 했다. 때마침 리 과장과 단독으로 대화할 수 있는 기회가 생겼다. 그녀가 단도직입적으로 물었다.

"그날 밤에 술에 취해서 무슨 짓을 하셨는지 아세요?"

리 과장이 눈이 휘둥그레졌다.

"내가 무슨 짓을 했어? 혹시 양 서기한테 대들었나?"

린천시가 고개를 저었다.

"저랑 관계된 일이에요. 모른 척하지 마세요."

리 과장이 난감한 표정으로 번드르르한 이마를 문지르며 말했다.

"무슨 소린지 알아들을 수가 없군."

"날 건드렸잖아요."

리 과장이 그제야 생각난 듯 이마를 탁 치며 말했다.

"아 참, 잊어버릴 뻔했네. 내가 건배를 하면서 술잔을 너무 세게 부딪치는 바람에 자네 술잔이 깨졌잖아. 아, 미안해. 그래도 그걸 그런 식으로 말하면 쓰나. 남들이 들으면 이상하게 오해하겠어. 허허허!"

리 과장의 순진한 웃음을 보며 린천시는 그를 용의선상에서 제외시켰다.

그녀가 웃으며 말했다.

"호호, 괜찮아요. 농담한 걸 가지고 너무 진지하게 받으신다."

리 과장이 웃으며 자리를 뜨려는데 그녀가 또 몇 걸음 따라가며 물었다.

"그날 누가 절 집까지 데려다줬는지 아세요?"

리 과장이 잠깐 생각에 잠겼다가 말했다.

"그날 많이 취해서 나는 먼저 일어났어. 그 뒤에 있었던 일은 나도 모르지. 쑹 과장이 한 턱 낸 거니까 아마 쑹 과장이 알 거야."

사무실로 돌아온 린천시는 머릿속이 멍했다. 창문을 열자 빗소리가 갑자기 커졌다가 창문을 닫자 다시 작아졌다. 비는 급하지도 느리지도 않게 마라톤 선수처럼 자기 페이스를 유지하며 끈질기게 내렸다. 쉽게 그칠 것 같지 않았다. 창밖을 쳐다보는 그녀의 얼굴에 끝을 알 수 없는 아득한 표정이 매달렸다.

"비가 왜 여름부터 가을까지 계속 내리는 걸까?"

밑도 끝도 없는 그녀의 질문에 옆에 있던 동료가 되물었다.

"뭐라고?"

동료가 컴퓨터 모니터 앞에서 고개를 들어 그녀를 쳐다보았다.

"비 말이야. 비가 사람을 짜증나게 하잖아."

퇴근 후 그녀는 용기를 내서 쑹 과장에게 전화를 걸었다. 할 말이 있다는 그녀의 말에 쑹 과장은 오늘 지방 출장을 갔다가 돌아오는 길인데 다시 회사로 돌아가 야근을 해야 한다며 급한 일이면 회사 근처 식당에서 만나서 얘기하자고 했다.

　"좋아요. 저녁에 그 식당으로 갈게요."

　이름을 댈 수 있는 몇 명의 의심 인물들 외에 이름은 알 수 없지만 뭔가 미심쩍은 사람들이 있었다. 곰곰이 생각해보니 요 며칠 낯설고 수상한 눈빛이 그녀 주위를 맴도는 것 같았다(어쩌면 여러 명일 수도 있다). 집을 나설 때마다 그녀는 뭔가 알 수 없는 시선이 자기 뒤를 따라오고 있는 느낌이 들었다. 그럴 때마다 대수롭지 않게 넘겨버렸지만 돌이켜 생각해보니 미심쩍은 무언가가 있었다. 자신을 둘러싼 주변 곳곳으로 스며들던 그 눈빛들은 도대체 어디에서 온 것이었을까? 그녀는 어둠 속에 숨어서 자신을 지켜보고 있는 누군가를 찾아내고 싶었다. 그녀는 식당으로 가는 길에 잡화점 앞을 지나다가 걸음을 멈추었다. 그녀는 뭔가 생각에 잠겼다가 잡화점 문을 열고 들어갔다. 진열대를 한 바퀴 돌고난 뒤 그녀는 결연한 표정으로 십 센티미터 남짓 되는 과도 하나를 골라 집은 다음 돈을 지불하고 가방에 넣었다.

　그들이 만난 곳은 회사 근처의 한 식당이었다. 사람이 많고 시끄럽기는 했지만 그렇기 때문에 오히려 편하게 대화를 나눌 수 있었다. 린천시는 자리를 잡고 앉은 후 오고 가는 사람들 속에서 아는 얼굴이 있는지 둘러보다가 옆 테이블에 앉아 있는 리구와 왕창을 발견했다. 리구와 왕창도 그녀를 보았고, 그들은 서로 의 례적인 목례를 주고받았다. 린천시는 리구와 왕창이 지방에서 올라왔다는 것을 알고 있었기 때문에 쑹 과장과 이야기를 할 때 두 사람이 알아듣지 못하는 이 지방 사투리를 사용했다. 그렇지 만 사실 불필요한 걱정이었다. 그녀의 말소리는 테이블 위 요리 에서 모락모락 피어나는 김처럼 그리 멀리까지 퍼져나가지 못했 다. 각 테이블에 앉은 사람들이 저마다 나누는 이야기 소리는 왁 자한 소음에 휩쓸려 누가 무슨 얘기를 하는지 알아들을 수 없었 다. 그럼에도 불구하고 린천시는 목소리를 최대한 낮추었고 쑹 과장과 대화를 나누는 도중에도 신경이 쓰이는 듯 리구와 왕창 쪽을 연방 흘끔거렸다. 그들은 손짓을 해가며 무언가 이야기를 나누었지만 그들이 무슨 이야기를 하는지 알 수 없었다. 두꺼운 유리가 그들 사이를 가로막고 있는 것처럼 두 사람의 입술이 달 싹거리는 것만 보일 뿐 뭐라고 하는지 들리지 않았다. 이런 분위 기 속에서 쑹 과장은 린천시의 냉정한 진술을 참을성 있게 들어 주었다. 그의 눈빛이 갑자기 그윽해졌다. 그는 숟가락을 내려놓 고 냅킨으로 입을 닦고는 한참 동안 침묵했다. 그날 밤 그들 부부도 필름이 끊길 정도로 취했다. 원래는 택시를 타고 가려고 했지만 양 서기의 기사가 차를 몰고 왔다. 양 서기와 그들이 같은 아파트에 살았기 때문에 양 서기가 그들을 집까지 태워다주었다. 쑹 과장의 설명은 대략 이랬다.

"믿지 못하겠으면 양 서기한테 확인해보라고."

쑹 과장은 밥을 먹으며 자신의 결백함을 합리적이고 이성적으로 설명했다.

린천시도 그 일을 모두 털어놓고 나자 마음이 불안했다. 그녀는 이 일을 너무 성급하게 처리해서는 안 될 것 같았다. 그녀는 쑹 과장의 표정을 살펴가며 그의 얼굴에 난처한 기색이 역력해지지 않도록 최대한 완곡하게 이야기했다. 쑹 과장에게 그 일을 얘기했다는 것은 그녀가 그를 이미 용의선상에 올려놓았음을 의미하는 것이기 때문이다. 그녀는 긴장된 분위기를 풀기 위해 잠시 침묵했다. 심지어 그녀는 쑹 과장의 눈을 똑바로 쳐다보지도 못했다. 식당 손님들이 점점 줄어들자 사람들의 말소리도 점점 또렷해졌다. 리구와 왕창은 여전히 테이블을 지키고 있었다. 그녀는 그들의 말소리가 아니라 그들의 손짓과 동작에 주의력을 집중시켰다. 겉으로 보이는 특징의 미세한 변화를 가지고 그들의 대화 내용을 추측할 수밖에 없었다. 특히 그들은 말하는 도중에 가끔씩 약속이나 한 듯 동시에 그녀 쪽으로 시선을 던졌다. 그녀의 마음속 깊은 곳이 알 수 없는 무언가에 찔린 것 같았다.

"나도 뭐라고 해야 할지 모르겠군."

쑹 과장이 무거운 시선으로 린천시를 응시하며 우물거렸다.

그날 밤은 쑹 과장이 한턱 내는 자리였다. 그러므로 그는 뜻밖의 일을 겪은 린천시에게 미안하기도 하고 또 그녀가 안쓰럽기도 했다. 그가 손가락을 꼽아가며 뭔가 생각하다가 갑자기 뭔가 떠오른 듯 말했다.

"리 과장이 의심스러워. 겉으로는 순박해 보이지만 속으로는 여자를 아주 밝히거든."

쑹 과장은 리 과장이 근무 시간에 몰래 야한 동영상을 다운받아 USB에 담아 집에 가져가는 것을 몇 번이나 보았다고 말했다. 그런데 쑹 과장이 갑자기 말을 우뚝 멈추었다. 그의 시선이 린천시의 머리 위 너머에 있는 무언가로 날아가 멈추었다. 린천시가 뒤를 돌아보니 리구가 그녀 뒤에 서 있었다. 리구가 눈을 가늘게 뜨고 웃으며 말했다.

"저희가 밥값 계산했습니다."

린천시가 고맙다고 인사하며 쑹 과장을 간단히 소개했다. 리구가 계산대 앞에 서 있는 왕창에게 손을 흔들면서 그쪽으로 가더니 작은 소리로 뭐라고 했다. 두 사람은 식당을 나가다가 문 앞에서 다시 의미심장한 눈길로 린천시를 희뜩 쳐다보고는 이내 사라졌다. 린천시와 쑹 과장은 말없이 앉아 있었다. 누구도 입을 열지 않았다. 식당에는 두세 테이블에 대여섯 명의 손님밖에 남아 있지 않았다. 쑹 과장은 무슨 말로 이 대화를 마무리해야 좋을지 생각이 나지 않았지만 슬며시 일어나 가방을 옆구리에 끼고는 다음 날 자신이 리 과장을 슬쩍 떠보겠노라고 린천시에게 말했다.

이튿날 쑹 과장은 리 과장을 직접 찾아가 이야기하지 않고 그날 밤 함께 있었던 양 서기에게 이 일을 이야기했다. 양 서기는 쑹 과장과 리 과장의 사이가 좋지 않아 쑹 과장이 리 과장에 대해 하는 이야기를 곧이곧대로 믿을 수 없다고 생각했다. 점심시간이 지난 후 양 서기가 리 과장을 자신의 사무실로 불렀다.

리 과장은 당원이고 당원의 사생활에 문제가 생기면 서기로서 문책할 권리가 있었다. 양 서기는 린천시의 일을 단도직입적으로 이야기했다. 리 과장의 표정이 놀라움과 당혹감에서 의혹과 분노로 서서히 바뀌었다. 리 과장이 성을 내며 자리를 박차고 일어났다. 누군가 자신을 비방하려는 수작이라는 것이었다.

양 서기가 그를 다독였다.

"비방하는 게 아니야. 의심할 만한 정황들이 있으니까 본인에게 확인하는 거지."

그는 리 과장을 진정시킨 후 남들이 그를 의심하는 원인을 조목조목 설명했다. 리 과장과 양 서기는 당원학교 선후배 사이이므로 서로 말이 통하는 편이었다.

리 과장이 말했다.

"남자가 여자를 좋아하는 게 흠은 아니지만 저는 그런 짐승 같은 짓은 하지 않습니다. 그날 린천시가 내 옆에 앉아 있었는데 가슴이 파인 원피스를 입고 있기에 몇 번 흘끔거린 게 전부예요. 제가 소심하고 겁이 많다는 건 선배님도 잘 아시잖습니까."

양 서기가 물었다.

"정말 린천시를 건드린 적 없나?"

리 과장이 마른 웃음을 웃으며 말했다.

"떨어진 젓가락을 줍다가 무릎을 한 번 스친 적은 있습니다. 하지만 그 외에는 털 끝 하나 안 건드렸어요. 하늘에 대고 맹세할 수 있습니다."

"결백을 증명할 증거가 있어?"

리 과장이 골똘히 생각에 잠겼다가 입을 열었다.

"그날 술자리가 거의 파할 무렵 린천시가 누군가와 통화하는 걸 들었어요. 누군지는 모르지만 린천시가 상대에게 자길 데리러 오라고 하는 것 같았습니다. 린천시의 표정과 말투로 보면 남편은 아닌 것 같았어요. 린천시와 그렇고 그런 사이인 남자인가 보다 생각했죠."

양 서기가 물었다.

"잘못 들은 건 아니지?"

리 과장이 고개를 끄덕였다. 양 서기가 안도의 한숨을 내쉬었다.

"그렇다면 일의 윤곽이 어느 정도 드러나는군. 아, 그런데,"

양 서기가 말을 멈추고 멈칫거렸다. '그런데'는 어딘가에서 갑자기 길모퉁이를 도는 것처럼 들렸다.

그날 오후 양 서기는 리 과장과의 대화 내용을 있는 그대로 쑹 과장에게 전했다.

양 서기가 말했다.

"내 경험으로 볼 때 리 과장이 폭력을 행사한 게 절대 아니야."

쑹 과장은 리 과장이라는 말을 듣자마자 미간을 찡그러뜨리며 경멸조로 말했다.

"폭력을 행사했다는 표현은 너무 점잖죠. 정확히 말하면 강간입니다. 리 과장이 얼마나 옹졸한 위인인지 몰라요. 주위를 두리번거리는 눈빛을 보면 영락없는 강간범이라니까요."

양 서기가 정색을 했다.

"어쨌든 내가 할 수 있는 건 여기까지네. 못 믿겠으면 직접 조사해봐."

쑹 과장은 양 서기의 얼굴에 불쾌감이 스치는 것을 보고 곧장 말투를 바꿨다. 양 서기의 말대로라면 그날 밤 린천시에게 전화를 한 남자는 누구일까? 쑹 과장은 양 서기를 배웅하고 돌아와 사무실 문을 닫고 린천시에게 전화를 걸었다. 수화기 저편에서 린천시는 한참 동안 말이 없었다.

린천시는 술자리가 거의 끝나갈 무렵 자신이 두 통의 전화를 받았던 것을 기억하고 있었다. 한 통은 뉴욕에 있는 아버지의 전화였고 다른 한 통은 샤오판(小范)에게 걸려온 것이었다. 샤오판은 국장의 운전기사인데 최근 들어 그녀를 세심하게 챙기고 자주 전화를 걸어 달콤한 말로 그녀의 환심을 사려고 노력하는 중이었다. 펑궈핑과 그날이 그날인 무료한 일상을 보내고 있던 린천시는 누군가 자신을 살갑게 대하자 겉으로는 귀찮다고 하면서도 내심 즐기고 있었다. 굳이 말하자면 유부녀의 허영심 같은 것이었다. 가끔씩 샤오판을 떠올릴 때면 가슴 한구석이 따뜻해지곤 했다. 두 사람이 만나기 시작한 건 두 달 전이었다. 린천시가 운전면허 시험을 앞두고 운전 학원에 다니고 있었는데 강사가 불친절하게 면박을 주자 그녀는 화를 내고 나와버렸다. 린천시가 샤오판에게 그 일을 이야기하자 샤오판이 때마침 국장이 미국 출장 중이라 한가하니까 자신이 운전을 가르쳐주겠다고 했다. 그때부터 린천시는 시간이 있을 때마다 샤오판에게 운전을 배웠다. 샤오판은 그녀의 운전 동작을 교정해줄 때마다 틈만 나면 그녀의 보드라운 손을 만졌다. 특히 경사를 올라가는 법을 가르칠 때는 그녀의 손이 핸들을 꼭 쥐고 있는 동안 샤오판도 그녀의 손을 감싸 쥐었고 그 후 기어를 바꿀 때마다 그녀의 손을 잡고 놓지 않았다. 린천시가 차에서 내릴 때에는 쓰러지려는 것을 부축하려는 듯 달려와 그녀의 손을 덥석 잡았다. 또 한번은 샤오판의 손이 그녀의 허리께로 미끄러져 내려가기도 했다. 그녀는 본능적으로 그의 손을 떼어냈다. 린천시도 샤오판이 자신에게 마음이 있다는 것을 눈치챘지만 입 밖에 내어 말하지 않았다. 운전 교육이 끝나고 면허 시험에 합격하자 린천시는 고맙다며 근사한 레스토랑에서 샤오판에게 식사를 대접했다. 술이 몇 잔 들어가자 샤오판은 더욱 대담해졌다. 그는 말끝마다 끈질기게 그녀에게 치근거렸고, 린천시는 일부러 공공장소에 어울리는 사무적인 어휘를 선택해 상대방의 말 속에 들러붙은 경박하고 질척한 뉘앙스를 중화시켰다. 식사가 끝난 뒤 린천시는 자신의 차로 샤오판을 집에 데려다주었다. 그런데 집에 거의 다다랐을 때쯤 샤오판이 그녀에게 차를 세우라고 하더니 갑자기 그녀의 몸 위로 올라타는 것이었다. 린천시는 묵직한 욕망의 돌덩이가 자신을 짓누르는 것을 느끼며 그를 힘껏 뿌리쳤지만 아무 소용이 없었다. 샤오판의 손이 그녀의 스커트 속으로 미끄러져 들어갔다. 그녀가 다급한 나머지 그의 왼쪽 어깨를 힘껏 물었다. 그가 어깨를 잡고 펄쩍 뛰어오르다가 자동차 천장에 머리를 부딪쳤다. 샤오판은 정신을 차린 듯 더 이상 거칠게 굴지는 않았지만 린천시를 쳐다보며 입을 가늘게 찢고 히죽거렸다. 그의 얼굴은 향기로운 술을 맛본 사람처럼 득의양양했다. 린천시는 그에게 당장 차에서 내리라고 소리쳤지만 샤오판은 뻔뻔한 표정으로 그녀의 손을 잡아당기다가 그녀에게 따귀를 한 대 더 맞았다.

정말로 샤오판일까? 린천시는 생각에 잠겼다. 샤오판의 짓이라는 확실한 증거를 발견한다면 어떻게 해야 하지? 그녀는 여러 가지 경우의 수를 생각하다가 역시 그냥 덮어두는 쪽을 택했다. 억울하고 분하지만 여자이기 때문에 이런 일을 당했다는 것을 참고 숨기는 것이 자신에게 더 낫다고 판단한 것이다. 이 일이 알려지면 제일 큰 피해자는 역시 그녀 자신이었다. 쑹 과장의 말처럼 그녀는 지금 유리벽으로 둘러싸인 방 안에 들어가 있는 것과 같아서 밖에 있는 사람에게 돌을 던지면 결국 상처 입는 사람은 그녀 자신이었다. 이 고통이 아물려면 아주 긴 시간이 필요할 것 같았다. 그녀는 이미 최악의 시나리오까지 염두에 두었다. 문득 앞으로 어떻게 살아야 할지 막막했다. 혼자 집에 있으면 자기 몸에서 더러운 것이 스멀스멀 흘러나오는 것 같아 견딜 수가 없었다. 몸이 근질거리는데 긁어도 시원하지 않고 상처가 난 듯 아프지만 쓰다듬어도 고통이 가시지 않았다. 이 느낌이 통증인지 가려움인지도 분간할 수 없었다. 아픈 것도 같고 가려운 것도 같고, 또 아프지 않은 것도 같고 가렵지 않은 것도 같았다. 그녀는 욕조에 들어가 아주 오랫동안 몸을 닦았다. 살갗이 아프도록 문질렀지만 아무리 해도 몸에 덕지덕지 들러붙은 것들을 닦아낼 수 없었다. 자기 전에 엄마에게 몇 번 전화를 걸었지만 아무도 받지 않았다. 밖에서 투둑투둑 희미하지만 리드미컬한 소리가 들렸다. 처마에서 빗방울이 떨어지는 소리라는 것을 알면서도 그녀는 휴대폰을 들어 확인했다.

그러나 그녀의 추측은 이번에도 빗나갔다. 저녁 무렵 쑹 과장에게서 전화가 왔다. 술자리가 있던 그날 샤오판에게 사고가 났다는 것이었다. 토요일 밤 열시 무렵 샤오판이 차를 몰고 교차로를 지나가던 중 대형 덤프트럭이 뒤에서 달려와 그의 차를 받았다고 했다. 큰 트럭이 작은 승용차를 덮쳐 수캐가 어린 암캐 위에 엎드린 것 같은 모습이었다. 사람들이 샤오판을 겨우 차에서 끌어내 병원으로 옮겼는데 샤오판이 몰던 차가 무등록 차량인데다가 그가 신분증을 가지고 있지 않아서 꼬박 하루가 지난 후에야 가족들에게 그의 사고 소식이 전해진 것이었다. 다음 날 아침 린천시는 샤오판이 입원해 있는 병원에 갔다. 샤오판은 머리에 붕대를 친친 감은 채 초점 없는 눈을 게슴츠레하게 뜨고 그녀를 쳐다보았다. 옆에 있던 그의 어머니가 린천시에게 물었다.

"혹시 여자 친구인가요?"

린천시가 반문했다.

"왜 그렇게 물으시는 거죠?"

샤오판의 어머니는 알 듯 모를 듯 한 미소를 지으며 고개를 돌렸다. 그때 의사가 병실로 들어왔다. 린천시가 의사에게 샤오판의 상태를 묻자 의사가 말했다.

"운이 아주 좋았습니다. 타박상 외에는 아직까지 큰 외상이 발견되지 않았습니다. 문제는 뇌죠. 뇌의 이상은 물리적 충격으로 인한 게 아니라 크게 놀라서 생긴 것 같습니다. 이러다가는 정신병동으로 옮겨질 가능성이 큽니다. 제 소견으로는 환자에게 큰 이상이 없다면 퇴원해서 집에서 안정을 취하는 게 좋을 것 같습니다."

샤오판의 엄마도 같은 생각이었다. 샤오판의 엄마는 린천시에게 샤오판을 집까지 태워다 줄 수 있는지 물었다. 린천시가 샤오판을 집에 데려다주고 자기 차로 돌아오려는데 뜻밖에도 샤오판이 슬리퍼를 신고 급하게 그녀를 쫓아 나왔다. 샤오판이 너무도 태연하게 차도 한복판에 우뚝 서 있자 차들도 경적을 울리다가 포기하고 슬금슬금 그를 피해갔다.

한바탕 폭우가 차들을 사거리 교차로로 어지럽게 몰아넣었다.

경적을 미친 듯이 울려대는 사람들, 창문을 내리고 삿대질을 하며 욕지거리를 퍼붓는 사람들 등으로 거리가 온통 소란스러웠지만 길 위에 뒤엉킨 차들은 좀처럼 빠져나가지 못했다. 차들이 펄펄 끓는 주전자처럼 뒤꽁무니로 뜨거운 매연을 뿌려댔다. 샤오판은 빗속에 서서 커다란 트럭을 향해 큰 소리로 외쳤다. 트럭 기사가 그에게 사납게 욕을 퍼부었다.

린천시의 차가 샤오판 옆을 천천히 지날 때 그녀의 눈가가 촉촉하게 젖어 있었다. 그녀는 이미 샤오판이 사고를 당한 시간과 장소를 모두 알아본 후였다. 샤오판은 열시쯤 사고를 당했고 그녀가 일을 당한 것은 열한시 무렵이었다. 샤오판이 용의선상에서 제외되자 그녀는 미안함과 함께 왠지 모를 실망감을 느꼈다. 어쨌든 샤오판은 그녀를 데리러 오다가 교통사고를 당한 것이었다. 사실 그녀는 그날 밤 자신을 겁탈한 사람이 샤오판이기를 바라고 있었다. 백미러 위로 트럭을 향해 정신 나간 듯 외치며 팔을 휘두르고 있는 샤오판의 모습이 보였다. 샤오판의 모습을 머릿속에서 밀어내자 다시 그날 밤 함께 술을 마신 몇몇 남자 동료의 얼굴이 린천시의 뇌리에 떠올랐다. 유력한 의심 인물은 아직 나타나지 않았지만 린천시는 그들 중 한 명일 것이라고 생각했다. 빗줄기는 여전히 거세게 차 지붕을 두드려대고 있었다. 빗줄기에 흐려진 차창을 통해 사람들이 들고 지나가는 우산이 구름처럼 몽롱하게 보였다. 어떤 길에는 물이 발목 위까지 고여 강 위를 운전하는 것 같았다. 물이 갈라진 사이로 차가 미끄러지며 천천히 달렸다. 그녀는 자신이 어디로 가고 있는지 알 수 없었다. 차 바퀴가 스스로 굴러 그녀를 어디론가 데리고 가는 것 같았다. 그녀의 차가 좁고 긴 골목으로 들어섰다. 앞에 더 이상 길이 없었다. 그녀는 차를 세우고 핸들 위에 엎드렸다. 엉엉 목놓아 울어버리고 싶었다. 비가 오는 날 실컷 울면 눈밭 위를 뛰어다니는 것처럼 가슴이 후련해질 것 같았다. 하지만 아무리 애를 써도 눈물이 나오지 않았다. 빗물이 그녀의 눈물을 대신한 듯 쉬지 않고 차창을 타고 흘러내렸다. 그녀의 마음속에는 짙은 먹구름만 가득 차 있었다.

오후에는 평소처럼 근무를 했다. 그녀를 대하는 동료들의 표정과 말투에서 평소와는 조금 다른 친절함을 느낄 수 있었다. 그녀는 이상하다는 생각이 들었다. 그녀는 이런 따뜻함이 담기지 않은 친절을 좋아하지 않았다. 그녀에게는 아직 조금의 냉정함이 필요했다. 냉정해야 그들을 멀리할 수 있고 그래야만 불필요한 소문을 피할 수 있었다. 국장실로 가는 복도에서 쑹 과장과 리 과장이 화장실 앞에 서서 낮은 목소리로 대화를 나누고 있는 것을 보았다. 그들은 린천시가 다가오는 것을 보고 의미심장한 눈으로 그녀를 흘끔 쳐다보았다. 그녀는 그들이 이미 자신의 일을 다른 사람에게 이야기한 게 아닐까 의심했다. 그게 아니라면 동료들이 그렇게 이상한 눈으로 자신을 쳐다볼 리 없었다. 이미 엎질러진 물이니까 무슨 일이 일어나든 차분히 받아들이자고 속으로 마음을 다잡았다. 그녀는 굳은 얼굴을 부드럽게 펴고 아무 일도 없는 듯 쑹 과장과 리 과장에게 목례를 하고는 국장실로 향했다.

국장이 그녀를 보고는 반색을 하며 인사했다.

"축하해. 축하해."

린천시는 어리둥절한 표정으로 국장의 다음 말을 기다렸다.

"자네를 조사과 부과장으로 발령하기로 결정했네."

하지만 린천시의 얼굴에는 아무런 표정도 떠오르지 않았다. 그저 아주 예의 바른 말투로 "감사합니다"라고 말했을 뿐이다. 국장은 그녀의 승진을 축하한다면서 일과 무관한 이야기도 꺼냈다. 국장의 손이 어느새 또 불안하게 움직이기 시작했다. 국장은 그녀와 자신의 미묘한 상하 관계를 깨려는 듯 그녀에게 친근하게 대했다.

"담배 피우나?"

국장이 담배 한 개비에 불을 붙여 그녀에게 건넸다.

"전 담배 안 피워요. 제가 담배 피우는 거 보신 적 있어요?"

국장이 말했다.

"자네 손가락이 길고 가늘어서 담배를 피우면 아주 멋질 거야. 여긴 나 말고 아무도 없으니 몇 모금 피워봐."

국장이 재차 담배를 건넸다(그의 손 위에서 욕망이 담배 냄새와 함께 넘실댔다). 린천시가 약간 불쾌한 듯 얼굴을 돌리자 국장도 더는 권하지 않았다. 그는 담배를 입에 물고 마음속에서 꿈틀대는 모종의 충동을 가라앉히려는 듯 몇 모금 깊이 들이마셨다. 린천시는 소파 끝으로 옮겨 앉으며 코앞에서 손부채를 몇 번 부쳤다. 겉으로는 담배 냄새를 피하기 위한 것 같지만 사실은 국장과 적당한 거리를 유지하려는 행동이었다. 무거운 침묵이 담배 연기와 함께 그들을 감쌌다. 린천시가 몸을 일으켰다.

"더 하실 말씀 있으세요?"

국장이 잠시 망설이다가 말했다.

"없네."

그녀가 몸을 돌려 나가려는데 국장이 이번에도 그녀의 엉덩이를 가볍게 두드렸다. 린천시가 사납게 몸을 돌려 성난 눈으로 국장을 노려보았다. 칼날처럼 매서운 눈길이 국장의 얼굴로 날아가 꽂혔다. 국장이 흠칫 놀라며 눈과 손을 불안하게 움직였다.

집에 돌아온 린천시는 욱신거리는 가슴을 쓸어내렸다. 자신에게 상처를 입힌 사람이 누구든 이미 벌어진 일이니까 더 이상 생각하지 말자고 다짐했다. 그 일만 생각하면 머릿속이 어지러웠다. 그녀는 더 이상 아무도 원망하지 않았지만 그 대신 용서받지 못할 어리석은 짓을 저지른 자신을 자책했다. 충동적인 행동으로 잘못을 저지른 자신을 벌주어야 한다고 생각했다. 그녀는 펑 궈펑이 생일 선물로 주었던 밧줄을 찾아 거울 앞에서 자신을 묶었다. 먼저 두 다리를 묶었다. 살이 움푹 들어갈 정도로 밧줄을 꽉 조였다. 남의 몸을 묶듯 조금의 자비도 베풀지 않았다. 다리를 묶은 뒤 허리를 한 바퀴 감고 또 한 바퀴 감아 등 뒤로 돌린 다음 두 다리 사이를 지나 위로 올려 왼쪽 어깨를 감았다. 그러고는 피부에 핏기가 사라질 만큼 단단히 잡아당겨 매듭을 지었다. 밧줄 하나로는 부족해 또 하나를 가져다가 상체를 감았다. 넥타이를 매듯 목을 한 바퀴 감은 다음 밧줄을 아래로 내려 왼쪽 어깨를 감고 오른쪽 어깨 쪽으로 돌려 몇 바퀴를 친친 감은 뒤 두 손 사이에서 매듭을 지었다. 물론 혼자서도 풀 수 있도록 묶었다. 온몸을 꽁꽁 묶고 나자 그녀는 이제 자신의 몸이 아닌 것 같았다. 얼마 안 가서 몸이 저리기 시작했지만 그 저릿저릿한 감각이 그녀를 기분 좋게 했다. 그녀는 침대에 웅크리고 누워 있다가 까무룩 잠이 들었다. 잠시 후 깜짝 놀라 잠에서 깬 그녀는 몸을 감고 있는 밧줄을 끌렀다. 밧줄이 지나갔던 자리마다 핏자국이 선명했지만 아린 통증이 오히려 그녀를 편안하게 했다.

삶의 우울한 단면은 언제나 비 오는 날 드러나곤 한다. 음울하고 서늘한 분위기가 사람의 마음까지 침식해버리기 때문일 것이다. 그녀는 자기 몸이 점점 더러워지는 것 같았다. 아무리 씻어내도 더러움이 가시지 않았다. 그녀는 욕실을 수없이 들락거리며 변기에 앉아 물을 틀고 샤워기 꼭지로 자신의 음부를 계속 씻어냈다. 밖에서 들리는 빗소리와 샤워기에서 쏟아져 나오는 물소리가 섞여 물에 잠겨버릴 것 같았다. 대체로 행복감은 갑작스럽게 솟아나오지만 우울은 조금씩 배어나와 벽에 난 금처럼 조금씩 길고 넓게 뻗어나간다. 그녀의 시선이 초점 없이 흔들리다가 벽에 어지럽게 난 금에서 멈추었다. 그녀의 생각도 그 틈 사이에 빠진 듯 우뚝 정지되었다. 벽의 갈라진 금도 역시 그녀를 짜증나게 하는 일이었다. 며칠 전 이웃들의 성화에 못 이겨 우람한 근육의 아래층 주인이 자비로 사람을 불러 정밀 검사를 했다. 검사 결과 벽의 균열은 옥상에 설치한 저수조와는 무관하다는 결론이 나왔다. 아파트 건설 당시부터 문제가 있었다는 것이었다. 건설 회사에 항의하자 건설 회사는 설계 업체에 책임을 떠넘겼고 설계 업체는 시멘트 도장을 맡은 하청 업체에 책임을 전가했다. 그럼 도장 하청 업체는 뭘 하고 있는 걸까? 왜 아직도 묵묵부답인 걸까? 누군가 도장 하청 업체 사장이 가족들과 함께 베니스로 휴가를 떠났다고 했다. 벽에 난 금이 점점 벌어지더니 이제는 그 사이로 물이 스며들기 시작했다(빗소리가 벽에 난 금을 통해 새어 들어오는 것 같았다). 도대체 무엇 때문일까? 그녀는 벽 위로 지저분하게 물이 번진 자국을 보며 생각했다. 지반이 가라앉고 있는 걸까? 벽돌 때문일까? 검사 업체의 말대로 '온도 변화와 자재의 수축'이 원인일까? 아니면 바람 때문일까?

이 문제는 원래 펑궈펑에게 알아보라고 했었다(벽의 균열에 왜 그렇게 신경이 쓰이는지 그녀 자신도 알 수 없었다). 그 순간 그녀는 출장 간 펑궈펑이 조금 보고 싶었다. 펑궈펑에게 전화를 걸었다.

"여보세요. 여보세요."

전화기 저편에서 쏴아쏴아 소리가 났다.

"욕실에 있어?"

펑궈펑이 대답했다.

"아니야. 비가 와서 그래."

그는 빗속에 서 있는 것이 아니라 빗소리 속에 서 있었다. 그의 목소리도 빗소리에 섞여 흘러내렸다. 그의 목소리가 빗소리에 섞여 전화기를 타고 전해졌다. 그가 무슨 말을 하는지는 중요치 않았다. 그녀는 그저 그의 목소리가 듣고 싶었을 뿐이다. 한참의 침묵이 흐른 후 그녀가 말했다.

"거기도 비 와?"

전화를 끊고 난 후 그녀는 욕실 창문을 열었다. '쏴아쏴아' 빗소리가 갑자기 커졌다. 전화기 저편의 보이지 않는 어둠 속에서 전해오는 소리 같았다.

펑궈펑은 린천시의 전화를 받은 후 리구에게서도 전화를 받았다. 리구가 말했다.

"린천시가 강간당했어."

펑궈펑은 한참 동안 아무 말도 하지 않았다. 양쪽 전화기 모두 차들이 지나가는 소리와 빗소리만 들렸다. 리구는 펑궈펑이 정확히 듣지 못한 줄 알고 큰 소리로 다시 말했다.

"린천시가 강간당했다고!"

펑궈펑이 버럭 소리쳤다.

"왜 이렇게 소리를 질러! 젠장! 세상 사람들한테 다 알리고 싶어?"

펑궈펑은 자세한 상황도 묻지 않은 채 전화를 뚝 끊어버렸다. 한참 후 그가 무슨 생각이 난 듯 리구에게 전화를 걸어 아무에게도 말하지 말라고 입단속을 한 후 전화를 끊었다. 그러고는 린천시에게 전화를 걸었지만 전화기가 꺼져 있다는 기계음만 들렸다.

린천시는 새벽이 되어서야 가까스로 잠이 들었다. 깊은 잠 속은 농밀한 어둠뿐이었다. 벽의 벌어진 틈 사이로 비가 새어 들어왔다. 바람이 불고 빗줄기가 점점 굵어지더니 집 안까지 빗물을 흩뿌렸다. 가느다란 빗줄기가 어둠 속에서 은빛으로 반짝였다.

그녀는 침대에서 일어나려고 했지만 몸이 침대에 눌어붙은 듯 옴짝달싹도 할 수 없었다. 그녀는 몸이 조금씩 가라앉고 있는 걸 느꼈다. 물 밑바닥에 닿은 것 같았다. 깊고 넓은 난류가 그녀의 몸을 에워싸고 공기가 점점 희박해졌다. 그녀는 심호흡을 하고 사력을 다해 두 팔을 움직여 물 위로 나오려고 했다. 하지만 수면에 얼음이 얼어 있는 것 같았다. 얼음에 비친 얼굴이 보였다. 회사 동료 라오셰(老謝)처럼 보였다. 그 얼굴을 자세히 들여다보려고 했지만 새카만 어둠이 물속에서 먹물처럼 번져나가며 얼굴을 검게 물들여 또렷하게 보이지 않았다. 린천시가 번쩍 눈을 떴다. 술자리가 있던 날 밤의 기억을 떠올려보려고 애를 썼다. 그날 밤 유일하게 술을 마시지 않은 사람은 라오셰였다. 모두들 취했을 때 유독 라오셰만 물을 마시며 회계사 특유의 냉철함을 유지하고 있었다. 바로 그 때문에 비록 술자리에서는 재미없는 사람이지만 주위에서는 모두 그를 좋은 사람이라고 생각했다. 그날 밤 술자리가 끝난 후 누군가 휴대폰을 잃어버리자 라오셰가 화장실에서 그의 휴대폰을 찾아주었다. 누군가 외투를 깜박 잊고 나갔을 때는 라오셰가 대신 들고 나가 그에게 건네주었다. 린천시도 그날 가방을 놓고 나왔고 라오셰는 월요일 아침에 그녀에게 가방을 전해주었다. 린천시는 문득 아주 중요한 일이 떠올랐다. 자동차 열쇠를 어디에 두었더라? 너무 오랜 시간이 흐른 탓인지 잘 기억나지 않았다. 열쇠가 가방에 있었는지 주머니에 있었는지 기억나지 않았다. 순간적으로 그녀의 기억이 격렬한 파동을 일으켰다. 설마 라오셰가? 의심이 그녀의 가슴을 무겁게 짓눌렀다. 손으로 만질 수 없고 느낄 수만 있는 답답함이 그녀를 사로잡았다.

그녀는 라오셰를 불러내 이야기를 들어보고 싶었다. 하지만 자연스럽게 그를 불러낼 수 있는 핑계가 떠오르지 않았다. 그녀는 라오셰와 업무상의 관계 외에는 그 어떤 사적인 대화도 나눈 적이 없었다. 어떻게 말을 꺼내지? 그녀는 고민에 잠겼다. 그녀가 혼란스러운 마음에 신문을 뒤적이다가 문득 좋은 생각이 떠올랐다. 라오셰는 헬스 마니아일 뿐 아니라 신문에 짧은 글을 기고하는 것을 좋아했다. 린천시는 라오셰에게 전화를 걸어 자신이 글쓰기를 좋아해서 산문을 몇 편 썼는데 읽어봐달라고 부탁하며 그 대신 밥을 사겠다고 했다. 역시 라오셰가 흔쾌히 대답했다. 그에게 밥 한 끼 사는 것쯤은 별 문제가 아니었다. 그런데 만약 그가 정말로 자신을 강간한 범인이란 걸 안다면 어떻게 해야 할까? 그게 사실이라면 그보다 더 역겨운 일은 없을 것이었다.

두 사람은 린천시의 집에서 그리 멀지 않은 바에서 만나기로 했다. 린천시는 평소보다 진한 화장을 하고 향수를 뿌렸다. 물론 핑크색 크로스백에 호신용 과도를 넣는 것도 잊지 않았다. 여섯 시 전에 그녀는 바의 룸으로 들어갔다. 라오셰는 아직 도착하기 전이었다. 그녀는 와인 한 병과 간단한 안주 몇 가지를 주문했다. 여섯시 정각에 라오셰가 문을 열고 들어왔다. 마치 한 걸음 한 걸음 정교하게 계산한 듯 일 분의 오차도 없이 정확히 여섯시 정각이었다. 라오셰는 성실한 사람인 것 같았다. 그는 정수리에 얼마 남지 않은 머리칼을 손으로 쓸어 정리하고 천으로 안경을 깨끗이 닦은 후 린천시에게 원고를 보여달라고 했다. 린천시는 중문과를 졸업했기 때문에 예전에 써놓은 산문 몇 편이 있었다. 그녀는 써놓았던 글을 약간 고친 후 출력해서 가지고 왔다. 그녀는 원고를 라오셰에게 건네며 특별히 한마디 덧붙였다.

"첫 번째 산문은 여학생 기숙사로 숨어든 강간범에 대해 쓴 거예요."

그녀가 갑자기 우뚝 말을 멈추고 상대방의 표정을 몰래 살폈다. 라오셰는 그저 가볍게 "네" 하고 대답했다. 표정에 이렇다 할 변화가 없었다. 린천시는 라오셰의 잔에 와인을 그득하게 따라주었다. 원고를 읽고 있던 라오셰가 고개를 번쩍 들고 안경을 들어 올리며 말했다.

"전 술을 마시지 않습니다. 아시잖아요."

린천시가 말했다.

"역시 빈틈이 없으시네요. 주량이 대단하시다는 소문 들었어요. 웬만한 술에는 얼굴빛도 안 변하신다고. 혼자서 재무과 젊은 직원들 네 명과 대작하고도 멀쩡하셨다면서요."

라오셰가 예의 그 진지한 표정으로 말했다.

"아닙니다. 사람들이 지어낸 말이에요."

린천시가 와인 잔을 들고 빙빙 돌리며 말했다.

"신문에 실린 글을 읽을 때마다 부럽고 존경스러웠어요. 저는 알아요. 사람들이 말하는 것처럼 그렇게 냉정하고 딱딱한 분이 아니라는 걸요. 글을 보면 겉은 차가워도 속은 따뜻한 분이란 걸 알 수 있어요."

린천시의 말에 라오셰의 목젖이 크게 흔들렸다. 그는 격정을 욱여 삼키려는 듯 와인 잔을 들어 단숨에 비웠다. 그가 말했다.

"회사 사람들은 모두 날 무시하는데 유일하게 나를 진정으로 이해해주는군요."

린천시가 그의 잔에 또 술을 가득 따라주었다. 라오셰도 거절하지 않고 와인 석 잔을 연거푸 들이켰다. 라오셰의 얼굴이 벌그죽죽해졌다. 머리가 벗겨진 탓인지 이마가 유난히 붉고 반질반질 윤이 났다.

"술은 약간 취기가 돌 정도로만 마시는 게 제일 좋죠." 라오셰가 말했다. "꼭 첫사랑의 감정처럼 기분이 설레거든요."

술기운 때문인지 라오셰가 상기된 얼굴로 린천시에게 속마음을 털어놓았다. 삼 년 전 아내와 이혼을 했다는 것이었다. 그 일을 지금까지도 회사에서 숨기고 있고, 심지어 외국에서 유학 중인 딸에게도 숨기고 있다고 했다. 라오셰가 딸을 몹시 사랑한다는 것을 느낄 수 있었다. 그는 외국에서 공부하는 딸이 영영 돌아오지 않을까 봐 걱정했다. 라오셰는 좋은 아빠인 것 같았다. 린천시는 그를 보며 자신의 아버지가 떠올라 마음이 착잡해졌다. 린천시는 이혼의 이유가 혹시 외도 때문인지 물었다. 라오셰가 쓴웃음을 지었다.

"내 외도가 원인이었다면 차라리 좋겠군요. 사실 난 아무 일도 없었어요. 이혼한 후 줄곧 혼자였죠. 일주일에 두 번씩 헬스장에 가는 것 말고는 글을 쓰는 게 유일한 취미랍니다."

린천시가 물었다.

"그럼 왜 이혼했죠? 얘기해줄 수 있어요?"

라오셰가 잔에 남아 있던 와인을 입에 털어 넣었다.

"제가 운동으로 근육을 기르기는 했지만 사실은 발기부전이에요."

린천시가 깜짝 놀랐다.

"이렇게 건장한데 누가 그걸 믿겠어요?"

그녀는 누가 겨드랑이를 간질인 것처럼 자기도 모르게 웃음이 터져 나왔다.

라오셰가 얼굴을 붉히며 힘없이 말했다.

"웃지 말아요."

린천시의 웃음소리는 오히려 더 커졌다. 그녀도 주체할 수 없는 웃음소리가 목구멍을 타고 미끄러져 나왔다. 라오셰가 얼굴이 붉으락푸르락해지더니 벌떡 일어나 가버렸다.

린천시의 웃음은 그 후로도 한참동안 멈추지 않았다. 그녀 자신도 왜 이렇게 오랫동안 웃음이 나오는지 알 수 없었다. 빈 쟁반을 물끄러미 쳐다보던 그녀는 갑자기 울고 싶어졌지만 울음이 나오지 않았다. 그녀는 앞에 놓인 잔에 술을 가득 따라 단숨에 들이켠 후 조용히 앉아 있다가 또 한 잔을 가득 부어 마셨다. 그녀는 또 한 번 취할 준비가 되어 있었다. 그녀는 열시쯤 핑크색 크로스백을 메고 바를 나왔다. 바에서 집까지는 칠팔백 미터밖에 되지 않았지만 그녀는 직접 차를 몰고 가기로 했다. 길이 어둡고 으슥해 교통경찰의 음주 단속에 걸릴 가능성이 거의 없었기 때문이다. 린천시는 차를 아주 천천히 몰았다. 전동 삼륜차 몇 대가 그녀를 앞질러 갔다. 차창 밖으로 부슬부슬 비가 내렸다. 그녀는 와이퍼를 켰다가 두세 번 움직인 후에 꺼버렸다. 요즘 그녀는 뭐든 흔들리는 것을 보면 마음이 산란해 견딜 수가 없었다. 와이퍼가 좌우로 움직이자 마음속에서 무언가가 정신없이 흔들리는 것 같았다. 아파트 단지로 들어선 후 그녀는 자신의 자리를 찾아 차를 주차시켰다. 그녀는 차 문을 열고 나가 주변을 두리번거리다가 차 문에 기대어 헛구역질을 했다. 혼자 마신 와인이 과했던 것 같았다. 바로 그때 어떤 그림자가 그녀 뒤에서 언뜻 움직이는 것을 느꼈다. 그녀는 손을 가방에 집어넣어 과도 자루를 손에 쥐었다. 그림자가 그녀 옆을 빠르게 스치고 지나가더니 이내 사라졌다. 그녀는 차 문에 기댄 채 비틀거리며 일어나 운전석에 다시 앉았다. 그런데 그녀가 제대로 앉기도 전에 검은 나일론 주머니가 갑자기 그녀의 머리 위로 덮어씌워졌다. 그녀는 본능적으로 입을 벌려 숨을 쉬려고 했지만 뭔가 입 속으로 들어와 꽉 막아버렸다. 누군가 아주 능숙하게 운전석을 뒤로 눕히고 린천시의 몸 위로 올라가더니 밭은 숨을 몰아쉬며 린천시의 허벅지에 자기 몸을 붙이고 위아래로 비벼댔다.

린천시는 눈앞에 아무것도 보이지 않았지만 머릿속은 어느 때보다도 또렷했다. 그녀는 기억의 파편들을 더듬어 지금과 똑같은 장면을 찾아냈다. 쾌감과 공포는 모두 부신에서 분비되는 호르몬에 의해 유발된다는 점에서 동일한 감정이라고 할 수 있다. 그 때문에 그녀는 자기 몸에서 일어나는 격렬한 경련이 쾌감인지 공포인지 분간할 수 없었다. 남자가 거칠게 그녀의 두 다리를 벌렸다. 그녀는 그의 손이 익숙하면서도 낯설다고 느꼈다. 그녀가 바들바들 떨리는 손을 가방 속에 집어넣었지만 아무리 찾아도 과도가 손에 잡히지 않았다. 어둠 속에서 벽에 달린 스위치를 찾는 것 같았다. 남자가 자신의 몸을 그녀의 배에 바짝 붙였을 때 그녀는 마침내 과도를 찾았고 조금의 망설임도 없이 그에게 칼을 꽂았다. 기척도 없이 그의 주머니에 찔러 넣듯 아주 자연스러웠다.

그 남자는 배가 뒤틀리는 것을 느끼며 몸을 옆으로 굴렸다. 그녀는 침착하게 머리에 씌워진 나일론 주머니를 벗고 자동차 실내등을 켰다. 한 줄기 빛이 남자의 얼굴 위로 부서져 내렸다. 남자가 무의식중에 눈을 찡그렸고 얼굴 표정이 일그러졌다. 그럼에도 불구하고 린천시는 남자의 얼굴을 똑똑히 볼 수 있었다.

맙소사! 어떻게 이럴 수가! 그녀가 새된 비명을 질렀다.

"이 나쁜 새끼, 펑궈펑! 무슨 장난을 이렇게 심하게 쳐!"

펑궈펑의 핏기 가신 입가에 미소가 매달렸다.

"훌륭한 칼솜씨야. 단칼에 내 몸의 피를 다 쏟아낼 수 있겠어."

린천시의 시선이 그제야 자신의 손에 들린 과도로 향했고 그녀의 입에서 처참한 웃음소리가 터져 나왔다. 그녀의 웃음소리에 펑궈펑도 함께 웃었다. 웃다보니 배가 아팠다. 그는 불빛 아래에서 자신의 두 손을 들어올렸다. 손이 온통 피 칠갑이 되어 있었다. 펑궈펑의 시선이 점점 아래로 내려갔다. 그의 물건이 여전히 아주 우아하고 도도하게 고개를 바짝 들고 서 있는 것을 보고 그 자신도 놀라 입을 다물지 못했다.

그 순간 차에서 몇 미터 떨어진 나무 뒤 깜깜한 그늘 밑에서 두 사람이 그 모든 광경을 지켜보고 있었다. 하지만 그들은 아무 말도 하지 않았다.

서로를 비춰 보는 거울

해설 _ 이경재

1. 비슷한 듯 다른 모습

박형서의 「어떤 고요」는 작가의 실제 삶이 거의 별다른 가공 없이 직접적으로 드러나 있는 자전소설이다. 부모님이 교사였다는 것, 강원도에서 유년기를 보냈다는 것, 2000년에 『현대문학』으로 등단했다는 것, 소설집으로『토끼를 기르기 전에 알아두어야 할 것들』과『자정의 픽션』을 출판했다는 것, 문예창작과 교수로 임용되었다는 것 등이 모두 사실에 부합한다. 그럼에도 이 작품은 소설이다. 그러하기에 작가의식에 바탕한 의미의 강조점은 존재할 수밖에 없다. 「어떤 고요」에는 프로이드가 말한 '최초 기억'에 해당하는 장면이 처음과 마지막에 하나의 거멀못처럼 놓여 있다.

그 장면은 '나'가 여섯 살 시절에 경험한 청력 상실의 체험과 관련된다. 귀가 먼 직후부터 청력을 되찾게 되기까지 두 해 동안의 시간은 박형서의 삶을 기본적으로 결정지었다고 해도 과언이 아니다. 청력 상실의 경험은 2010년 겨울 크리스마스이브에 인도의 중부 벵갈루에서 남부 케랄라로 가는 2등 침대칸에서 다시 찾아온다.

침대칸에서 '나'는 큰 문학상을 받은 것과 문창과에 교수로 임용된 것, 그리고 마지막으로 기차에 탑승한 직후 갑자기 귀가 먼 것에 대해 고민한다. 문학상을 탔다는 것은 자신의 소설이 이제까지보다 훨씬 큰 변화를 감당해야 하며, 그렇지 않을 경우 상을 탄 바로 그날이 문학적 성취의 최고점이 되리라는 불길한 메시지를 담고 있는 것이며, 교수로 임용되었다는 것은 '아찔한 시험'에 들게 된 것을 의미한다. 일시적으로 귀가 먼 것은 향후 수 년 이내에 청력을 완전히 상실할 것이라는 의사의 경고를 다시 한 번 확인하는 일에 해당한다.

세 가지 모두 절실한 고민이기는 마찬가지. 이러한 상황에서 '나'의 진정한 문제는 세 가지 고민들의 우선순위를 정하는 것이다. 오랜 고민 끝에 하나의 원칙을 세우는데, 그것은 '내 몸과 내 역사에 대한 예의'부터 지켜야 한다는 것이다. '나'는 새로운 선택이 시작된 첫날이면 언제나 경험하곤 하던 '어떤 고요'를 느끼는데, 이 고요는 모든 일의 시작에 앞서 우선 스스로에게 충실하겠다는 다짐의 육체적 표현이라고 할 수 있다. 이 소설을 통해 우리는 겉치레로서의 문학적 성취나 명성보다도 '자신의 몸과 역사'에 충실하겠다는 작가의 진정성 있는 다짐을 읽을 수 있다. 여기 수록된 여덟 편의 소설들은 모두 이러한 절실한 자기 진실을 담고 있는 것임에 분명하다.

한국과 중국은 황해라는 바다를 사이에 두고 아주 오랜 시간을 함께 살아오고 있는 이웃이다. 두 나라가 서로의 삶에 별다른 영향을 주지 않았던 시기는 수천 년의 역사 동안 거의 없었다고 해도 과언이 아니다. 특히나 지금은 그 어느 때보다 경제적으로나 사회적으로 긴밀한 관계를 형성하고 있는 시기이다. 그리하여 우리 삶의 가장 큰 거울이라 할 수 있는 소설에도 그 삶의 무늬는 비슷한 듯 다른 패턴을 그리며 그 모습을 드러내고 있다.

2. 문화대혁명에서 SM까지

중국처럼 지난 40여 년간 극적인 변화를 겪은 나라도 드물다. 1966년 문화대혁명의 전면적 전개, 1976년 마오쩌둥의 사망과

사인방 체포, 1978년 중국공산당 제11기 3중전회와 4개 현대화 노선 결정, 1989년 천안문사건 발생, 1992년 덩샤오핑의 남순강화, 2008년 베이징 올림픽 개최 등의 대사건들만 살펴보아도 중국인들이 지난 40여 년간 겪어온 숨막히는 발전과 반전의 드라마를 확인할 수 있다. 이러한 현대사는 사람들의 삶에도 적지 않은 굴곡을 만들어 냈으며, 그러한 굴곡들은 다채로운 삶의 무늬를 꽃피우고 있는 것으로 판단된다. 웨이웨이의 「후원칭전」은 전통적인 서사 양식인 인물전의 형식을 취하고 있는 작품이다. 후원칭이라는 한 인간의 어찌 보면 사적인 삶을 담담하게 그림으로써, 문화대혁명에서 개혁개방으로 이어지는 지난 40여 년간의 중국 현대사가 알뜰하게 작품 속에 녹아들어 있다.

1948년에 태어난 후원칭은 훤칠하고 잘생긴 외모를 지니고 있다. 열다섯 살 때 점쟁이로부터 "난세에 영웅이 나면 성공하기 쉽지만 너는 태평성세에 태어났으니 재능이 있다고 해도 사회주의 건설을 위한 나사에 불과할 것"이라는 예언을 듣는다. 실제로 후원칭은 뛰어난 재능이 있지만 결국에는 시대라는 거대한 물결에 따라 이리저리 흔들리는 부평초 같은 인생을 살게 된다.

어렸을 때부터 다방면에 걸쳐 뛰어난 재능을 보인 후원칭은 문화대혁명 기간에 조반파로 활동하였다. 대혁명이 끝난 이후에는 두 살배기 남자아이의 아버지가 되어 폐인처럼 동네 골목에서 칩거한다. 그러나 몇 년의 세월이 흐른 이후 후원칭은 대단한 부자가 된다. 사람들이 '개혁개방'을 입에만 올리고 있을 때, 후원칭은 남쪽 지방으로 내려가 실제 행동을 하여 엄청난 부를 축적한 것이다. 쥐런샹 거리는 후원칭이 가져온 새로운 물건들로 활기를 띠게 되고, 후원칭은, 다시 한 번 '쥐런샹의 본보기'로 바뀐다. 웨이웨이는 이러한 부의 축적을 무조건적으로 예찬만 하지는 않는다. 그 골목의 절대적인 생활은 이전보다 나아졌지만, 그 거리는 가난한 사람과 벼락부자로 나뉘고 그 빈부의 격차는 이전에 상상도 할 수 없을 정도로 크다고 지적한다.

침착하고 여유로운 눈빛의 60대가 된 후원칭은 마르크스가 『자본론』에서 비판한 '머리부터 발끝까지 피와 더러운 것들로 덮인 사람'이 된다. 후원칭은 '모범생'에서 '혁명가'를 거쳐 '자본가'의 삶까지 훌륭하게 살아내고 있는 것이다. 이러한 삶의 모습은 당대의 지배 질서가 이상화한 삶의 모습에 대응되는 것이기도 하다. 후원칭의 삶은 마치 오이디푸스의 운명이 그러했듯이, 점쟁이의 말에서 결코 벗어난 것이 아니다. 그는 '사회주의 건설을 위한 나사'로서의 삶에 충실했던 것이다. 그렇다면 후원칭은 영웅도 아니며, 어쩌면 온전한 주체도 되지 못했다고 말할 수 있을는지 모른다. 후원칭은 자신이 진정으로 '무엇을 원하는지' 모르겠다는 반응까지 보인다. 마지막은 석양이 비치는 창밖으로 후원칭이 공장 구역에서 무리 지어 밖으로 나가는 근로자들을 바라보는 것으로 끝난다. 그들을 바라보며 후원칭은 다음과 같은 생각을 하는데, 인용문 속에는 당의 부속품이 되어 살아간 것은 후원칭뿐만 아니라 대부분의 중국인들에게도 해당되는 일이라는 인식이 담겨 있다.

> 그들의 얼굴을 보거나 그들의 불평이나 고함 소리를 들을 수는 없었지만 후원칭은 그들이 오늘을 살고 있다는 것을 알았다. 불현듯 눈앞의 광경이 사라지고 사십 년 전의 광경이 떠올랐다. 지금 저 사람들이 사십 년 전으로 간다면, 저들 가운데 누가 태도를 바꾸고 어떤 사람이 될지 과연 누가 알 수 있을까? 저들 중 누가 통곡할지, 누가 하늘을 보며 탄식할지, 누가 흉악하게 바뀔지 과연 누가 알겠는가? 자기 자신도 모를 텐데.

여기에 덧보태 「후원칭전」은 과거의 상처를 치유하는 방식에 대한 질문까지 담고 있다. 후원칭이 대혁명 이후에 폐인처럼 살아갈 때, 같은 마을의 아순은 후원칭을 옹호하는 입장을 보인다. 그는 "조반파가 얼마나 많은데 전부 죽이면 나라가 어떻게 제대로 돌아가겠어요? 또 현대화는 어떻게 이루고요?"라고 말하는 것이다. 아순은 현재를 위해 과거의 상처를 덮고 지나가자는 입장이라고 할 수 있다. 아순의 이러한 입장은, 혁명 중에 가족을 셋이나 잃은 리노인의 "너희 집에는 죽은 사람 없지? 우리 집에는……"이라는 저항에 부딪칠 수밖에 없다. 그러나 아순에게 문화대혁명은 '모든 게 완전히 엉망'이었던 대혼돈 그 자체이다. 그렇기에 선악 등을 구분한다는 것은 불가능하며, 아순은 리노인을 향해 "어르신이었다면 그 엄청난 바람에 휩쓸렸을 때 어떻게 했을 것 같아요? 우리보다 깨끗했을 거라고 장담할 수는 없죠!"라고 항변할 수도 있는 것이다. 후원칭 역시 이러한 아순의 입장에 동의한다. "사건들을 좀 되짚어 봤는데 납득할 수 없는 게 많더라고요"라고 말하는 후원칭에게, '누가 상처를 입고 누가 상처를 주었'는지, 규정한다는 것은 너무나 어려운 일이다.

아순에 이어 과거에 대한 또 하나의 반응은 후원칭에 의해 주어진다. 후원칭은 자신이 과거에 저지른 일들에 대하여 어떠한 사과의 제스처도 취하지 않는다. 그는 절대로 영락한 사람처럼 굴지도, 꼬질꼬질한 옷차림을 하지도, 동정을 얻을 어떠한 언행도 하지 않았던 것이다. 아량을 베풀 최소한의 명분도 제공하지 않는 후원칭의 이러한 태도야말로 쥐런상 거리의 사람들을 분노하게 만든다. 후원칭이 문화대혁명의 대의를 아직까지 믿기 때문에 사과하지 않는 것은 아니다. 후원칭은 사는 것도 귀찮지만 자살도 귀찮을 정도로 혁명 이후의 삶을 살아갈 에너지를 완전히 상실한 상태이다. 후원칭의 삶은 이미 '십수 년 전에 끝나버린' 것이다.

그러나 나중에 후원칭은 자신이 사과할 수 없는 진짜 이유를 밝힌다. 뜻밖에도 후원칭은 "너무 큰 잘못을 저질러서 사과할 수 없는 거예요!"라고 말한다. 그는 자신의 과거를 '마음속으로는 이미 부정'했으나 말로 꺼내고 싶지 않은 것이다. 마음속에서 썩어 양분이 되도록 할 생각이다. 누군가가 글로 명명백백하게 사과를 하고 모두가 감동을 받았다는 말에, 후원칭은 "그건 모두들 진지하지 않다는 뜻이에요"라고 말한다. 쉽게 사과한 사람들은 입을 한번 쓱 닦는 걸로 끝이라 비슷한 상황이 되면 또 똑같이 행동한다는 것이다.

진정한 상처란 그것이 어떠한 방식으로도 상징화될 수 없기 때문일 것이다. 그렇다면 문화대혁명의 상처 역시 상징화되는 순간 일정한 왜곡이나 변형은 불가피하고, 그것은 그 자체로 문화대혁명의 진상과는 거리가 멀어질 수도 있다. 그렇다면 진정으로 지난 상처를 애도하는 방식은 그것에 적절한 이름을 부여하여 자신으로부터 떼어놓는 것이 아니라, 사건 그 자체를 자기와 일체화시켜 함께 살아가는 것이라는 이야기도 성립한다. 이것이야말로 지난 날의 상처에 연루된 자신을 향한 가장 가혹한 처벌인지도 모른다. 후원칭은 바로 그 가혹한 처벌로써의 침묵을 선택한 것이라 볼 수 있다. 그러나 후원칭은 곧 유능한 자본가로 변신함으로써 자신의 침묵을 철저하게 배신하는 삶을 살아간다.

현재 중국을 지배하는 것은 아무래도 문화대혁명의 이념이라기보다는 개혁개방 이후 본격화한 자본주의화의 물결이라고 할 수 있다. 야오어메이의 「교활한 아버지」는 중국 사회의 급격한 현대화 속에서 전통 윤리와 신생 윤리 사이의 갈등을 보여주고 있는 작품이다. 그 갈등과 혼돈은 아버지라는 조금은 유머러스한 형상 속에 압축되어 있다. 아버지는 농민이었다가 개혁개방 때 도시로 들어와 장사를 하고 이런저런 일을 했지만 돈을 벌지는 못했다.

아버지가 보여주는 새로운 모습은 더 이상 가족을 위해 희생하지 않고 자신을 위한 삶을 살려고 한다는 점이다. 아내의 죽음을 계기로 아버지는 아들에게 "너희들을 모두 키워서 결혼시키고 자립시키느라 내 인생의 절반을 보냈다. 이제 인생의 후반은 그 모든 것을 내려놓고 잘 살고 싶어"라고 선언하는 것이다. 자기 삶을 찾겠다는 아버지의 결심은 새로운 여자를 사귀는 것으로 나타난다. 어머니의 장례가 끝나자마자 여자들을 유혹하기 시작한 아버지는 이후에도 새로운 여자를 계속해서 사귀어 나간다. 자식들은 이러한 아버지 모습에 반발하지만, 아버지는 남은 인생을 스스로 계획할 권리가 있으며 자식들은 자신의 삶에 간섭할 수 없다고 주장한다.

그런데 자신을 위해 살겠다는 아버지의 계획은 결정적으로 효(孝)라는 전통 윤리의 뒷받침을 통해서만 가능하다. 아들들로부터 부양비를 받아야만 아버지는 마음에 드는 여자와 자신을 위한 삶을 살아갈 수 있기 때문이다. 아들로부터 부양받는 것을 당연시하는 아버지와 아버지를 부양하는 것을 엄청난 부담으로 여기는 아들 사이의 갈등이 이 작품의 기본적인 구도라고 말할 수 있다. 아버지는 자식들에게 자신은 자식들 셋 이외에 두 노인까지 부양했지만, 그래도 자식들 중 누구도 포기하지 않고 교육시켰기 때문에 부양비를 반드시 받아야만 한다는 입장이다. 이와 달리 자식들은 자신들도 먹고 살기 힘들어서 아버지까지 부양하는 것은 너무나 힘든 일이라고 주장한다. 큰아들과 아버지의 다음과 같은 대화에는 두 세대의 각기 다른 입장이 분명하게 드러나 있다.

아버지 세대는 전부 재산이 없고 누구나 가난에 당당해 하나같이 스트레스를 받지 않았지만 요즘 사람들은 집과 일, 가족, 자식 등으로 살기 힘들다고 했다. 상당수 남자가 생식능력을 잃었다는데 그게 다 스트레스 때문이라고 말했다. 아버지가 연신 고개를 끄덕이며 탄식까지 해서 공감대가 형성되는구나 싶었을 때, 아버지가 무심하게 내뱉었다.

"너는 내가 요즘 사람 같지 않니? 나도 현대를 사는 사람이야. 나도 똑같이 스트레스를 받아. 나이는 많아도 아직 죽지 않았다고. 똑같이 사심이 있고 야망이 있어. 더군다나 나는 건강한 남자이기도 해."

그러나 부자간의 갈등에서 승자는 늘 그렇듯이 아들이 된다. 아버지는 '나'가 두 번이나 터진 낡은 신발을 신고 있는 것을 보고서는 "너희들이 전부 이렇게 힘든 줄 몰랐구나"라며 자식들을 진심으로 이해하게 된 것이다.

결국 간암에까지 걸린 아버지는 '자신의 거대한 계획을 포기하고 전반부의 끝을 계속 이어가기로 결정'한다. 자신을 위한 '인생 후반부'의 삶이 아니라 가족을 위한 '인생 전반부'의 삶을 살아가기로 결정한 것이다. 그럼에도 아버지는 자신을 위한 삶을 완전히 포기한 것은 아니다. 이로 인해 아버지에게는 교활함이 필요한데, 그 교활함은 자신의 애인인 '구 아줌마'를 향해 드러난다. 아버지는 아들들을 모아 놓고 본처와도 혼인신고를 하지 않았다는 이유로 구 아줌마와도 혼인신고를 하지 않을 것이며, 구 아줌마와 함께 살고 있는 도시의 집도 둘째에게 넘길 것이라고 선언한다. 그리고는 구 아줌마에게 정말 선량한 사람이라고 칭찬하며, "당신한테 잘해주는 사람을 만날 거야"라는 덕담을 건넨다. 그러나 이것은 하나의 사기극에 지나지 않는다. 이승과 작별하는 마지막 순간 자식들이 아버지에게 6개월 동안 보살펴준 여자를 어떻게 대해야 하는지 묻자, 아버지는 "잊어버려!"라고 간단하게 말하는 것이다. 이 교활함은 전통 윤리와 현대 윤리의 마지막 타협점인지도 모른다.

「교활한 아버지」의 아들들은 모두 대학을 나오고 직장이 있지만, 홀로 남은 아버지에게 용돈을 보내는 것에 부담감을 느낄 만큼 만만치 않은 삶을 산다. 쉬저천의 「함박눈에 갇혀버린다면」은 「교활한 아버지」의 아들들보다 열악한 상황에 놓인 평범한 젊은이들이 가질 법한 꿈과 좌절 등에 대해 말하고 있는 작품이다. 작품 속의 청년들은 나름대로의 꿈을 안고 베이징으로 올라오지만, '무조건 적자생존, 약육강식'의 법칙이 지배하는 베이징에서 버텨나가는 것은 결코 쉽지 않다. '바오라이(寶來)는 머리를 맞아 바보가 된 채 화제(花街)로 돌아왔고 베이징(北京)에는 겨울이 찾아왔다'는 첫 문장 속에는 별다르게 기댈 곳 없이 상경한 중국 젊은이들이 느낄 법한 삶의 실감이 압축되어 있다.

이 작품의 핵심에는 비둘기와 함박눈이 놓여 있다. 비둘기가 베이징에 상경해서 힘겨운 삶을 살아가는 청년들을 의미한다면, 함박눈은 청년들이 베이징에서 이루고자 하는 꿈을 의미한다. '나'는 두통을 멎게 하려고 무작정 달리다가 비둘기를 기르는 린후이총을 알게 된다. 린후이총은 중국 최남단 출신으로 '나'보다 두 살이 많으며, 관상용 비둘기를 길러 날마다 정시정각에 베이징의 각 광장과 관광지에 풀어놓고 관리하는 일을 한다. 전문대학 입시에 실패한 린후이총이 베이징에 온 이유는 '겨울에 내린다는 함박눈이 어떻게 생겼는지 직접 보고 싶기 때문'이다. 남방 출신의 린후이총에게는 베이징의 추위가 견디기 힘든데, 그가 느끼는 추위는 집주인인 구두쇠 할머니의 몰인정 등으로 인해 더욱 심해진다.

이 작품에서 비둘기는 '비둘기들도 우리처럼 단체 기숙사에서 서너 마리가 한 방을 쓰며 사는 것'이라는 문장에서 드러나듯이, 상경한 젊은이들을 상징하는 존재이다. 그러나 비둘기의 숫자는 자꾸만 줄어든다. 린후이총이 '나'를 처음 만났을 때 했던 말도 자신의 비둘기가 두 마리가 없어졌다는 것이었다. 처음에는 '나', 싱젠, 미뤄가 린후이총의 비둘기를 잡아먹어서 비둘기가 없어진 것으로 그려지지만, 서사가 진행될수록 진짜 이유는 꼭 그것 때문만은 아닌 것으로 밝혀진다. 비둘기들은 스스로 자멸의 길을 걷고 있었던 것이다. 어느 날 사육장 앞에서 비둘기 네 마리의 시체가 발견되는데, 비둘기들은 죽기 전에 나무 문을 부리로 마구 쪼아대고 제 부리를 날개 깃털 사이에 파묻은 채 죽어 있었던 것이다.

다음의 인용문처럼, 이 작품에서 함박눈은 이 촌 출신의 젊은 이들이 베이징에서 꾸는 꿈의 감각적 형상화에 해당한다. 린후이총이 베이징에 머무는 이유도 단지 '함박눈이 내리는 걸 보는' 것뿐이다.

그는 또 '함박눈에 갇혀 버리는' 자기만의 공상에 빠졌다. 나도 상상력을 동원해보았다. 함박눈이 베이징 전체를 뒤덮었을 때 이 옥상에 서면 뭐가 보일까? 하얗고 순결한 대지, 시작도 끝도 없는 은빛 세상이 펼쳐져 있을 것 같았다. 그 세상에는 빈부와 귀천의 차이도 없을 것이다. 고층 빌딩이든 단층 주택이든 높고 낮음의 차별이 없으며 그저 눈이 얼마나 두껍게 쌓였는지만 보일 것 같았다. 베이징이 어릴 적 읽었던 동화 속 세상처럼 깨끗하고 행복하고 순수한 세상으로 변하고 포근한 솜옷을 입은 사람들이 모두 나의 가족이자 친구처럼 친근하게 웃으며 지나가는 상상을 했다.

린후이총이 함박눈이 오는 것을 그토록 기다리는 것은 함박눈이 그가 처한 비루한 현실을 덮어줄 것이라고 믿기 때문이다. 하얀 눈은 '빈부와 귀천의 차이'도 없애고, 베이징을 '동화 속 세상처럼 깨끗하고 행복하고 순수한 세상'으로 만들어줄 것이라고 기대하는 것이다. 이러한 기대는 린후이총이 싱젠과 미뤄의 '베이징에 있기만 하면 돈을 벌 기회를 찾을 수 있을 것'이라는 말에 "나는 너희랑 달라. 남방에서 왔잖아"라고 대답하는 것에서 드러나듯이, 린후이총이 처한 베이징에서의 삶이 가장 척박하기에 생겨난 것이라고 말할 수 있다. 그러나 현실에서의 눈은 다음의 인용문처럼 결코 린후이총의 기대를 채워줄 수 있는 그런 환상적인 대상이 아니다.

폭설이 내린 후의 베이징은 나의 상상과는 자못 달랐다. 눈도 모든 것을 다 뒤덮지는 못했기 때문이다. 고층 빌딩 위 유리창은 여전히 아슴아슴한 빛무리를 내뿜고 있었다. 그러나 후이총은 아주 만족스러운 듯했다. 그는 눈에 뒤덮인 베이징이 더욱 장엄하게 보인다고 했다. 흑백이 분명한 엄숙함이 느껴지고 검은 바위와 바닷가로 끝없이 밀려오는 흰 파도가 생각난다고 했다.

실제로 이 작품에서는 눈이 온 세상을 덮는 날 옥상에서 포커를 치고 싶다고 했던 바오라이가 베이징을 떠났고, 죽은 비둘기를 들고 어딘가로 갔던 싱젠과 미뤄는 누군가가 고향으로 내려갔다며 분노에 빠져 있다. 이유도 모르는 사이 비둘기들이 사라지듯이, 젊은이들 역시 베이징에서 자기만의 터전을 만들어내는 데 실패하고 있는 것이다. 이 작품이 다루고 있는 현실은 결코 낭만적이거나 아름다운 것은 아니다. 그럼에도 이 작품은 대단히 서정적으로 다가온다. 그것은 젊음이 갖고 있는 기본적인 매력에 더해 작품의 한복판을 날고 있는 비둘기의 푸른 이미지와 베이징을 완전히 뒤덮은 함박눈의 하얀 이미지가 가져다주는 미적 효과임에 분명하다.

웨이웨이의「후원칭전」, 야오어메이의「교활한 아버지」, 쉬저천의「함박눈에 갇혀버린다면」은 모두 중국의 역사와 현실에 굳게 발 딛고 있는 작품들이다. 이와 달리 둥쥔의「고깃덩이」는 인간의 성욕이라는 시공을 초월한 보편적 문제를 유머러스하게 다루고 있다는 점에서 이채롭다.

군사학교를 졸업한 펑궈펑은 지원하는 회사마다 낙방하자 결국에는 아버지가 일하던 육가공 공장에 취직하여 돼지고기 다루는 일을 한다. 육가공 공장 이야기가 꽤나 상세하게 나오는데, 적나라한 고깃덩어리인 돼지고기의 이미지는 이 작품이 인간 본연의 욕망에 대한 이야기임을 환기시킨다.

펑궈펑은 지방관청의 공무원인 린천시와 결혼한다. 린천시는 회사 일로 고위 공무원을 자주 접대하며 상사들의 신임을 받고 있다. 평소 린천시는 펑궈펑이 육가공 공장에 다니는 것을 끔찍하게 싫어하기 때문에, 회사 동료들의 "남편은 뭐 하는 사람이야?"라는 물음에 "시인"이라고 대답한다. 펑궈핑은 린천시에게 공항에서 새 쫓는 일을 한다고 거짓말을 할 정도로 아내 앞에서 늘 위축되어 있다.

회사에서 접대할 기회가 부쩍 늘어난 린천시는 일주일에 몇 번씩 술냄새를 풍기며 귀가한다. 펑궈핑은 항상 아침 일찍 출근하고 린천시는 밤 늦게 들어왔기 때문에 부부가 얼굴을 마주치는 시간은 거의 없다. 펑궈핑은 여러 가지로 아내 린천시에게 불만을 느끼고 있는 상황인 것이다. 린천시에 대한 펑궈핑의 불만이야말로 펑궈핑이 병리적인 성적 환상에 빠져드는 계기를 마련해 준다.

섹스에 권태를 느끼던 펑궈핑은 '철의 트라이앵글'이라고 불릴 만큼 친한 사이인 리구와 왕창이 추천해 준 SM게임에 빠진다. 관음증 환자들인 리구와 왕창은 야한 사진이나 동영상에 관심이 있어, 퇴근한 후에는 각자의 사적인 세계로 들어가 컴퓨터를 통해 남들의 섹스를 훔쳐보는 일에 열중한다. 펑궈핑은 SM게임을 즐긴 후, '인간은 섹스 없이는 살 수 있지만 성적 환상 없이는 살 수 없다. 성적 환상이 가능하기에 인간은 비로소 돼지와 다를 수 있는 것이다'라는 결론에 도달한다. 리구와 왕창이 관음증을 보여준다면, 펑궈핑은 SM에 탐닉하게 된다.

밤늦게까지 회식을 한 린천시는 정신을 잃었던 사이에 누군가로부터 강간당한 사실을 알게 되고, 여러 사람을 범인으로 의심한다. 그 범인 목록에는 자신에게 추파를 던지며 성추행을 서슴지 않은 국장, 국장의 운전기사인 샤오판, 회사 동료 라오세 등이 포함된다. 그러나 그들은 모두 범인이 아니다. 린천시는 그런 일을 당한 자신을 벌주어야 한다는 생각에, 펑궈펑이 생일 선물로 주었던 밧줄을 찾아 자신을 꽁꽁 묶는다. 흥미로운 점은 '얼마 안 가서 몸이 저리기 시작했지만 그 저릿저릿한 감각이 그녀를 기분 좋게 했다'는 사실이다. 그녀는 밧줄에 묶인 채 침대에 누워 있다가 달콤한 잠까지 든다. 잠에서 깬 그녀는 몸을 감고 있는 밧줄을 풀지만, '밧줄이 지나갔던 자리마다 핏자국이 선명했지만 아린 통증이 오히려 그녀를 편안하게' 만든다. 이것은 린천시에게 마조히스트로서의 특징이 있음을 보여주는 것이다.

얼마 후 린천시는 주차장의 차 안에서 겁탈당할 위기에 빠진다. 그 순간 바로 이전에 당했던 겁탈의 기억이 생생하게 다시 떠오른다. 그리고 자기 몸에서 일어나는 격렬한 경련이 '쾌감인지 공포인지' 분간하지 못한다. 그리고 호신용으로 가지고 다니던 과도를 그 강간범의 배에 꽂는다. 그 강간범은 다름 아닌 펑궈펑이다.

"이 나쁜 새끼, 펑궈펑! 무슨 장난을 이렇게 심하게 쳐!"

펑궈펑의 핏기 가신 입가에 미소가 매달렸다.

"훌륭한 칼솜씨야. 단칼에 내 몸의 피를 다 쏟아낼 수 있겠어."

린천시의 시선이 그제야 자신의 손에 들린 과도로 향했고 그녀의 입에서 처참한 웃음소리가 터져 나왔다. 그녀의 웃음소리에 펑궈펑도 함께 웃었다. 웃다보니 배가 아팠다. 그는 불빛 아래에서 자신의 두 손을 들어올렸다. 손이 온통 피 칠갑이 되어 있었다. 펑궈펑의 시선이 점점 아래로 내려갔다. 그의 물건이 여전히 아주 우아하고 도도하게 고개를 바짝 들고 서 있는 것을 보고 그 자신도 놀라 입을 다물지 못했다.

그 순간 차에서 몇 미터 떨어진 나무 뒤 깜깜한 그늘 밑에서 두 사람이 그 모든 광경을 지켜보고 있었다. 하지만 그들은 아무 말도 하지 않았다.

위의 장면은 한 편의 그로테스크한 풍속화이다. 펑궈펑을 과도로 찌른 린천시는 웃음소리를 내고 있으며, 과도를 배에 꽂은 채 피 칠갑을 한 펑궈펑의 성기는 '우아하고 도도하게 고개를 바짝 들고 서있'다. 멀리에서는 아무 말도 하지 않은 채 이 모습을 지켜보고 있는 리구와 왕창의 모습이 보인다. 펑궈펑과 린천시의 SM적인 욕망과 리구와 왕창의 관음증이 충족되고 있는 장면이라 할 수 있다. 이러한 욕망은 펑궈펑의 배에 꽂혀진 과도가 보여주듯이 죽음과 맞닿아 있다. 인간은 고깃덩어리이기도 하지만 그 고깃덩어리에서 비롯된 욕망은 환상을 경유한 후에는 죽음을 향해 돌진할 정도로 강렬해지는 것이다.

3. K들의 윤리

이 책에 수록된 중국 소설은 대부분 문화대혁명을 시작으로 세계의 강대국으로 우뚝 선 지금에 이르는 중국의 역사와 현실이라는 굳건한 토대 위에서 창작된 작품들이다. 이와 달리 한국 소설들은 역사와 현실의 문제보다는 좀더 내밀한 인간의 윤리 등을 문제 삼는다는 특징이 있다. 이러한 특징이 나타난 이유로는 중국과 비교할 때 상대적으로 최근 한국의 역사적 굴곡이 덜하다는 것, 오랫동안 현실에 대한 관심이 한국 소설의 주요한 관심영역이었다는 것, 한국 문학계가 포스트 모던한 담론의 영향을 많이 받고 있다는 점 등을 제시할 수 있다.

최진영의 「자칫」은 현재 한국 사회가 얼마나 비루한 욕망과 단조로운 일상으로 채워지고 있는지를 증명하는 소설이다. K94, K96, K97, K98, K95 등의 초점 화자가 번갈아 등장하며 초점 화자에 따라 각 장이 나뉘어져 있다. K94, K96, K97, K98, K94,

K96, K97, K98, K94, K96, K97, K98, K94, K96, K97, K, K95이 차례대로 등장하며, 'K94, K96, K97, K98'이 하나의 세트를 이루어 4번 반복된다. K는 한국의 가장 흔한 성인 김(KIM)의 첫글자를 가져온 것이라고 볼 수 있다. 열여섯 번째 초점 화자인 K는 서술자로 볼 수도 있지만, K98이 등장할 자리인데다가 K98이 직전에 투신한 것을 생각한다면, 이미 이 세상 사람이 아닌 K98이 등장하여 이토록 비루하고 속된 지상을 내려보는 것으로 이해할 수도 있다. K95는 소설을 쓰는 자로서, 네 명의 인물이 K95의 눈을 통해 처음으로 한 장소에서 만나게 된다.

K94, K96, K97의 인생은 고등학교 때부터 등장하는데, 그들의 고등학교 시절은 오직 여자 친구를 사귀는 것이 삶의 목표이자 이유인 때로 그려진다. K94는 예쁜 애들이 많다는 이유로 교회에 가고, K96은 예쁜 애들이 많다는 이유로 독서실에 가고, K97은 예쁜 애들과 사귀기 위해 공부를 한다. 특히 K96의 삶은 성인이 된 이후에도 오직 본능으로 들끓는 고등학교 시절의 연장으로 그려지고 있다. K96은 고등학교 시절 자신보다 다섯 살 많은 간호사와 사랑에 빠지고, 이후 둘은 그것만이 만남의 목적인 듯 줄기차게 섹스를 한다. 그러나 간호사는 결혼과 동시에 핸드폰 번호를 바꾸고 서울로 떠나버린다. 이후 한참을 혼자 지내다가 우연히 고향으로 내려가는 버스에서 첫사랑 간호사와 똑같

이 생긴 여자를 만난다. 그리고는 불같은 사랑에 빠져들지만, 새롭게 사귄 여자의 큰언니가 바로 첫사랑 간호사임을 알고 울부짖는다.

K94와 K96은 나름의 성장을 보이는데, 그것이 철저히 생존의 문제에 한정되어 있다는 점에서 진정한 성장으로 보기 힘들다. K94는 집 근처의 지방대를 졸업한 후 공무원 시험을 준비하지만 계속해서 낙방하고, 그 결과 서른다섯에 이르러 간신히 9급 공무원이 된다. 24평에서 32평으로 이사하던 날, 서랍 깊숙한 곳에서 옛 수첩을 발견하지만, '이러저러하게 살고 싶다는 그 시절의 바람이 적혀 있을' 그 수첩을 펼쳐보지 않는다. 직급이 올라갈수록 근무와 휴식의, 성실과 태만의, 합법과 불법의 경계가 애매해지고, 취업 못 하는 젊은이들을 한심하게 여기는 중년이 된다.

K97은 남들이 웬만큼 알아주는 대학을 졸업하고, 원하는 회사에 취직한다. 그리고는 잘 나가는 소시민으로서의 길을 착실하게 밟아 나간다. 그러나 K97은 가족 내에서 점차 자신의 설 곳을 잃어가고, 아들이 다니는 학교의 한 아이가 자살한 것을 두고 '약해빠져서'라고 말할 정도로 정신적으로도 위태로워진다. 가끔 화를 내고 소리를 지르기는 했어도 책임과 의무에 소홀한 적은 단 한 번도 없었다고 자부하기에, 아내가 우울증에 걸리고 아들이 제 앞가림을 못하는 것은 그들이 '열정도, 인내도, 꿈도, 포

부도 없기 때문'이라고 생각한다.

최진영의 「자칫」에 등장하는 사람들의 삶은 그야말로 장삼이사의 평범함 그 자체이다. 이들의 삶 속에서 역사나 시대 혹은 현실의 문제를 찾아보기는 힘들다. 이들의 삶이 이처럼 왜소해진 것은 근본적 변화를 허용하지 않는 한국 사회의 치명적 보수성(혹은 안정성)과 깊이 관련되어 있다. K97이 평생에 걸친 노력 끝에 깨달았듯이, 치명적인 실수를 하지 않은 이상 돈을 잘 벌든 못 벌든, 공부를 잘했든 못했든, 다들 고만고만한 삶을 살 수밖에 없는 것이 현재 한국 사회의 기본적인 특징인 것이다.

K98은 이 소설에 등장하는 K들 중에 가장 어린데, 그 삶의 실상은 가장 불행하다. 그는 고등학생으로서 엄청난 학교 폭력에 시달리고 있다. K98은 스스로를 "나는 그들의 공이고 신발이고 쓰레기통이며 돈이다. 지갑이다"라고 인식한다. 끊임없는 폭력 속에서 K98에게 남겨진 선택지는 '도망치거나 복수하거나' 하는 두 개뿐이다. K98은 '개새끼들'을 언급한 유서를 남기고 투신함으로써, 두 가지 선택항을 모두 충족시키는 길을 선택한다. 가장 젊은 세대인 K98의 삶이 가장 비극적인 것이다. 이것은 K97의 생각처럼 한국사회가 개인의 생존을 지지해주지 않으며 사람들을 폐차처럼 대할 때, 한국 사회가 겪게 될 불행한 미래를 암시하는 것이라 할 수 있다.

K94, K96, K97, K98은 지금의 한국 사회를 구성하는 장삼이사들이라고 할 수 있다. 이들의 삶을 유기적으로 조합한다면 현재 한국 사회의 전체적인 상이 떠오를 정도이다. 그러나 최진영은 이들을 파편화된 상태로 놓아둔다. 그들은 단지 K95가 시청하는 텔레비전 보도 속에서 서로 무관한 채 하나로 연결되어 등장할 뿐이다. 이것은 전통적인 방식으로 현실을 드러내는 것이 더 이상 가능하지 않은 한국 사회의 복합성을 드러내는 것인지도 모른다. K95의 '소설을 시작하기도 전에 마지막 문장을 써버렸다.'는 고백은, 전통적인 방식으로 현실을 재현하는 것의 어려움에 대한 작가적 고백이라 말할 수도 있을 것이다. 소재 차원의 이야기가 유기적인 소설로 구성되지 못하는 상황, 즉 준비 단계에서 멈추는 것으로 소설이 완성될 수밖에 없는 지금의 상황을 드러낸 것이라 할 수 있다.

현실과 역사라는 문제를 한편에 밀어뒀을 때, 공동체를 구성하는 개인 간의 문제는 가장 중요한 과제로 등장하게 된다. 이것은 지금의 한국 소설이 윤리라는 문제에 그 어느 때보다 민감한 이유 중의 하나이다. 이 때의 윤리는 타자의 고유성을 극한까지 밀어 붙이는 레비나스의 윤리학에 맞닿아 있다. 구병모의 「이창」과 최윤의 「동행」은 최근 한국 문단을 주도한 윤리 담론과 깊은 관련을 지닌 작품들이다.

구병모의 「이창」은 처음 아이러니적 풍자의 형식을 보이다가 마지막에는 토도로프가 말한 환상소설(the fantastic)의 성격을 강하게 지닌다. 작품은 오지라퍼라고 불리는 '나'의 요설에 가까운 장광설로 이루어져 있다. 이러한 장광설은 주로 상황의 앞뒤를 이리저리 재보는 작가의 복합적인 시선에서 비롯되는데, 이 작품의 핵심적인 주제 역시 이러한 복합적인 시선과 밀접하게 관련된다. 오지라퍼란 우리말인 오지랖에 '그 일을 하는 사람' 내지는 '직업'을 뜻하는 영어 어미 '-er'이 붙어 만들어진 신조어이다. '만인이 만인의 일에 신경 끌 것'을 지향하는 이 세계에서 '나'는 '역사적으로 기아와 질병을 없애고 폭력을 단죄하며 세상을 바꿔온 많은 이들의 속성이 이를테면 오지라퍼 아니었던가'라는 신념으로 사람들의 일에 적극적으로 개입한다. 남들의 일에 적극적으로 개입하는 '나'는 긍정적이라기보다는 조금은 풍자적으로 그려진다. '나'가 자신이 정당성을 주장하면 할수록 그것은 과장의 방법을 통하여 독자로 하여금 '나'를 조롱하도록 만들기 때문이다. 남편의 "당신은 개인적인 관심사를 자꾸 있어 보이게 포장하려 들어. 행위의 본질은 대동소이한데 거기 자꾸 논리와 이유를 부여함으로써 자신이 정치적으로 올바른 인간이라 자위하고 싶은 거지"라고 말하는 데, 이것이 '나'를 향한 사람들의 일반적인 반응에 해당한다.

오지리퍼 '나'가 어느 날 아동학대(?)의 현장을 발견한다. 베란다를 통해 같은 아파트의 301동 1001호에서 한 여자가 자식인 듯한 아이를 발로 걷어차는 모습을 목격한 것이다. 오지라퍼답게 '나'는 경찰에 신고하지만, 경찰은 여자의 말만 믿고 그대로 돌아가 버린다. 1001호 여자는 베란다를 통해 '나'를 한참 바라보다가 '알지 못할 묘한 미소를 짓더니' 버티컬을 친다. '나'의 관심은 이후에도 지속되어, 우연히 만나 그 문제에 대해 여러 가지 질문을 나누기도 하고, 또 아이가 걷어차이는 모습을 보고서는 그 집에 직접 찾아가기도 한다. 그러나 1001호 여자가 아이를 폭행했다는 '나'의 주장을 믿을 수 없는 상황이 계속해서 발생한다. '나'가 비정상적인 모습을 계속해서 연출하는 것이다. 집요한 '나'를 향해 주위에서는 '오지랖을 넘어선 편집증이 의심되니 정신과에 가보라'는 반응을 보인다. 여기까지 읽었을 때, 독자들은 이 소설을 남의 일에 과도하게 개입하는 한 인간의 몰상식한 모습을 드러낸 것으로 읽게 된다.

반전은 1001호 아이가 사고로 죽으면서 일어난다. 그 아이의 장례식장에 찾아간 오지라퍼 '나'는 그 곳에서 '최소한의 가식조차 내려놓은 진정한 의미로서의 조소'를 짓는 1001호의 그녀를 보게 된 것이다. 그녀가 짓고 있는 웃음은 '남편이 한 말처럼 고통과 슬픔의 여진으로 아무나 붙잡고 생떼를 쓰고 싶어 하는 눈치가 아니라, 내가 이겼다'고 말하는 것만 같다. 마지막은 '그녀 웃음의 진의가 무엇이었을지, 비이성적인 사람은 누구이며 이 일이 누구의 잘못에서 비롯되었는지, 이제 당신들이 멋대로 판단하라. 진실을 아는 이는 무덤에 있으니'라는 '나'의 회의로 끝난다. 이 작품은 비정상적인 일(아이의 학대와 죽음)에 대한 독자의 망설임이 끝내 해소되지 않은 채로 끝나는 환상소설의 서사 문법을 보여주는 것이다. 그렇다면 '나'가 남겼던 다음과 같은 말들도 한 오지라퍼의 편집증만은 아닌 그 나름의 가치를 충분히 지닌 우려의 말들로 기억될 수도 있을 것이다.

피아간 구별이 자기 자식만 물고 빠는 행위로 규정되는 세상에서 나와 일 그램의 상관도 없는 남의 집 자식 안위를 염려하는 게 그렇게 잘못된 일이라고 생각지 않는다. 당신들은 옆집에서 누군가가 죽어나간들 그게 나와 내 자식만 아니면 그만이라고 할지 모르나 사람이 산다는 건 그런 게 아니다, 적어도 사람답게 산다는 건.

내 아이가 다치지 않으면 그만이라는 이런 사람들이 길러내는 아이가, 훗날 누군가를 다치게 하는 아이로 자라난다는 걸 그들은, 당신들은 정말 모르는 걸까.

오지라퍼가 남긴 염려들은 타인의 타자성에 대한 지나친 고려가 때로 타인에 대한 무관심을 당연시하는 극단적 개인주의로 귀착될 수도 있다는 것을 분명하게 보여준다.

최윤의 「동행」 역시 타자의 타자성을 극단의 심연까지 파고든 동시에, 타자의 타자성에 대한 이해만으로 결코 인간은 행복할 수 없다는 점을 말하고 있는 작품이다. 동시통역가인 남편과 아들 하나를 두고 평범하게 살아가던 '나'의 가정에 아들 지훈이 투신자살하는 비극이 발생한다. 지훈의 죽음과 관련하여 경찰이 '어떻게'에 집중한다면 '나'와 남편은 '왜'에 초점을 맞춘다. '어떻게'가 형식 논리에 바탕한 법의 문제라면, '왜'는 윤리에 바탕한 죄의식의 문제와 맞닿아 있다. 이 죄의식과의 싸움이야말로 '나'와 끝까지 동행하는 핵심적인 문제이다. 아들이 죽은 이유에 대한 의문이 타자에 대한 질문과 맞닿아 있는 것은 당연한 일. 나중에는 '미래의 언젠가를 위해 우리는 지훈이 남긴 모든 것을 사진 찍어 파일에 담고' 파일 명을 J라고 써붙인다.

얼마 후 이 가정에 겨우 이름만 기억날 뿐인 동창 부부가 여자아이 J를 데리고 나타난다. 이 여자아이는 아들과 같은 또래이고, 아들의 이름과 첫 자가 같다. '나'는 J에게서 지훈을 발견하고, 이 발견은 '나'에게 신경안정제 없이도 잠들 수 있는 평화를 가져다 준다. 어느 날 동창 부부는 J만 남겨두고 사라지며, 그로부터 열흘이 지났을 때 J의 말문이 트인다. 아이는 도저히 상상할 수 없는 욕설을 내뱉으며, 자신들의 부모가 사기꾼이라고 말한다. 아이는 엄마가 이런 식으로 자기를 내버려 두고 사라진 것이 처음이 아니라며, 엄마 얘기를 할 때마다 온몸을 뒤흔들며 폭죽처럼 터져 나오는 '지독한 쌍욕'을 계속 한다.

엄마와 자식 사이에도 해소할 수 없는 간극이 존재하는 것이다. 그 안타까움은 아이가 '나'로부터 도착할 메일을 밤늦게까지 기다리는 사이에 '나'는 아들에게 수취인 없는 이메일을 수없이 보내는 장면을 통해서도 상징적으로 드러난다. 누군가는 보내고 누군가는 기다리지만, 결코 그것은 서로 접속하지 못한다. J와 5개월을 보냈을 때, J는 책상 서랍 속에 넣어둔 'J라고 이름 붙인 아들에 대한 자료 파일'만을 들고 사라진다. 그리고 J가 떠난 후에야 '나'는 '아들이 우리를 영원히 떠났다는 것을, 그것은 돌이킬 수 없는 사실'이라는 것을 받아들인다.

J가 떠난 지 얼마 후 '나'는 강도를 당한다. 주동자가 J인 이 강도단의 행위는 TV 속 J의 마술과 나란히 작품 속에 서술된다. 강도단이 '나'를 굵은 가죽의 느낌을 주는 어떤 것으로 침대에 묶은 채 밖으로 나가려고 하자, J로 짐작되는 여자 아이는 "뭐해. 엄마! 그냥 나오면 어떡해. 찔러. 새꺄! 찌르라니까! 야, 너 죽고 싶어!"라고 외친다. 그 말에 누군가 방 안으로 들어와 허벅지를 서너번

내리꽂고, TV 속 마술에서는 J가 여인이 들어간 관을 날카로운 칼로 찌른다. 이 마술을 하는 J는 예전 어릴 적 지훈이 즐겨 입던 비슷한 모양의 칠부 상의를 입고 있다. J의 칼질은 죽은 아들 지훈에 대한 '나'의 모든 생각을 뒤흔들어 놓는다. 지훈을 이해한다는 것은 결코 인간의 영역이 아님을 깨닫게 된 것이다.

허벅지에 상처를 입은 채 결박되어 사흘을 혼자 누워 있으면서, '나'는 '한 번도 겪어보지 못한 놀라운 평화를 경험'한다. 이 일을 겪은 후에 '나'는 오히려 "J, 나는 아무렇지도 않아. J, 네 덕분에 내 인생에 불필요한 것들이 다 쓸려가버렸으니 오히려 너한테 고맙다고 해야 하지 않을까"라는 말을 J에게 해주고 싶어 하는 것이다. 아들은 자기를 칼로 찌를 수 있는 존재일 수도 있다는 것, 그렇기에 아들을 이해한다는 것은 인간의 영역이 아니라는 것을 온몸으로 깨달은 결과라고 할 수 있다.

안타까운 점은 이 깨달음이 부부를 결코 사건 이전의 평화로 이끌지는 못한다는 점이다. 그러고 보면, 아들을 이해한다는 것의 불가능함에 대한 깨달음은 그 이전에도 온 적이 있었다. 아들의 모든 것을 정리하여 파일을 만들었을 때도, '우리는 '왜'의 부재, 그것이 바로 '왜'의 답이라는 것을 감지'한 바 있기 때문이다. 작품은 '그러나 황량하고 견고한 시멘트 바닥에 육체가 부딪치며 내는 둔중한 소리와 동행하는 사람들에게 웬만한 쓴맛은 차

한잔에 넘겨버릴 수 있을 정도로 가벼운 것이 된다'는 문장으로 끝난다. 이 문장은 타자를 이해한다는 것의 불가능함을 온 몸으로 깨닫는 것만으로는 끝나지 않을 고통과 번민에 대한 암시일 것이다. 최윤의 「동행」은 타자의 이해라는 윤리의 근본 명제를 심문한다. 내 핏줄조차 이해한다는 것은 불가능하다는 것. 그러나 그 깨달음만으로는 결코 행복도 평화도 불가능하다는 것. 그렇기에 이 작품은 윤리의 주장인 동시에 윤리의 비판으로도 읽어야 할 것이다.

4. 서로를 비춰 보는 거울

밤하늘의 별처럼 많은 한국과 중국의 소설 작품 중에서 여덟 편을 읽고, 두 나라의 최근 소설 경향을 논한다는 것은 어불성설일 것이다. 그러나 우리가 간장 맛을 알기 위해 장독에 든 간장을 모두 마셔야 하는 것은 아니다. 여기 수록된 여덟 편의 소설은 두 나라의 눈 밝은 비평가들의 엄정한 판단에 따라 선별된 것이다. 그러하기에 이 책에 수록된 소설들을 통해 두 나라의 최근 소설 경향을 논하는 것이 불가능한 일만은 아니라고 생각한다.

20세기는 자본주의와 사회주의라는 거대 이념이 사람들의 삶을 결정적으로 규정지은 세기라고 할 수 있다. 이와 관련해 중국은 두 거대 이념의 극단적 모습을 불과 40여 년 동안 체험한 지구상에서 거의 유일한 나라라고 할 수 있다. 이러한 역사의 가파른 반전은 중국 소설의 중요한 창작 원천이 되고 있는 것으로 판단된다. 소설보다도 더욱 소설적인 역사와 현실의 무게가 중국 문학의 감동을 뒷받침하는 가장 중요한 토대가 되고 있는 것이다. 중국과 비교할 때 한국의 작가들은 현실의 볼륨을 뚜렷하게 느끼는 것으로 보이지는 않는다. 이로 인해 한국 소설은 오랫동안 창작의 기본 토대였던 현실과 역사의 드넓은 대지를 떠나 좀 더 내밀하고 깊이 있는 윤리라는 새로운 영역으로 관심의 초점을 이동시킨 것으로 판단된다. 그러나 말할 것도 없이 '현실'과 '윤리'는 소설을 의미 있는 사회적 존재로 만드는 두 개의 바퀴이다. 윤리에 대한 고려 없는 현실에 대한 관심도, 현실에 발딛고 있지 않은 윤리에 대한 천착도 결코 건강하고 풍요로운 문학을 낳을 수는 없기 때문이다. 그러하기에 한국과 중국의 소설은 서로의 장점은 물론이고 한계까지도 비춰주는 소중한 거울이라고 말할 수 있다.

옮긴이 문현선

「교활한 아버지」,「후원칭전」

이화여대 중어중문학과와 같은 대학 통번역대학원 한중과를 졸업했다. 현재 이화여대 통번역대학원에서 강의하며 전문 번역가로 활동하고 있다. 옮긴 책으로『제7일』,『물처럼 단단하게』,『사서』,『경화연』(전2권),『생긴대로 살게 내버려둬』 등이 있다.

옮긴이 허유영

「함박눈에 갇혀버린다면」,「고깃덩이」

한국외국어대 중국어과 졸업, 동대학 통역번역대학원 한중과 졸업하고 현재 전문 번역가로 활동하고 있다. 지은 책으로《쉽게 쓰는 나의 중국어 일기장》이 있고 옮긴 책으로《길 위의 시대》,《화씨비가》,《모텔의 도시》,《다 지나간다》,《디테일의 힘》,《10년 후 부의 지도》,《저우언라이 평전》 외 60여 권이 있다.

한중걸작단편선

ⓒ 최윤 외 7명, 2014

초판 1쇄 인쇄 2014년 4월 10일
초판 1쇄 발행 2014년 4월 25일

지은이	최윤 외 7명
펴낸이	황광수
디자인	이영민 김희숙
제작	이재욱
마케팅	박제연 최형연 전연교

펴낸곳	자음과모음
출판등록	1997년 10월 30일 제313-1997-129호
주소	121-840 서울시 마포구 서교동 396-33번지
전화	편집부 02) 324-2347 경영지원부 02) 325-6047
팩스	편집부 02) 324-2348 경영지원부 02) 2648-1311
이메일	munhak@jamobook.com
홈페이지	www.jamo21.net
커뮤니티	cafe.naver.com/cafejamo

ISBN 978-89-5707-800-6(03800)